ちくま文庫

ぼくは散歩と雑学がすき

植草甚一

筑摩書房

丸谷才一氏に

◉目次

ぼくは散歩と雑学がすき

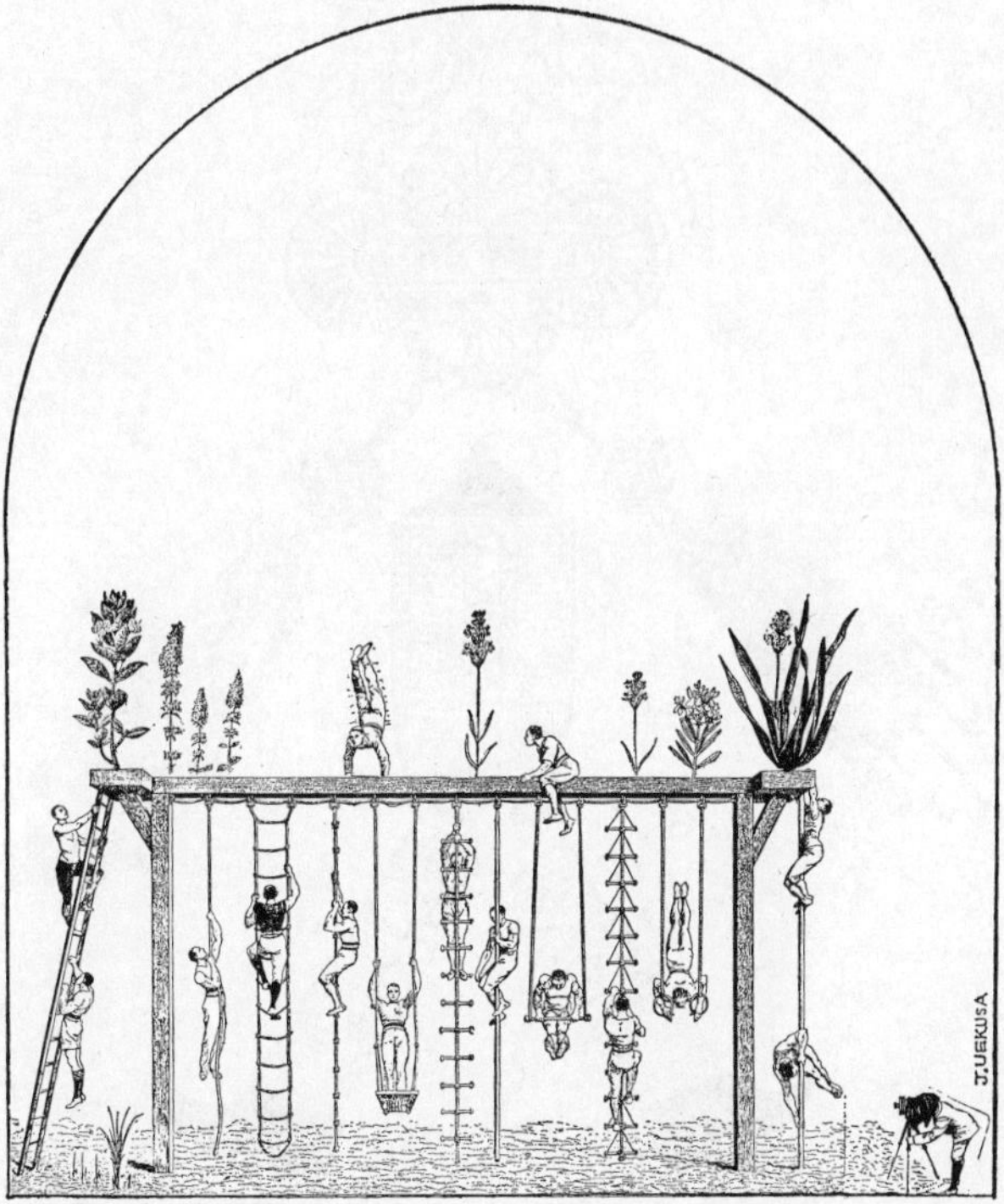
J.UEKUSA

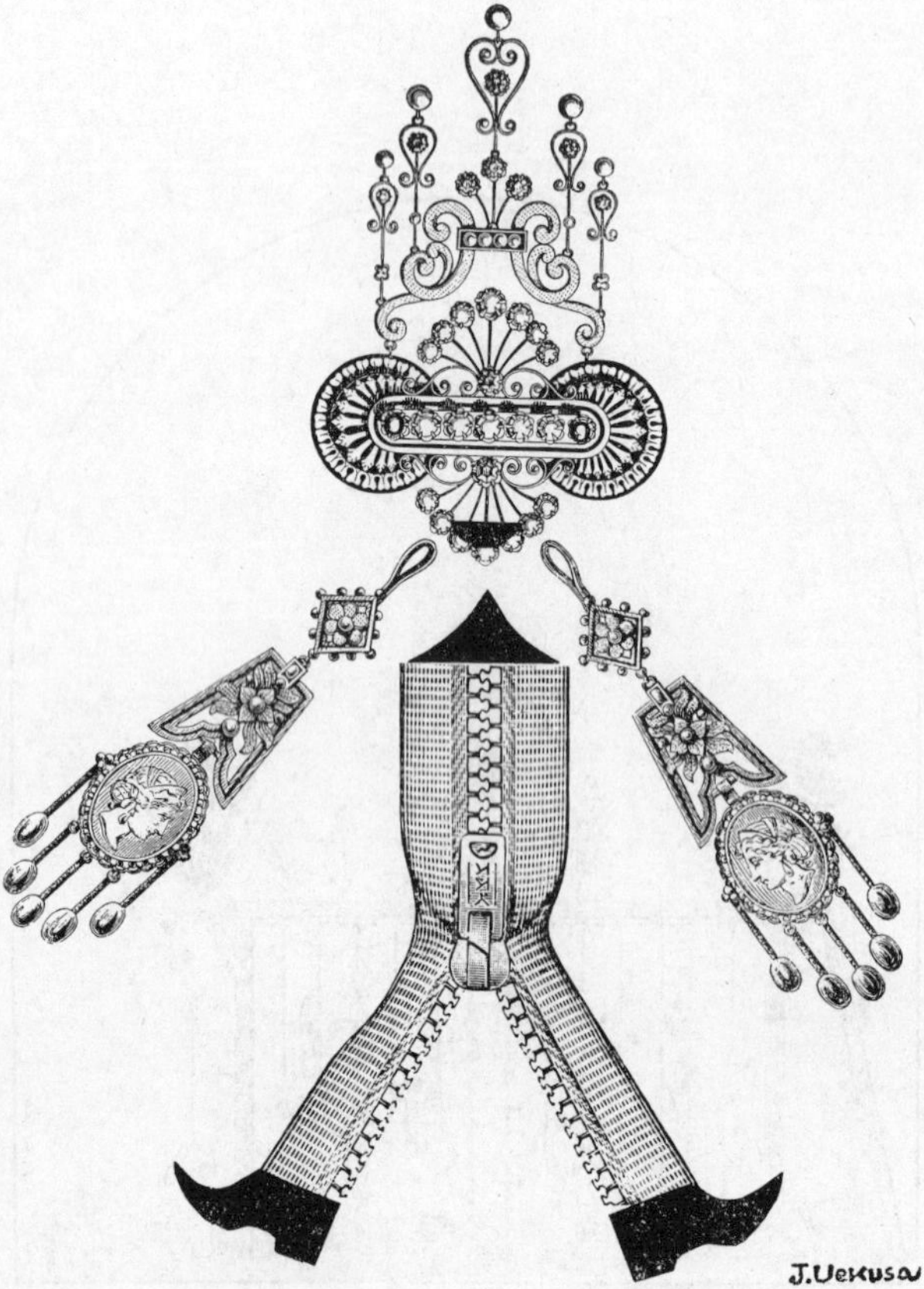
J.Uekusa

1—五角形のスクエアであふれた大都会

なにかあたらしいノートブックを買ってきてボツボツこの仕事をはじめよう。あたらしい仕事に取りかかるときは机のうえに置いたノートブックがいいやつでないと感じがでない。四ページか五ページばかり何か書いたまま放りだしてしまったノートブックがたくさんあるけれど、そんなのじゃだめだ。

それでなにか変ったノートブックはないかと文房具店を歩きまわったが、どの店でも三カ月まえに見たのと同じものばかり並んでいる。そんなのをまた買う気はしない。たまに文房具店めぐりをすると、なかなか頭がいいなあ、どうしてこんなことが考えられるのかと思うような消しゴムとかエンピツ削りとかチューブ糊とかシャレた手帖とか、たいていは小学生相手か女学生向きのものだが、どことなく愛きょうがあって嬉しくなるような新製品が目につく。三カ月くらいするとノートブックでも急になにか書きたくなるようなグッド・アイディアのものが並んでいる。

そういった新製品が、こんどはなんにもなかった。マジック・ペンでデザインがちょっと変ったものがあっただけだ。メーカーに知恵がなくなったのかな。そうでもあるまい。不景気なので手びかえているのかもしれないな。

しかたなしに家へ帰って机のまえにすわると、緑色ズック・カバーのノートブックを取りだして、何か書いてある三ページを切り取って、こいつを使うことにした。一センチ半くらいの赤いリボンが仕切り用についている。女学生向きにつくったのかしらん。そばに白い絵具があったので緑色ズックの表紙に大きく「ファイヴ・コーナード・スクエア」と英語で書いた。

FIVE CORNERED SQUARE

それから一ページめに「ヒップとは何か、スクエアとは何か？」とまた英語で書いた。

WHAT'S HIP, WHAT'S SQUARE?

「ファイヴ・コーナード・スクエア」（五角形のスクエア）という言葉は、いまぼくが訳している、黒人作家チェスター・ハイムズの「ピンク・トウ」という小説で、彼がはじめて使ったのだ。つぎのような意味がある。

——ハーレムで使われているスクエアという言葉には、横にされた者、エスコートなしの女、どこにでもいる男、すぐカモられる奴、といった意味がある。俗にいうバカ、キジルシ、ウスノロ、トンマだ。五角形のスクエアというのは、あまりにスクエアなので四角が五角になった。つまりスクエアのうえをいくスクエアを指す。
（チェスター・ハイムズ）

これでふと思い出したのは昨年おおみそかの晩に週刊朝日がマンモス座談会「これが昭和世代だ」を企画したときの大島渚の怪気《かいき》焔《えん》だ。あのときなんか『九〇％が保守主義者だ』といわないで『九〇％がスクエアだよ』といったほうが利口だった。『問題外だ』『バカだ』というかわりに『五角形のスクエアだよ』といったら、どんなに面白かったかわからない。要するに癪にさわる相手がヒップじゃないんだといいたかったのだから。

このマンモス座談会も、ちょっと話題になっただけで、みんなが忘れてしまった。つまらない口喧嘩だと思ったんだろう。けれどスクエアとヒップとが対立したんだと思えば、そこからいろんな意見が引きだせることになるはずだった。どうしてみんなが黙殺してしまったのか不思議でしょうがない。

それでぼくはノートブックの最初に「ヒップとは何か、スクエアとは何か？」と書きつけたのだった。この二種類の人間の区別は、ノーマン・メイラーがやったことがあるので有名になったが、もっと以前にさかのぼって考えてみることができる。

ウェントウォースとフレクスナーの共編、「アメリカン・スラング辞典」によると、一九二九年にジョージ・アボットがミュージカル「ブロードウェイ」でヒップhipという言葉を台詞のなかで使った。『お前さん頭がよくないなあ』Why don't you get hip to yourselfといったのが始まりである。それ以前にはヘップhepという言葉がよく使われ、これには「新しいことをよく知っている」という意味があったが、ヘップがヒップに転化すると、こっちのほうが流行し、一九四五年あたりにはヘップが廃語になってしまった。

なぜかというと、つぎの三人がヒップという言葉に新しい定義をあたえたからである。最初にビート派の先輩である詩人ケネス・レクスロスが『反インテレクチュアル、反コマーシャル、反カルチュアであることがヒップだ』といった。

ついでジャーナリストのユージン・バーディックが『なぜ自分が信じることに合理性があるか、そんなことを議論したってしょうがないと考えるのがヒップだ』といった。

そして三人目にノーマン・メイラーが『なにが起ころうとクールcoolでいられるのがヒップだ』といい、ほんとうにヒップな人間は見渡したところ百人くらいしかいないようだと付け加えたのである。

そうするうちジャズ・ファンのなかでも自分だけがエリートだとうぬ惚れている者が、さかんにヒップという言葉を使い、それから自分のヘソのあたりを見ながら考えこんでいるグリニッチ・ヴィレッジ族が負けずに使ったので、ヒップというと、いままでにない特別な観念をあたえるほど心理的にも強く作用するようになったのである。

ところでコスモポリタン誌昨年四月号にヒップ論がのった。忘れられかけたことが、ここでまた論じられているのは、この雑誌が以前よりずっと女性化したからである。じつは「マコールズ」とか「レディス・ホーム・ジャーナル」とか「グッド・ハウスキーピング」とかいったのは、純然たる女性雑誌だが、最近は以前より若い読者層を相手にするようになったのでページをめくっていると面白い。ということは「マドモアゼル」を筆頭にして女性雑誌がヒップ化の傾向をしめしだしてきたのである。ずっと以前だとヒップの要素がある女性雑誌は「ハーパース・バザー」だけで、男がよく読んでいたが、たいていのアメリカ女性雑誌が、これに似た編集ぶりになってきた。

コスモポリタン誌のヒップ論も、そんなわけで目についたのであって、どうせつまらないだろうと思って読んだところが面白い。それでノートブックの最初に、この記事の題名「ヒップとは何か、スクエアとは何か？」（筆者はウォルター・ミード）を書きつけて、つぎのようなノートをとっておいた。

ヒップは夜の時間がすきだ。朝の九時から午後五時まではやりきれない。そのあいだの八時間というのは、つまり働いて報酬をうけ、その金を浪費しているスクエアたちの時間だから。スクエアのための時間。そんな時間でうまった世界は荒涼としているし、刺激がない。歩く気にもなれない世界だ。

スクエアは他人に害毒をあたえないようにできている。彼らは世界を支配していると思って、いい気持になっているだけでなく、その世界で起こるすべてのことに責任観念をいだいている。ところがそういったスクエアの世界で起こることが、すべて腐った最低のシロモノなのだ。困ったなあ、戦争のカタがつかなくなっちゃったとか、それはいいアイディアだな、まず寄附金を募集しようじゃないかとか、へえ、また寄附かい、なんの理由でしなければならないんだろうとかいい合っている。それでも万事が都合よくいくのは、それがスクエアの世界だからで、世論を黙って受けいれろ、横ヤリなんか、いれないほうがいい、既成の制度にしたがえというふうになっているからだ。

なにか楽しいゲームをやりましょう。仲間に入れてあげるけどルールはちゃんとまもっておくれ。そうしないとヒドイ目にあうぞ。これがスクエアの世界であって、みんながビクビクしながらリーダーのいうなりになっている。そこから制度が生まれ、政府や教会や保険会社や電話局ができあがった。そしてそういういろいろな施設がスクエアを保護し、そのなかで彼らは生活をエンジョイしている。

だからヒップのほうでは、なんというつまらない生活だろう、と考えるようになるのだ。

そんなのは物質万能主義で偽善的だし、大実業家の楽園にすぎない。クレイジーな人間だらけの楽園だ。ヒップの話相手になるような人間なんか一人もいない。だいいち価値判断がちがっている。スクエアの理想はアメリカの夢であって、それはすなわち住み心地がいい家をつくって家庭生活をあじわい、その家は郊外の静かな場所にあって、庭の芝生にはきれいな花が咲き、新型車に乗って給料もそう悪くない会社へ出かける。帰ってからはマーチニ・カクテルを飲んでから食事ということになり、やがて二人か二人半の子供ができるだろう。

いまのところ、こんなふうに調子よく続いている。もし調子がくずれたらスクエア・システムも狂いだすわけだ。しかしスクエア自身にしても、やっていることが単調になって、このままじゃしょうがないな、もうすこし目的を大きくしなくちゃいけないと考えだす。すると漠然とした不安にとりつかれだす。それは自分が何か失っていることに気がつきだしたからだ。

これは「不幸なスクエア」だ。漫画家ジュールス・ファイファーはヒップでとおっているが、彼はつぎのようにいった。

『不幸なスクエアというのは、会社の仕事がイヤになって不平ばかりいっている人間だ。それで会社を辞めると、こんどは退屈でやりきれなくなる。もらった女房にしたって好きだったんじゃない。もっと好きなのがいたけれど、こっちのほうが筋がよかったからだ。そういうタイプの亭主は毎晩テレビばかり見ていて、家族の者たちを相手にしないし、週にいっぺんだけ仲間がいるクラブで一杯やるのが一番たのしいときている。』

これもひとつの見かただ。これにちょっと付けたすとスクエアは嫌いなものを好きだといい、好きなのに嫌いだという、変な癖がある。だからスクエアであることも、いろいろな苦労をともなうし、けっして楽ではない。

またヒップだからといって汚ないジーパンをわざわざはいたり、麻薬のご厄介になったりする必要なんかない。それよりまず自分自身になる意志をもつことが根本的なヒップの条件だ。その意志によって、ものの見かたが独自なものとなる。変なことをいう奴だなと他人が笑っても平気でいられる意志の力が必要なのである。これは簡単なようだが、たいへんな勇気とイマジネーションがなければならないし、実際にぶつかったときに失敗することも多いのだ。

なぜかというと人間は怖がらなくてもいいものを怖がるように教育されてきたからで、なんだいすこしも怖がる必要なんかないじゃないかと気がつくまでに、ずいぶん無駄な時間をかけてしまう。他人にたいして気おくれしたり、チャンスがあるのにグズついていたり、恋愛やセックスにたいしてもハッキリした意志表示ができないでいるのがこれだ。そうした障碍《しょうがい》に直接ぶつかっていくのには、スクエアにとって非常な勇気が必要になる。ところがヒップになると、こうした障碍がたいして邪魔にならない。というのはスクエアの社会から疎外されているから価値判断がちがってくるし、なにごとにたいしても驚かないで直面しろ、クールでなければいけないと教えられてきたからである。

しかしこのためヒップは、とてもクールだとかファー・アウト（突飛すぎる）とか付合いにくいとかいわれて損をすることが多い。それはしかたがないだろう。なぜなら彼らが蹴とばした価値判断に代るだけの資格がある対象が、ほとんどないからだ。するとヒップには、どんな楽しみや喜びがあるのだろうか。彼らは本を読んだり音楽を聴いたりするが、その鑑賞のしかたが特別であり非常に個人的な趣味のものである。話し相手はほとんどいつも同じ仲間のヒップにかぎられている。セックスにたいしては無頓着であり、パッシヴな場合が多い。なぜパッシヴになるかというと、だいたいヒップは人間ぎらいにできているからだ。

そこで彼らはヒップがおちいっていくキック（刺激・興奮）とは逆のもので、なにかもっと面白い対象はないものかと絶えず探している。それがスクエアの世界にないことは知っているが、とにかくスクエアの世界のなかで暮らさなければならないからだ。その結果どうなるかというと、まわりの人たちが信頼できなくなってしまうのである。話をしたって通じないのだからニガ笑いするしかないだろう。

そうした相違で目につくのは、ヒップが何でも余計なものは捨ててしまうのに、スクエアは何でも後生大事にしまっておくことだ。たとえば芝居のプログラムなんか絶対に捨てない。ただ両方の世界は二つの分野で接触することがある。それは絵画の分野とユーモアの分野だ。

たとえば画家としてのヒップがいる。そのヒップがスクエアに頼まれて教会の壁画やウィンドーの飾りつけをしたとたん、彼はエンターテイナーになってしまう。スクエアが理解できるような注文を引き受けるからで、一枚の油絵にしても、スクエアにとっては保存価値と値上がりにしか興味がもてない。つまり油と水との接触現象だ。ヒソヒソ何か話し合っている展覧会場はスクエアの場所だということが歴然としているだろう。

そしてユーモアにも似たような接触現象がある。お互いに衝突しあっているのに気がつかないでいるのだ。ヒップのユーモアをあげると、隠れた民話でエロチックなやつとかシック・ジョークと称するものとか、アンダーグラウンド・シネマがあり、どれもスクエアをこきおろしたものだ。スクエアのユーモアにはワイセツなオチがついたダーティ・ジョークとキャンプと称するやつがある。

ここでキャンプCampという最近の流行語が出てきたが、キャンプは野営地という本来の意味から転じて、二〇年ほどまえの流行のリバイバルを指すようになった。スタイルはなかなかいいが、中身がないような印象をあたえる人間、あるいは物とか場所とか行動とかを、ひとからげにしてキャンプというようになった。いわば悪趣味なのだ。そういう意味でスクエアには悪いものでもよく見えてくる。けれどヒップには悪いものは悪いとしか見えない。だからヒップには、キャンプがスクエアの病気だということになってくる。

ところで肝心なことは、いったい自分はヒップなのかスクエアなのか、という問題だ。それは単純な自覚作用により自分はヒップだなと思ったことで解決してしまう。スクエアは、そんなことは考えないで無頓着でいられるわけだ。するとスクエアの世界のなかでヒップでとおしているとき、いったい何をすればいいんだろう、することがないじゃないかと怒りだすにちがいない。そういうときはスイングするのがいい。つまり、ヒップ語を使うのを避け、ひとつの場所から、ほかの場所へと行ったり来たりすることだ。そういう人間をスインガーSwingerといい、これも最近の流行語になった。面白いことはスクエアの世界にスインガーが多くなってきた。つまるところがスクエアがヒップに転向しはじめたのである。

といっても世界がスクエアであり、会社も仕事もスクエアであり、だからスクエアでなければ食っていかれない。そういった状態なのに、どうしたらヒップになれるだろう。それにはいい知恵がある。昼間のあいだはスクエアですごし、夜になったらヒップに早変りすることだ。こう書けばスインガーの意味がハッキリするだろう。

以上のようなノートになったが、この記事は「コスモポリタン」誌が女の子にむかって書いたものだった。それが以上のノートでは男みたいな調子になってしまったが、ヒップとスクエアとの比較対照リストが附録についている。それは二十八項目に分かれ五百以上も細目が並んでいる。花屋や美容院や料理店などに半分くらい判らない名前があるが、参考のため、すこしばかりリストにしてみよう。

	ヒップ	スクエア
ボーイ・フレンドへのプレゼント	アール・ヌーボー型のジェリー・ビーンズ、自家製パン、スズキ製モーターサイクル、バーバリ・コート。	カフス釦、オプ・アートのネクタイ、イアン・フレミングの小説、靴下止め。
誕生日などの記念品	夜中の電報、一九一〇年版ハヴロック・エリス全集、四枚以上の自筆・速達手紙、黄バラ三ダース。	チョコレート箱入り、フランク・シナトラのレコード、ミュージカルの切符二枚。
デートする場所	四晩つづけて同じ料理店、アニメーション映画祭、恐怖映画、オペラの立見席、スーパーマーケット。	ドライヴ・イン映画、グリニッチ・ヴィレッジ、オルガン演奏会。
すきな場所	ハンフリ・ボガート回顧映画祭、ニューオリンズの波止場、ジャックリン・ケネディがいる何処かの部屋。	アクターズ・ステュディオ、エドワード・オールビーの芝居の一幕目以後、六時すぎのセントラル・パーク、コーヒー・スタンド。
暇つぶしと趣味	クロスワード、三番街のぶらつき、古道具屋あさり、彫刻作製。	テレビ、編物、切手コレクション、サイン・コレクション、競売で男優スターのシーツを買うこと。
飼犬の種類	ラシャン・ウルフハウンド、スコッティ、淡茶コッカー、ヨークシャー・テリア。	フレンチ・プードル、コリー、ダックスフンド、ポメラニアン、黒コッカー。
レストラン(相手が景気がいいとき)	サーディ・ウェスト、レパード、フォア・シーズン、パビヨン、コロニー（ニューヨークだけ）。	サーディ・イースト、リュテース、トウェンティ・ワン（ニューヨーク）だけ。
レストラン(ボーイ・フレンドがシケているとき)	ジンジャー・マン、ジム・ドウニー、ルーチョース、ボート・ハウス、オー・ヘンリース、レッド・ラッグ（ニューヨークだけ）。	自動式スタンド、シュラフツ（女性だけでランチをたべるのならいい）。
ワイン	ドム・ペリニヨン、シャトー・グリエ59、モントラシェ60、ナイヤガラ（白）	バーガンディ、キヤンチ。

ドリンク	サゼラク、ブラック・ラシャン、ジン・アンド・トニック（冬だけ）、ダブル・ジン・オン・ザ・ロック。	ゾンビー、ラム・アンド・コーク、トム・コリンズ、ドライ・マンハッタン。
画家	ピカソ、デ・クーニング、ベン・シャーン、レジェ、コクトー。	アンディ・ウォーホール、リクテンスタイン、ジャスパー・ジョーンズ。
作家	コレット、セリーヌ、カフカ、アイリス・マードック、プルースト、ソール・ベロウ、マラムード。	ハロルド・ロビンス、ノーマン・メーラー、ヘンリー・ミラー、ジェームズ・ボールドウィン、ヘミングウェイ、サガン。
男優	ベルモンド、P・ニューマン、P・オトゥール、R・バートン、S・マックィーン、S・コネリー、O・ウェルナー、M・ケイン。	多すぎるので止めた。
女優	J・クリスティ、N・ウッド、V・リー、J・セバーグ、S・ローレン、J・モロー、J・フォンダ、R・タッシンナム。	多すぎるので止めた。

（昭和四二年四月号）

2　調髪師のチャーリーとハリーとTVでホサれたシスター・ジョージ

なにか面白くて刺激になるものはないかしらん。そう思ってニューヨーカーとサンデー・タイムズの記事をさがしていたところ、芝居の批評が目についた。その芝居という

wit 時とばあいに応じて
とっさに気のきいたことを言ったりしたりできる才知

のは、いまブロードウェイで上演中の「シスター・ジョージ殺し」と、ロンドンで昨年十一月のはじめから一月にかけて初演された「階段」である。ちょうどこの台本があるから、面白いかどうか、ためしに読んでみるのもいいと思った。

芝居の台本って一晩あれば読めちゃうものだが、さて気乗りがしないと、表紙をながめているだけだ。この二つが、たぶん面白いだろうと思ったのは、劇評にブラック・コメディと書いてあったからで、おまけに同性愛がテーマの裏づけになっている。イギリスではホモセクシュアルやレスビアンの芝居がうるさかったが、最近は大目にみられるようになった。「シスター・ジョージ殺し」The Killing of Sister George という芝居もそうで、一昨年六月にロンドンでヒットしたイギリス作家のものであって、そのとき評判がよかった主役の女優ベリル・リードが、いまブロードウェイのベラスコ劇場で受けている。

レスビアンが出てくるブラック・コメディだといって宣伝すれば、簡単に引っかかってしまうのがニューヨークの人たちらしい。バーナード・レヴィンという劇評家の言葉を引用すると『ウィットにとんだセリフを使って、恐がらせたり気持わるくさせたりするのがブラック・コメディだ』ということになる。

この台本を読んで気にいった一人に、エスカイア誌の編集長アーノルド・ギングリッチがいた。以前からテネシー・ウイリアムズあたりの芝居のテキストを掲載するのがすきな男で、そうするのがヒップだと思っているらしい。それでまた昨年十一月号に「シスター・ジョージ殺し」の全テキストを掲載し、読物としても面白いから読んでごらんというのだ。それはいいが、こういう芝居がブロードウェイにかかるときは、イギリス式ないいかたをアメリカ人向きに変えないと観客にはピーンとこないだろう。たとえば題名のシスター・ジョージは看護婦ジョージという意味で、アメリカでは看護婦をシスターといわずにナースと呼んでいる。そんなことから台本をどんなふうに改変するんだろうと思いながら、ロンドン上演テキストとエスカイアのテキストとを比較してみたところ全然おんなじだった。それでいいんだという人がいるかもしれない。けれど、どこか違ってくるはずだし、ブロードウェイ上演台本のほうを掲載すればいいのにと思った。つまらない理屈をならべたが、この戯曲は一晩ですらりと読めた。というのは駈け出しの新人の作品であって、作劇術が簡単なせいだろう。シスター・ジョージというのは六年越しのTV人気ドラマの役名だが、視聴率が落ちだしたために、その女優がホサれてしまう。あとでもっと詳しく書くが、よくある芸能界の出来事をブラック・コメディ仕立てにしたので賞められたのであって、この新人の名前はフランク・マーカスといい、ロンドンの骨董品屋さんである。この商売をしていると、変てこな人間と付き合う機会が多くなり、それによほど暇な商売だとみえて戯曲を書くようになるそうだ。ウルフ・マンコウィッツも骨董屋から一流の劇作家になった。

ところで「階段」Staircase のほうを読みだしたところ、こいつはお手あげだぞと思った。おそるべきイギリス式ジョークの連発なので、情けないことに歯が立たない。一晩で読めるどころか三日間も机にかじりついていた。辞書なんか、てんで役に立たない言いまわしばかりしている。このままブロードウェイでやったら、お客さんには何がなんだか判らないだろうと思ったくらいだ。

パンチ誌の編集長だったマルカム・マッガリッジがいいことをいった。『イギリス人が、ほんとうに真面目な気持で口にするのは、ユーモアだけなんだ。ロンドンを空爆されても平気な顔をしているが、ユーモアを敵に叩かれたらライオンのように吠えだすだろう』と。こんな言葉を思いだしながら、むずかしいなぁと繰りかえし呟いて読んでいったのも、つぎのようなことが頭にひっかかりどうしだったからである。

第一にシェークスピア劇団（RSC）が、ポール・スコフィールドに理髪師チャーリーをやらせ、パトリック・マギーに理髪師ハリーをやらせた二人だけのブラック・コメディであって、演出がRSCの親分ピーター・ホールだということだ。スコフィールドは映画「大列車作戦」でパリにある名画をドイツへ運び込もうとするナチ将校をやって流石は名優だと感心させたが、もうじきロバート・ボルトの芝居「あらゆる季節の男」の映画化で主演している彼が見られることになる。そんなことが頭にあった。

第二に「階段」の作者チャールズ・ダイヤーは、このまえの「単純な男の饒舌」Rattle of a Simple Manで鬼才ぶりを発揮した新人だが、この新作で一段と腕前をあげたということ。新しい劇作家としての彼は、アヌイ、ベケット、ジュネ、マルグリット・デュラス、ウェスカー、オズボーンを一緒くたに連想させるいっぽう、彼らとも違ったオリジナリティを発揮しているそうだ。

説明を加えると、古典劇のように人物を最初から窮地に追い込んでおいて、さらに圧力を加えていき、最後に撥ね返しがやってくると、その人物は経験したことがない精神的な高さにたっするというのがダイヤーの作劇術である。たとえばアヌイは、そんな人間的立場にあって清純なものから汚ならしさを発見するというテを使ったが、ダイヤーは汚ならしいものから清純さを発見するのだ。この点でモーパッサンに似ている。また彼はベケットやジュネのように祭式めいた趣向は取りいれない。サルトルのように人間のモラルを変えてやろうなんて力まないし、ウェスカーのように教育がないから仕込んでやろうなどという気も起こさない。デュラスのように人間の倫理的価値に攻撃を加えたりなんかもしないし、オズボーンのように個人が自分と社会との両方の重荷でくたばってしまうというふうにもしない。人間というものは、およそ勇気がくじけるような不意打ちにぶつかっても、ふしぎに立ち直ってしまうものだというのがダイヤーの考えかたであって、それを証明する手ぎわが、ほかの劇作家とは、まるで違うのだ。

第三は、腕前は達者だが「階段」は内容が安っぽいという批評があることだ。彼の狙いは、いかにしてスクエアな観客にショックをあたえるかにあり、その計算のうまさは憎らしいほどだ。スクエアは普通だれも口にしないようなセリフの洪水で、じつは喜びながらも渋い顔をしているうちに、最後は矢張りスクエアが勝ったような気持になって劇場から出て行くのだが、うまく騙されたことに気がついていない。スコフィールドもマギーも声を変色させ、ロンドン児でも、よく聴いてないと意味を取り逃すほど、厄介なセリフである。それにしてもRSCの最高スタッフが、「階段」と取組んだということは、チャールズ・ダイヤーにとって光栄だ、と批評されている。

台本を読んでみると、『これは二人の中年男の物語だ』と作者はまず断り書きをつけたうえで、登場人物の主役が作者自身の本名になっている。ホモセクシュアルだから、うっかりすると名誉毀損で訴えられるかもしれない。それで用心したのだ。

ロンドンの南にあるブリクストンの町の理髪店のなかが舞台装置になっている。日曜の朝なので客はいない。チャーリーとハリーの二人だけがいるが、この理髪店は二人の共同経営で、おたがいが同性愛におちいっている。

さっきからハリーがチャーリーのヒゲを剃ってやっていたが、幕が上がったとき、剃りおわって、こんどはチャーリーがハリーのヒゲを剃ってやっていると、店の横手にある階段を降りてくる女の靴音がする。二階の部屋を借りている若い女で、原稿のタイプ清書を請負っていた。

中年男のチャーリーは、まだどこかハンサムな感じがするが、ハリーのほうは老い込みはじめ、腹が出っぱっているだけでなく、頭がすっかり禿げてしまった。カツラはあるのだが、どうしたわけか手術したあとみたいに繃帯をグルグル巻きにしている。それでも若いころはハンサムだった。

『日曜って変な日だな。客は来ないし』といってハリーの顎にできたニキビを押しつぶしながら『不潔だなあ』とチャーリーが叱りつけた。ハリーは、ゆうべ夢を見た。デパートのエスカレーターに真っ裸で乗っている。それはきっとチャーリーといっしょに海岸へ遊びに行くのがオジャンになったので、それが潜在意識になっていたんだろう。その裸の恰好が、まるで豚のように醜いのが夢のなかでもわかった、とハリーが情けなさそうな口ぶりで話す。そしてヒゲを剃ってもらうと、こんどはまた彼の番で、チャーリーの爪をみがきはじめた。

チャーリーは若いころ女房に逃げられ、そのころから顔を見てないキャシーという娘は、もういい年ごろになっている。その娘から手紙が来て親子の対面がしたいというので、明日は駅まで出迎えに行かなければならなくなった。はじめて会う父を見て、どんなふうに感じるだろう。それがずうっと気になっているのだ。

マニキュアがおわると、ハリーは紅茶を入れ、パウンド・ケーキを出して切った。二人の同性愛関係でハリーは女房役だった。じつは二十年前のことだが、チャーリーをいっぱしの理髪師に仕込んでやったのは彼だったのである。だがそのまえチャーリーは何をしてたんだろう。そこがハッキリと判らない。チャーリー自身にいわせると、そのころは女房といっしょに役者をやっていて、もうすこし身をいれれば、すこしは有名になっていたんだが、芝居の世界がイヤになってしまったというのだ。そこがどうもクサイとハリーが感づきだしたのは、チャーリーが口にする芝居の連中の名前が、みんなチャーリー・ダイヤーという彼自身の名前とゴロ合わせになっているからである。たとえば彼を売り出してやろうとした演出者がアーチー・セルダー、その親分の興行師がダルシー・レルシー、彼を贔屓にしていた社交界の一流ホステスがシャーリー・ドレースといった具合なのだった。

またハリーが理髪店をはじめるまえは何をしてたかというと、ボーイ・スカウト長だった。ところが、みんなに『あなたは結婚しているんでしょうね?』といわれ、そのたびにホモセクシュアルではないんだろうね、とひやかされているような気がして、顔があかくなったとチャーリーに告白する。そしてそのあとで急に『おれだって、ちゃんと淫売を買いに行ったことがあるんだ』といって虚勢を張りはじめた。これも本当か嘘かわからない。

そんなとき入口のドアを叩く音がし、警官がチャーリーを起訴する召喚状を持ってきた。

雨が降りだしている。召喚状を読んだチャーリーがすっかり取り乱してしまったので、ハリーは鎮静剤とジンを買いに出かけたが、もう夜も遅いので薬屋も酒屋も店を閉めていた。しかたなしにホット・チョコレートをつくってやり、アスピリン錠を飲ませたうえで寝かせようとしたが、チャーリーは眠れなくなった。

彼はこないだ「アダムス・アップル」という会員制クラブで大失態をやらかした。酔っぱらったあげく、タバコを売っている女の子の服を借りて女装し、会員の一人に抱きついたというのである。女装したために風俗紊乱で引っかかったという話はハリーに内緒にしといたが、召喚状にそう書いてあるので、はじめて知った彼は驚いてしまった。チャーリーは、むかしミュージック・ホールで女装のパントマイムをやったことがあるので、ほんの座興のつもりだったと胡魔化したが、ハリーのほうでは、もうそんな嘘には乗らない。まえから変だと思っていたが、芝居仲間というのは、みんなデッチあげじゃないか、どれもこれもチャーリー・ダイヤーという名前とゴロ合わせになっているのに気がついたぞ。いったい何をやっていたんだと突っ込むと、百科全書のセールスマンをやっていたとチャーリーは打明けるのだった。

いままでチャーリーの女房役だったハリーは、いつもおとなしかったが、もう堪らなくなって、相手を叱りつけるような態度をとりだす。チャーリーのほうは、じぶんが勝手につくっていた幻影みたいな過去にしがみついているまではよかったが、それを剝ぎ取られてしまったので、どうすることもできなくなった。召喚状の指図どおりに、あと十日したら裁判所で弁明しなければならない。はたして許してもらえるだろうか。

もう夜明けも間近いころ、いったん寝ようとして二階へあがったハリーが、また降りてきて、ジンを一本さがし出し、二人は飲みはじめる。それからまたハリーが姿を隠すと、頭に巻いていた繃帯をはずし、カツラをかぶって出てきた。

そのとき二階の階段を降りてくる女の靴音がする。朝になったのだ。チャーリーは靴音に耳をすましながら『あの女だよ』といって笑いだすと、ハリーがひろげた腕のなかに飛び込んでいった。

なんだかよく意味がつうじない進行状態を書いてみたが、二階の女の靴音が二度する一昼夜のあいだ、二人のホモセクシュアルは理髪店の椅子に腰かけたり、立ったりして、いったい何を捜し求めているのか判らないようなジョークだらけの対話をつづけていくのである。作者自身も、この戯曲を書いているうちに登場人物は二人だが、チャーリーだけになったような気がしはじめ、召喚状の件も彼の空想が生んだのではないかという気がしたといっている。階段は人間が上のほうへ行くためにつくったものであり、そんな意味でつけた題名だが、チャーリーにとってはカツラが階段の役割をしている。きたないことばかり喋らせながら最後にカツラを出してスクエアな観客をホッとさせたのであった。それにしても「ゴドーを待ちながら」をイギリス式にしたような芝居だった。日本での上演は無理だというほかないが、ぼくは芥川比呂志がチャーリーを演じている舞台を空想したものだ。

「シスター・ジョージ殺し」も日本の観客には向かないが、筋はもっと判りやすく書いていくことができるだろう。

ロンドンのデヴォンシャー街にTV女優ジューン・バックリッジが借りているアパー

トの一室がある。それが舞台装置で、幕が上がると、駈け込むように入ってきたバックリッジが、気持を落着かせようとして細巻シガーをスパスパやりだした。いつもの帰る時間とはちがうので、アリスという少女みたいな感じのする女が『どうしたの？　ジョージ』と訊いたところ『みんながあたしを殺そうとしてるんだよ』と返事したまま興奮状態がおさまらない。

アリスがジョージと男の名前で呼んだのはこれがバックリッジのTVドラマの役名で、「看護婦ジョージ」の番組で人気者になった彼女は、こっちのほうが本名みたいになったのである。もう六年も続いている番組だが、最近になって視聴率が四パーセント落ちた。

アップルハーストという農村があって、看護婦ジョージは毎朝はやく自転車に乗って個別訪問の診療に出かける。学校へ行く生徒たちや遊んでいる子供たちが『シスター・ジョージ！　おはよう』と呼びかけ、彼女は笑顔でポッポッポッと列車の走る音を声に出しながら自転車を走らせていく。その元気がいい姿を見てファンは満足し、「シスター・ジョージ」番組の今週は、どんな話だろうと熱心にTVスクリーンをながめてきたのだった。

そのシスター・ジョージが可哀想にホサれようとしている。彼女は、それに感づいた。そう思うと自分が殺されそうな強迫観念におそわれだしてくるのも当然だろう。ところが中年女のジョージはレスビアンで、それもサディズムの傾向があるのだった。さっきから葉巻をスパスパやっていると、心配したアリスが慰めようとする。この子は少女みたいだ。しかし本当は三〇歳を越している。男に棄てられたあとで食うに困っているのをジョージが同居させたのだった。

ジョージは慰められているのに、怒りだしてしまい、葉巻が消えているのを見ると、アリスに食べろという。食べないと、もっと残酷な仕打ちを受けるので、アリスは葉巻の灰を落してからムシャムシャと食べだした。こないだもジョージは「ベルス」という酒場で酔ってしまい、外へ出ると尼僧が二人乗っているタクシーを見つけ、停車している隙に乗り込んでしまい、おまけに暴力を加えたというのである。このことは教会に寄附をするという話し合いがついて、大っぴらにはならなかったが、彼女をホスつもりのほうでは、いい口実になった。

このとき一人の訪問者があらわれた。ミセス・マーシーといって身上相談の時間にホステスをやっているTVタレントである。この女もレスビアンらしく、最初に寄附金の話を持ち出したあとで、アリスの部屋を覗きこみに行き、帰りしなには廊下で彼女に何か耳うちしていた。

不安になったジョージは、彼女にいつも親切なマダム・クセニアというカード占い師が、うえの部屋で暮しているので、アリスに呼びにやらした。占いをはじめると、なんでもピタリと当ってしまう。近いうちに悪質の風邪をひくといい、ミセス・マーシーが置き忘れた封筒をあけてごらんという。この封筒も見ないで当ててしまったんだが、なかからメモが出てきて、いままで視聴率がトップだった「シスター・ジョージ」が六四パーセントで第二位に落ち、トップにのしあがったのは六八パーセントの「ジンジャー・ホプキンス」だった。

この晩からジョージは不眠症におちいってしまい、夜っぴてジンを飲みながら、古いスクラップ・ブックをひっくり返している。それが一週間つづいた。酔っぱらいだすとサワリの台辞を口にしはじめ、シスター・ジョージになってしまうのだ。朝の一番郵便で届くはずの台本に彼女の名前が出ているだろうか。ホサれる覚悟はしているが、不安でしょうがない。それで朝までジンを飲みながら郵便屋が来るのを待ちかまえるようになった。

そんなとき、もういちど「シスター・ジョージ」に出演してもらうことになったし、新しい企画があるから打合わせに行くという電話がミセス・マーシーからかかってきた。ジョージとアリスは大喜びして、珍コンビ喜劇のローレル&ハーディの真似をしてハシャいでいると、ミセス・マーシーがやってきたが、その相談というのが人をバカにしたものなのである。

ちょうど交通安全週間にあたるから、こんなアイディアがいいと思った。いつもどおりシスター・ジョージが元気な姿で自転車を走らせていると、オークミード街道で向うから十トン積み大トラックがスピードを上げて走ってくる。そのトラックにハネられてジョージは即死してしまう。これが彼女にとっての最後の番組だというのだ。ジョージは風邪がもとで死ぬのならいいけれど、トラックにハネられて死ぬのはイヤだというが、こんど来たとき新しい企画の具体案を話すからといって、ミセス・マーシーはアリスに目配せして帰っていった。

ジョージはイヤイヤながらトラックにハネられて死んだ。舞台は暗くなって、そのテレビ画面が映しだされる。鳥がさえずっている田園風景のなかで、ジョージが歌をうたいながら自転車を走らせていると、トラックの音が近づいてきて、そこでカットすると『おい、眠っちゃいけないよ』と助手台の男がドライバーに注意したと思った瞬間、自転車を引っかけた音。ついでトラックから飛び降りた二人が愕然としている。『こいつは大変だ。シスター・ジョージじゃないか!』と死体にかがみこんだ助手台の男が口走った。

舞台が明るくなると、ジョージの部屋は、ファンからの弔電や花束で取り散らかっている。占師のマダム・クセニアとアリスが、テープにとった衝突場面の音を聴きながら、ほんとうにトラックに轢かれたとしたら、あたしはどうなっているかしらんとアリスがいう。するとクセニアは、死なないですんだが、頭がおかしくなるという占いが出た、といっているところへ、さっきから外出していたジョージが、まだ昼間だというのに一杯機嫌で帰ってきた。あんなにホサれるのを怖がっていたのに、テレビでシスター・ジョージが殺されてから十日もするとケロリとしてしまい、六年ぶりでジューン・バックリッジに戻れたのが嬉しくてしようがない。毎日デパートへ出かけたり、一杯飲んで帰ってくるという始末なのである。

そこへまた姿をあらわしたのがミセス・マーシーで、BBC局ではジョージが死んだ反響が大きかったので、新番組として「牝牛クララベルの世界」というのを企画することになったという。それは子供向き番組で、ジョージは人間みたいな豚になり、いろいろな出来事が身にふりかかってくるというわけである。それを聞いてジョージは情けなくなった。豚になるのはイヤだといって強情をはる。そばでアリスがおやりなさいよ、とすすめたが駄目だった。

このアリスを秘書につかいたいとミセス・マーシーがいう。ジョージは勝手にしろという気持になった。そして二人が出て行ったあとでジョージ一人になると、ラジオのスピーカーからお弔いの鐘の音が聞えてきて、アナウンサーの説明がはいる。『今日はアップルハースト村にとって悲しい日になりました。みなさんに親しまれたシスター・ジョージが亡くなり、そのお葬式がいま行なわれています』。そして鐘の音が、また聞えてきた。

ジョージは悲しい声を出した。牝牛の恰好をして、ムーと唸ったのである。もういちど声を大きくしてムーと唸った。そして三度目には悲痛な叫び声にも似た調子で、ムーと大きく唸ったのだった。

こんな芝居で、なんだかイオネスコの「犀」の幕切れを思い出させる。シスター・ジョージとアリスとが同性愛におちいっているあたりは心理的なセリフなので書けなかったが、レスビアニズムとTVとを組合わせたあたり、それがショックとなってスクエアな観客にはまあ面白いだろう。スクエアといえばチャップリンの「伯爵夫人」を思い出した。あれは三幕の芝居の長さなのに一幕目しかないようなものだし、チャップリンは「ファイヴ・コーナード・スクエア」になってしまった。そこへいくとアントニオーニの「欲望」（原題の「ブロー・アップ」―拡大写真―はヒップの味があっていい）には、ヒップ・ピクチュアとして、とても感心した。

（昭和四二年五月号）

3 ニューヨーク・パリ・ロンドンの公衆便所を残らず覗いたジョナサン君とセリナ嬢

昨年の五月ごろだったが、なにか面白い本はないかと思って、ニューズウィーク誌の新刊書評に目をとおしていると、「親愛なるジョン」という見出しがついていて、とっさには何だか見当がつかない題名の本があった。

「よりよいジョン案内―ニューヨークでは何処へ行ったらいいか」という題名である。ついそのまま見当がつかない気持で読んでいった。

ジョナサン・ラウスという男は、生きている人間の誰よりも頻繁にジョンへかよったにちがいない。ロンドンにもパリにもニューヨークにも彼がはいらなかったウォータ—・クロセットはないだろう。まだ若いイギリス人だが、最初がロンドンで「よいルー案内」という題名で出し、ついでパリのキャビネについて鋭い観察をした「ポルスレーン案内」を出したが、こんどのはニューヨークのカンフォート・ステーションの最高のやつや最低のものなどを実地調査したものである。なかなか愉快で皮肉なガイド・ブックだし、マンハッタン旅行者は、これを手にしてホッとするだろう。

こんな本をワザワザ注文するなんてゲテモノ趣味だが、値段をみると二ドル半だった。ジョンが「便所」だということは、すぐわかったが、書評氏もシャレ気を出したとみえて、以上のような冒頭の文章のなかに、いくつも便所の別名をつかっている。「ルー」100というのは初耳だったので、日本の辞書を引いてみると〈トランプ遊びの一種〉としか出てないが、ペンギン・ブックの辞書には、ちゃんと〈便所〉となっている。だからこの辞書はすきなんだ。

書評氏は、つづけて内容の一端にふれ、たとえばメイシー百貨店の四階は、お子様コーナーだが、そのフローアの婦人便所には大きいのと小さいのとが並んでいるとか、アスター・ホテルの便所は芝居の幕合いに満員になるから、予約の必要があるだろうといったような例をあげている。そして便所ガイドであるからには落書についても触れなければならない。それにはこれこれの例があるといって示したあとで、いいガイド・ブックだが、ここで賞められた無料ジョンの提供者は有料ジョンにするかもしれない。それがちょっと心配になったと、書評の最後でウイットをとばしているのだった。

便所の落書のことを「グラフィーチー」graffitiというが、もとはポンペイの壁画にあるような削ってかいた絵や文字のことだった。そしてゲテモノ趣味のぼくが、千円なら安いやとおもって注文したのも、ニューヨークの公衆便所の落書が読みたいからだった。

二カ月ほどして本が到着した。やっぱり嬉しいものだ。すぐパラパラとやると、ジョン・グラシャンという漫画家の挿絵が三〇ばかり入っているが、ふつうはイラストレーションというのに、ここではグラフィーチーとしてある。こいつはいいぞ。問題の落書ジョンは、やはりちょっと凄いから、そのスケッチをここに借用させてもらおうかな、といままた考えているのだが、そのときオヤと思ったのはセリナ・スチュアートという女性が共著者になっていることだった。

なるほど二人で仲よく、ロンドンからパリ、そしてニューヨークへとジョンめぐりをやってきたんだな。このつぎは何処へ行くつもりなんだろう。ブロードウェイあたりのコーヒーハウスで一休みしているとき知り合いと顔をあわして『何をしてるんだい?』と訊かれた二人のどっちかが『ジョンめぐりですよ』と返事しているところなんかを勝手に想像しながら、こんな本はベストセラーにはなりっこないだろう。それなのにコツコツと、こうした社会学的勉強をしているのは偉い。異色あるヒップだと思った。そしてふと、いまも日本橋小網町にあるウナギ屋「喜世川」の息子が小学校のとき机をならべた友だちだったが、いつもそのカスリの着物がウナギくさかったことを思い出した。

さて本をめくると扉ページに「そのときほかの何処へも行きたくなくなった人に」という献辞があり、ついで一枚めくるとエディンバラ公フィリップ殿下の言葉が引用してある。

『これこそ大切な水の最大浪費である。たかが½パイントの小便なのに、あと始末に二ガロンも使うんだからな』

それからもうひとつ。つぎの言葉は、大昔ニューヨークの街の通行人が、すれちがいざま、大声でケシかけるときに使ったそうだ。

『ゆっくりお楽しみ！』

そうなのか。ニューヨークでも立小便してたんだな。

目次をみると、マンハッタン島の南端から始まり、グリニッチ・ヴィレッジを通って、北へ向って歩きながら、ブロードウェイの東と西を行ったり来たりし、ブロンクス区の動物園を抜けてからケネディ空港にたっしている。そのあいだのジョンには、みんな名前がついていて、数えてみると一一カ所のジョンが南から北への位置的順序でズラリと並んでいる。そして本文のほうを見ると、気にいったジョン、つまり清潔な感じがするだけでなく、たとえばRCAビル六五階にあるレインボー・ルームのジョンは窓から見える眺望が素晴しいというような説明がついていて星が三つ付いている。

それで三つ星ジョンはいくつあるのかと数えてみたら六つ。やはりフンイキがいい二つ星ジョンが六つ。ちょっと風変りだなと思った一つ星ジョンが七つあり、とても気にいったとみえて★★★★をつけたジョンが一つだけあった。

このときイギリスとパリのジョンには四つ星クラスと三つ星クラスがどのくらいあるのかなと思った。というのはアメリカ人は案外にジョンには無関心で、一流レストランでも味のないのが多いと書いてあるからだ。どこへ行ってもダイクマン便器会社の小型で堅牢無比をほこるジョンばかり取りつけてある。たまには風変りな特色があるやつで小便やウンコがしたかった。財界の巨人ピアポント・モーガン二世は一九四八年に他界したが、地下道を抜けていくと書斎があり、そこで本を読みながら用をたしたという父親ゆずりのジョンがあったのである。彼の専用浴槽は一二フィートの長さがあり、蛇口は純金製だったというから、きっとジョンのほうにも特色があったことだろう。

その昔、こうした上流階級のあいだでは、『あいつの性格は取巻き連中で判断するより便器を見たほうがいい』といったそうだ。おそらくモーガンは拭く紙にしても特別あつらえだったにちがいない。一流名士の机とか寝台は残っているが、それに匹敵するはずのジョンのほうは残っていない。これで大儲けしたダイクマン会社あたりが捜し出したらどうだろうか。じつは、まだあるはずだと思ってモーガンのジョンを捜しまわったが、ついに見つからなかったからだ。

こんなことは「話の特集」くらいしか書く雑誌がないので、本のほうもしまい込んでしまったが、こんど出してみて調べなおしていると、女のほうもジョンというのでビックリした。つまり、つぎのようになっている。

ジョン John 個人的な衛生器具類が置いてある部屋で、トイレットが必ず付いている。この名称がついたのは一七三五年のことで、ハーバード大学生のジョン某氏が、あまりに小便近かったからだった。別名にラヴァトーリィ lavatory バスルーム bathroom リトル・ボーイズ・ルーム little boy's room レスト・ルーム rest room カンフォート・ステーション comfort station ティンクル・ステーション tinkle station があるが、アイルランド人はボッグ bog イギリス人はルー loo といったりする。

セットになったジョン、というのは、一方が男子用、片方が女子用になっているからである。

トイレット toilet そのうえに尻を乗せる器具で、あとで水を流すようになっている。

ストール stall 男が立ってするためにデザインされた器具で、商売人のほうではユーリナル urinal と呼んでいる。

ベイスンbasin手を洗うことができるかもしれない蛇口つきの器具で、シンクsinkと呼ぶ人もいる。

ジョナサン君とセリナ嬢がニューヨーク港に着いたとき、すぐさま見物に出かけたのはリバーティ・アイランドの「自由の女神」だったが、どこにもジョンがないので呆気にとられたそうだ。どうやって見物人は我慢するんだろう？　苦情をいった者はないんだろうか。これはアメリカ政府が贈り主であるフランスの政治的団体にかけ合ってパリの鉛管工を派出させ、遅ればせながら取りつけるべきだと考えた。ところがあとで教えられたのは、フレデリック・バルトルディの設計図を見ると、女神が右手でかかげたタイマツの下の展望台に男用ジョン、女神のヘソが窓になっている腹部の一カ所が女用ジョンになっているということだった。すると手を抜いたというわけだ。

マンハッタン島の南端からすこし上った西側のパール街に、ジョージ・ワシントン記念館があって、一階が料理店「フローンセス・タヴァーン」になっているが、この三階にジョージ・ワシントンの「さよならジョン」という有名なやつがある。一つ星ジョンだが、この故事を書いておこう。

これは一七一九年に金持の邸宅として建てられたが、一七六二年には倉庫になってしまったのを、フランス人と黒人の混血児として西インド諸島に生れたサミュエル・フローンセスが買い取り、飲み屋兼宿屋に改装した。越えて一七八三年十二月四日、独立戦争でコーンウォリス指揮の英軍を敗北させた植民地軍の指揮者ジョージ・ワシントン将軍が、ここで部下たちの労をねぎらったのである。

『じゃ諸君さようなら』とワシントンはブドー酒をなみなみと注いだグラスを取りあげ『諸君の健康と幸福を祈る。私のほうから諸君の一人ひとりに握手の手を差しのばさなければならないが、すこし大勢すぎるようだ。よろしかったら握手しに近づいてくれ給え』といった。だが部下たちは、みんな遠慮している。それでワシントンは急ぎ足で三階へあがると、このジョンにとび込んだというのである。こうしたわけで一九〇七年に記念館となった。


グリニッチ・ヴィレッジに入ると、ブリーカー街の「カフェ・フィガロ」に落書で有名なジョンがある。グラフィーチー研究家にしては、これを見なければ資格がないだろう。最近はベトナム抗議の名フレーズがふえてきたように新しい傾向がわかるのだ。ところがワイセツなフレーズのほうは感心するのがすくなくなった。ずっと以前に書かれたらしい形跡がある名フレーズが依然として群を抜いている。それは、

『ぼくは九インチ半の寸法です。興味をもつ人はいませんか?』

となっていて、その下に、こう書いてある。

『興味があるどころかウットリとしたよ。きみの〇〇〇（原文伏字）は、どのくらいの長さだい?』

これにつづく名フレーズは読者自身が実地へおもむいて読むほかない。発表可能なも

のだけ並べておこう。（註・ぼくには訳せないので、博学の士のため原文で紹介しておく）
"Pinkey Lee is secretly alive in Argentina."
"Dave Bromberg is more fun than a National Park."（これは女のジョンで目についた）
"I am the rightful heir to President Poke yet no one will listen to me."
"Trotsky will Return."（これは有名だ）
"To be Beat is to be cool. To be beat-cool is NOT to be Beat. To be Beat-Cool and not to be beat is NOWHERE"
こうしたグラフィーチーにまじって、
『読者のみなさん、クリスマスおめでとう』
と書いてある。
もうひとつグラフィーチーで有名なのは、六番街西三三丁目がブロードウェイと交叉する地点の広場にある公衆便所で、『西部へ行け、若者たちよ』の名フレーズで知られたニューヨーク・トリビューン紙の創刊者ホレス・グリーリーの銅像の横にある。だが物騒なジョンとしても有名だから、よほど堪らなくなったときだけにするがいい。ここのグラフィーチーを二つだけ紹介しておこう。
『おまえは女（Grils）がすきかい？』と書いてあるが、その下に誰かがスペリングを訂正して、
『女（Girls）の意味かい？』

と書きたしたところ、その下に最初の男の筆蹟で、『どこがいけないんだ。ちゃんとGrilsで通じてるじゃないか』と凄んでいる。もうひとつのは、こうだ。『何もかも二つあるんで困っている。どうしたらいいんだろう?』そのしたに、また誰かが、『本を買って研究しろ』と書きつけた。どうやらこのジョンには共作者が、さかんに出没するらしい。

ジョナサン君とセリナ嬢がお気にいりの四つ星ジョンはどうなっているんだろう。すこしページをめくっていくと、六番街と七番街のあいだの西五〇丁目に「ラ・フォンダ・デル・ソル」というメキシコ・スタイルの料理店がある。女のほうは玄関からロビーを左に折れ、階段をあがったところ。ドアを押すとベルニック・ロングレーが描いた素晴らしいメキシコ式の壁画で取巻かれている。これが見たくてコソコソとはいってきて大急ぎで出ていく男の客が大勢いるそうだ。この部屋をひと跨ぎするとフリーのトイレットが四つあり、熱い湯が出るベイスンが二つあるが、その蛇口のネジが青と橙に塗ってあってキノコのように見える。

男のほうは一階ロビーの突きあたりにあるが、あまりにもエレガントなので、はじめて入ったときはビックリするだろう。ストールが四つ、フリーのトイレットが三つ。しャがむと凹んだ壁に灰皿とマッチが置いてあるのに気がつく。熱い湯が出る三つのベイスン。この蛇口も変形だ。女のほうと同じように化粧台が二つ。カミソリ、爪切り、いろんな種類のオーデコロンやタルカム・パウダーなどが置いてある。

この料理店の東側あたりにある「フォー・シーズン」レストランのジョンは三つ星。大理石とバラ材を使った大きなレスト・ルームであるが、金をかけたわりにはムードがピーンとこない。女のほうには香水そのほかメーキャップ用のクリームやパウダー、男のほうにも似たようなものが並んでいるが、ここの排水装置はスマートなもので、トイレットの右にあるボタンを軽く押せばいい。壁面の凹んだ棚に灰皿と、大理石台の読書用電気スタンドが置いてある。ついでに電話をつけておけばよかった。

五番街にある「ティファニー宝石店」のジョンにはいってみよう。もちろん女のほうだが、ちゃんと電話がつけてある。

エレベーターで中二階へあがって左のほうへいった隅。フリーのトイレットが三つ。熱い湯が出るベイスンが三つ。とても上等な石けん。手前の部屋にはジュータンが敷きつめられ、化粧テーブル、ソファ、椅子、デスク。そのうえにある電話はダイヤモンド注文用の店内電話。用をたしながら決心する女のひとが多いんだろう。それともここで注文するのがヒップかもしれない。パネルでかこんだ二つのブースのなかに外用電話が置いてある。トイレ係の女は一流のお客と顔なじみだし、一流ホテルのジョンも顔まけするような清潔で上品なムードなのが自慢らしい。『なにぶん客だねが違いますんでね』と彼女はセリナにいった。男のほうはエレベーターで六階にあがり、左のほうへ行くと事務室みたいな感じになっている。ストールが四つ、フリーのトイレットが四つ、熱い湯が出るベイスンが三つ。ここは女のほうほど凝ってはいない。

こんなふうにジョナサンとセリナの二人は、どのジョンを覗いても、トイレットがいくつあって、手を洗うとき熱い湯が出るかどうかノートしておくのを忘れない。

二人は、まるで狐にだまされたような気がしたことが、いくどもあったといっている。たとえばヴィレッジにあるマザー・ベルトロッチの店のジョンにはいってごらんなさい、といわれたけれどどこも変っていない。パトリック・マーフィの店のローソク・ジョンに昼間はいってごらん、といわれたが、やっぱり同じなのである。

聖書がトイレットのなかに鎖でぶらさがっていて、ストールには、その日にふさわしいページがひろげてあるジョンがあるそうだ。またあるクラブの女用ジョンには、等身大の男の裸体写真が貼ってあって、あそこはイチジクの葉で隠してある。それを持ちあげようとすると、防犯ベルが鳴りだすそうだ。けれど二人は捜すことができなかったといっている。

もっと詳しく知りたい人や、ニューヨークへ行ったとき試してみようという人のために原書名を記しておこう。

The Better John Guide: Where to Go in New York, compiled by Jonathan Routh with Serena Stewart.（Putnam）

（昭和四二年六月号）

4―スティヴン・マーカスのポーノグラフィ論をめぐって

本のことで最近いちばん迷ったのは「マイ・シークレット・ライフ」My Secret Lifeという厚い二冊本が、グローヴ・プレスから出版され、その写真入り広告を目にしたときだった。

これなのか、あの有名なヤツはと思いながら、とたんにほしくなったが、値段をみると三〇ドルなのである。ぼくには、ちょっと高いなあ。それでも思いきって注文してしまえば、二カ月くらいして本が到着したとき、しかたなしに一万二千円はらい、そのかわり重い本を手にしてホッとするだろう。二冊がいっしょにケースに入っていて二三五九ページである。そしてこの本というのが、ヴィクトリア朝の一八八八年に誰だかわからなかったイギリス人によって、たった六部だけ秘密出版され、そのときは十一巻になって四二〇〇ページもあったこと、推定するとこの金持の変り者は、きっとアイツだよというG・レグマンの序文を読み、なるほどスゴイものだなと感心しながら本文にうつって変な気持にさせられていく。そんなところまで想像してみたが、買うのはすこし我慢しろと自分にいいきかせ、とうとう注文しなかった。

そうしたらスティヴン・マーカスの「ほかのヴィクトリア時代人」The other

Victoriansという本が手に入った。これは「マイ・シークレット・ライフ」にさきだって、やはり最近出版されたもので、いろいろと話題になっている。副題が「十九世紀中葉のイギリスにおける性的嗜好とポーノグラフィの研究」となっていて、パラパラとやると大部分が「マイ・シークレット・ライフ」のことなので驚いた。そしてそのまえの章にはピサヌス・フラクシ Pisanus Fraxi というペンネームを使った男のことが、これもくわしく書いてあるのである。

ぼくは目をこすった。そういえば二年ほどまえのことだが、アメリカの古本リストでエロ本みたいなのが並んでいて、そのなかに「ピサヌス・フラクシ」という名でとおるようになった珍本のリプリント版が二五ドルで出ているのを発見し、ちょっとほしくなったのを思い出したからである。この本は第一冊目が一八七七年に二五〇部だけ私家版として出版され、六二一ページあったが、ついで七九年に二冊目が、八五年に三冊目が増補出版され、約一万五千点のポーノグラフィの目録と解説になっていた。

どうしてピサヌス・フラクシという変てこなペンネームを使ったのか。それはフラクシ fraxi というのがラテン語の「灰」fraxinus をもじったもので、彼の本名がヘンリー・スペンサー・アシュビー Henry Spencer Ashbee といったからである。ピサヌス pisanus のほうは「小便する」piss と「腔門」anus とを組合せてラテン語みたいにしたのだった。そしてこのアシュビーが一九〇〇年に六六才で死んだとき、彼があつめたポーノグラフィは一万五二九九冊にたっしていた。と同時に彼はセルバンテスの愛読者で

「ドン・キホーテ」のあらゆる版と翻訳をあつめていたが、この両方を大英博物館の図書室に寄付しようと、遺書にしるしておいた。つまりポーノグラフィ一万五千冊の永久保存は断わられると思ったので、そうしてくれるなら「ドン・キホーテ」を全部あげるといって釣ったのである。博物館側では、こいつがほしかった。それでアシュビーのポーノグラフィ・コレクションは、どこへも散らばることなしに、この大図書室の奥まった棚に、いまでも眠っているし、このエピソードは有名だ。しかしそのとき、このコレクションのなかにあった「マイ・シークレット・ライフ」は誰が書いたものだか判らなかったのである。

ここでぼくは「タイム」誌の書評が気になったので読みなおしてみた。その全文ではないが、こう書いてある。

エロ本出版のグローヴ・プレスが、ついに反清教徒的な肉欲にみちた大鉱脈を掘りあてた。それは気持がわるくなり、ヘドを吐くのがすきな読者むきのタムズ Tums であり、いうまでもなくタムズはスマット smut を逆綴りにしたものだ。
「マイ・シークレット・ライフ」を前にすると「ファニー・ヒル」はメアリ・ポピンズみたいに見えてくる。その分量からいうと、太刀打できるのはカサノバが書いた思い出があるだけだろう。彼が関係した女となると、ここで彼自身が数えているだけで一二五〇人になり、もっとよく数えてみた研究家によると二五〇〇人になるそうだが、こうなるとにかく、あらゆる種類の自伝のなかで一番ながいだけでなく、いままでに書かれた一番ながい性的な思い出なのである。こうまでになると性的なファンタジーは非現実性をおびだすが、じつはそのどれもが本当にやったことなのだった。そのため著者は名前を隠して出版したわけだが、自分の名前を出さない自伝なんて、たぶんこの一冊だけしかないだろう。彼は一生涯を女の恥部にささげ、やったことを残らず書いた。いわばモンス・ヴェネリス登山家だったのである。なんでそんな真似をしたかという理由は簡単だ。その特別な山が、そこにあったからである。どこの国の山にも登った。登らなかったのはラプランドの山だけだった。

この登山家の名は、思い出のなかでは「ウオルター」となっているが、いったい誰だったのか。読みながら気がつくのは、ふだんはロンドンで暮し、旅行がすきで、山高帽をかぶっているが、それをぬぐことは滅多にない。ときおり社交界の一流パーティに姿をあらわした。金持であり、相手の女の機嫌をとるために、いまの金で三五〇ドルはずむのを何とも思わなかったが、私娼窟へ友人といっしょに遊びに行ったときも、友人の名を出さず、彼の妻が出てくる場面でも身元がバレるのを用心して「あの女」という言葉をつかった。つまるところ、この人物はズボンのボタンをはずしたときだけに存在するのである。それを誰であるか見破ったのが、序文を書いたG・レグマンで、ピサヌス・フラクシことアシュビーだった。

レグマンは故アルフレッド・キンゼー博士が創設した性科学調査学会で蔵書本の整理をしたことがあるが、コロンビア大学の英語学教授スティヴン・マーカスも同学会で同じような仕事をし、最近「ほかのヴィクトリア時代人」というポーノグラフィ論を発表した。これはアシュビーという男を社会学的見地から観察したもので、ヴィクトリア時代にあっては中流ならびに上流階級の家庭で育った息子たちが、主として労働者階級の娘たちに性的はけ口を見出していたという時代相が、よく納得できるようになっている。

またアシュビーをサド侯爵と比較する者がいるが、それは大間違いだ。なぜならサドは独房のなかでポーノグラフィを書いたのだが、アシュビーのほうは孤独とは無縁であり、もっぱらオブセッションが行動へと駈りたて、やりたいことは何でもやったが、そこにはイマジネーションがなかったからである。

サドは形而上学的なモンスターだったが、アシュビーは冷血な色情狂にすぎなかった。そして色情狂といわれて軽蔑される連中と、ただひとつだけ違う点は、それについてのすべてを書きのこしたことだった。

この書評の最初に「タムズ」という新語が出てくる。エロ本出版屋のことを「スマット・ペドラー」Smut Peddlerというのは、よく知られているが、エロ本のことを「タムズ」というようになったとは初耳だ。それから書評の最後の五行が、ぼくには気にくわない。これはマーカスの結論とは逆なことをいっているのであって、ぼくが感心したのは、原書でつぎのように書いてあるからだった。要約してみると、

「マイ・シークレット・ライフ」は嘘いつわりのない自伝だが、その体験はポーノグラフィに共通したスタイルとトーンで書かれている。その共通した点は、まず第一に、男のほうで想像したとおりに女の反応があらわれるということで、女のほうでも男とおなじ性的ファンタジーにおちいると考えていることだ。それでポーノグラフィでは女のオーガズムが男とおなじように早く容易に自然発生的に生じるだけでなく、いつでも性的行為にたいして能動的になれるふうに書いてある。そしてペニスが彼女のなかに入ったとき、彼女はペニスという崇高な力の目撃者となるのだ。

つまりポーノグラフィにおける女というものは、抽象化され、個性を剝奪されたものとなってしまう。これが「マイ・シークレット・ライフ」でも共通した特色となっていて、出てくる女たちのどこが違うのか判断がつかなくなり、やがてすべての女が同じような女になってくるのだ。書いている当人はヴァラエティを出そうと一生懸命になっているのだが、それは数でこなそうということになり、そのときの経験が機械的に繰りかえされていくだけなのである。そこにはエモーションがまるでない。あるのは攻撃し負かしてやろうという気持だけだ。

こうなると現実の世界は「ポーノトピア」Pornotopiaとなってしまう。つまり現実の世界は、もっぱら性的行為がおこなわれる場所として映り、おなじような行為が際限なしに繰りかえされていく。無限の快楽を追求するのに溺れているのだから、満足感はやってこない。これが根本的にポーノグラフィが反文学的、反芸術的なものになってくる理由である。芸術には完成へと向う期待と、期待がみたされたときの満足感があるが、ポーノグラフィ作家のファンタジーは、この観念に逆らいはじめる。つまり理想的なポーノグラフィは、誰でもが思いあたるだろうが、永久に続いていき終りがないのが一番いいのだ。するとポーノグラフィにはフォルムがないということになる。ところが皮肉なことにフォルムがないために、ポーノグラフィは文学や他の芸術よりも実存的社会に接近することになった。なぜなら人生そのものは小説のようには終らないし、意味なく終ってしまうのが普通だから。そう思って「マイ・シークレット・ライフ」に目をとおしながら、性的ファンタジーという上部構造を剝ぎとってしまうと、すぐそのしたに発見できるのは、まったく意味のない空虚な世界であり、そこにある人生には土台もなし、しがみつくものもないことが判ってくる。だからそういった世界で、どうしても生きていかなければならないとすると、勇気が必要となるし、そのためには特別な生きかたを選ばなければならなくなる。そういった矛盾した世界へ入りこんでいったヴィクトリア時代における勇気ある人間がアシュビーだったのだ。

ところで「ポーノトピア」という非現実世界は何処に存在するのだろうか。「ユートピア」utopia の u はギリシア語で not の意味があり、topia は英語の place にあたる。「どこにもない場所」のことだ。「ポーノトピア」のポーノ porno は淫売婦を指すが、やはり何処にも存在しないのである。ポーノグラフィでは、この場所が古城になったり、パリの怪しげな家になったり、私娼窟になったりするが、じつは読者の網膜のうしろ、頭のなかにだけ存在する場所なのだ。

たとえば十九世紀の代表的な小説をめくると『×という都会で、ある暑い夏の日に』といった言葉で始まる。そしてこの都会の風俗、生態などが丁寧に書かれていく。ポーノグラフィでも『×という都会で、ある暑い夏の日に』といった書きだしは同じだが、すぐこの都会は無視されてしまう。ポーノグラフィ作家のファンタジーは場所に束縛されると想像の翼をひろげられなくなるのだ。ためしに登場人物の名前を変えると、ほかの国で起っている出来事になるし、それが翻訳だかオリジナルだか見当がつかなくなる。国際的な性格を持つのがポーノグラフィだといっていい。

ユートピアは遠い過去とか未来に存在し、新しい時計や暦をつかって、現実とは異った時間が経過していく。ポーノトピアにおける時間の経過も似たようなもので『いま何時かい?』と訊ねられたときは、つい『きまってるじゃないか、ベッドタイムだよ』と返事したくなる。ポーノトピアでは、男子は勃起作用に気がついたときか、はじめて刺激的な情景を目撃したときかに誕生し、死ぬのはインポテントになったときである。だから女のほうは絶対に死ぬことがない。

またベッドタイムがどれだけ継続するかというと、あのコンビネーションの工夫がなくなってしまうまでである。この点でサドの「ソドムの百二十日」は完成したポーノグラフィとなった。狂気の天才である彼は、精神病者に特有な厳格さと精密さ、そして精神病者が持っている論理性でもって、数学的な秩序だてを行なったのだった。この小説の大部分はアウトラインにとどまっていて、肉付けがほどこされていないから、未完成の作品だとみなす者がいるが、この考えかたは誤っている。なぜなら肉付けと考えられるのは、いわば装飾部分であり、エセンシャルなものは、すべて提出されているからだ。ポーノグラフィは、ある一つの性的ファンタジーの際限がないヴァラエティである。だからそのうち電子計算機で書きあげることもできるようになるであろう。けれどぼくは、そういうポーノグラフィは読むにたえないことを発見し、逆にホッとするにちがいない。

話を戻すと、アシュビーは一八三四年にロンドンで生まれた。商人になるのが目的で子供のころから丁稚奉公し、長ずるとハンブルグに本社があるロンドン商社の共同経営者になったが、やがてパリに別な事業商社をもうけると、商才にたけていた彼は、大儲けして財産をきずきあげたのだった。このころからパリで暮すことが多くなると同時に、旅行ずきになり、行くさきざきでポーノグラフィを掘り出すのに夢中になっている。有名なセルバンテス・コレクションは本国スペインについで第二の立派なものであり、珍しい挿絵入りの版がたくさんあった。

パリで彼が親しくなったのが金持のイギリス人で、第二のサド侯爵だと自ら名乗っていたフレドリック・ハンキーである。そしてハンキーの紹介で、サド文献蒐集ならびにフランスのポーノグラフィ・コレクターとして当時有名だったジェームズ・モンクトン・ミルンズと親しくなっていった。

このミルンズ‐ハンキー‐アシュビーというポーノグラフィ的な枢軸、というより病状は、きわめてヴィクトリア朝的なものでありこの時代を理解するために役に立つのである。そしてミルンズが一八八二年に死んだとき、その蔵書はアシュビーのなかに加えられた。

アシュビーが仲よくしていた本屋の主人にジョン・カムデン・ホッテンとウィリアム・ダグデールがいた。ホッテンはヴィクトリア時代のモーリス・ジロディアスといっていい男で、ポーノグラフィ商売で信用が置ける人間となると、まずこの男一人ぐらいなものだろうとアシュビーはいっている。人類学研究の先駆だといわれるリチャード・ペイン・ナイトの有名な「男根崇拝に関する一考察」(一七八六)をリプリントしたのが彼だが、「鞭打ち小説」も数点出版した。ヴィクトリア時代にはポーノグラフィとしての鞭打ち小説がさかんに出廻ったが、女を鞭でなぐるのは貴族社会で行なわれた性的倒錯であり、それを読む中流家庭以下の女にとっては、貴族に鞭打たれることが、ひとつの願望となってくるのであった。

こうしてスティヴン・マーカスは「マイ・シークレット・ライフ」の詳細な分析にうつるのであるが、四二〇〇ページある原著をはじめて全部読んだのは彼とG・レグマンの二人だけで、いままでのポーノグラフィ文献書で、この本にふれたのは、すべて読まないでやった仕事だった。とにかく「ほかのヴィクトリア時代人」を読むと、ぼくたちがポーノグラフィについて抱いていた観念を訂正・整理してくれるものがあって、じつに興味ぶかい。

（昭和四二年七月号）

J.UEKUSA

5――ナボコフの投書と本の話とナボコフィアンのこと

なにか話題がないかなと思うとき、アメリカ雑誌の投書欄に目をむける癖がついたが、そうすると案外いいキッカケにぶつかるからで、こんどもサタデー・イヴニング・ポストをめくっているときだった。おや何だろうな、と思ったのが、三月二五日号に出た「ロリータ」の作者ナボコフと編集長との手紙のやりとりである。

ナボコフは投書がすきだな、とこのとき思った。いままでにも彼の投書には、いくどかお目にかかっている。それがまた難物であって、何をいっているのか判らず、どれだけナボコフを理解しているかというテストみたいになってくるのだ。この手紙のやりとりにしろ厄介なシロモノだったが、繰りかえして読みながら考えてみた。なんでそんなバカバカしい努力をしたかというと、投書の原因は二月十一日号のポスト誌に出たナボコフとのインタビューに気にくわない個所があったからだが、その記事をまえにザッと読んでいたからである。つまりなんでナボコフが投書したのか判らなければ、インタビュー記事のほうも判らないままに読んでいたことになる。そういった判らなさがナボコフ的だといわれている特色なのだ。

ことし六八歳になるナボコフは、印税のおかげで、ずっと以前からスイスのレマン湖に面したモントリュ・パレス・ホテルで暮しているが、子供のころは帝政時代のロシアで、十六人も召使を使っていた大金持を父として育ったのだから、印税がたんまりはいれば、アメリカの田舎の大学でロシア文学の講義なんかしている気はなくなるだろう。毎朝六時に起きて午前中は原稿を執筆し、花が咲いている季節には、午後になってから、だいすきな蝶々を追いかけに出かける。最近の雑誌には、そういったときの写真がよく掲載されるようになったが、そういえば古本屋によくころがっている「ロリータ」のオリンピア・プレス普及版の表紙は、蝶の羽根模様デザインになっている。ということはロリータという十四歳の少女が、ナボコフの網袋に引っかかった蝶の珍種だというわけだ。映画にもなった「コレクター」の作者ジョン・フォウルズは、こんなところから、あの小説のヒントをあたえられたのかもしれない。

わざわざアメリカからスイスまでインタビューにいった記者は、最近「父親たち」という小説で評判がいい中堅作家ハーバート・ゴールドだった。ぼくも「塩」という彼の小説がすきなのだが、ホテルに着いた彼は、プールぎわで一服しながら八年まえにナボコフに会ったことを思い出す。へえ、この二人の作家が昔から知合いだったとは初耳だ、こいつは面白いことだなと思ったが、プールぎわでの思い出というのは「ドクトル・ジバゴ」の作者ボリス・パステルナークをナボコフがからかったことだった。たぶん二人とも若かったパリ時代のことだろう。

『もちろん、とてもいい男だよ』とナボコフは、そのとき質問に答えたあとで『もちろん金なんか貸してはいけないよ』といい、それから『もちろん』を連発したのだった。『もちろん、才能って、てんでない男だよ』『もちろん、嘘つきの偽善者だよ』『もちろん、彼はホモセクシュアルだよ』『もちろん、とてもいい男だから、付き合って悪いということなんかないよ』

ハーバート・ゴールドの思い出のなかにはこんな言葉がこびりついていた。それをこんどのインタビュー記事のなかに書きこんでしまったのである。

これはマズかったな。ナボコフがポスト誌の編集長に出した手紙というのは、ザッとつぎのようなものである。

一月二一日

編集長殿。ゴールド氏の記事には、なかなかうまいところがあって、面白く拝見したが、二人にとっての共通な友人のことで語った言葉を黙って引用したのは、ちょっとけしからん。その友人は、まだ生きていてピンピンしているから、あれを目にしたら黙ってなんかいられなくなるだろう。名前を明すとサム・フォーチュニSam Fortuniという詩人だが、この男は四〇年まえに一度しかゴールド氏に会ったことがなかった。それに金を貸してくれといった覚えはないそうだ。あすこで思い出しているのは間違った事実である。サム・フォーチュニには才能がいくらかあり、男でなく女がすきで、嘘はつかなかったし、それほどいい男ではなかった。そしてサムという男は、この世に存在していないのだ。

ゲラ刷りを見せるという約束をしたのに、すっぽかしたな。ほかの個所にも間違いが目についた。それはたいしたことじゃないけれど、ゴールド氏におことづけを頼んでおく。綴り字を置きかえたアナグラムを解読するのがすきな彼が、サム・フォーチュニという老詩人が、どんなに憤慨しているか、と。

ウラジーミル・ナボコフ

二月三日

ナボコフ様。お手紙はご注文どおり掲載させて頂きますが、いったい「サム・フォーチュニ」という詩人が誰だか、とんと見当がつきかねるのです。存在していない人間だと申されましたが、もし存在するとするなら、たいへん失礼な真似をしたことになりますね。それでサム・フォーチュニという名前の綴り字を置きかえ、アナグラムの判読に努力いたしましたが、どうしてもお手あげなんです。ナボコフィアンだと自慢している一女性にも解読を頼みましたが、これはアナグラムではないアナグラムだろうといって、頭をかかえておりました。

なお、お手紙の全文が掲載できなかったので、すこし削らさせていただきました。おゆるしください。

編集長オットー・フリードリッヒ

二月十一日

フリードリッヒ編集長殿。Aという男がBという男に手紙を出した。そのときBがAの手紙をそのまま掲載しないで削ったとき、その手紙はABという男がBに出したことになり、出した意味がなくなると同時に、なんの価値もなくなってしまうだろう。

このまえの手紙でも判るとおり「サム・フォーチュニ」は、わたしが発明した名前であって、それがはたして誰だか、わたし自身にも謎なのだが、たとえその老詩人が墓場から出てきて酔っぱらったあげく、きみの編集室に怒鳴り込みにいったとしても、それはわたしの責任ではないのさ。サム・フォーチュニを解読すると、1234567890 が 3517894206 となってくる。Sam Fortumi は "most unfair" のアナグラムだよ。きみが賞めているナボコフィアンに、これくらいのことが判らないとは情けない。

ウラジーミル・ナボコフ

『こんな不公平なことはない』most unfair の綴りの位置をかえてサム・フォーチュニとしたのは、なかなかクレヴァーな頭脳だが、おまけにサムがパステルナークだかナボコフだか判らなくなりだす。このとき、ぼくは最近ナボコフが旧作をロシア語から英語に訳して出版した「絶望」という小説を思い出した。ある浮浪者がグッスリ眠っているとき、その死んでしまったような顔が自分と瓜二つなのを発見した実業家が、完全犯罪をやってみようと計画する物語であって、プロットとしては陳腐かもしれないが、ナボコフ的シチュエーションと彼独自のヒネリが面白い。ところが、この小説がずっと以前フランス語に訳されたとき、サルトルが読みちがえてしまった。

それは一九三九年のことだったが、どんな読みちがえをサルトルがやったかというと、浮浪者と自分の顔が酷似しているのを発見した金持の実業家ヘルマンは、作者ナボコフとおなじように第一次大戦の犠牲者であり、亡命者がおちいった運命のアレゴリー小説だとみなしたのである。それをナボコフは「絶望」の序文のなかで、サルトルというコミュニストの書評家が、まったく幼稚な意見を吐いているといい、亡命ロシア人が「絶望」を読んで、ナボコフのほかの亡命者小説より面白くないといったのは、政治的な要素がまるでなかったからだといって、サルトルをからかったのだった。

これでは何のことだか意味がつうじないから、あらすじを書くことにするが、そのまえにポスト誌に出たハーバート・ゴールドのインタビューを片づけてしまおう。

これはナボコフ的な書きかたをしたインタビューである。まず過去の出来事をいろいろと語っていく。たとえばドイツに亡命したころ「不思議な国のアリス」をロシア語に訳したが五ドルにしかならなかったとか、最初のロシア語クロス・ワード・パズルはナボコフがつくったのだとか、「ロリータ」が大評判になると、サンフランシスコのドライヴ・インのスナック・バアで「ロリータバーガー」というミート・パイを出すようになったとかいう話をしたあとで、ホテルに着くと、プールぎわにいる彼のところへナボコフ夫妻がやってくる。

それから六日間ホテルに泊り込むと、毎日ナボコフと一緒にブラブラ散歩しながら、おたがいに文学談や世間話などをしたわけだがその結果が、ここでは対談ふうでなく、評論になっていて、そのあいだにチョイチョイとナボコフ本人がはいりこんでくる。ナボコフはゴーゴリが一番すきで、その作風が、かなり影響した。どんな作風かというと、そんなときに本人があらわれて説明する。

『ゴーゴリの物語の書きだしは、何だか、ブッブツいっているんだ。それからブツブツいいつづけているうちに、リリカルな波が文章のなかで高まっていく。するとまた低い声でブツブツがはじまる。それがリリカルな波のうねりになる。そしてブツブツいう声とリリカルな波との繰返し。やがて突飛もないクライマックスになる。だがまたブツブツがはじまり、最初の混沌とした状態のなかへ戻っていくんだ。』

ハーバートは、ナボコフも同じような書きかたをしているなと考えはじめる。最近邦訳が出た「贈物」がロシア語から英訳されたとき、訳者はマイクル・スカンメルMichael Scammelとなっていた。スカンメルという翻訳者なんて聞いたことがないな、と思ったハーバートは綴り字を置きかえてみたところ「ル・マスク」Le Mascとなる。ははぁ「仮面」Le Masqueだな、やっぱりナボコフ自身の翻訳だなと考えて喜んだ。それで大発見だとばかりナボコフに手紙を書いたところ、奥さんのヴェラからの返事で『たいへん興味ぶかいお手紙をいただいたと主人が喜んでおりました』とある。ナボコフが返事の手紙を書かなかったのは、マイクル・スカンメルという翻訳者が実際にいたからだが、それを明さず、ペンネームだと思わせたほうがナボコフ的になるからであった。

「ロリータ」のあとで七年目に「蒼白い火」が出版されたとき、ナボコフ・ファンには二冊買うのが大勢いた。というのは殺された詩人シェードが残した長詩三〇数ページに二〇〇ページ以上の注釈がついていて、それを読んでいくうちに注釈者の大学教授キンボートというのが、じつは北欧から亡命してきた王様であって、それも気ちがいじゃないかということになり、それには原詩と注釈とを絶えず較べて読まなければならないし、いちいちページをめくり返すと、指のさきがクタビレてしまうからだ。ぼくは原本を二つに引き裂いて読んでみたが、こんなわけで二冊買った者もいたのだ。

「絶望」では、ベルリンでチョコレート工場を経営している実業家ヘルマンが、商用でチェコへ行く。首都プラハのチョコレート製造業者が自社製品の売行きが悪くて破産しかけていた。それなら思いきってヘルマン式製法に切替えたらいいだろう、というわけで相談に出かけたのである。その日は五月の暖かい日だった。ヘルマンは時間つぶしに小高い丘の上を散歩していると、ふと目についたのが、そばの草むらで仰向けになって両足を投げだし、顔のうえに帽子をのせて昼寝している男である。そのまま通りすぎようとしたが、まるで死んでいるようなので、靴さきで帽子をソッと蹴っとばしてみたところ、思わずドキリとした。まだ目をつぶったままで寝ている動かない表情が、自分の顔を鏡にうつしたときと、すっかり同じだったからだ。呆然となったヘルマンは、しゃがんで、もっとよく見ていると、その男はパッと目をひらいて、しばたたき、アクビをすると起きあがった。そのとき気がついたことだが、表情がうごきだすと、それほどには似ていない、ジーッとなると瓜二つになってしまうということだった。ヘルマンは三十六歳だが、その男も同じくらいの年齢である。リュックとステッキがそばに置いてあり、汚れた服を着ているので浮浪者だな、とすぐわかった。

浮浪者はチェコ語でタバコはないかといって手真似をしてみせ、出されたドイツ製タバコを見ると、じつは自分も父がドイツ人なんだといってニヤリとした。笑うと似なくなるが、笑いが消えると、また似てくるのだ。タバコをすいながら、なにか仕事はないかといいだし、さしあたってないが、見つかりしだい連絡しようと答えたヘルマンは、住所手帳を出して名前と住所を書かした。下手くそな字体でフェリックスと書いたが、住所不定なのである。秋になると去年とおなじようにタルニッツの近くの村で刈入れの手伝いをするから、局留にすればいいだろうといった。それからヘルマンはホテルに戻ったが、鏡のまえに立ったとき、フェリックスと向い合っているような錯覚を起したのである。

彼はベルリンの高級アパートで、三〇歳になる妻リディアと暮していた。あるとき彼が探偵小説を買って帰ると、面白そうに読んでいたが、途中で犯人が知りたくなり、そうすると終りのほうを見てしまうから、とうとう二つに引き裂いて、あとのほうをしまっておいた。ところがその肝心なところを読もうとすると、しまった場所がどこだか忘れているといった女なのである。プラハから帰ってくると『何か変ったことがありましたか』と訊かれたが、フェリックスのことは口にしなかった。ところがそれから毎日のようにフェリックスの姿が浮かびあがってくる。雨に濡れながら腹をすかして何処かをさまよっている彼を想像すると、はやく仕事口をさがしてやりたかった。けれどベルリンは失職者だらけときている。

やがて夏になるとフェリックスのことは頭から消え去ったが、そのころリディアの義弟にあたるアルダリオンという貧乏画家が近くに引越してきて、日曜にはよく三人してドライヴに出かけた。ところが、この貧乏画家が、ほんの僅かな頭金をいれただけで、ベルリンから三時間くらいで行ける湖水地の地所を自分のものにしてしまった。それを見せてやろうとアルダリオンがいうので、ある日そこまでドライヴに出かけたが、その地所というのはテニス・コートを二倍にした程度のちっぽけなものだったし、真っ裸になって泳いでも、見ている者なんか誰もいないような寂しい湖水地だった。

それから秋がすぎ、翌年の三月になったときである。この場所でヘルマンはフェリックスを殺したのだった。

ここまで書いたとき、どうしても見たい映画の試写があるので、ぼくは机をお留守にした。試写はイングマール・ベルイマンの新作「ペルソナ」(仮面)だったが、やっぱり感心してしまい、面白いものにブツかったなと思いながら、帰るとすぐ机にむかった。ある悲劇女優が観客を前にして急に声が出なくなる。そのときは突発的な二分間にすぎなかったが、翌日から完全な失語症におちいった。原因は、ものごとにたいする関心がまるでなくなったためであり、医師のすすめで看護婦に付添われ、寂しい海岸へ保養にいく。ところがそこで看護婦がしゃべり出す話を聞いていると、それが黙りっぱなしの女優の心理状態ではないかと思われはじめ、二人が同じ女であるかのような錯覚におちいらせていく。それはいままでのベルイマン映画にもなかった新しい試みであり、ナボコフ的だといっていいものだった。混沌とした状態から始まって、何だかブツブツいっているとリリカルな波になり、またブツブツと謎みたいなことをいっているうちに、ショックが加わり、リリカルな波、ブツブツという声の繰りかえしに、またもやショックが加わって、やがてクライマックスにたっするとそのあとで最初のほうへ戻っていく。そういった映画のつくりかたにもナボコフ的なものがあった。

ところで「絶望」に話を戻すと、ヘルマンはフェリックスが自分に瓜二つだと思い込んでしまうが、フェリックスのほうでは似ていることに気がつかないでいる。似ているじゃないかといって鏡を出し、それにフェリックスの顔をうつさして較べてみろというが『金持と貧乏人とが似ているなんて可笑しいや』というのだった。これは最初に会ったときだが、そのとき頼まれた仕事口が秋になって見つかったので、さっそく局留で手紙を出したところ返事が来た。

それでタルニッツの町の公園で落ち合うことにし、約束した時間にスーツケースをさげて出かけたが、そのなかには自分の服がはいっている。見つかった仕事口というのも彼自身のための仕事だった。ヘルマンは料理店へフェリックスを連れてゆき、毎月ちゃんとした小遣いをやるから、ひとつ相談にのらないかという。じつは子供のころだが、大金持の家に生れたので、すばらしい庭園があった。その子供時代の夢が、家が破産したうえ、両親も死んでしまい、いっぺんに消え失せてしまった。ぼくは一人ぼっちで暮すのがすきだったが、それも仕事に追いまくられるようになった。そうしたところ、つい最近ある湖水地に地所を買うことができてね、子供のころ遊んだ庭園より、もっと美しいやつをつくるチャンスにめぐり合せたんだ。そういうわけで、相談というのは、このスーツケースに入っている服を着て、ぼくの車に乗ってもらい、ちょっとした時間だけ、ぼくがよく歩いている場所を乗り廻してくれればいい。そうすれば、ぼくは一人ぼっちで湖水地のそばで庭づくりができるだろう。

そういって料理店を出ると、予約しておいたホテルに二人して泊ることにし、寝るまえに自分の服を着せてみたのである。だが料理店での話は、すべて嘘っぱちであり、ヘルマンはチョコレート事業の見込みがないことから、保険詐欺をやり、フランスへでも逃げて暮そうと考えていたのであった。

こう書いてくると、ありきたりなプロットにすぎないようだが、自分では似ていると思った顔が、ほかの人たちには、そう見えなかったらどうだろう。無表情のままで死んでるような恰好のフェリックスが瓜二つだとしても、ほんとうに死んでしまったときの顔が、やっぱり同じに見えるだろうか。「絶望」という題は、フェリックスを殺したあとでヘルマンが『失敗った！』と叫んだときの気持なのである。ヒッチコックが喜びそうなユーモア場面がさかんに出てくるが、それはどれもナボコフ的なブラック・ユーモアであって、なんともいえない味があるのだった。

（昭和四二年八月号）

6　LSDの古典的文献となったオールダス・ハックスリーのメスカリン反応記録を読んで

「プレイボーイ」の四月号をめくっているとき、LSDのことが投書欄に出ているのが目についた。ちょうどそのとき、ぼくは、LSDにイカレたアメリカ大学生やカレッジ・ボーイにとって、なかなか手に入らないうえ、古典みたいになった「ザ・ドアーズ・オブ・パーセプション」The Doors of Perceptionという本を読んでいた。四年まえに死んだ「恋愛対位法」「みごとな新世界」の作者オールダス・ハックスリーが、メスカリンを飲んでLSDとおなじような幻覚状態におちいっていくのを記録した十年ほどまえの本である。

これが面白い。やはり一流の小説家が幻覚状態を記録すると、こんなにもヴィヴィッドな印象をあたえるんだな、と感心したが、むずかしい箇所が矢鱈にとびだすので、読みながらノートしていると、くたびれてしまった。それで「プレイボーイ」の記事に目をうつしたところ、ちょっと興味をひくようなことが書いてあるのだ。この投書から話のキッカケをつけよう。

ティモシー・リアリーの対談記事を読んで、これは大問題になるな、と思った。はたして投書が続々と出たが、まだみんなが気がつかないでいることが二つある。

その一つはLSDがセックスを刺激するということだが、これは怪しい。「プレイボーイ」はセックスをもとめている若い読者層を対象にしているから、このまま読まれると困ったことになるだろう。たしかにLSDは催情薬の役割をはたすこともあるが、それはリアリーのように繰りかえし服用し、慣れっこになったあとであって、最初の一服で性的興奮を起こすことなんか絶対にないのだ。

もう一つはLSDの服用が、ごくたまで、それも気をつけてやるのならいい。ところが一カ月に数回も服用するようになり、それも適量以上になると、性格が変ってしまうのだ。その人間は幻覚的世界のなかに溺れこんでしまい、自分だけ現実社会から超越した気持になっていく。ただしく服用するなら、ほんとうにいい薬なのだが、間違ったら最後、とても有害なものになってしまうのだ。

カリフォルニア大学哲学科助教授チャールズ・タート

じつは、これを読んだとき、タート助教授は古本で「プレイボーイ」を読んだな、という見当がついた。ぼくも最近は「プレイボーイ」なんか新本で買わず、ブラブラ古本屋を歩いていると、新しいのが三〇〇円でころがっているし、だいたい古本値がきまっているのも面白いことだが、そんなのを買っている。しかたなしに買ってるわけだが、毎号一つか二つは読める記事が出るようになった。

タート助教授が古本で読んだな、と睨んだ理由は、とっくの昔にLSDの投書は出きってしまったからで、問題のティモシー・リアリー対談は、昨年九月号の「プレイボーイ」に出た。アメリカの雑誌がLSDをサカナにしたのは、昨年三月から九月あたりまでであって、そのいきおいでペーパーバックからも、かなり専門的なLSD関係書が出るし、そのうち三冊を買って拾い読みをしてみると、やはり興味をひくのは幻覚状態になっていくあたりの説明である。そんなとき本棚のすみからハックスリーの「ザ・ドアーズ・オブ・パーセプション」が出てきた。そのジャケットを見ると、眼玉が三つ並んでいて、瞳のなかに色彩幻覚が描きこんである。ははあ、これだなと思ったが、むかし買ったときは、何を書いてあるのかサッパリわからない本だった。それがいまだと面白くなってくる。あとでハックスリーが幻覚状態におちいっていくところを書き出してみるが、そのまえに「プレイボーイ」の昨年十二月号と本年一月号に出た十五通の投書を読みかえしてみたくなった。

ティモシー・リアリー先生、勇敢にも、よくいった。LSDを飲むと、社会的なロボットであることから解放されるというんだな。たしかに学校を卒業して、会社に入り、課長になってさ、やがて人生におさらば、というのは詰んないよ／なんだい、ティモシー・リアリーという男は？　エゴでかたまった卑怯者、変態趣味者だ。かつては彼はハンサムな顔をしていたが、見る影もなくなったじゃないか。なんという醜い顔になったことだろう。LSDのLはリアリー、SはSlowly、DはDies、つまり「リアリーは、おもむろに死んで行く」ということになる。／非行青少年問題として裁判にかけられたリアリーの公判を傍聴したが、まったく気の毒になった。これは魔女狩りと同じことだといえるだろう／LSDが本当にいいのか悪いのか判らないが、ティモシー・リアリーを狂人あつかいにするのは誤っている。偽善者だらけの世の中だ。同封した金は僅少だが、彼の弁護費用に加えてくれ給え。／犯罪関係の弁護士として一言するが、リアリーは囚人に同情し、LSDを効果的に使って、彼らの心情をさぐったのだ。LSD取締法規が議会で通過したのは一方的な処置として歎わしい／ティモシーの意見には独創的なものがあり、傾聴にあたいする。LSDにたいする関心が深まりだしたのは、不安な社会における一般人の気持を反映するものだ／わたしは「サイキデリックな経験の多様性」の著者だが、リアリーの意見が現実とファンタジーの間をさまよっているので驚いた。サイキデリックスが性的興奮を促進することにもなるというのは、リアリーのファンタジーだが、そういわれて飲み出した若者たちも多いし、走ってくる列車に飛び込んで命を棄てた者もいた。LSDそのものの効果は、臨床医学のうえで貴重なのだが、リアリーは悪影響をあたえるような言葉を吐いている。

以上、投書の半分ばかりを並べてみたが、若い人たちにリアリー支持者が多い。サイキデリックという最近の流行語は〈心のなかの意識を明けっぴろげ、自由にし、拡大する〉という意味になるが、サイキデリックスというふうに複数になると、LSD、メスカリン、プシロシビンといった幻覚剤の総称になる。LSD一オンスから二万八千四百人分ができるというが、最近はグリニッチ・ヴィレッジあたりで角砂糖に浸みこましたのを一個五ドル見当で売ってるそうだ。無色、無臭、一回の服用で十時間から十二時間というもののサイキデリックな世界のなかに入りこめる。これを「トリップ」（旅行する）といい、LSDにイカレた者を「アシッド・ヘッド」（酸性の頭）と呼んだりする。

サイキデリックの特色は幻覚状態における色彩の世界が、きわめて超現実的な美しさであって、恐怖感が入りこんだりするが、この特色を利用してサイキデリック・ショウというのがロック・ミュージックと結びつき、ニューヨーク、シカゴから最近はサンフランシスコに演奏の中心地が移った。日本でもレコードが発売されだしたが、このシスコ・サウンドという新しいロック・ミュージックは面白い。いままではエレキ・ギターがかんだかい音を出すだけで、騒ぎまくり、非音楽的だったが、インド音楽の旋法が入りこんできたりし、ずっと音楽的になっている。これをサイキデリック・サウンドと呼ぶようにもなった。

ところでティモシー・リアリーというのは、どんな男なんだろう。この名前は、すでに知られているが、ペーパーバックの「LSD物語」に経歴などが詳しく出ているので、簡単に書きとめておこう。

リアリーは一九二〇年にマサチューセッツ州スプリングフィールドに生まれた。アイルランド人でカトリック信者の両親から厳格なしつけを受け、軍人になるつもりだったが、アラバマ大学で心理学を勉強した。秀才のほまれ高く、一九五九年にハーバード大学の心理学教授として迎えられたときは、やがて一流の心理学者になるだろうと噂された。ところが翌年の八月、夏休みでメキシコへ遊びに行ったとき、キノコを食べたことから、彼の研究は、まるで別な方向へむかい、ついにハーバード大学から追放されてしまうのである。

メキシコの中部にある避暑地クエルナヴァカ。そこへ遊びにいったリアリーはある暑い日ざかり、友人の別荘のプールぎわで横になっていると、頼んでおいたキノコが届いた。食べると頭が変てこになるというキノコだったが、楽しみにしていた彼は大喜びで、海水着のまま寝室へ入ると、そのキノコを七個ムシャムシャとやった。そうしたら話に聞いていたとおり、数時間というもの、想像もできない不思議な世界のなかに入りこんでしまったのである。それからは毎日のようにムシャムシャやりながら、キノコに取りつかれたまま日を送るようになった。

LSDが医務室の戸棚の中から出て、誰でもが買えるようになり、ついで阿片の害が問題になって以来もっとも激しい賛否両論となって対立を生んだのは、メキシコのキノコが原因だったのである。秋になってハーバード大学に戻ったリアリーは、同僚のリチャード・アルパートにキノコの話をした。二人はキノコから合成したプシロシビンによって幻覚作用の実験をはじめ、当時ハーバード大学で文学の講義をしていた故オールダス・ハックスリーに、この実験にたいする意見を訊いた。というのもハックスリーが数年前にメキシコ産のトゲなしサボテンから合成されたメスカリンで、幻覚状態の実験をし「ザ・ドアーズ・オブ・パーセプション」と予言的な「天国と地獄」の二著を発表していたからである。

ハックスリーは二人の実験にたいし異常な熱意をしめした。それに力を得た二人は、

LSDの一手販売先であるスイスのサンドス会社と相談し、大学の医科生を実験台にすることにした。と同時に矢張りサンドス会社にパテントがあるプシロシビンを使って、囚人を実験台にした。すると中間統計に終ったが、従来は出獄後ふたたび悪事に走る者が全体の六七パーセントにもなったが、プシロシビンのおかげで、三二パーセントに減少したというのである。勇気をえた二人は、より効果を発揮するLSDを使って実験をつづけた。

この二年間にリアリーは、しばしば反対者の攻撃を受けたが、そのたびに彼の味方になる生徒はふえる一方である。困惑した学校側では、ついに一九六二年三月に、彼とアルパートから教職を剝奪した。ついでリアリーはマリファナ隠匿のため二度も刑務所に入れられただけでなく、ボストンにいられなくなり、メキシコに住み移ると、そこからも追放された。そうしたとき大金持の青年ウィリアム・ヒッチコックが、ニューヨーク州のミルブルックにある宏壮な邸宅を、二人のLSD実験の場所として提供したのであった。

メキシコのクエルナヴァカでキノコを食べたという、ふとした実験が、このようにリアリーをLSDの殉教者にすると同時に、フランケンスタイン博士の再来だといって恐れられるようになった。最近の彼は、心理学者から足を洗って宗教派になり、サイキデリック・ショウを看板にしながら、各州を巡回して観客をあつめ、LSD的な色彩幻想映画を映写したりして、これも話題になった。だが彼は目下のところ執行猶予中の身分である。というのは昨年四月十七日の夜半、ミルブルックの邸宅であるLSD実験本部が、州長官以下十二名によって家宅捜査され、不利な証拠物件が発見されたことから、罰金三万ドル、刑期三〇年間という苛酷な処分を云い渡されたからである。いったいどんな結着になることだろう。

このへんでハックスリーの「ザ・ドアーズ・オブ・パーセプション」に移らなければならない。この題名は「知覚の扉」と訳されているが、このばあい〈知覚〉という意味合いが漠然としてしまうようだ。これはウィリアム・ブレイクの詩からの引用語であって、『知覚の扉が洗い清められるなら、人間には、すべてがあるがままに、無限のかなたまで見えるようになるだろう』という意味の原詩がある。ハックスリーにはブレイクの詩に、いままでどうしても理解できない個所があったが、メスカリンを服用したら、急に判ったというのだ。

このことは、LSDを服用した結果、モーゼとおなじような宗教的経験をあじわったという神学校教授ウォルター・クラークや、精密科学における未解決のパターンが急に形成されたという退役軍人ジョン・バスビーのサイキデリック体験と同じだということになるし、こうしたときの〈知覚〉だから、まえにも書いたとおり「心のなかの意識を明けっぴろげ、自由にし、拡大する」というふうに解釈していいだろう。以下はハックスリーの記録である。

一九五三年の五月だった。カリフォルニアに住むハックスリーを訪問したのが精神病学者ハンフリー・オズモンドである。彼は過去七〇年間というもの、どんな作用を患者におよぼすかという正確なデータに欠けていたメスカリンの正体をあばくため、ハックスリーに実験台になってくれないか、といった。

こうして、その日の朝、ハックスリーは〇・四グラムのメスカリンをコップ半杯の水に溶かして飲むと、詩人ブレイクが経験した不思議な世界が、いつ彼の眼のまえに現われるだろうか、と待ちかまえた。だがしばらくは何の異常もない。彼は自分が視覚型の人間ではないから、あるいは駄目かもしれないと考えていると、三〇分したころ、金色の光線が、ゆっくり踊るように動きだした。ついで赤い平面が、いくつも膨らんだり伸びだしたりする。彼は書斎で椅子にかけていたが、メスカリンを飲んで一時間半たったときだった。いつのまにかジーッと見つめているのが花瓶に差した三本の花なのである。

その三本の花は変な取り合わせになっていてバラとカーネーションとアヤメだった。まったく不調和な配色だな、とメスカリンを飲むまえに感じたものだが、そういった意識がなくなると同時に、まるで奇蹟が起こったような気がしはじめていた。そうだ、これこそアダムが神によって創造された日の朝はじめて見たものと同じなのだ、という確信のようなものである。

『いい気分になったかい?』と訊くオズモンドの声がしたが、そのときは誰の声だか判らなかった。

『いい気分でもないし、わるい気分でもない』とハックスリーは反射的に答えた。『ただ感じているものがあるよ』

この心理状態は中世紀のドイツ神学者エックハルトが「イスティッヒカイト」と呼んだ神秘的状態だ。そこに存在するものと、これから存在しようとするものとが、ピッタリ一つに重なりあっている。バラとカーネーションとアヤメが、それぞれの心を打明けるかのように、内部的な光で輝きだしたのだ。そのままジーッと見ていると、こんどは花が息をしているではないか。すると禅の境地は、これなんだな、鈴木大拙の本のなかに、庭のむこうに生垣があって、それを見ているうち黄金色の毛を生やしたライオンになってくるという説話が出てくる。この話をはじめて読んだときはナンセンスにしか感じられなかったが、それがいまユークリッド幾何学の定理のようにピッタリと判ってくるのだった。

それから書斎の本棚へ視線をうつすと、一冊づつが花とおなじように光りだし、息をしている。赤い背表紙の本はルビーのように、緑色はエメラルド、黄色のはトパーズのようになって、キラキラと輝き、その強烈な色彩がそれぞれ特別な意味をもちながら、本棚から飛び出してくるのだった。

『空間感覚に何か変化が生じたかい?』という声が、そばでした。

それが正確に答えにくい。たしかにパースペクティブには変化が生じている。直角になっている部屋の壁が、そうではなくなった。しかし、それほど気にはならない。気になるのは『何処なのか？』とか『どのくらいの距離なのか？』とか『二つの物体が、どれくらい離れているか？』といった空間感覚がなくなっていることだ。光り輝いている本が、そこにあるというだけだが、その光のなかでもっと強く輝いているのがある。といって空間感覚が麻痺してしまったわけではなく、椅子から立ちあがって歩いたところ、ふだんと同じように歩けるのだ。

『家具を見てごらん』という声がした。

部屋のまんなかにタイプライターを乗せた小さな台がある。そのむこうに籐椅子があり、そのまた向うに大きなデスクがあった。それを見ていると、ちょうどジョルジュ・ブラックのキュービズム絵画のように、一平面上における水平、垂直、斜めの線が交錯したパターンになって、奥行きというものが全然ないのだ。なおもよく見つめていると、このキュービズム絵画が、花を見たときのように内部的な光で輝きだし、そして意味が深まっていった。

たとえば籐椅子の脚を見ているだけで目が離せなくなってしまい、それは数分間だったが数百年も眺めているような気持になり、それだけでなく自分が籐椅子の脚である竹そのものになってしまうのだった。ガートルード・スタインが『バラはバラであるバラである』といったのを思いだす。けれども、このばあいの気持を表現すると『椅子の脚は椅子の脚である天使長ミカエルと、天使たちである』となってくるのだった。

五時間くらいしたときメスカリンの作用が消えだしたので、夕方ちかくだったが町へ散歩に出かけることにし、そのとき「世界で一番大きいドラッグ・ストア」と看板に書いてある店へ入った。奥のほうへ行くとオモチャやグリーティング・カードや漫画本が棚にならんでいたが、それにまじって美術書が幾冊もたてかけてあった。おや場ちがいなところに、こんなものがあるんだな、と思いながら一冊抜き出してみるとゴッホの画集だった。

それを何の気なしに開けてみると「椅子」の絵である。気ちがいになった画家が、恐怖を感じながらも魅力にとりつかれ、そのときの気持をカンヴァスに描こうとした椅子である。だがこの天才も失敗した。たしかにゴッホの椅子には、本質的な点で、ハックスリーがメスカリン作用によって見た椅子と共通したものがある。それなのに失敗したというのは、ある存在のシンボルにすぎないからだ。ふつうの眼で見る椅子よりも、はるかにリアルな椅子になっているが、こういったシンボルは如何に強烈に表現されようと、椅子それ自体に取ってかわることはできない。それをメスカリンの服用によって知ることができた。

ゴッホの画集を棚に戻し、その横の画集を引き抜いたらボッティチェリだった。それを一枚づつめくっていると、ハックスリーがきらいな「ヴィナスの誕生」やラスキンがきらいだった「ヴィナスとマルス」が出てきたが、そのつぎに出てきたのが、あまり出来がよくないせいか、よくは知られてない「ジュディット」だった。ところがハックスリーは、この絵から眼が離せなくなってしまったのである。「ジュディット」の絵のなかの人物や背景の春めいた景色に眼をうばわれたのではない。彼がジーッと見つめていたのは、ジュディットの紫がかった長い絹スカートの襞のありかただった。というのは、その日のメスカリン反応実験のとき、ふと花や家具から目を離して自分の膝に視線を向けたときだった。彼はグレイのフラノ・ズボンをはいていたが、そのズボンの襞が、まるで迷宮図のようになって、いくら眺めていても倦きない複雑なパターンになったからである。そのパターンが、ジュディットのスカートの襞に、ふたたび現われたのだった。

彼がボッティチェリの画集を棚に戻すと、横合いから一枚の絵を突き出された。それは有名なセザンヌの自画像である。ツバの広い麦藁帽をかぶり、黒くて太い口ヒゲを生やし、頬の色が赤いセザンヌ。それを見てハックスリーは急に笑い出し『こいつはドロミテの湯治場に行ったときのアーノルド・ベネットそっくりだよ』といった。

イギリスの文豪アーノルド・ベネットは「老妻物語」で有名だが、死ぬ五年前の一九二六年に北イタリアのドロミテ渓谷を見に行ったときのスナップ写真が雑誌に出た。あたりは雪景色で湯治場コルティーナ・ダンペッツォのまえの通りを歩いているベネットの姿。その背景はドロミテ渓谷の赤くて亀裂した岩であり、空はカラリと青く晴れ渡っている。こんな景色がセザンヌの自画像を見ると同時に、急にハッキリと浮かび出したのだった。

このとき、そばで声がした。

『目をつぶって見たまえ。どんなふうだか？』

ハックスリーは、いわれたようにした。けれど、たいしたことはない。非常に強い色彩が絶えず目まぐるしく変化しているのだが、それはプラスティック製かエナメルを塗ったブリキで出来たものが動いているようだった。『安っぽいものばかりが見えている。テン・セント・ストアで売っている船のなかにいるようだ』

こう答えたハックスリーにとって、息がつまるような船のなかが、じぶん自身だという気がしたのである。それは花や椅子やフラノ・ズボンを眺めたときの心的風景とは違っていた。

視覚型の人間はメスカリンの服用で幻視者になりやすい。ＬＳＤの実験で十二名の囚人を使ってみたとき、半数が陽気なタイプの男で半数が悒鬱なタイプの男だった。そのとき色彩幻覚が早目に生じたのは陽気な男たちのほうで、悒鬱な男たちのなかにはメスカリンが効かなかった者がいたそうだ。ハックスリーは自分が視覚型の人間ではないことをメスカリンを飲んだ直後に感じとったのだが、やがて強烈な反応状態におちいると同時に効果が薄れると、上記のような状態になっていったのである。

『ぼくを実験台にしたのは失敗だったかもしれないな』とハックスリーはいった。

ところで、このメスカリン反応実験が行なわれたころ、H・G・ウェルズが「壁のなかの扉」という言葉を使って、幻覚剤による超現実的な世界を説明したことがある。この「壁のなかの扉」は短篇映画になって、日本でも公開されたが、ある少年が学校の帰りにロンドンの裏通りにあるレンガ塀の扉を入っていくと美しい庭があり、それから非現実的な世界が展開されるのであるが、いったいこれは何を意味するのだろう、ということを説明してくれた者は誰もいなかった。要するに単調な生活におちいっているイギリス人が人工的楽園を求め、それが幻覚剤と関係があることを、H・G・ウェルズは少年の不思議な経験をとおして説明したわけであり、LSDの世界と共通したものがあった。

そこでハックスリーがいうのは、この「壁のなかの扉」の鍵をあけ、そこへ入ったあとで、ふたたび出てきた者は、まえよりずっと賢くなっているだろう、ずっと幸福な人間になっているだろう、ということだ。しかし残念なことにアルコールとタバコは無制限に売られているが、「壁のなかの扉」に属する薬品類は、みんな「麻薬」というレッテルを貼られてしまった。じつはメスカリンは、ほとんど大部分の人たちにとって無害なのである。アルコールを飲んだときのように喧嘩をはじめるということはない。二日酔いなんかもない。メスカリンの影響下にある者は自分の世界のなかで幸福になっていられる。つまりLSD服用者が自分はヒップであるが、アルコールに溺れている連中はスクエアだというと、ハックスリーのいいぶんは同じ結論へとみちびかれていくのであって、この主観的な意識状態が実験中に詳しく記録されているのが「ザ・ドアーズ・オブ・パーセプション」という本だった。（昭和四二年九月号）

7 シカゴのホワイト・カラー族がピル・パーティをやっている そのときのドラッグ・シーンのことなど

このないだ本屋のまえをとおって帰るときだった。店のまんなかにニューズウィーク誌がつるしてあったが、その表紙写真がマリファナたばこになっている。おや、なんでいまごろまた、マリファナが話題になってカバー・ストーリーにまでなっているんだろう。ちょっと不思議になったので七月二四日号だったが、そのニューズウィーク誌を買って帰り、読んでみると、すぐわかった。

トピックになった理由の第一は、マリファナたばこをすいはじめるようになった連中が、いままでとちがうからだ。ずっと以前はジャズメンがすっていた。それがヒップの兄さんから、その弟ぶんのヒッピーたちの世界で、ひそかに愛用されるようになったが、つい最近はもう半分おおっぴらになり、金には不自由しないニューヨークのインテリ・クラスが、マリファナ・パーティーをやるようになったからだ。

このクラスの連中には、弁護士、カレッジ教師、広告のコピー・ライター、ジャーナリスト、ファッション・デザイナー、TVプロデューサー、TVライター、芸能人などがいる。最近の流行語でいえば「九時から五時」族 9-to-5 であり、彼らは五時をすぎると「スインガー」swinger になるのだ。だから当然ホワイト・カラー族も、彼らのあいだでのマリファナ・パーティーをやるようになったし、そのなかのお偉らがたが中年実業家であり、おれたちは何か失っているのではないかという気持になってマリファナたばこをすうようになったが、そうしたなかへ中年医師が入りこんで世話役をするようにもなったのである。

第二の理由は、マリファナは禁制品として取締りの対象になっているが、そんなバカなまねは止めろという言論がさかんに聴かれるようになったから、ニューズウィークは特別記事にしたのである。特殊なケースをのぞくと、マリファナは無害なのだ。そう薬学者たちが、口をそろえていうようになってきたのも注目していいだろう。ふつうマリファナのことを「ポット」pot というようになってきた。いまニューヨークでの闇値は一オンス十五ドルから二五ドルまでだが、最優秀品はメキシコ直輸入の「アカプルコ・ゴールド」で五〇ドル、そのつぎが「パナマ・レッド」で三〇ドルという相場になっている。

マリファナは幻覚剤として一番マイルドなものであって、メスカリン、ペイヨティ、LSDという順序で幻覚作用が強烈になっていく。またマリファナ服用者といっても初歩から三段階ある。「サンプラー」sampler というのは、ふつう中流家庭で育ったカレッジ・ボーイがおちいる初歩の口で、感覚が鋭敏になったり、勉強がよく出来るようになるという仲間の話を聞き、おっかなびっくりですいはじめる。最近の統計によると、ニューヨーク周辺の大学生やカレッジ・ボーイの三五パーセントが、この口だそうだ。つまりタバコがすいたくなりだしたのと同じで、仲間の影響下にあるから、その行動のありかたから、こういうのを「テューン・イン」tune-inという。それが、ちょいちょい繰りかえすようになると「ターン・オン」turn-onといい、このクラスのマリファナ服用者を「クロニック・ポットヘッド」Chronic Potheadという。ところが、うっかりするとヘロインをうつようになるのだ。だがこういうのは全体の五パーセントにすぎない。ヘロインを静脈にうつようになると、もうジャンキーであり、この口を「メインライナー」Mainlinerというようになった。

そういえば詩人アレン・ギンズバーグが、アトランティック・マンスリー誌に「偉大なるマリファナ騒ぎ」というエッセーを発表したのは最近のことだったが、そのあとで「マリファナ読本」という厚い単行本が出た。ギンズバーグのエッセイも、このなかに入っているのだが、雑誌に出たのを読んだときは、何のことだか、よく判らなかった。「マリファナ読本」が出版されたときも、いろいろな人の論文が入っているので興味をひかれたが、専門的な角度から書いたものが多いらしいので注文しなかった。ところがニューズウィークの記事から察すると、この本にしろ、マリファナの取締りをゆるめろという主張のもとに出版されたものだったのである。

ところで、ぼくはニューズウィーク誌を買った晩に、アメリカのベストセラー小説でペーパーバックになった「人形の谷間」を読みおわっていた。ベストセラーのトップになったのは昨年の三月で、それから十二月まで凄く売れたのである。ちかく翻訳が出るはずだが、読みたくなったのは、題名の「人形」dollが「睡眠剤」pillを指しているからで、表紙を見ると、赤いキャプセルや青いキャプセルや二色に染め分けたキャプセルが、七個ころがっている。作者はジャックリン・スーザンといい、三〇歳はとっくに越しているような顔をしているが、この五〇〇ページもある小説は、まるで女学生が書いたような文章だし、小説としても下手っ糞なものだ。それなのに、どうしてこんなにも売れたのだろうか。アメリカの一般読者のことだから、それが当りまえだということになるが、要するに睡眠剤が流行した戦争直後から、一九六〇年代のはじめにかけてのショー・ビジネスの世界と、その犠牲になった三人のスターのことが描いてあるからだった。

戦争がおわったとき、これらの三人の主人公は、田舎からニューヨークに出てきて、一流エージェントの下で働いたことから、お互に仲よくなりだすが、やがて三人は歌手、映画女優、テレビ・タレントといったふうに、それぞれ別な世界で有名になる。ところが三人とも睡眠剤のご厄介になるようになり、だんだん飲む分量がふえ、ついに二人は睡眠薬自殺をしてしまい一人だけは中毒にまでいっていなかったので、あたらしい生活に入っていく希望を見つけるという筋だった。このあいだに恋愛が織りこまれ、そういったときの会話が、ときどき汚ないエロになったりするが、登場人物は類型にすぎないし、こんな書きかたをすればベストセラーになるんだな、という型どおりのものなのだ。それで批評家たちに悪口をとばされたが、そんなことには関係なく、ベストセラーの大物になってしまったのだから、ジャックリン・スーザンの鼻息は荒い。二冊目のベストセラーをねらって「ラヴ・マシーン」というのを書きはじめている。

最近はまた、避妊薬のことが、よく雑誌の記事になっているけれど、これにはまるで興味がむかない。ただアメリカでは錠剤やキャプセル入りの薬を総称して「ピル」pillといっているが、日本の新聞でも「ピル」という言葉ですますようになったのに注意がむかった。たとえば、これから紹介したい記事に「ホワイト・カラー族のピル・パーティ」White-collar Pill Partyというのがある。昨年八月号のアトランティック・マンスリー誌に出たのを読んで、とても面白いと思った。最近のマリファナ・パーティの記事で面白いのには、まだブツかっていないが、これを読むと、およその見当がつくのだ。そしてそんなとき「ピル・パーティ」といっただけで、わざわざ説明しなくてもいいから、新聞が早めに外国語をそのまま使ってくれると助かることがおおい。

以下はハーバード大学出の若いジャーナリストであるブルース・ジャックソンが目撃

したシカゴでの「ドラッグ・シーン」Drug Sceneだ。「ドラッグ・シーン」という言葉も、よく使われるようになった。ジャンキーがヘロインを「メインライン」している写真があるとすると、さしずめそれには「ドラッグ・シーン」というキャプションがつくようになる。ともかくジャックソンの前書きから読んでみるとしよう。

「ドラッグ」は、チューイング・ガムやTVや大型カーや犯罪事件のように、アメリカ的な生活の一部に入りこんできた。だれにしろ無関心のままソッポを向いてなんかいられない時代なんだが、たとえば、こんな例があることから話をはじめよう。

ついこないだの夕方だったが、キッチン・ルームのテーブルに向かっていると、四歳になる息子のマイケルが、そばへやってきて『ピルが飲みたいんだよ、パパ。これから買いにいこう』という。それはヴィタミン・ピルで最近宣伝しているやつだったが、いつも元気で遊んでいる息子なので、変だなと思い、なんでそんなピルが飲みたいのかと訊いてみたところ『ジミーのように強くなりたいんだよ』と返事した。これも変だなあ、ジミーという遊び友だちは近所にいないので、もういちどよく訊いてみると、息子は五時のTV番組を毎日見ていて、それに道化師が出てくるのだが、その男がジミーよりも強くなるヴィタミン・ピルの話をしているのだった。息子は、この道化師にすっかりなついているので、彼が話すことは何もかも信じこんでいる。

午後のTV番組を見ると、家庭の主婦にむかって、さかんに頭痛用のピルを売り込んでいる。とにかくこうして必要以上のピルを、なんの理由もなしに飲むようになってきた。ヘロイン常習のジャンキーは、こいつはイケないと思いはじめるが、ピル中毒患者は、そういった自覚症状を感じない。それだけでない、ピル愛用者が、ほかのピル愛用者と仲よくなると、おたがいに飲みっこするようになるのだ。それはピルを飲んで楽しむ時間となってくる。

昨年の冬だが、ぼくはシカゴの友だちの家で催されたパーティに出かけて驚いた。そのときの模様を、ここに報告するのが、最近の「ドラッグ・シーン」がどんなものだか、いちばんよく説明することになるだろう。

そのとき部屋のなかに集まった人数は、男女あわせて十二人だったろうか。レコードが鳴っていたが、その音にまじって話声が、ちょいちょい耳にはいってくる。

『これは「デスビュタール」Desbutalだが、こいつと一緒にやると効くよ。お医者さんが聞いたら、にがい顔をすると思うけれど』

『けれど処方箋がないわよ』

『じゃあ、あした貰ってきてあげよう』とハリーという男がいった。『効いたら、あとで知らせてくれたまえ』

『五番街にある、この薬局へ行ってごらんなさい。「リーパー」(leaper＝頭痛用ピルの隠語)なら、たいてい揃っているわ』と、ちがうグループでの話声がする。

『こないだ可笑しな経験をしたわ』と、またべつな女の声がした。『この緑と黄色のキャプセルだけれど、まだ飲んだことがないので「ブック」で調べたところ、よく効くらしいのね。それで喜んでしまって二錠飲んでみたわ。けれど何ともないの。どうしてかしらん』

「ブック」The Bookというのも隠語で、「医師机上便覧」Physician's Desk Referenceのこと。これにはアメリカで発売されている薬の名前と、その成分なり効能が、ほとんど洩れなく出ている。略してPDRというが、このピル・パーティでも、二、三人が顔をつき合わせてページをめくっていた。

パーティのホストは、最近いくらか売り出してきた画家のエディだが、もう三日か四日ずうっと眠っていない。「アンフェタミン」amphetamineを一日に一五〇ミリグラムから二〇〇ミリグラム服用すると、こうした不眠状態がつづいていき、眠らずにすごした日数さえ判らなくなってしまうのだ。「デクサミル」Dexamylとか「エスカトロール」Eskatrolとかいった「痩せる薬」には十ミリグラムから十五ミリグラムのアンフェタミンが混合されているが、こんな少量でも最初の服用者は頭がグラッとし、仕事がしたくなり、眠む気がなくなりだす。

だがアンフェタミンは中枢神経を刺激する「リーパー」の一種類にすぎない。ほかにも似たようなドラッグがたくさんある。

コーヒー用のテーブルのうえに菓子皿が置いてあり、そのなかにピルがたくさん入っていた。一人の男が、それを数粒つまんで口のなかに放りこむと、コカコーラで呑みくだした。

『リーパーを飲む癖がつくと、やめられなくなるんじゃないかな?』と、ぼくは訊いた。

『ぼくの友人で、やめたという者にはお目にかかっていないな』と、その男はいった。

『薬が作用しているあいだは眠らないでいられるけれど、効き目がなくなると、こんどは眠りつづけるんだよ。そのあと別にどうってこともないがね、仕事するのが面倒くさくなることはたしかだ』


このとき最後の客である二人連れがやってきた。ジャーナリストの夫婦だが、細君のほうは、ぼくが腰かけている大きなソファにおさまると、そばにあったPDRをとりあげ、カラー・ページをひろげた。錠剤やキャプセルが十五、六ページにわたって出ているし、ああこれはなんだなというふうに、すぐわかる。それをめくっていた彼女が、ちょっとした奇声を発すると、亭主のほうを見ていった。

『この六角形が気にいったわ。きれいな色をしてるじゃないの。「ソース」にたのんで手に入れてよね、ジョージ!』

ジョージはマントルピースのそばで暖まっていたが、すぐ承知したように首をたてに振った。麻薬のばあい「コネ」にたいし、この世界では「ソース」Sourceという隠語が使われているのだ。

　そしてこのとき気がついたのは、ダーク・ブラウンの眼をした美しい少女が、一心に何かやっている手つきだった。いったい何をしているんだろう。彼女は青と黄色に染め分けたキャプセルを左手の親指と中指で台のうえに押しつけ、それを右手にした安全カミソリの刃で、ゆっくりとまんなかから切り離しているのだ。ときどき左手の人さし指で、そうっと回転させている。

　ぼくがPDRを取りあげ、カラー・ページに同じピルが出ているかとめくっていると、そばにいたエディが教えてくれた。

『「デスビュタール・グラデュメッツ」Desbutal Gradumetsを引いてごらん。アボット製薬だよ』

　このキャプセルには青い部分に「デソキシン」Desoxynが入っていて、黄色い部分が「ネンビュタール」Nembutalになっている。この混合薬を飲むと『興奮すると同時に平静になり、悒鬱さはなくなって、幸福感をともないながら活力を感じる。精神的な緊張や不安はなくなってくる』とPDRに書いてあった。「ネンビュタール」は睡眠薬であり、精神を落着かせる効能がある。つまり彼女がほしいのは青い部分のほうなのだ。二つめのキャプセルを切り離すと二つの小さい容器に別々に入れてから、三つめのキャプセルに安全カミソリの刃をいれだした。

『ウィルキンソンの両刃が、いちばん切るのにはいいわ。気をつけないと指にケガをするけれど、ジレットの片刃だと厚くてやりにくいの』というのだった。「ネンビュタール」のほうも、だいじにしまっておくのは、翌日なにか仕事があるようなとき、早めに眠るために用意しておくのだ。

(一カ月ほどしてニューヨークでエディに会ったとき、この話をしたところ、そういうことをやる女がよくいるんだ。わざわざ時間をかけてね、一時間くらいキャプセルの中身をよりわけている。つまり祭式みたいなものなのさ、と説明してくれた。)

菓子皿のなかには「デクセドリン」Dexedrine「デキサミル」Dexamyl「エスカトロール」Eskatrol「デスビュタール」Desbutal ほか商品名が判らないピルが幾種類か入っている。そのそばに誰かが買ってきたらしい「デクセドリン」剤五ポンド入りの大きな箱と二本のビンが置いてある。一本のほうは「デクセドリン・エリキシル」で、もう一本は「デキサミル・エリキジル」だったが、こいつをグーッと飲んで部屋から出ていった男がいた。その飲みっぷりからして、もう相当の経験者だと思ったが、じつは初心者なのだった。『あれは眠り薬なんだよ。ひと口が二錠ぶんに相当するんだが、ドロシー・キルガレンは、あれを飲みすぎて歌手生活におさらばしてしまった』と、そばにいた弁護士がいい、残ったほうのビンを口にした。『こっちのほうがチェリー・シロップみたいな味がするし、コークに混ぜても結構いけるんだよ』

さっきから、みんなが「ジョイント」(Joint——マリファナたばこのこと)をすっていた。そしてこのとき一人の男が「セールム」の中身を突っつき出してカラにすると、そのなかに「グラス」(Grass——マリファナのこと)を、紙がやぶけないように気をつけて押しこみ、そのさきを丸めてから火をつけた。そして深くすいこむと、すぐ隣りの男に手渡した。マリファナは、こんなぐあいに深くすって、しばらくジッとしていると作用しはじめる。だからすぐ数人が、その一本を廻しのみするのが経済的なのである。

あつまった連中は、ピルとマリファナが効きだしたか、まえより陽気にはしゃぎだした。朝の五時になっている。あと三時間したら、オハラ空港から飛行機でニューヨークに帰らなければならない。そう考えながらソファにもたれたまま目をつぶると『眠っちゃうんじゃないでしょうね』という声がした。

こういうパーティで眠ってしまうのはスクエアだということになる。ぼくは眠くはないんだといって、こんどは目をあけっぱなしにした。

そのときパターンという音がして、入口のドアがひとりでに開き、ミシガン湖の寒風が侵入した。エディは足で蹴とばしてドアを閉めるとマントルピースに薪を放りこみ、それから菓子皿を持ってきて、みんなに一つずつ取れといった。それはよく知っているキャプセルで、アンフェタミン常習者には欠かせないやつだ。痩せ薬であり、一日一錠で食慾がなくなるし、砂糖をソーダ割りにしたのを飲むだけで四、五日間は平気でいられるのである。こんなピルまで一緒くたに飲んでいるのか!

飛行機のなかで、ぼくはパーティの模様を思い出しながら、考えこんでしまった。というのは、このパーティに出かけるとき、よくあるワイルド・パーティなんだろうと思っていたのだが、じつはまるで違ったフンイキだったからである。女性が数人まじったパーティで、亭主といっしょに来たのもいれば、一人ぼっちでやってきた若い女もいた。この数年間というもの、ぼくはインテリがあつまるパーティや、ホワイト・カラー族のパーティによく出かけたものだ。そんなとき男と女とが十人以上まじり合ったパーティだと、例外なしに意味ありげな視線が交されたり、からだを押しつけ合ったり、色っぽい言葉を発して、大声で笑ったりする。そんな場面なんか、すこしも見られず、彼女たちは性的にハッスルすることはないのだった。

特別な薬を手に入れるのには、いろいろな方法がある。いちばん普通な方法は、医師に処方箋を書いてもらうことだが、たとえば「デキサミル」あたりだと、医師としては記録をとっておかなければならない。だがその点がいい加減になり、服用量がますにつれ、幾人もの医師から処方箋を書いてもらうようになる。

第二のルートは、まえに書いたように「ソース」をとおしてであるが、この連中はヘロインの「コネ」とはちがって、あやしげな風態はしていない。医学関係の人たちが多く、そういった薬品が自由に手にはいる。第三は、自分たちで、こっそりつくっている者がいることだ。メスカリンにしろLSDにしろ、それよりも強烈な作用をあたえるDMTにしろ、安くつくれるという話を聞いた。

場所によっては薬が入手しにくいところもあり、「デキサミル」や「エスカトロール」がキャプセル一錠につき十五セントから五〇セントもするようになってきた。LSDにしても、ニューヨークでは昨年の冬あたりを中心にして闇値が上がったり下がったりしたものだ。角砂糖にして浸み込ませて売っているのは高いが、スピットボールというようって紙に浸み込ませたのを固く丸めたものがある。これだと二割ぐらい安いというように、いろんなのがある。ハイスクールの生徒たちのあいだで、香水や養毛液などをシガレットに浸み込ませ、それをよく乾かしてから吸うのが、ないしょの楽しみになったことがあった。これでも深くすいこんでみると、ドラッグと似たような変な気持になるのであって、そういう状態が「クール」なのだという観念から面白くなってしまうのだ。ヘロイン常習者にとっては、ヘロインをうたない者が、みんなスクエアに見えてくる。ところがピル愛用者にとっては、スクエアの概念がすこし変りだし、アルコールがすきな者がスクエアになってくるのだ。というのはアルコールは度を越すと、礼儀をわきまえないようになる。自制心を失ってしまい、喧嘩をはじめたりする。酔っぱらいすぎると、何をやったか翌日になって思い出せない。そういう状態になるのを、彼らは軽蔑するようになる。

こんな例があった。ある若い女で、毎日「アンフェタミン」を五〇〇ミリグラムも呑むようになったピル中毒者が、同じような中毒症状におちいった青年と仲よく一緒に暮していた。ところが、ある日のこと、二人で行ったパーティで、男のほうがビールを飲みだした。とたんに若い女が怒りだし、その場で喧嘩になったのである。また、あるパーティで、スコッチとマリファナのおかげで眠りだした若い女がいた。そのときは朝の五時だったから眠くなるのも当りまえだが、それを見た三人の若い男が、だらしがないぞといいだし、やがて汚ない言葉つきで罵しりだしたが、彼女はグッタリと眠ってしまった。すると三人は穢らわしいものを見るには堪えないといって、別の部屋へ入って話のつづきをやったのである。

ヘロイン中毒者は、ヘロインが手に入ると、こっそり自分のために隠してしまうが、ピル中毒者は逆にいろいろなピルをあつめては、それを仲間たちのまえで見せびらかし、それを呑ませては、どんな効き目があるかという実験に興味をいだくようになってくる。そんなときPDRが、とても役に立つのだ。

こうしてピルが、しだいに日常生活におけるストレスをやわらげるための目的からそれて、なにか新しい経験が自分に始まるのではないかといった気持で、いろいろな種類のものを試みるようになり、もっと変った新製品が発売されないかと待ちかまえている者もあるくらいなのである。

彼らにとっては、なぜタバコをすうのか、酒に溺れるのか、なぜスピード運転するのが面白いのか判らなくなってきた。登山や、サファリや、日光浴や、恋愛遊戯など、他人が面白がっていることが詰らない。ギャンブルにしたってそうだ。それから盗むこと、嘘をつくこと、騙すこと、殺すこと、戦争することなど、すべて意味がなくなってくる。すると、このおれは現代人として何者なんだろうか。そういった自己を確認したくなってピルを服用するようになるのだ。

彼らは、しだいに自分自身の内部へ入りこんでいく。そういった精神状態は、言葉では表現できない。表現できないから議論なんかする必要ないんだ。だからまた他人が評価することができない。要するに神を信じるよりもピルを信じたほうが、その効果はハッキリと早く判ってくるのだ。そしてこういう考えかたをするアメリカ人が多くなったのは、否定することができない最近の現象だといっていいだろう。（昭和四二年十月号）

8 ジェームズ・ボールドウィンの生きかたが書いてある本　もう一つの記事にはニューアーク暴動の顚末がくわしく書いてあった

これだけは、はっきり書いておいてくれたまえ。ぼくは白人を憎んではいないんだ。憎むだけの時間的な余裕がないわけさ。ぼくなりに生きて行きたいんだよ。その時間を。それにね、憎むために必要な感情的エネルギーが、ぼくには充分にないんだ。もちろん憎んでる人たちはいる。そのなかには、黒人もいるんだが。

ジェームズ・ボールドウィン

『そういえば、このところジェームズ・ボールドウィンは、なんにも書いていないな』なんだか忘れかけていたことがあって、それをこんなふうに急に思い出したのは、日本橋の丸善へ洋書を買いに行ったとき、目のまえに、変てこな本がならべてあったからである。それには「ジェームズ・ボールドウィンの激しい怒りの旅路」という題名がついていた。いつこんな本がアメリカで出たんだろう。一冊の本になったボールドウィンにかんする評論は、これが最初なんだし、だから書評に取りあげるだろう。昨年の終りに出版されている。どうして気がつかなかったか、おかしいなあ。

それにファーン・マリア・エクマンという著者も、はじめて聞く名前だ。読んでおかなければいけないと思って買ったが、丸善を出て歩いていると、気になってしようがないので、喫茶店に入って、すこし読んでみた。すると第一章の書きっぷりが、ぼくには気にくわない。よくまあ、こんなにもボールドウィンを英雄視することができるなあ、といった書きかたなのだ。第二章に入っても、おんなじ調子で書きすすめている。こいつは、いけないぞ！

著者のファーン・エクマンは、ニューヨーク・ポスト紙の黒人女流記者で「ページ・ワン・アウォード」というジャーナリスト賞をとっているから、駈け出しとは違うんだろう。この本は二年半にわたって、あらゆる機会をつかみ、そのときボールドウィンが語った言葉をテープ録音しておいて、それをあとで編集しながら、じぶんの意見を加えていった評論である。だからボールドウィン・ファンが読むと、こんなことがあったのかと驚くような出来事に、やたらとぶつかるので、書きかたは気にいらないけれど、資料としてはまあ文句がない。こいつは、いけないぞ！　と思ったのは、資料としての価値にさきだつ問題であって、それは「ブラック・パワー」といっしょに最近よく使われるようになった言葉「ブラック・シュープレマシー」(黒人優越性)の意味あいが、そのときの状況によって、あまりにも鼻につくということである。そんなことから書評のうえで黙殺されてしまったのかもしれない。

家に帰ってから、そうそうボールドウィンの短篇集「出会いの前夜」の翻訳が、こないだ出版されたばかりだな、あれは二年まえにアメリカで出たとき評判がよかったっけ、と思いだしながら、エクマンの評論のつづきを読んでいると、ボールドウィンが、このところ沈黙しているのは、「列車が出発してからどのくらい時間がたったか云ってくれ」という長篇を執筆しているからだと判った。このまえの長篇「もう一つの国」はダイアル社から出版されたが、ほかの出版社がボールドウィンを狙っているのに気がつくと、毎年五万ドルづつ向う二〇年間あげるから専属作家になってくれといったと、この本に書いてある。まったく偉い作家になったものだが、こんどもホモセクシュアルをあつかっているらしい。

なぜ彼はホモセクシュアルな白人を、このんで小説のなかに登場させるのだろうか。それがアメリカ的な現象であって、隠そうとしているからだ。ホモセクシュアルである自分に、恐怖感をいだいている。隠したりなんかしなければ、この病癖は自然と矯正されてしまうだろう。それとおなじような立場にあるのが黒人問題であることを、ボールドウィンは作品のなかで、白人にむかって語りかけたいのだ。

ひどく早熟だった彼は、ハイスクール時代すでに作家的才能をしめし、受持教師を愕《おどろ》かしている。このあたりからエクマンの書きっぷりは、いくらか冷静になった感じで、頑固一徹な牧師の父に反抗した彼が、家出してグリニッチ・ヴィレッジで暮すようになり、二二歳のとき最初の原稿が売れるが、ついでパリへ行く決心をしたのが二四歳のときだった。いちばん興味ぶかいのは、パリが舞台になった部分で、ヘミングウェイの「移動祝祭日」を思い出させるものがあり、貧乏しながら処女作の「山に登りて告げよ」を書いている。このあたりを、すこし丁寧に紹介してみると面白いだろうと思ったので、ノートをとったりして頭に入れていると、八月二四日号の「ニューヨーク・レビュー」が届いた。

その表紙を見ると、「暴力とニグロ」となっていて、火焔ビンが図解してある。なかをひろげてみると「ニューアーク占拠」という記事が、十一ページの特集になっているので、つい読みだした。ボールドウィンのパリ時代のことを書いたあとで、読めばよかったのだが、こっちのほうが、ずっと面白い。ニューアークからデトロイトへ暴動がひろがっていったとき、ニュース報道からはニューアークが、かすんでしまったが、いまこの記事を読んでいると、どんな性格のものだったかハッキリとしてくるのだ。これを記録したのは、ニューアーク労働者組合の若い幹部トム・ヘイドンであるが、「ニューヨーク・レビュー」編集部では、よほど気に入ったとみえ、単行本にしようとしている。

ボールドウィンのほうは、あとまわしにして、こっちでいくことにしよう。

七月十二日、水曜、あたりが暗くなりだしたころだった。ジョン・スミスという平凡な名前のタクシー運転手に、二人のパトロール巡査が手荒な真似を加えたという、ちょっとした出来ごと。これも平凡なことなのだがニューアーク暴動が起るという不可避性は、こんなところで、もっともよく証明されたのだった。

パトロール巡査の弁明によると、ジョン・スミスは十五番街を走っていたパトロール・カーのうしろに接近すると、わざとブツけるような運転をした。それをシツコク繰りかえしたうえ、横から抜けて追越したので停車を命じた。ライセンスを見ると、期限が切れている。それで取り上げようとすると、スミスは怒って、きたない言葉をつかい、殴りかかった。そのため必要なだけの腕力を行使しなければならなかった、というのである。

この必要なだけの腕力が、どの程度のものだったか。スミスが新聞記者に語ったところでは、二人して脇っ腹を蹴あげたり、頭を殴りつけたりしたのだった。それが嘘でなかったのは、第四分署に連行されたとき、附近に数名の目撃者がいて、足腰が立たなくなったスミスが車から引っぱり出され、二人に引きずられていくのを見たという証言があるからだ。

さて、八時ごろだったが、黒人タクシー運転手たちが、目撃者の言葉を無線ラジオで連絡しながら、通行人たちに流しているうちに十七番街にある団地「ヘイス・ホームズ」の人たちの耳にはいった。この団地は十二階建アパート六棟からなり、一〇〇〇人ほどの居住者がいる。通りをへだてて第四分署が見えるせいか、みんなは「牢獄」と呼んでいたし警察側では、犯罪の温床だとみなしていた。

団地アパートの窓からは、からだを突き出した黒人たちが、窓ごとに、スミスのことで何か話し合ったり、怒鳴り声をあげたりしている。もう暗くなった団地のおもてに、大ぜいがあつまりだした。そのころすでに黒人指導者たちにも連絡があって、彼らはいっしょに分署に出かけたが、スミスに面会させない。彼は連行されたあとで、また殴られたり蹴られたりしたのだった。不利な立場におちいった分署では、ニューアーク本署から立会人が来るまで待ってくれといったが、こんなゴタゴタで二時間もたっている。というのも、警官隊が武装するための時間をかせぐためだった。

指導者代表は、やっとスミスに面会したとき、かなりの怪我をうけているので、すぐ病院へはこぶように要求した。だが彼らは分署から出たあとで、暴動になるような気配は、すこしも感じられなかったといっている。ところが、そのとき分署にいた誰だかわからないのだが、警官隊がヘルメットをかぶったという情報を団地に流したのだった。

暴動の気配がなかったというのは、分署附近に、まだ百名たらずの人たちがバラバラと散っているにすぎなかったからだが、十一時になると、ずっとふえ、あたりが緊張しはじめた。そのときまだ分署にのこっていた指導者がティモシー・スティルとオリヴァー・ロフトンの二人である。スティルは団地事業などを促進している協会主事であり、ロフトンはニュージャージー知事のアドヴァイス役になったニューアークの顔役だ。二人は形勢が険悪になったと見てとると、警察側と協議したうえ、平和におさまるように努力するが、いいたいことだけは云わしてもらいたいといい、メガフォンを持って警察車のうえに立った。それからスミスにたいする不当な警察側の行為を非難しながらも、この問題は法律によって解決できるから、このさいはデモ行進によって引きあげるようにしようじゃないかという演説をぶった。そのとき群衆のなかにいたCORE（人種平等会議）の委員ボブ・カーヴィンが、演説の趣旨に異議はないが、いま警察は黒人地区にたいして戦争をしかける準備中だと警告した。そのためティモシー・スティルがデモ行進にうつろうといって先頭に立ったが、それにしたがう者は僅かだったし、それも途中で散ってしまった。

そうしたとき労働組合の一人が、警察用メガフォンを奪うと『向う側へ移ろう。やることがあるんだ』と叫んだ。すると、その向う側からレンガや空ビンを持った若者たちが大ぜい近づいてきたかと思うと、百以上ある分署の窓ガラスが、粉砕され飛び散った。群衆は一斉に後ずさりしたが、そのときヘルメットをかぶり、棍棒を持った警官隊がとびだしてくるのを見た若者たちは、またもやレンガと空ビンを投げつけたので、警官隊は分署のなかへと後退するほかなかった。

こうして分署まえの道路が戦場化したが、零時をまわったころ、二発のモロトフ・カクテールが西側のコンクリート壁にぶつけられて破裂すると、火焔が五〇フィートほどの帯になって閃めき、それはほんの十秒くらいで消えてしまったが、五〇〇名はあつまったらしい群衆がワーッと歓声をあげた。と同時に警戒心と恐怖のため、団地のほうの暗闇に駈け込み、駐車場の車の背後で形勢をうかがう者も大ぜいいた。

彼らは三年もまえから、いつになったらニューアークでも暴動が起こるだろうか、という気持になっていたのである。三年まえから市当局では黒人の失業救済や生活向上に腐心していたが、さっぱりよくならない。ニューアークは黒人二五万で、市人口の大部分を占めているが、政治面ではイタリア人が、もっぱら幅をきかせ、彼らはマフィアの黒幕人物とコネがついていた。またニューアーク警察本署から分署全体の職員一四〇〇名のうち、黒人は二五〇名にすぎない。政治家と警察とが一体となって、白人共同体を擁護しながら、黒人共同体を敵視するという状況になっていたのだ。

その夜、フロント・ラインに立って警官隊に挑んだのは、主として団地に住む十五歳から二五歳にいたる若者たちで、それに附近の若者たちが合流した。だが彼らは「ブラック・パワー」というムードに共鳴できる程度でそれ以上の過激分子は、ほとんど加わっていなかった、といっていい。なにか悪いことをやっては逃げるのがうまい、と警察がバカにしていた青少年たちだった。両親にしろ手を焼いていた困り者ばかりだった。そういったジェネレーションが、その夜の暴動勃発と同時に、急にみんな一緒くたになったのである。

COCA DU PEROU
SUCR
QUINQUINA
TABAC
THE
TABAC
OR
CAFÉ BOURBO
NOIX DE KOLA
HUILE DE SÉSAM
ORANGES
IVOIRE
DATTES
GUMME
J.Uekusa '69.

そしてこのときだけは両親も、息子の気持がよく理解できた。彼らはフロント・ラインから、すこしさがった位置にかたまって頑張っているのだ。この団地は敵をむかえ討つのに屈強な建てかたになっている。分署は煌々《こうこう》と明りがついているが、団地のほうでは明りを消した。

いっぽう十七番街の一角でグループになった二五人の若者たちが、商店襲撃は今だとばかりベルモント通りのほうへ駈け出したのはモロトフ・カクテールが火を吐いてから間もないころである。彼らは駈け出しながら、目的がなんであるか大声で叫んだ。それを耳にした一人の母親が『ハリー酒店なんだって！』というと、そばにいた女たちと一緒に駈け出した。遠くまで響くガラスの割れる音。やがて、あちらこちらで防犯ベルが鳴りわたる。団地の闇のなかから駈け出してきた大ぜいの掠奪者。こうして新たな局面が展開されることになった。

警官のほうでは、二人でパトロールしていたのが数名以上のチームになり、それでも無勢だという不安が、暴力行為にかりたてた。『ユー・ブラック・ニガーズ』と罵しっては棍棒をふり廻し、いたるところで殴打事件が起っている。極端な例をあげると、私服の黒人警官が夜勤交替の時間になって、分署に出頭したところ、やにわに同僚たちに殴られるという始末だった。

一時間以上がたち、一〇〇名ちかい掠奪者が逮捕されたが、町の秩序は、もう滅茶滅茶だ。すると警官は二、三人づつのチームに分散して、すでに掠奪された商店の入口で見張りをはじめたのである。掠奪は、すぐ先のほうで続行されているのだが、こういう体勢でもとらなければ、暴動鎮圧が長びくばかりだと考えたのであろう。だが総動員されたニューアーク警官一四〇〇名では、この非常線は充分に張りきれなかったはずだ。それが案外に拡大されないですんだのは、組織された暴動のありかたではなかったことを物語っている。暴動が起った一帯をのぞいた周辺では、何も知らずに、その夜は眠っていたのだった。

四時ごろになると、掠奪者たちは家に引きあげてしまい、五時になったときは、警官のほか誰もいなくなった。

木曜日である。朝刊を見た人びとは眼を丸くした。なぜなら、それにはニューアーク市長アドニツィオの言葉として、ゆうべの掠奪騒動は暴動とはいえない、孤立した小事件なのだ、と出ているからだ。この記事が、いったんおさまりかけた暴動に、また火をつけることになったのである。午後になると第四分署のまえで、若者たちがグループになってピケをやっている光景が見られた。その近くの交通遮断された通りでもピケをやっている。団地の駐車場では、大ぜいが集合しはじめ、十七番街の両側にも人垣ができあがった。そのうち、あたりが薄暗くなってくると、ドラム鑵でつくったドラムをいくつも往来にならべ、それを叩きはじめる。近所のバーで飲んでいた連中が、その音を聴くと駈け出してきた。

第四分署のまえでは、人権擁護協会長のジェイムズ・スレットが市長代理だといって群衆に呼びかけている。即刻デモを解散するなら、黒人警官エディ・ウィリアムズをニューアーク地区最初のキャプテンにするというのだ。そばにいた黒人刑事が、スレットにつめよってくる数名を押しかえそうとしている。そのときレンガと空ビンが分署の窓へ向って投げつけられはじめた。

すぐ近くのスプリングフィールド街で、ふたたび商店掠奪がはじまったのは、この直後である。そこは目抜きの商店街であるが、真夜中ちかくになると、黒人区のあらゆる場所で掠奪が行なわれ、前夜どころの騒ぎではなくなった。すでに荒らした商店は、きのうからずっと警官が見張っている。それで掠奪は新たな場所へと移った。それだけでなく、話を聞いて喜んだ連中が、ずっと離れた場所でも商店の襲撃をはじめ、飛火式に拡大していったのである。

この夜も先頭に立ったのは若者たちでありグループになって歌をうたいながら、ブラインドをおろしてない商店のウィンドーを割って歩いた。広い四つ角には千名以上の掠奪者が群がっている。すくなくも十カ所は広い四つ角になっているが、そのどこでも同じくらいの人数が見られた。ガラスが割れる音。入口がブッ壊される。そのたびに歓声がわき起り、最初に数名が踏み込んで、持てるだけの掠奪品をかかえるようにして出てくると、あとの連中が入っていくのだ。

掠奪者たちが最初に目をつけたのはウィスキー類である。服が買えなかった若者たちは幾着も持って帰った。アパートの敷物が古くなったので、新しいのをかついで帰って行く女がいた。テレビ、テーブル、椅子を持っていく男たちがいるかと思うと、食器類や台所道具を持ちきれないほど抱えて出ていく女たちがいる。もちろん被害を受けたのは白人経営の店だけであり、黒人経営の店は難をまぬかれた。

こうなると一四〇〇名の警官がいても、最早どうにもならない。そこでサイレンを鳴らしながら警察車を突っ走らせるという手段に出た。すると投石がはじまる。それを防ぐためにはスピードをまさなければばならない。形勢は、ますます悪化していく。そうしたとき、警官隊の武器使用の許可がおりた。

最初の犠牲者がバーのボーイをやっているテドック・ベルという二八歳の黒人だった。彼は店がやられてないかと心配になり、家の者たちとバーゲン・ストリートの自宅を出て歩いていると、警官がやってきた。逃げ出したりすると、かえって危いとテドックは注意したが、いっしょだった二人は駈け出した。すると警官は、ゆっくり歩いているテドックに近づくなり、射殺してしまった。

その夜、病院に運ばれた負傷者は二五〇名以上にたっし、うち十五名は弾傷を受けていた。逮捕された黒人の数は四二五名にたっした。ニュージャージー知事ヒューズが、市長アドニツィオから、至急救援をたのむとの懇請を受けたのは、こうした最中だったのである。

金曜の朝五時、ニューアークの街なかを一巡した知事は、これは公然たる反乱だ、と言明した。それからただちに三〇〇〇名を越える州兵の出動を命じ、これに州警官五〇〇名が加えられることになり、ついに月曜の午後まで三日間、黒人区は軍隊の占拠するところとなった。金曜の午後になったとき、黒人区は七カ所にわたって完全に包囲されている。その通りはどこでもジープや小型トラックに分乗した州兵が、州警官を乗せたトラックの指図をうけて走りまわりながら、銃をかまえているし、機関銃で狙っている州兵もいた。

この光景は、すぐさまテレビで報道されたが、知事は出兵の理由を説明して、黒人社会にたいして信頼感をまさせるためにあるというのだ。それはどういう意味なのだろう。質問された知事は、つまりジャングルと法律とのあいだに横たわる一線だ。この一線はアメリカのどこにおいても引かれるだろう、と答えた。これはたしかに白人には理解される言葉にちがいない。彼は黒人にむかって白人を信頼しろというのだが、この一線を引いたということは、結果において二〇名の黒人を射殺し、一〇〇〇名に負傷をあたえ、一〇〇〇名を逮捕させることになった。また一〇〇軒以上の黒人経営の店舗が警官隊と州兵隊の襲撃を受け、黒人アパートが一〇〇居所以上も火災を起したのも、彼らの仕業だったのだ。鎮圧するための出兵が逆な結果をまねいたではないか!

商店での掠奪行為は、州兵の到着と同時にほとんどなくなった、と報告しているのは警察側である。破壊できるものは、すべて木曜の夜に破壊してしまったのだ。出兵が掠奪行為をふせぐためだったら、むしろ白人区の危険性が最初に考慮されていいはずだったが、それは不問に付したとみえる。黒人区に危険から防いでやろうとする商店があったとしたら、そこに機関銃をそなえ、少数チームで看視すれば充分だった。つまりが州兵や警官たちは余計な行動をせざるをえなくなったのである。それが何であったかといえば、個人にたいして暴力をふるうことだった。

また放火をふせぐための出兵だったとしたら、その必要はなかった。黒人アパートは、たいていが木造の非常階段になっているから火災のばあいは居住人が逃げ場をうしなうことになるのだ。そういったアパートの一階が商店になっているのが多い。消防署へは一一〇カ所から火災報知が入ったが、その大部分はイタズラだったのである。また狙撃兵の出没が問題となったが、三〇〇〇名の州兵、一四〇〇名のニューアーク警官、五〇〇名の州警、数百名の消防夫は、もし狙撃兵がねらったとすれば、バタバタと殺られたと思うほど遮蔽物なしで行動していた。ところが幾人が狙撃兵に殺られたかといえば、警官が一名と消防夫が一名にすぎなかった。狙撃兵と目された連中はその夜の掠奪行為をカバーするため、空にむかって発砲していただけなのである。このことは狙撃兵の一人がライフ誌の記者に語っているが、信じていいと思うのだ。

クリントン・ヒル街では、掠奪行為がもっとも派手に行なわれた。それでここに起った占拠後の情景を一例としてあげておこう。金曜の正午すぎ、装甲車、武装車、ジープが姿をあらわすと、各所にある商店の顧客用駐車場に乗り入れたあとで、降りてきた州兵が剣つき銃で威嚇するような態度をしめしながら、往来を行きつ戻りつしはじめた。そのとき通りにいた黒人は百名ほどで、掠奪された商店の残骸に肝をつぶしたような顔をして、おたがいに話し合ったりなどしていたが、州兵の占拠と同時に、街の一角からゾロゾロと大ぜいの男たちが近づいてきた。何をするのかと思うと、きさまたちのいうなりにはならないぞ、といった表情の若者たちが数名、目のまえの商店にガソリンをぶっかけると火をつけた。消防車がやってくる。すると街のなかは家から飛びだしてきた連中で埋まってしまった。それを剣つき銃の州兵が追いはらおうとする。群衆は散ったが、火が消えると、また引返して来るのだった。

夕方になり、あたりが暗くなると、クリントン街の四つ角に、五〇名ほどの州兵と州警がたむろし、通りのまんなかにいる数名の州兵は、通行人や自動車に何か指図している。四つ角にいる三〇名ほどの若者たちが、州兵たちと何か議論し合っていたが、そのとき向うからニューアーク署の警察車が、通りを抜けようとして走ってくると、道路に立っていた一人の男が大声で罵った。車はすこし先で止ったかと思うと、その男のいる場所までバックし、棍棒を持った警官が降りるなり『何ていったんだ！　殴られたいのか！』といってつめよったが、その声は顫えている。男のほうでは、おとなしく離れた。

両側にいた群衆は、黙ったままで眺めていた。
四つ角のほうにいた若いグループは、車が走り去ると、州兵たちを罵りだした。すると十名の州兵が剣つき銃をかまえて接近してきたので、バラバラと散った彼らは、車のうしろなどに隠れ、両手に空ビンをつかんだ。一人の少年が逃げおくれ、銃剣の先で突つかれたのか、路上に転倒し、叫び声をあげた。十名の州兵が、その少年を取巻くようにするとそのうしろで若者たちが州兵を取巻いた。州警官の一隊が棍棒を持って駈けつけ、州兵のなかに入って少年を引っぱり出すと、横っ面を張りとばしたので、彼はまた引っくり返った。四人の黒人が倒れた少年をかばうようにして、うつ伏すと同時に、警官隊にレンガと空ビンが投げつけられはじめた。四つ角に残った州兵が、いずれも剣つき銃で群衆を威嚇しながら引き揚げろと命令している。こうしてやっと騒ぎはおさまり、やがて、耳に入ってくるのは、州兵の歩いている靴音だけになった。

以上は、ほんの一情景にすぎない。一昨年のロサンジェルス黒人区ワッツに起った暴動も、酔っぱらい運転をしてたという一青年マーケット・フライの逮捕がキッカケとなったが、こういう情景は繰りかえし見られるようになったのである。それはスラム街のなかでのゲリラ戦といっていいものだ。

（昭和四二年十一月号）

9　わるくち専門雑誌「FACT」の記事から面白いやつをさがし出してみると

こいつはちょっと面白いな、と思っている外国雑誌が、洋書店の棚から、ある月かぎりで急に姿を消してしまうことが多い。それには理由がいろいろあるだろうが、これから取りあげる「ファクト」についていうなら、表紙が白っぽいので、はやく買わないと汚れてしまうし、それに値段がわりに高いときている。面白い号もあるが、詰らなそうな号もあるので、それが棚ざらしになってまた汚れ、めくれあがり、それを取りよせた輸入販売業者のロスになるというわけで、契約をうちきってしまうのだ。

隔月発行の「ファクト」は、こうして店頭から姿を消した一癖あるアメリカ雑誌だが、グラフィック・デザイナーの和田誠さんが直接購読している最近号を借りたところ、とくに面白い記事があつまった号だった。そうすると持ってない号を和田さんから借りて、面白い記事をさがしながら紹介したくなってくる。というのも最初に「ファクト」が輸入販売されたころ、表紙を見てビックリしたことがあったからだ。最近の消息では毎号十五万部くらい出しているらしいが、発行人はラルフ・ギンズバーグといい、一九六四年一月に創刊号を出した。一九六三年六月に、十ドルの豪華季刊雑誌「エロス」の五冊目が検閲に引っかかり、懲役五年、罰金四万二千ドルをいいわたされ、目下執行猶予になっているのが、このギンズバーグである。

「エロス」事件とおなじころ、「プレイボーイ」六月号が、ジェイン・マンスフィールドのヌード写真で発禁になった。両方とも週刊誌のネタにされたから、思い出されるであろう。ここで簡単にギンズバーグの経歴にふれておくと、一九二九年にブルックリンで生まれた彼は、ジャーナリストとしての才能を発揮し、二七歳のとき「エスカイア」誌の編集者の一人になったが、このころから「エロス」を自分で発行しようとし、エロチック資料の蒐集をはじめた。そのなかでキャッシュで買えないやつは「エロス」の創刊号が出るまでツケにしてもらったというのだから、この方面では、かなりの顔ききらしい。たとえばモーパッサンの短篇「メーゾン・テリエ」のためにドガが挿画をかいた稀覯本や歌麿の浮世絵などがあった。

フランク・ハリスの「わが生と愛」にしても、当時は入手困難だったが、いちおうエロチック文献があつまると、ギンズバーグは一九五八年に「急がないで見渡したエロチカ」というポーノグラフィ書誌を、オリーヴ・ブランチ・プレスという自分の出版社から出した。これは戦後はしりのエロチック文献だというだけで、知らないところは昔の文献から引きうつした、いい加減なものだったが、二七万五千部も売れた。そこで「エスカイア」を辞めると、この本の売りあげで食いつなぎながら、ときどき雑誌の注文原稿を書いたりし、足かけ四年「エロス」の材料あつめに夢中になったが、一九六一年九月になって、やっと発刊予告リーフレットを一万部刷ると、反響がおおきい。それで追っかけ宣伝を猛烈にやったところ、予約購買者が十五万にもなったというのだ。そして四冊目までの売上げが三〇万ドル近くになったと豪語しているが、ダイレクト・メイルで会員に送っていた「エロス」の発行所がどこかというと、そのボール紙包みには、ペンシルヴァニア州インタコース Intercourse とか、ニュージャージー州ミドルセックス Middlesex とか、ペンシルヴァニア州ブルーボール Blueball とかいったふうに架空のエロ町になっているのだった。

このころから「エロス」は睨まれていたが、九〇〇万枚もバラ播いたという宣伝リーフレットにたいする抗議の手紙がまた二万五千通にもたっし、ついにワイセツ本没収の権限がある郵便局では五冊目の一九六三年春季号を没収処分にすると同時に、六月十日からフィラデルフィアの連邦法廷で裁判が始まった。そのイキサツは速記録とともに「ファクト」一九六五年の第三号に、くわしく出ているが、問題になった記事は、アリゾナ州ツーソンに住む三六歳の女性リリアン・M・セレットが三歳からの性的経験を赤裸々に告白した「選択乱交にかんする主婦用の手引き」という自伝だった。これには反体制主義の社会評論家ドワイト・マクドナルドも眉をひそめたという話だが、この五冊目の「エロス」だけは、日本にも入ってこなかった。読んでみたいなとは思うけれど、どうせロクなものではないだろう。

こんなふうにして「エロス」は廃刊になったが、ついでギンズバーグが発行した「ファクト」の特色は、ひとくちでいうなら、わるくち専門の隔月雑誌である。といって、かつて悪名を轟かした「コンフィデンシャル」のように、一流芸能人のプライヴァシーまで侵したユスリ的性格の赤雑誌ではない。政治、芸術、食料品、宗教、教育その他のインスティチューションにむかって飛ばす悪口は、題名どおり事実によったものであり、悪口の正当化をとなえているのだ。こういう雑誌を出したのも「エロス」にたいする腹いせだろうが、最近まで潰れないで二二冊も出すことに成功したのは、アメリカ的な現象として面白い。一ドル二五セントで高いが、毎号イラストを一流のグラフィック・デザイナー一人だけに頼み、雑誌の性格をよく出している。

最初にふれたように、表紙を見てビックリしたのは『コカコーラを飲むとムシ歯になるぞ』と大きな活字で警告しているからだった。

それだけでなく、コカコーラのために、

頭痛、おでき、腎臓炎、嘔気、精神錯乱、心臓障害、精神的不安、便泌、不眠症、不消化、下痢

を併発するようになるし、非行青少年を出し、ひいては生れる子供にも悪影響をおよぼすというのだ。コカコーラの話では、数年前にニューヨーカー誌に出たE・J・カーンの「ビッグ・ドリンク」というのが面白かったし、これは「コカコーラの秘密」とかいう題で二年ほどまえに訳本が出たが、ムシ歯になるぞ、といわれると、どんなことが

書いてあるんだろうと思いながら、読みたくなってくる。まず、この内容から書いていくことにしよう。

アメリカだけでも、毎日四〇〇〇万本がカラになっているのがコークだ。コーク礼讃者には、きりがない。ヒトラーがいた。ライフ誌が「アメリカを代表するエッセンスのなかでの最高のものだ」と賞めた。宇宙飛行士、オリンピック選手が愛飲している。ある赤ん坊がミルクを飲むまえにコークを飲んだが、生命には別状なかったというバカバカしい記事が話題になったこともあった。そして病院へ行くと、たいていどこでも自動販売機が置いてあるが、じつはビン入り飲料水のなかでコークくらい有毒なものはないのだ。海賊旗のマークになっているガイ骨とブッちがいになった白骨。あれが貼ってないだけである。

コークやペプシコーラは、あまり飲まないほうがいいですよ、ムシ歯になりますからね、と歯医者さんにいわれたことがあるだろう。アメリカ歯科学協会の雑誌ではコーラの広告をはねつけてきた。

要するに問題はコークの製造法にある。一九〇二年という昔のことだったが、コークを分析してみたチャールズ・クランプトン博士は、コカインとアルコールとカフェインが各一パーセントほど混合してあるのを発見した。この結果、コカインとアルコールは製造工程でオミットされることになったが、それだけの話であって、砂糖、カフェイン、燐酸といった主成分のどれもが、ムシ歯その他の身体障害になるのだ。

またコークにはビタミンがゼロである。とくに女の子がコークずきで、スナック・バーに行ってみるとポテト・チップやパプ・コーンをいっしょにボリボリやっているが、こいつにもビタミンがない。最初ヨーロッパ視察に赴いた栄養科学研究者が、イタリア、オランダ、ドイツ、オーストリアのティーンエージャーにくらべて、アメリカのティーンエージャーに溌溂とした元気さがないのは、第一にコークの飲みすぎ、第二にカーを乗りまわしてばかりいて、歩くのがすくなくなったからだ、といっている。アメリカのティーンエージャーの四分の三が、こうなった。

コークを飲むと、そのなかに含まれた約五〇パーセントの砂糖分のために、歯の表面に薄い膜がつき、これを「デンタル・プラック」というのだが、相当よく歯ブラシでこすらないと落ちない。兵役検査のとき、ムシ歯の者が多いのに驚いた、と検査官はいっているが、若いのに七本と半分ひどいムシ歯をしているのもいた。こうして、アメリカ人は三五歳をすぎると総入れ歯に近くなるのだが、それが最近では二二〇〇万人になった。統計によると一人につき一年に一本半のムシ歯をつくっている。それなのにコークを平気で飲んでいるのだ。

「デンタル・プラック」ができると、乳酸菌が歯のエナメル質を腐蝕していく。一本のコークを飲むと、その瞬間から一時間半ほど腐蝕作用がつづくのだ。コークの原料である燐酸《りんさん》がまた、この作用を活発にする。ところがコカコーラは、その名のとおり、砂糖約五〇パーセント、燐酸約〇・三パーセントにつぐ第三の原料としてコカが3、コーラが1の割合になった化合物を使っているのだ。このばあいコカは問題はないが、コーラと称するのがカフェインを含有し、このため魔女が醸造した特殊飲料水ということになってくる。カフェイン含有量は約一・三パーセントであって、化学的に摘出したカフェインそのものも少量だが加えてある。

ところでカフェインは、コーヒーにも紅茶にも含まれているし、このことは誰でもよく知っている。そしてコークのほうがカフェイン含有量はすくない。問題はコークにカフェインが含まれていることを知らない者が多いことで、たとえばコーヒーを飲んではいけないと子供をたしなめる母親が、コークだからと思って安心している。じつは二六オンス入りの大ビンには、約一〇〇ミリグラムのカフェインが、含まれていて、コーヒー一杯ぶんに相当するのだ。

それが大人でも、コーヒーにはカフェインが含まれているから控え目にしようと考えるのに、コークだと平気で飲んでいる。夏の暑い日なんか、喉が乾くから、つい六本くらい飲んでしまう。それもいいのだが、しだいにコーク中毒症になるのが恐ろしい。これは若い者に多い。たとえば、ジョン・ウィザースプーン医師は、四〇人ほどコーク中毒者の治療にあたったが、一日に八本、多いのは十五本から二〇本も飲まないではいられないのだ。たくさん飲むと、カフェインの作用で忘我状態におちいる。これをコカ・

コーマCoca-Comaと呼んでいいだろう。そういった状態からさめると、気分が重くなり、イライラしはじめる。

この作用のありかたを簡単に説明すると、コーヒーのように紅茶にもカフェインは含まれていて、紅茶のほうの含有量はコーヒーの約半分である。ところが紅茶にはコーヒーにはないアデナインが成分となっていて、カフェインの作用を中和してしまう。紅茶一杯のカフェイン含有量は三〇ミリグラムから六〇ミリグラム、コークのばあいは約四〇ミリグラムだが、こんなわけで含有量だけでは作用の比較ができない。

コーヒー一杯のカフェイン含有量は六〇ミリグラムから一五〇ミリグラムである。ところが、ミルクやクリームをいれて搔きまぜると、ここでも中和作用が生じ、だいたい四〇パーセントは、カフェインの刺激が弱まるのだ。

またカフェインは熱い湯のなかでは作用が弱まり、冷たい水のなかでは、作用が強くなる。カフェイン含有量がコーヒーや紅茶よりすくないから、なんの害もないというコカコーラ会社の弁解は、以上のような理由で成りたたない。カフェインは適量なら精神の刺激のためにいいし、精神の疲れをへらして、活発にさせる。だが〇・二五グラムになると、頭痛や消化不良や便秘や下痢をともなうことになるのだ。とりわけ若い者たちがコークを飲みすぎると、精神的不安からイライラするようになり、そうした精神的緊張がハケ口を求めるときに、非行青少年にありがちな行動をとるようになる。

こうしたコカコーラの害については、くりかえし医学上の問題になったが、一般の人たちが知らないでいるのは、毎年四〇〇〇万ドルにちかい宣伝費をかけているコカコーラ商法のためだ、これにたいしてコカコーラの歴史にあって最大の挑戦をしかけたのがアメリカ農務省のワイリー博士で、「アメリカ合衆国対コカコーラの大樽四〇と小樽二〇」といわれ、七年間も法廷で抗争がつづいた有名な事件があった。博士はコーク製造者たちは「麻薬販売人」であり、刑務所に入れるべきだとまで極論し、ついに最高裁では博士に軍配をあげた。これ以後、コーク製法には、すこしばかり改良がほどこされたが、あいかわらずカフェインは入っているのだ。

最後に残された手段は、コークびんにカフェインが入っていることを明示させることである。だがそうは簡単にいかないほど飲料組合の力は大きい。あるとき母親たちがあつまって、コカコーラ会社のウィリアム・ロビンソン会長に、子供たちが心配になるから訊くのだが、ほんとうにコークを飲むとムシ歯になるのだろうかと問いただしたところ、『それは余計な心配ですよ。コカコーラを飲んだお子さんが、窓から飛び降りて死んだというような事件が起れば、こちらでも、とくに考えるでしょうが、コカコーラの悪口は、みんなデタラメなんです。ご安心なさい』と答えたそうだ。

コークの話は、これくらいにして、最近号の「ファクト」を手にしたとき、最初に目についたのはベストセラー小説「人形の谷間」の作者ジャックリン・スーザンとのインタビューだった。この小説については、まえにも触れたことがあるが、あんまり下手クソなのでビックリしてしまい、どうしてベストセラーなんかになったのかと不思議になったのである。ファクトでは「どうすれば私のような偉大な芸術家になれるか」と題して、つぎのような前書きをつけた。

昨年度の最大ベストセラー「人形の谷間」は、ゾーッとするほど文学的に程度の低い小説だった。「リーダーズ・ダイジェスト」みたいな書きかたで、「デイリー・ニュース」紙がスクープするような出来事を、頭がイカレた女学生の想像力で、デッチあげたものだし、こんなものを喜んで読んでいる者は、きっと知能指数八五以下にちがいない。この呆れ返った成功は、宣伝が行きとどいたおかげだった。スーザン女史は、北ベトナムへは行かなかったが、そのほかは何処へでも出かけて、自分で売り込み、出版社のほうでは全州TV局をとおし、やたらと宣伝したのである。最近スーザン女史は、ロンドンへと夫婦づれで売り込みに出かけた。「人形の谷間」のような俗悪このうえない小説を書いたのは、どんな種類の女なんだろう。イギリスの一流評論家アーマ・カーツにインタビューをたのんだところ、つぎのような原稿がとどいた。

ヒルトン・ホテルに宿泊中のミセス・スーザンに会ったとき、おれはアメリカのレタス族の一人だと思った。レタスばかり食べているので痩せ細っている。わたしは一年以上もベストセラーを続けている彼女の小説が、悪趣味なイカサマだと、面とむかっていうだけの勇気はない。といって、お世辞にも面白かったとなんかいえないから、小説のことは黙っていた。だが、どうしてこうベストセラー作家というのは、いいぐあいに日焼けした顔をしているんだろう。女優をしたことがある彼女はハスキーな声を出し、朝のコーヒーを飲みながら、こういった。

『本の出版は、あたらしいアイディアの商品を売り出すのと同じだと思うわ。ある会社で、とてもいいクリーナーを売り出すとき、それが一番いいってことを認識させなければならないでしょう。小説だって、そうだわ。買って読むほうでは、それが一番いいと思うからじゃなくって』

そうなのかしらん。「人形の谷間」は宣伝の威力で成功した点では、ジョゼフ・ヘラーの「キャッチ22」やトルーマン・カポーティの「冷血」といい勝負だが、彼女には二人のような作家的才能は、からっきしないではないか。だがミセス・スーザンは、駄作が宣伝のおかげで勝利をおさめたという恐るべき過去の先輩たちの例を、よりハッキリと証明した点で大成功したことには、気がつかないでいるようだ。

『つまらない本が、ベストセラーになるなんて、ありえないわ。けれど面白い本が宣伝不足のため、さっぱり売れなかった、という例は、いくらもあるでしょう。あたしは「人形の谷間」を書いているとき、ベストセラーになるなんて夢にも思っていませんでした。あんなふうに女主人公を破滅させたら、ベストセラーになる可能性なんかないじゃないの。それなのにベストセラーになったのは、ハリウッドやテレビの映画化のことを頭におかないで、いままでのルールを破ったからなんです。そうしたら、穢ならしい書きかたをするといわれちゃった。

どうしてなんでしょう。見たり聞いたりしたことを、そのまま書いただけだというのに。ショー・ビジネスの世界では、あのとおりのことが起り、あのとおりの言葉で喋っているんですわ。フィラデルフィアの学校の先生のように上品な口ぶりで話す人なんて、一人もいないってわけよ。あとは読者の想像力にまかせ、突っこんだ描写は、二歩手前で避けたというのに、なんということでしょう』

ミセス・スーザンは、アメリカ式な細っこい脚を組みあわせ、彼女が書いた実際の小説よりも、ずっとすぐれた小説について、さらに説明を加えた。

『批評家たちのいうことなんか、気にしたって、しようがないわ。あの小説の主人公たちが生きているからこそ、カクテル・パーティーなんかで、みんなが、話題にするわけでしょう。あの原稿を叩いたタイプライターは誕生日のプレゼントだったけど、もしピアノをかわりにプレゼントしてくれたとしたら、いまごろはカーネギー・ホールで弾いているでしょうね。

あたしは、まえに「私を愛して」という芝居を書いたけれど、ブロードウェイで上演されたとき、三週間でおろされたわ。そのとき痛感したのは、演出者や俳優のために、一年間かかって仕上げた努力がフイになってしまうということでした。劇作家は小説家になったほうがトクよ』

このときミセス・スーザンの旦那さまで、TVプロデューサーとして鳴らしているアーヴィング・マンスフィールドが姿をあらわし、椅子にかけるとコーヒーを啜ったが、なまぬるいので顔をしかめた。

『そんな顔をするもんじゃないわよ』

と半分からかうように奥さんがいったところは、いかにもアメリカの夫婦らしい。マンスフィールド氏は、仏訳を出す本屋からの手紙を出してみせたので、目をとおしたところ「人形の谷間」がヘミングウェイやバルザックのように素晴らしいと書いてあった。そのうち映画も出来あがるだろう。だが、この小説にかんするかぎり、すべては嘘っぱちであり、真実な言葉は一カ所にしかない。それは『現存する人ならびに故人と似た点があれば、それはまったくの偶然にすぎない』という最初の断わり書きだ。

ついで「ホットヘッドとアシッドヘッドとの戦争」というのを読んでみた。この「アシッドヘッド」はLSD常習者で、「ホットヘッド」は警官や取締り側であるが、ネルソン・バーというヒッピー族の一人が、サイキデリック革命における最初の犠牲者となり、一九六六年七月十五日にニューヨークで逮捕された。その日からのことがネルソンの手記になっている。たぶん投書を採用したんだろう。LSD用語などを使った強い調子の文章で、かなり読みにくいシロモノだが、手記をたどってみると、ネルソンというヒッピーは、つぎのような経験をしたのだった。

一年ほどまえのことを調べやがって、ぼくがＬＳＤをコッソリ買っていたというんだ。七月十五日のことだったが、ニューヨーク衛生局から電話が掛って、それからまもなく黄色い紙の召喚状を手にした役人が、やってきた。そして八月九日だったが、犯罪裁判所の６Ａ号室へ連れていかれると、若い検察官がＬＳＤの調査に協力しろというんだ。仲間たちの名をいえ、知っていることを隠さずに話せば、情状酌量するが、そうでないと刑務所ゆきになるんだぞ、と脅かしやがった。

それから一週間後に、二人の役人が、ぼくをブロードウェイの連邦ビルのなかにある食料・薬品調査協会の事務所へ連れて行った。そこで麻薬係の二人がいっしょになって、『きみがバイ人ではないことは知っているよ』とか、さも馴れなれしい口つきで何かしら訊きだそうとする。それでこっちも、いうなりになったような顔をして、ＬＳＤの効能書をのべだすと、サイキデリック体験のことなんかまるで知らないときている。ソラザインとかリブリウムとかいった特別な薬の使用法を教えてやると驚いていやがった。それからティモシー・リアリーはじめ、ＬＳＤ界での顔きき、たとえばラルフ・ミッナー Ralph Metzner、アート・クレップス Art Kleps、ウォルター・ボワート Walter Bowart、トニー・カネパ Tony Canepa、フレッド・クライン Fred Klein、ハワード・ロトソフ Howard Lotsoff の名前を持ち出して、知らない仲じゃないんだというと、度肝を抜かれた顔をして、その日は、それっきりだった。

すると一週間して、また犯罪裁判所へ連れて行かれ、口頭訊問。二〇〇ドルの保釈金を払ったが、持ってないと思ったんだろう、机に札ビラを叩きつけてやると、アッケにとられた顔をしやがった。八月三一日に裁判がある。

被告弁護士として、ぼくにベンジャミン・グラスがついてくれた。二年まえマリファナ事件で摑まったとき、世話になった親切な人だ。彼は起訴条文にたいする不満をのべ、一月二四日までの保護観察期間中に再調査をしたいといい、受諾された。ぼくの行動を看視することになった保護官は、最初のあいだイヤな奴だと思っていたが、サイキデリック実験が宗教的体験のためだということを繰りかえし説明するうちに、ぼくを理解するようになった。ぼくはサイキデリック・セッションに加わったことが十回あって、そのときの経験をノートにしておいたが、それを見せてやると、もっとよく、こっちの気持がわかったとみえる。そしてそれからは仲よしになったのだ。

こんなわけで、一月二四日の裁判のときは、グラス弁護人にしても、彼の証言が有利な結果になると思っていたのである。ところが裁判官のエイモス・バゼルというのが、グラス弁護士さえ知らない新着任の野郎で、LSDのことなんか、まるで知らず、ヘロインといっしょくたにしている口だった。彼はベルビュー病院のD・B・ロウリア医師が提出したLSD患者リストを読みあげた検事に同調したうえ、ついに一年の刑期と五〇〇ドルの罰金という判決をいい渡しやがった。

ぼくは手錠をはめられ、マンハッタン拘置所へ連れて行かれた。ここは「墓場」という異名がついている。およそひどい場所だ。それから翌朝になると、イースト・リヴァーのライカーズ・アイランド刑務所に廻された。まえに二度ほうり込まれ、そのときは一週間ほどで釈放されたが、「墓場」にくらべたら、ずっといい。青空が見えるし、比較すれば楽園だろう。

ぼくは独房に入れられた。ＬＳＤが禁止になり、その最初の犠牲者がやってくるという噂が、すでに刑務所内にひろまっていたので、ＬＳＤを飲むと、どんな幻覚作用を起すか、みんながぼくを摑まえて聞き出そうとしていたのである。

このあとで、ぼくの長い髪の毛を刈ろうというので、断固としてハネつけてやった。すると副所長がやってきて、そんな恰好をしていると古顔の連中が、女と間違えて強姦するぞといいやがる。それが何だい、おれの長い髪の毛は、おれの良心の問題なんだといって、またハネつけた。それから二日した一月二七日の朝だったが、診療室まで行こうというので、ついて行くと、途中に空っぽの部屋があって、そこへ入れられたぼくは、四人がかりで、ねじ伏せられ、とうとう丸坊主にされてしまった。

まさか一年ここにジッとしていなくてもいいんだろう。グラス弁護士が、ぼくを釈放するのに努力してくれるにちがいない。それにしても、ぼくはＬＳＤ犠牲者ナンバー・ワンになってしまった。

（昭和四二年十二月号）

10 サンフランシスコ・ムードが「エスカイア」や「エヴァーグリーン・レビュー」に侵入しはじめた　それから「ランパーツ」に出た「B・トレーヴンの秘密」のことなど

どうやらアメリカの雑誌は、毎年のことだが、秋のシーズンにはいると、急に中身がおもしろくなるようだ。それだけでなくレイアウトのほうも、急に調子を変えてみせる。ぼくは洋雑誌店で、そういったのを手にとったとき、大げさにいえばフラフラとなって買ってしまうのだが、アメリカではダイレクト・メイルの定期購読者が半数以上だから、見るまえに封を切ることになる。その封を切ったときの気持は、ちょっといいにちがいない。

ああ、この雑誌に一年ぶん払っておいたが、これならよかったなあ、と封を切ったあとでパラパラとやりながら、ふと考える。そんなありさまが想像されるのだ。

そこが日本における雑誌づくりとは違うのだろう。

読みながら、こんどの号は面白いなと、だんだんに判ってくるのは、いつもおんなじような表紙、おんなじようなレイアウトのためだが、ダイレクト・メイルだと、それが着いたときに気にいってもらわなければならない。アメリカの雑誌は、なによりも感覚が勝負なのだ。かりに日本の雑誌が、いく種類かゴチャゴチャと三年ぶんぐらい山積みになり、それを整理してみると、三年まえと現在とで、それほど古さは感じられない。

それがアメリカの雑誌だと、三年まえのが、とても古っぽくなってしまうというわけで、なかでも婦人雑誌ヴォーグとハーパーズ・バザーあたりは、一年まえあたりのが、もうとても古っぽくなってしまうのだ。

そんなわけでシーズンがわりの九月号だが、まず最初に「エスカイア」を買ったときなど、すぐ近くのコーヒー店にとび込むなり、おやこの変てこなサイキデリック効果のレイアウトは、どんなつもりなんだろう、と調べないではいられなくなる。こういうときは編集者の言葉を読んでみると、たいてい判ってしまうが、ニューヨークにあるエスカイアの編集室では、サンフランシスコで活躍しているサイキデリック・ポスター画家たちのなかで有名な「マウス・スチュデイオ」の二人組スタンレーとケリーを呼び、カンヅメ状態にしておいて、十九ページにわたる特別セクションの誌面構成をやらせたのだった。

この出来そのものは、エスカイアを売ってる店で九月号をめくってもらうほかないが、例によってオレンジ、グリーン、パープルといった不調和色彩でLSD的な効果をねらったもので、ポスターのほうがずうっと面白いが、でも雑誌としては、これだけには、ちょっとやれない。そして、この特別セクションというのは「大学公開講座」と総題をつけ、キャンパスにおける最近の動きを、いろいろな角度から記事にしている。エスカイアは毎年九月号をキャンパス特集にし『夏休みが終ったから、そろそろ学校がよいだね』といった調子ではじめるのだが、こんどの号は深刻な調子だ。

『おーい、G・I・君！ ベトナムはお気に召したかい？ 麦畑のあいだをフラつきながら、すんでのところで味方の機関銃にやられるところだったり、腹ペコになってカンヅメ軍隊食をムシャムシャやってるところなんか想像すると気の毒になるね。だが、こっちもずいぶん変ったよ。これから報告するけれど、そっちにいたほうが、ことによるといいかもしれないな。新米のG・I・君！』

といったふうに手紙形式で呼びかけている。ミシガン大学の生徒二〇〇名をマリファナ常習者にした「キャンパス・ポット・ディーラーの告白」という記事など面白そうだ。あとで読んでみよう。

エスカイアのあとで目についた「エヴァーグリーン・レビュー」の十月号も、表紙を見るなり買ってしまった。やはりサンフランシスコのサイキデリック・ポスター画家の一人ピーター・マックスによる、サイレント映画時代の有名な妖婦女優セダ・バラの写真をつかったアール・ヌーヴォー・タッチの表紙デザインが、なかなかイカしているからである。このときもコーヒー店にとび込んで、中身をしらべてみると、サンフランシスコの詩人マイクル・マックルーアの「ひげ」という一幕物が掲載されている。とおもうと、サンフランシスコでサイキデリック・ポスターの製作販売をやっているバークレー・ボナパルト店主のルイス・H・ラポポートが、ニューヨークにやってきて、エヴァーグリーン編集部の人たちのインタビューにおうじているのだ。

なるほど秋のシーズンになって、ニューヨークの雑誌が感覚的に急に新しく見えたというのも、要するにサンフランシスコ・ムードを導入したからなんだ、ということが判った。ところが、もう一冊いちばんショッキングな記事が出ていたのが「ランパーツ」九月号で、その記事の題は「B・トレーヴンの秘密」となっている。四〇年ほどまえだったが、当時ドイツでベストセラーになっていたB・トレーヴンの「死の船」が英訳され、イギリスで出版された。そのときロンドンの出版社が、本のカバー折返しに使いたいから顔写真を送ってくれ、という手紙を出したところ、大ぜい生徒がならんだ卒業式の写真を送ってきて、そのなかの何処かにいると書いてあった。このときから変な男だといわれるようになり、B・トレーヴンという作家が、どんな顔をしているか、誰も知らないままに二〇年の歳月が流れた。

そうしたとき一九四八年になって、ジョン・ヒューストンが、B・トレーヴンの「シエラマドレの宝」（「黄金」）を映画化したのがキッカケで、また彼の名がジャーナリズムをにぎわしたのである。というのはメキシコへロケ撮影に出かけたヒューストンが、メキシコ・シティのはずれに住んでいるB・トレーヴンの住所を教えてもらって、手紙を出した。原作にわからない点があるから、教えてもらいたいと書いたのであるが、あらわれたのはハル・クローヴスと名乗るB・トレーヴンのエージェントで、老人だった。ところが、この老人が、ヒューストンも感心するような演出上のアイディアを提供したのである。それでヒューストンが、あとになって、あなたがB・トレーヴンだろうといいうと、怒りだしてしまい、それっきり姿をあらわさなくなったというのだ。

いっぽうライフ誌もB・トレーヴンの正体をあばこうとし、メキシコ・シティのはずれでバーを経営している老人がいる。ハル・クローヴスというのだがと説明したうえ、そのピンボケのスナップ・ショットを出し、この男がB・トレーヴンだろうと推定したが、それ以上は、どうしても判らなかった。

こうして、また二〇年たった。そのあいだ謎の作家B・トレーヴンの話が何も出ないので、もう死んでしまったんだろうという気がしていたとき、つい最近「夜の訪問者」という短篇集が出版されて、評判がいい。どうしていまごろB・トレーヴンがまた出てきたのかと不思議に思っていた矢先、「ランパーツ」の九月号が出たので、読んでみたところビックリしてしまった。というのは四〇年間というもの、どんな雑誌記者にも面会を拒絶していた彼が、どうした風の吹きまわしか、ジュディ・ストーンという婦人記者を、メキシコ・シティのはずれにある自宅に呼んで質問に答えたからである。それだけでなく、彼女は会うまえに、ほぼ確実にB・トレーヴンの正体を調べあげていた。彼は誰の息子だったか？　まったく意外なことに、カイゼル・ウィルヘルム二世が、めかけに生ました子供だったのだ。

ぼくは夢中になって、どうしてそういう推理が可能になったかという、ながい記事を読んでいくうちに、この話が、とても書きたくなった。第一次大戦中だが、反戦主義の政治新聞「デア・ツィーゲルブレンナー」（煉瓦を焼く人）を発行していたレット・マルートという青年が、この話から浮かびあがってくる。このマルートがB・トレーヴンの前身だった。彼はヒトラーが台頭すると、バヴァリアで革命を起して失敗し、一九二一年にメキシコに亡命するなり、B・トレーヴンのペンネームで十二冊の小説を書いた。日本でも戦前に「山の宝」「海を歩く男」という題で二冊だけ訳されたが、各国で出たいろいろな版は合計約五〇〇点になるそうだ。

ところがジュディ・ストーンがB・トレーヴンと会ったときの対談記事は、十月号に発表すると最後のところに書いてある。これが読みたかったし、そうでないと書きにくいことがあるので困ってしまったが、うまいことに、その日、銀座の洋書店に十月号が入荷した。けれど明日にならないと手に入らない。それで、さきにあげたマイクル・マックルーアの芝居「ひげ」を読んだところ、こいつが面白い。さしずめ新宿のアンダーグラウンド・シアター「蝎座《さそりざ》」で、プリマの楠侑子さんが誰かといっしょにやったら、それこそ演劇的スキャンダルになること間違いなしなのだが、それにしても最後の見せ場は公開可能か、と考えさせてしまうシロモノだ。

それは、つぎのような上演歴が、よく物語っている。

「ひげ」The Beard の初演は、一九六五年十二月十八日に一回だけ、サンフランシスコのアクターズ・ワークショップで行なわれた。その後、三回ほかで公演され、四回目のとき警官が入りこんできた。アクターズ・ワークショップで一回だけしか上演できなかったのは、ジャーナリストを閉め出したのだが、勝手にもぐり込んできたうえ、翌日のサンフランシスコ・クロニクル紙で、サカナにしたからである。二回目は、あの大きなフィルモア・オーディトリアムで、アントニー・マーチンのサイキデリック照明効果とロック・ミュージックのテープ録音を有効に使いながら上演し、満場の客を喜ばした。

三回目と四回目は、ノース・ビーチにあるシアター・ナイトクラブ「コミッティ」で上演されたが、このとき警官が隠しテープ・レコーダーでセリフを録音し、五回目の夜は、最後の場面になったときに手持ちカメラで撮影しはじめた。そして幕が下りると楽屋に駈け込んでいくなり、ビリー・ザ・キッドに扮したリチャード・ブライトとジーン・ハーロウに扮したビリー・ディクソンを風俗壊乱のかどで逮捕した。

こうした出来事があった十二日目である。ＡＣＬＵ（米市民自由擁護組合）ではレア・エンジェル・プロと協力し、詩人ロレンス・ファーリンゲッティほか一〇〇名の証人を招いたうえで、バークレー大学で上演した。このときは警察側から数名が幕あき二時間まえから居据って、妨害行為に出たうえ、録音機とカメラを持ちこんでいるので、スタッフのほうでも、警察側のやりかたを記録するため、テープ・レコーダーとカメラマンを用意した。こうして当夜は〝ハプニング〟となり、幕が開くまえに客席は大騒ぎというありさまだったが、幕が下りたあとで証人のそれぞれが意見を語りはじめると、警察側は、おとなしく引きあげた。だが五日目にバークレー大学を風俗壊乱のかどで訴えたのである。

この訴訟事件は五カ月つづいたが、ついにＡＣＬＵ側の勝ちとなり、レア・エンジェル・プロでは、カリフォルニア州における「ひげ」の上演自由権を獲得した。

「ひげ」という題名には、スラングで「インテリ」「アヴァンギャルドの一員」「クールで突飛な人」という意味があり、ヒプスターと同義である。登場人物は、亡き映画女優ジーン・ハーロウと西部劇の大立者ビリー・ザ・キッドの二人だけで、装置のほうもカーテンのまえに毛皮をかぶせたテーブルと二脚の椅子だけ。初演のときはマーク・エストリンが演出した。ところが、この芝居の進行状態となると、十月号の「エヴァーグリーン・レビュー」を買って読んでもらうしか説明のしようがない。たぶんこの一幕劇は一時間を越さないだろう。だがセリフの数ときたら、一二〇〇ほどあり、それが全部三秒以下、ながいセリフでも六秒ぐらいであって、そのやりとりだから、さしずめ高級な掛合いエロ漫談といっていいが、驚いたのは一二〇〇のセリフのうち約半分の六〇〇が、おなじセリフの繰りかえしなのだ。じつはこれが特色で、繰りかえしから全体にリズムが出はじめ、詩的なものが生れてくるのだから、読んでいるうちに感心してしまう。

まず最初にジーン・ハーロウが、つぎのようにビリー・ザ・キッドにむかっていう。『あたしの秘密をほじくり出すまえに、本当のあたしを発見しなくちゃ駄目よ。どっち？　あんたが夢中になるのは？』

これが一番ながいセリフで、やたらに繰りかえされていく。なんだか意味がよく判らないセリフだ。それでビリー・ザ・キッドが訊きなおすと、あたしが綺麗だから、そういってるんでしょう、判った？　とジーン・ハーロウが答える。反射的に、判った！　といったビリーが彼女の白い腕をギューッと摑むと、それはイリュージョンだと彼女はいう。イリュージョンだって、こいつは肉だ、たべるための肉なんだ！　とビリーがやりかえす。そしてしばらく、肉という言葉が繰りかえされると『膝のうえに乗れよ』とビリーがいうが、彼女のほうでは、その手にのらない。

作者のマックルーアにいわせると『芝居って、つまり照明をあてた舞台に置いてある肉の詩だよ』ということになる。この意味も、よく判らない。だから警察ではテープ・レコーダーで録音したうえで、研究してみなければならなくなった。オレンジの照明があたった舞台では、ビリーが黒光りする長靴を突き出してみせながら、虹が映っているから見てごらんというかと思うと、やにわにハーロウの脚に嚙みつく。彼女が破けた靴下をぬぐと、パンティもぬいでしまえという。彼女は立ったままで、それをぬぐとビリーの顔に投げつける。『さあ、膝のうえに乗って、ペニスをにぎれよ』というと、ハーロウは笑いだすが、そばに近づかない。ビロードのカーテンを撫でるようにして歩きまわっているだけだ。

以上のようなことが、もっと間をおいて起るのだが、そのあいだに二人でいい合うセリフは、おなじようなことの繰りかえしであって、そのためユーモアが生れてくる。「ファック」fuckとか「カント」cuntとか「ブルシット」bullshitとか「コック」cockとかいったワイセツ語が連発される。そうしたとき警察の者が、待ってましたとばかりカメラを廻しはじめたのだった。

ビリーは『黒い長靴に虹が映っているよ』と、またいうと、ハーロウの手を強く引っぱって、『誰も見ていないよ』といいながら膝のうえに乗っける。彼女が首に腕をまわしたので、ビリーのほうは首すじに顔を押しつけてキッスし、二人は椅子にかけたままツイストをはじめる。ハーロウがビリーのペニスをつかんで、手を動かしはじめた。ビリーは床のうえに腰をおろすと、ハーロウがビリーの両脚を肩のうえに乗せて、そのあいだに顔を押しつけていく。顔を離すかと思うと、息をすって、また押しつけ、この動作を四回ほど繰りかえすと、ハーロウは両脚で締めつけ、からだを硬直させると、そっくりかえり、『星！　星！　星！』と繰りかえしているとき、幕が下りる。

十一月十三日号の「ニューズウイーク」誌を見ると、ジェーン・フォンダの表紙に「なんでも罷《まか》りとおる」というミュージカルの題名をつけ、その下に「許容社会」The Permissive Society と書いてある。新語をつかったうえで、最近のエロチック現象を展望しているのだが、このなかで「ひげ」が、ノーマン・メイラーのワイセツ語だらけの新作「なぜぼくらはベトナムへ行くのか」といっしょに、まっさきに出てくるので、やっぱりそうかと思った。ところが「ひげ」が十月中旬にグリニッチ・ヴィレッジのエヴァーグリーン・シアターで上演されている。それも、さっき届いたヴィレッジ新聞「ヴィレッジ・ヴォイス」と「ジ・アザー」を見てわかったのだが、その上演予告広告には「ひげ」という題名が、どこにも入っていない。ビリー・ザ・キッドとジーン・ハーロウの写真が左右にあって、その中間に『グルール・グラール・オー・オーオ・グラヨー・グラー！　グラー！』と擬声語がならんでいるのだ。

ずいぶんムダな広告をするもんだな、と思ったが、これを見て「ひげ」のことだと判った人たちぐらいしか、この芝居を見にこないだろう。そう考えて出した広告なのである。するとかえって広告としては効果があるというわけであり、ぼくは感心してしまった。つまり、この広告の全体が「ひげ」を書くまえにマイクル・マックルーアがつくった詩なのであって、彼がいうには、詩は黙りこくって読むものではなく、大きな声で読むものだという。この広告になった詩は、男と女とが怒鳴り合っているときの表現であって、これから「ひげ」が生まれたというのだ。

そういえば十一月から、ニューヨークにある図書館の閲覧室を改装した定員二九九名の「パブリック・シアター」というアンダーグラウンド劇場が、フタ明けに「ヘアー」The Hairを上演しているが、この題名など「ひげ」から思いついたらしい。この「ヘアー」は、ヒッピー・ミュージカルとして、大人が見ても面白い最初の作品だといわれ、非常に評判がいい。

「ひげ」のマックルーアは、舞台稽古に立ち合うため、シスコからニューヨークに出てきたが、さきに書いたポスター屋さんのルイス・H・ラポポートも同道し、「エヴァーグリーン」編集者と対談した。ポスター屋といっても、この男こそヒッピー族のボスである。話し合っていることもヒッピーのことで、三三の質問に答えているが、なるほどボスらしい口のききかたなので感心した。ヴィレッジ新聞「ジ・アザー」の十月一日号の表紙をみると「ヒッピー族の死」と大きな活字で出ているように、いささかヒッピーの話は古くなっている。しかしラポポートの意見は面白いので、質問の順序には、こだわらずに、すこし抜き書してみよう。

ビート・ジェネレーションの連中とヒッピーとが、どこが違うかということだね、ビート派はLSDをやらなかった。そのかわり、マリファナを、やたらとすっていたね。彼らは、つまりインテリなんだよ。いやらしいくらいにね。

いいかえれば、あの古っくさいボヘミアンなのさ。マリファナって普通のタバコとたいして変りゃしない。それを、うんとすって恍惚状態となり、神は死んだといいはじめる。そこがヒッピーは違うんだ。彼らは神が死んだとなんかいわない。逆に物すごいくらい宗教的になっている。やることが積極的なんだ。

LSDを飲むと、二〇秒以前に起った出来事が、二〇年前の出来事のように古くなってしまう。つまり現在という認識があるだけだ。だがLSDを飲むばあいは、極度に気持を落ち着かせないといけない。最近はメスカリンを飲む者のほうが多くなった。一カ月ほどまえからSTPという新薬が、アンダーグラウンド社会に出廻っているが、こいつは凄いらしいよ。ぼくは、まだやっていないが、三日間ぐらい効き目が持続するそうだ。だが仲間のなかに、ひどい「バマー」に襲われた者がいて、気をつけたほうがいいぞ、といわれた。

「バマー」bummerというのはLSD用語でね、ふつうは天国へトリップするわけだが、地獄へトリップしてしまうことがある。これがバマーだ。

政府ではサイキデリック薬が、ほかにも沢山あることを知っているが、秘密にしている。だが、この種の薬が、人間を喧嘩ぎらいにし、平和な性格にすることは、アメリカだけでなく、ほかの国でも知っているはずだ。戦争がすきな国民はLSDをうまく利用することによって平和な国民にすることができる。嘘ではないよ。ところが一ポンドのLSDでニューヨーク市民が残らず気ちがいになるって噂が、このあいだ飛んだね。そこが問題だ。気ちがいになるっていうのはLSDの予備知識がなくって飲むからさ。飲みかたを知っている者が、そばにいて飲まなければならない。

ニューヨークへ来てみて、すぐ感じたのは、ハード・タウンだということだ。サンフランシスコならLSDを買うなんて何でもないことなんだがここではそうじゃない。ということは、みんながLSDをこわがっているんだ。どうして自分を楽しませることを恐れているんだろうな。とにかくニューヨークぐらいなハード・タウンは、ほかにないよ。

そんな意味で、テストするには理想的な場所だし、こんなところでLSDを飲んでいる者には、その勇気に感心するな。ここじゃヒッピーの数といったって、たかが知れたもんだ。サンフランシスコでの話だが、テレグラフ・ヒルやヘイト・アシュベリーでウロウロしているヒッピーには、十四から十六の女の子が多くて、たいてい中産階級以上の家で育ったのが家出してくるんだ。シスコの郊外とかエル・セラトとかサン・ディエゴあたりからやってくる。そしてたいていが警察の手で家へ戻されてしまうが、両親たちには娘の気持が、てんで理解できない。こんなところは何処でもおんなじだね。

こういった両親は、娘にピアノを習わせることが愛情のあかしだと思っているんだろう。けれどヒッピーで、ちいさい子供がいる両親なんか、そんな形式ばった可愛がりかたなんかしない。もっとほんとうの愛情をそそいでいるんだ。ヘイト・アシュベリーあたりで遊んでいる六つか七つくらいの子供は、たいてい両親がヒッピーだが、この子たちは、たとえばタバコは一人がすって、それをほかの一人がすうものだというふうに頭に入っている。マリファナをすうときは、そういうやりかただが、ふつうのすいかたをしている大人を見ると、逆に変だなと思うんだな。そのほうが、いいじゃないか。そのほうが、しっかりした人間になれるというものだ。ぼくなんかも、子供のころ詰らない教育のされかたをしたんで、最初にマリファナをすうときなんかも恐怖感をいだいたが、それは詰らないことさ。

LSDをやるものは、ヘロインはうたないけれど、LSD仲間というのは、その土地によって性格が違うんだな。ホモの仲間がいるところもあるけれど、ロサンジェルスでは正常な快楽主義の連中が多いなぁ。メスカリンでもLSDでも、それを飲んでセックスにうつったときの状態を説明することは、ほとんど不可能だ。それが二〇秒でも二〇分でも、一晩じゅう続いているようになるし、両方がそうなんだが、そのクライマックスは、こんなことを経験したことが、かつてあったかというふうになってくる。そのあとで、これからは相手の女が誰だろうと、LSDを飲んでやろうという気持ちになるが、じつはその必要がないのだ。そのとき、すべてのことを忘れ去ってしまうと、まえの記憶が、そのまますっかり戻ってくるようになる。フロイトはセックスについて、あらゆることを記録したが、LSD作用だけは書いてない。ためしてみるほかないのさ。

LSDの持続時間は、だいたい十時間で、最初の二、三時間は何もする気が起らないが、そのあとでは絵をかいたり、文章をひねくったりして、何かしないではいられなくなる。しかし本を読む気にはなれない。DMTは幻覚作用が、もっと強烈になるが、LSD作用がコンデンスしたようなものだといっていいし、二〇分くらいしか持続作用がない。

それから黒人にも、ほんの少数だがヒッピーがいるんだ。彼らは黒人がいう「ソウル」とヒッピーの「ソウル」とは非常に共通したものを発見した。サイキデリック・ポスターには、そういった「ソウル」がある。そこへいくとニューヨークの新しい芸術は、死んだようなものだよ。それこそデカダンだ。アンディ・ウォーホールなんか一番いい例にあげられるだろう。デカダンであり、力づよさがなくなってしまった。

（昭和四三年一月号）

11 ワイセツ語だらけのノーマン・メイラーの新作「なぜぼくらはベトナムへ行くのか」の話といっしょにアメリカの青年と先輩とがやった「対話」をサカナにして

いま枕のうえに置いてあるのは、さっき銀座から帰ってくるとき買った本だが、三〇ページばかり読んで、引っかかった。こいつはいけないぞ。そう思うと、卑怯だが、読みかけにしたままで、隣りの部屋に入り、この小説についてアメリカ人が書いた批評があるはずだと、コソコソさがしてみたところ、三つ出てきた。

ノーマン・メイラーの新作「なぜぼくらはベトナムへ行くのか」から話をはじめたいので読みだしたのだが、まったく厄介な作品ときている。銀座のイエナ洋書店で、この本が目についたときは、安っぽい造本のうえに、カバー・デザインが下手クソなので、二千円ちかく出して買う気にはなれなかった。けれどアメリカで話題になっているし、どんな調子の文章なんだろうと、五分ばかり腰を落ちつけて読んでみると、ははあ、やっているな！　という気がしてくる。さしずめヒプスター調だといっていいだろう。それで買ってしまった。

そのときまた、こいつは！　と思ったのは、たとえば「ファック」fuckが一番いい例だが、四文字のワイセツ語だらけで出来あがっているような感じの文章だった。アメリカのワイセツ語には、日本のワイセツ語とは、ちがった響きかたと強さがあり、それがたくさん一緒につながって文章になると、いくら苦心したって日本語にはならない。ノーマン・メイラーの作品は、詩集「貴婦人たちの死」と戯曲「鹿の園」と最近の評論集「食人種とクリスチャン」の三冊をのぞくと、いままでに残りの全部である六冊が山西英一氏の手によって訳出され、若い人たちのあいだでメイラーは、外国作家のなかで一番人気のある一人になってしまった。あとで書くように、この「なぜぼくらはベトナムへ行くのか」は二〇八ページ目になった最後の一ページになってはじめて、ベトナムという字が出てくるだけなのだ。すると何が書いてあるというんだろう？

主人公は、テキサス州きっての大金持の実業家ラスティ・ジェスローの息子ラナルドという十八歳の文学青年で、ジェームズ・ジョイスやウィリアム・バロウズといったところに夢中になっているが、いっぽう彼はテキサス州ダラスの放送局でディスク・ジョッキーをやっている。そして二年まえの十六歳のときに、おやじさんと一緒にアラスカへ熊狩りに行ったときの話が中心部分になっているのだが、そのあいだにディスク・ジョッキーである彼が、局で何事かをベラベラと喋りまくっているのが「イントロ・ビープ」Intro Beep という見出しになって、十回ばかり入りこんでくる。この「イントロ」というのはジャズで使っているイントロらしい。「ビープ」というのも、やはりジャズでいうビバップをもじったものらしいが、なにぶんこれがヒッピーの聴取者たちを相手にした語り口なので、「イントロ・ビープ」の二回目の途中である三〇ページあたりになったとき、ぼくには残念ながら、ついていけなくなってしまったのだった。

そこで探しだした三つの批評に目をとおしてみると、意外なことには「土曜評論」誌の九月十六日号で、一流クラスの文学評論家グランヴィル・ヒックスが、メイラーを酷評しているのだった。ながいあいだ彼は、この週刊誌の常設コラム「文学地平線」で、あたらしい傾向をいく癖のある小説を、このんで批評し、それが呼び物になっている。ぼくなんかもヒックスのコラムが読みたいばっかりに、ほかの記事は、たいして面白くない「土曜評論」を、ずうっと買ってきたのだった。

メイラーの「ベトナム」は、ヒプスター、ヒッピー、カレッジ・ボーイ、大学生に受けそうな気がする作品だ。どんなところがグランヴィル・ヒックスには気にいらないんだろう。彼の批評を、ざっと読んでみることにする。

十年ほどまえだがメイラーは大統領選挙に出馬するつもりだったと「私自身のための広告」(一九五九)の序文で告白したものだ。その後あきらめたとみえるが、そのかわりに自分が書く小説が、ほかの作家の小説なんか、くらべものにならないくらい、読者に影響をあたえることになるだろう、と自己宣伝をやった。

ところがどうだろう。「アメリカの夢」(一九六五)で読者に一杯食わした。なんという悪文だろう、これは!　物語にしたってバカバカしい。メイラーは、わざと三文小説のつもりで書いたんだと、うそぶいているが、いくら彼の忠実なファンでも騙されはしなかっただろう。こんどの「ベトナム」は？ ひとことでいえば、悪ふざけだ。テキサスの百万長者ラスティの息子ラナルドは、D・Jの頭文字で自分を呼ぶほうが、すきらしい。ディスク・ジョッキーだからだが、十八歳にしては早熟すぎる。セックスの病理学者として、もう一流の権威だ。その書きっぷりはジョイスやバロウズの模倣にすぎないが、従来はタブーとされていた四文字のワイセツ語が、どのくらい出てくることか！ 電子計算機で調べれば、記録破りということになるだろう。どうやらメイラーは、これ以上にワイセツ語は使えないし、読者のほうではウンザリするにちがいない、だから今後はワイセツ語を使ってポーノグラフィなんかを書く者はいなくなるだろう、という道徳的な目的から出発したようだ。

このあとでD・Jの話はアラスカの熊狩りになるが、鉄砲の知識をひらめかすあたりヘミングウェイ張りだし、親友のテックス少年と北国の空の下で神秘的な体験をするあたりは、ウィリアム・フォークナーの有名な短篇「熊」を下敷きにして書いているわけだ。そして熊狩りの思い出話が終って、現在になると、D・Jはテックスといっしょにベトナム戦線へと赴くのである。

D・Jは最初から自分のおやじの悪態ばかりついている。おやじはジョンソン大統領のパロディらしい。D・Jはテックスといっしょにアラスカ探険から逃げ出したりするし、この探険談はベトナム戦争のアレゴリーだと思われる。だがこんな悪ふざけを本気でやっているとなると、まったくメイラーの気持は判らなくなってくるのだ。

だが「ニューヨーク・レビュー」誌の九月二八日号に出たデニス・ドノヒューの批評になると、ずっとよくなるし、この文芸誌のほうが「土曜評論」よりも読者がインテリになってくる。グランヴィル・ヒックスはメイラーの書きっぷりが気に入らないのだが、ドノヒューは、逆に気にいってしまい、その理由を、つぎのように説明した。

十回ばかり入りこんでくる「イントロ・ビープ」は、ディスク・ジョッキーであるD・Jの〈声〉であって、このあいだに混りこんでくるアラスカの熊狩りの話の語調よりも、かん高く響いてくる。神父の真似をして、お説教をやっているからだ。政治家やテキサスの大実業家や映画俳優のジョージ・ハミルトンやCIAや、なんでもかんでもに毒づきながら、説教もどきにD・J自身のための宣伝をやっているわけである。ところが面白いことに、これがアラスカの熊狩りの〈ストーリー〉とは、一見して関連性がないように見えながら、じつは非常に力づよく〈ヴォイス〉と〈ストーリー〉とが結びつき合っているのだ。

この関係のしかたは、きわめてアメリカ的なものである。その性格は、アメリカの偉大な詩人たちが現実のなかに発見した崇高なもの、それには「アメリカン・サブライム」American Sublime という言葉が適用されるようになったが、メイラーの「ベトナム」のスタイルも、これだ。ただ詩人たちの言葉とちがって、メイラーの言葉は、ひどく穢《きた》ならしい。

それで問題は、この穢ならしい言葉でしゃべりまくっている〈ヴォイス〉の受けとりかたになってくる。そんなことに聴き耳を立てるのなんかごめんだよというなら、それも勝手だ。だが気をつけて聴いているうちに、それはアメリカに害毒を流している、あらゆるものにたいする攻撃の〈ヴォイス〉であり、だから穢ならしい言葉づかいになってくるのだ。もともとメイラーは、すきなものを大声で賞めあげる性格の人間だった。それが、こんなふうに変ってきている。

D・Jは、しゃべりまくりながら『こうして狂気が社会現象の中心となって支配しているからには、その狂気には、かなりな強さの力があるにちがいない』というのである。メイラーにとっての問題は、この狂気に原因する社会的害毒を追い出して、狂気の力をエネルギーとすることにあった。「ベトナム」という小説は、力とエネルギーの譬え話なのである。まるでアンダーグラウンド・レコードでも聴いているように、荒っぽくって狂暴じみ、ワイセツ語だらけだが、しゃべっていることには積極的な一貫性があり、すこしも乱れていない。処女作「裸者と死者」いらい、もっとも力のこもった作品であって、彼にとっての再出発になるだろう。

これが「ヴィレッジ・ヴォイス」の批評になると、もっといい。だが同じようなことを繰りかえし書くと、読むほうでもイヤになってしまうから、九月二八日号に出たユージン・グレンという若い評論家の意見を、ざっと紹介しておくだけにしよう。

これはもう、あっさり、メイラーの勝利だというほかない。独創的で力づよいスタイルと内容のものだ。戦争という言葉は、いちども使ってない。すると題名の意味は？ということになるが、自然主義的なアレゴリー――アラスカの熊狩り――のかたちで漠然とだが答がついている。アメリカの病癖を取りあげ、説教師の口ぶりで叱りつけながら、人間的に復活するかもしれない希望をいだいているようだが、それは表面だけのことで、すでにメイラーは絶望しているのだ。

行動によって彼自身の心の内部へと探険をこころみるメイラー。戦前から流行していた精神分析の方法と、戦後における実存主義とがいっしょになった考えかた。戦後作家のなかで、もっとも才能にめぐまれていた彼にとって、そうした要素だけでなく、彼のなかにある狂気が、そのまま読者の心の一部に巣くっている狂気として感じられたり、メイラー独自の比喩の強烈な作用のしかたなど、この「ベトナム」は、一流演奏家の名人芸みたいなものだ。また彼には露出症的なところがあるから、ともすると道化役者のように見えてくる。だが実際は、すぐれた腕前の作家であることが「ベトナム」によって判るだろう。

自然主義的な手法と夢とをミックスした前作「アメリカの夢」は、主人公と作者とのあいだの距離測定を誤ったので、道化的でメロドラマみたいな作品になってしまった。

しかし「ベトナム」では十八歳の語り手D・Jのために、たえず客観的な距離に自分を置くことができたし、ジェームズ・ジョイスがヒプスターになったような調子で語りかけることができたのだった。

「ヴィレッジ・ヴォイス」という週刊誌は、グリニッチ・ヴィレッジのヒプスターを相手にしていたが、最近はイースト・ヴィレッジ界隈が溜り場になったニューヨーク派のヒッピーたちに呼びかけているような記事が目だつようになった。ぼくは、ここまで書いて、ちょっと散歩に出かけたのだが、「ライフ」誌十二月十一日号が本屋の店先にブラさがっていた。それはアメリカン・インディアンの特集号で、ミルトン・グレイザーの表紙デザインが、ポップとサイキデリックの折衷型で面白いから買って帰ると、そのなかの記事のひとつに、家出少年少女とザ・ディガーズについて最近の消息が出ている。「ザ・ディガーズ」The Diggersというのは、まだ日本の新聞にも出ないようだが、サンフランシスコのヘイト・アシュベリーが本拠地で、家出してきたヒッピー志願者たちに、合宿アパート部屋を無料で提供したり、「ディガーズ・ストア」Diggers' Storeといって、ヒッピー向きな装身具を、ほしい者にはタダでやる店を開いている連中のことである。グリーンハウスを追放され、地下にもぐりこんだ日本のイミテーション・ヒッピーはうらやましがるだろうが、最近ではイースト・ヴィレッジにも支部みたいなものができた。このあいだも「ディガーズ・ストア」が無料サービスをやったところ、行列が何時間も続いたそうだ。

そうしたところ、コネチカットの良家の娘で十八のリンダ・フィッツパトリックというのが、二一のヒッピー・ボーイフレンドのジェイムズ・ハッチンソンといっしょに家出して、イースト・ヴィレッジにやってきたが、ある日のこと、二人とも死体になっていたという犯罪事件が発生した。発見された現場はスラム街アパートの地下室であり、二人は麻薬とセックスにふけったあと、何者かによって殴り殺されていたというのである。

この事件で家出した子供がいる親たちは蒼くなった。そのうえ一年ほどまえから良家の少女で、ヘイト・アシュベリーやイースト・ヴィレッジを目的地として家出する数が、男の子の数と同じくらいになり、こんなことは、かつてないアメリカ的な現象なのである。警察官が家出したティーンエイジャーだとわかれば、分署に連れて行って、親もとと電話連絡したうえで引き取らせているが、なにぶん家出少年少女の数は、この二年間に十八パーセントも増加している。正確な数は発表されていないが、三、四万はいるらしい。

家出少年のケースの一つだが、さる夏、ポールという十五歳の少年が家出した。父親はシカゴで社会事業に身を入れているが、ポールの学友からヘイト・アシュベリーでヒッピーの仲間いりをしているらしいのを知ると、妻といっしょに捜しに出かけたのである。最近は息子や娘たちが家出すると、親たちは警察の処置がまだるっこしくなり、自分たちで捜しに出かけるようになった。ポールは夏のあいだのアルバイトなどで五〇〇ドルの貯金があったが、ヘイト・アシュベリーで彼を捜している両親の姿を二度も見かけ、そのたびに物かげに身を隠したが、そのあとでイースト・ヴィレッジに巣をかえた。

家出の原因は、その土地で、たとえばヒッピーじみた真似をやると、近所の人たちから変な目で見られるし、おやじさんに殴られたりするからである。ポールの父親も、息子が帰ったら、殴って折檻してやろうと思っていたそうだ。最初に捜すのに失敗したとき、写真入りビラを九〇〇枚刷って、ヒッピーたちに協力を頼み、しばらくして、また出かけたが駄目だった。そうするうちイースト・ヴィレッジでヒッピーの仲間入りをしたポールのほうは、所持金を使いはたし、「パンハンドリング」Panhandling といって、見知らぬ通行人から喜捨をうけたりしていたが、やがてヒッピー生活に幻滅をかんじ、家に電話した。そのとき彼は、ヘア・スタイルなんかで文句をいうなら、このまま帰らないことにするといって、半分おやじを脅したあとで、迎えに来た両親と翌日、イースト・ヴィレッジの一角で落ち合ってから、三人は、ポールが行きつけのコーヒーハウスに入った。

そのとき父親が、コーヒーを飲みながら、こういったのである。

『いつものように、また怒ってさ、おまえを殴りつけたとする。そうしたら、おまえのほうでも、また家出をするかい?』

『そんな心配は、いらないよ。ぼくは、いい経験をしたんだから。これからは、頑固なお父さんとも、悪びれずに話し合うことができるんだ。近所の人たちに、変な目で見られたって平っちゃらさ』

とポールは答えた。

ぼくは、このポールの答えっぷりに感動してしまった。そうだ、この子のようにヒッピーの一時期をすごしたために、以前より、よりよい子になったのが、ほかにも大勢いるにちがいない。ところが、日本の新聞記事を見ると、ポールの仲間だといっていいようなティーンエイジャーが、大人たちの既成観念によって、いつも頭ごなしに叱りつけられるだけだった。そう思うと、もう二つ、つい最近だが切抜いてしまっておいた記事にふれたくなってくる。

その一つは、イギリスのサンデー・タイムズ紙九月十七日号に出たヘンリー・ブランドンの記事で、ブランドンはアメリカ通の中年記者であり、毎号コラムを担当している。それはたいていワシントンの政治事情だが、ヴァカンスでネパール王国へ旅行したとき、首都カトマンズで大勢のヒッピーを発見、ちょっと驚いたのか、つぎのように報告しているのであった。

こんなにも大勢のヒッピーがネパール国めざしてやってくるのを見て、なるほどと思った。だいいちに景色が、目がさめるほど美しいではないか。そして文化がまだたいして侵入していない日常の生活ぶりは、おっとりしているし、こっちの気持もやわらいでくるのだ。そのうえ土地の人たちは陽気で、外来者を喜んで迎えている。阿片の一種ハシーシュは、とても安いし、ここでは禁制品ではない。また「ブルー・ティベタン」というヒッピーたちの巣になっている料理店へ行くと、たった二シリングで、レバーとオニオン炒めを腹いっぱい食べることができるのだ。

つまりヒッピー族が、サンフランシスコのヘイト・アシュベリーで人工的につくりだしている精神的な天国が、ここでは毎日あたりまえに起っている。ところが、よくしたもので、こんなところでもヒゲを生やしたヒッピーさんは、異端視されるらしく、お役人が滞在期間を短くしてしまうのだ。どうやら〈世界一周旅行〉をやっているという名目できたヒッピーに、あまり金がないことがネパール人にはわかったとみえる。それともヒッピー的行動より、彼らの原始生活のほうが、教養的にすぐれていることに気がついたからかもしれない。ネパール国が、こんなにも文化の侵入をうけなかったのは、山また山に取巻かれていたことと、侵入してくるための道が見付からないからだった。それを見付けたヒッピー族は利口だと思うが、どうやら隠れるにはふさわしくない場所になってきたようだ。

もう一つの記事は、プレイボーイ誌十一月号に出たミケランジェロ・アントニオーニとの対談だった。アントニオーニは、いつも質問にたいして一言か二言で逃げる癖があ

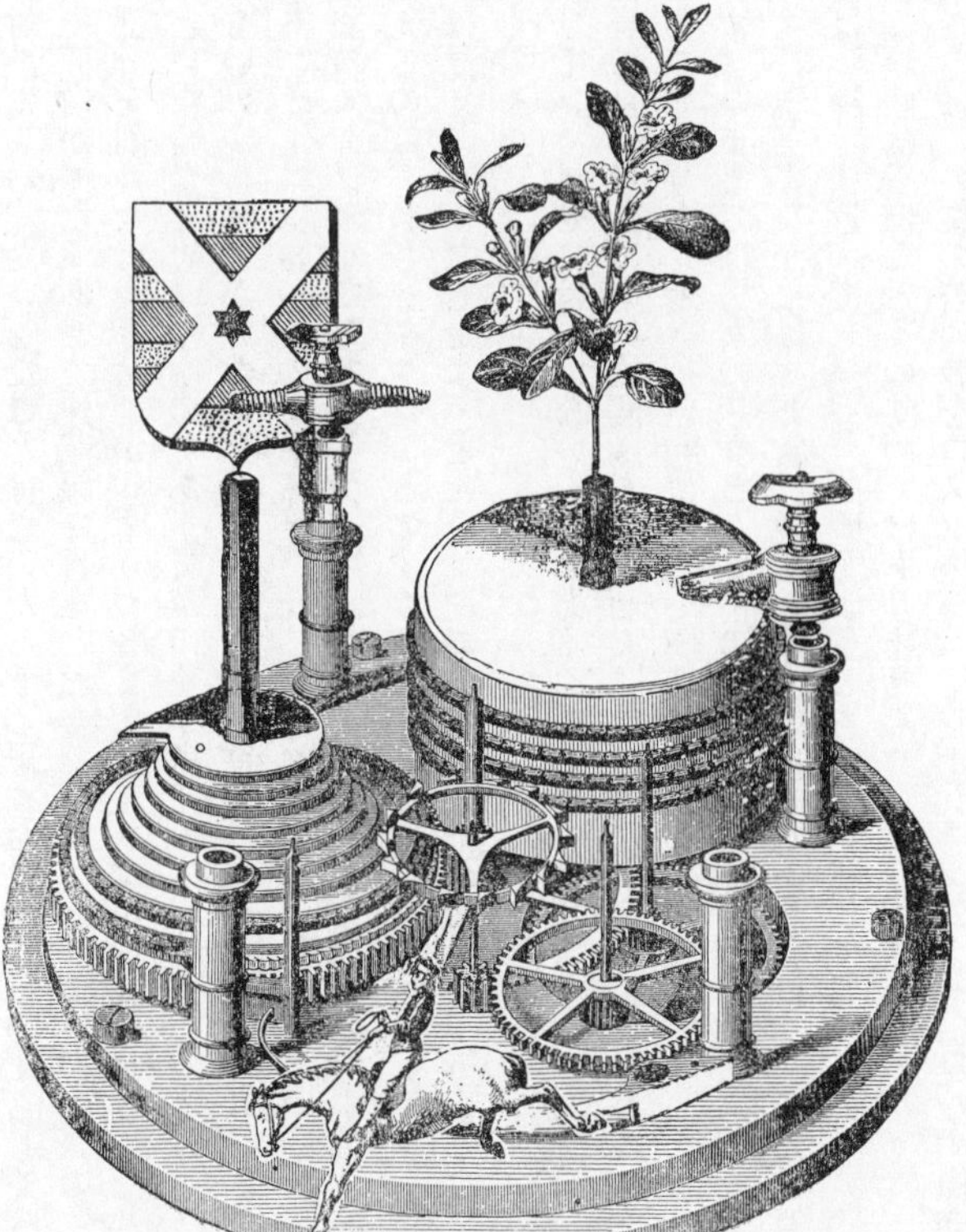

るので、この対談にしろ、たいしたことはないだろうと思ったところ、めずらしく喋りすぎているので面白かった。あとで速記録に目をとおした彼は、それに気がついて、あわてて余計な部分を削ったという話だが、ずうっとまえサルトルが対談におうじたときも不思議なことになったと思ったものであって、ぼくが考えるのには、プレイボーイのギャラがとてもいいからにちがいない。いずれにしろ「欲望」をめぐって、つぎのようなことをアントニオーニは語ったのである。

質問『写真家のスタジオで二人の少女が一緒になって取っ組み合う場面ですね。あのとき恥毛が見えるのは、わざとやったことですか』

答『ぼくには見えませんでしたよ。どんな瞬間でしたか、それは？　そうなると、あらためて見なくちゃならない』

質問『スクリーンで見せてはいけないものがあるんではないでしょうか』

答『自分自身の良心以上にいい検閲はありません』

質問『いままでの作りかたと「欲望」は、だいぶ違っていますね』

答『そうです。いままでは男女の恋愛とか感情の脆さなどですが、こんどは個人と現実との関係です。現実のなかには、非常に説明しにくい自由があるわけで、そんな意味で、この映画は「禅」に近いでしょう。説明しようとすると裏切ってしまうのです。言葉で説明できる映画は、ほんとうの映画ではありません』

質問『大人たちは、いまの若い者をロスト・ジェネレーションのように見なす傾向がつよいですね。とくにヒッピー族のばあいは、現実に背を向けているんだ、というように』

答『ぼくはそう思いませんね。幸福であるための新しい方法を見出そうとしてるんではないですか。さっき、あなたは彼らが社会にコミットしてないといわれたが、別の方法でもって、それも正しくコミットしていると考えられますね。たとえばアメリカのヒッピーたちは、ベトナムやジョンソンに反対だが、「フラワー・パワー」とか「ラヴ・イン」とかいった愛のかたちで抗議してみせる。警官につかまったら、逆に抱きついてキッスし、花を投げつける。キッスしようとする少女を、どうして棍棒《こんぼう》で殴りつけることができるでしょうか。これも抗議のしかたです。彼らはパーティをやるが、非常に静かなフンイキであって、それも抗議の一種であり、つまり社会にコミットしていることになります。暴力だけが解決の手段ではありません。こういうとヒッピーを扇動することが、ぼくに出来そうな口つきですが、じつはヒッピーと付き合ったことはないんですよ』

質問『静かなフンイキというのは、LSDなんかのせいではないんですか』

答『LSDは人によって作用がちがうんです。これからの社会はレジャー・タイムをどうしたらいいか、困りだすだろうと思うんですが、そういったレジャー・タイムを満たすために、むしろLSDなどを政府が放出したほうがいいような気がしますよ』

質問『サイキデリックによる経験は、その人間を社会的なドロップアウトにしてしまうという説がありますが』

答『いっぽう新しいコミュニケーションの手段だと主張する学者もいますね』

質問『あなた自身はサイキデリックによる「トリップ」に興味がおありですか』

答『そういう会合には、こっちからLSDなりマリファナを持参しなければならないんでしょう。ぼくが知っている若い女性に、マリファナ常習者がいますが、周囲の連中もみんなそうなんです。ところが、ある日のこと、この女性とヴェニスのサン・マルコ寺院に出かけたとき、あの美しいモザイク模様を見た彼女は「すいたくなってきた！」と叫んだもんですね。つまりサン・マルコ寺院の美しさを、もっと巨大なかたちにして鑑賞したいという審美的な叫びであって、冒瀆の叫びではなかった』

質問『すると、あなたの映画が、いつも暗示しているように、古いコミュニケーションのしかたは、人間の仮面みたいだということになりますね。あなたの映画に感じられる、あの漠然としたコミュニケーションは？』

答『そうです。仮面だといえるでしょう』

じつは困ったことに、最初に使おうとしていた材料をそっちのけにして、三分の二以上のスペースを、余計な話でつぶしてしまった。その材料というのは、十月号のハーパーズ・マガジンが、二〇ページにわたって特集した『世代のあいだの対話』である。これは政治評論家のウォルター・リップマンや文芸評論家アルフレッド・ケージンといったインテリとしての現役最古参の四人が、若い者たちに意見を提出し、それにたいして若い者の代表者と目される元気がよくって教養もある四人が、それぞれの回答文を書き、最後に「黒い星、ヒロシマ再考」の著作で注目をあつめているロニー・ダガーが、しめくくりの文章を書いているが、世代のあいだにはハッキリと断絶があらわれていて興味ぶかい。

最初にノーマン・メイラーの「ベトナム」にふれたのも、書評のひらきのなかに、これと似たような断絶があるのを感じたからであった。そうして、このハーパーズ・マガジンの記事を取りあげただけでは、内容が堅苦しいこともあり、そんなことから傍道にそれてしまった。というわけで、この記事のくわしい紹介は、つぎの機会にしたくなったが、ほんのちょっと触れておくと、最初に意見を提出しているウォルター・リップマンは、つぎのように語りかける。

わたしのように老境に入り、しかも複雑な人間関係を観察しなければならない立場に置かれると、いきおい二〇年か三〇年まえに度を合わした眼鏡の奥から覗くというようになる。そんなとき、若いころに学んだものと、いまの若い人たちが学んでいるものとの区別がつかなくなり、世代のギャップが生じるわけだ。そのうえ人間関係の変化のありかたは、はげしさを加えるだけである。

このような変化は、きみたちの父親や祖父が、まったく予期しないものだった。テクノロジーの現社会にあって、彼らは無教育者となってしまった。だから最早なにも教える資格はないのだけれど、そういった技術の面を超越して、ただひとつ教えてあげられることがある。それは人間的叡知のことだ。

この人間的叡知は、ジェット機に乗っているときでも、ただ歩いているときでも、想像力の如何によって自分のものにすることが可能だ。手工業の職人でも、電子計算機による製作所の技師でも同じことだ。要は、人間的環境のなかに根づよく残っている人間的な価値をみとめることにある。世代のギャップが生じた現状況にあっても、こうした人間的叡知は、どこかしらにあるのだ。痕跡だけになっているかもしれないが、それを発見したまえ。

これにたいしイェール大学で校友会雑誌を編集しているリタ・ダーショウィッツというインテリ女性は、つぎのように答えている。

人間的叡知がどうのこうのといわれますが、わたくしの生活、あるいは生活の条件として、それはまったく無関係なものなんです。わたくしたちより、ずっと偉大な経験をした、だからそれが人間的叡知となって、心のなかを豊かにするというのは、なんだか気まぐれな主張のように思われますわ。なぜなら、わたくしの人生体験は、両親のそれとは質的に違うものだし、いままでのどんな体験のしかたとも違ったものだと断言していいんですから。

それをハッキリいいますと、マリファナやLSDを、ときたま服用するのは、かえっていいことだし、子供のころから教わった価値なんか、どこがいいんだろう、物資的な豊かさとか、アメリカ的な善意とかは、わたしたちが探している本当に重要なもののまえには、なんの価値もないんです。なにが価値があったかという最初の記憶は、ちいさいころにテレビを見たときでした。そしてテレビによって、わたくしの教育には、新しい次元が加わることになったのです。両親が教えてくれる以上のことを教えてくれました。

それから黒人暴動にしても、行動主義者による革命以上のものを、若い者たちの気持に植えつけたのです。見えない人間だった黒人は、いまの大学校庭では、見える人間になってきました。また最近では幻覚剤が容易に入手できるようになりましたが、自己を内部へも外部へも認識させる新しい経験の媒介物として素晴らしいものです。『自分自身のものを、まず発見し、それにぶつかって行け』というのが、わたくしたちの新しい人間的叡知になりました。

ベトナム戦争は、学校や家庭で教えられた価値が、どんなにニセモノであったかを証明してくれました。第二次大戦のとき、アメリカの戦争のしかたには高貴なものがあり、死ぬことにも無意味でないものがあると感じましたが、こんどの破壊と殺戮にたいしては意味を見出すことが、まったく不可能です。それなのに政治家たちは、昔のころ、ちがった戦争があったころに使った言葉を、そのまま使っているだけなので、世代間のギャップは、ますます深まるばかりだといわなければなりません。ともかく古い価値は、いま若くあることで偉大な昂奮をあじわっている者に、まったく無価値なものになりました。

ぼくはウォルター・リップマンというアメリカでの価値ある頭脳より、この若い女性のほうが、ずっといい頭脳をしていると思わないではいられない。（昭和四三年二月号）

12 コンタクト・レンズにこんなのがあったのか　バナナの皮の使いかたなんかも知らなかった

おもしろそうな新しいネタが、なにか入らないかなと思いながら、ペーパーバックになったイギリス作家ロビン・モームの最近作「緑色の日よけ」The Green Shade という二流クラスの恋愛小説を読んでいた。すると、うまいぐあいにボッボッとネタが、みつかりだしたが、この詰らない恋愛小説にも、ひとつだけハハァと思うようなことが出てくるので、まずそのへんから書いていくことにしよう。

ちかくアート・シアターで「召使」という映画が封切られるが、これがロビン・モームの原作であり、脚色がハロルド・ピンター、監督がジョゼフ・ロージーであるせいか、映画は原作より、ずうっと面白くなっている。この作家のものでは、二年ほどまえだったか「十一月の珊瑚礁」というのが一冊だけ訳されているが、二〇年ほどまえから小説を書いているのに、さっぱり上手にならないというイギリスでは珍しい存在なのである。どうして上手にならないのかしらん。

それはサマーセット・モームの真似ばかりしているからだ。ぼくは有名なモームが、うますぎるのでキライであって、そのためいつも、あと味がわるくってしようがない。考えてみると、サマーセット・モームみたいだなと賞められている作家には、最近ぶつからなくなってしまった。だいいち、あんな真似を、いまさらしたって、しようがないだろう。たとえば「召使」という映画だが、部屋のなかの鏡を、いくども使っていて、鏡を使うという映画的効果は、古くなってしまったが、ここではよく見てごらん、鏡って逆に映るだろう、それとおなじように人間関係が逆になりだしているんだ、という暗示的効果をねらっている。つまり、この召使というのは悪魔の一種類であって、新聞広告を見た彼は、親の遺産で贅沢な生活をしている独身青年のデラックス・アパートに入りこむと、おいしい料理をたべさせたり、かゆいところへ手がとどくような模範的召使になってみせるが、そのうち奥の手を出すのだ。

この奥の手を、もっと大げさに使ってみせたのが、最近訳されたハリー・クレッシングの「料理人」で、この料理人は大悪魔だが、小悪魔である「召使」のほうも、彼がいないと困るような日常生活のしかたへと若い主人を追いこんでいき、やがて彼を命令するようになって、最後には、じぶんが主人になってしまうのである。

ところで「緑色の日よけ」はどうかというと、これは「ロリータ」の下手くそな焼直しみたいなものであって、四五歳の映画監督が十八歳の少女ヴィッキーというのに惚れこんで、夢中になってしまい、映画監督らしい奥の手を発揮して、じぶんのものにしようとする話だ。だが、なかなかうまくいかない。というのもヴィッキーは大人がだいきらいだからで、いままでにも男といっしょに寝た経験はあるけれど、いつもおない年ぐらいな男の子だけだったといい、そういった告白を料理店でしているとき、彼女はコンタクト・レンズを片っぽうスープのなかに落してしまうのだ。それをしゃくりだすと、なめて眼のなかにはめこむ。あとで二人が会ったときも、二度ばかり落してしまうが、コンタクト・レンズといっても、ヴィッキーは一万円ほどするやつを三種類いつもハンド・バッグのなかに入れておいて、その使いわけをやっている。もうちょっと筋を、あとで付けたすけれど、この小説で面白いと思ったのは、コンタクト・レンズを落す場面だけだった。

なるほど、日本人にはコンタクト・レンズの使いわけができないな、とこのときピーンときたが、ヴィッキーの眼の色は灰緑色であって、ふだんは素通しをはめている。けれど、まぶしいくらいにお天気がいい日に、外を歩くときは、瞳の部分を褐色フィルターにしたレンズに取りかえ、グラマー・ガールらしく振るまいたくなると青いレンズにするのだった。褐色のレンズをはめると、ナポリの女の子みたいな感じになり、青いレンズをはめるとスウェーデンの女の子そっくりといった顔つきになる。ところが、ときどきレンズが眼のなかでズレて丸い部分が重なり合わなくなるので、そんなときは指のさきで動かしながら、話し相手のほうを見て『どう？　重なり合ったかしら』と訊くのだった。またレンズが曇ったときは、はずしてから口のなかで、しゃぶりだすのだが、あるとき、うっかり呑みこんでしまった。このときは、あわてたとみえ、床にすわると口のなかに手を突っこんで食べたものを吐き出したが、吐いたもののなかにレンズがまじっていた。

さっき書こうとして忘れたのに気がついたので、つけたすと、ロビン・モームにとっては死んだサマーセット・モームが叔父さんだった。あたらしい小説を発表するたびに、その本のカバーには、モームの甥だと書いた宣伝文みたいなのが刷ってあり、それにたいする読者の好奇心から、しだいに売れっ子になったんだといっていい。おじさん式に人間心理の裏側に目をつけるのだが、まえに書いたように、もう五〇歳ちかくになるけれど、いっこう小説家として上手にならない。どうしてだろう、と考えながら、そういった外国作家の小説をいくつか読んでみるのも面白いものだと思ったりした。

ヴィッキーに夢中になる四五歳の映画監督というのは、ゴダールとまではいかないが、非常にシャレた映画をつくってイギリス映画界の第一線に立つようになった。女には不自由しない男なのである。これから監督しようというのはモロッコを背景にした或る革命家の伝記映画だが、彼はヴィッキーをモロッコ・ロケ視察にも一緒につれていく。ところが彼女は、おない年くらいなモロッコ少年がすきになってしまい、泊ったホテルのベッドで、おたがいに楽しみあったりする。大人がだいきらいだと最初に宣言したのだから、映画監督のほうでも文句はいえないし、困ったあげく、ヴィッキーをつれてロンドンに引返す。彼はモロッコへ行くまえ、じぶんのアパートに彼女を住み込ませて、いい気持になっていたのだ。そういった生活を、また繰りかえそうとする。

ヴィッキーはロンドンの広告会社で、課長つき秘書みたいな仕事をしていた。幼いころ自動車事故で両親をうしなったが、良家の一人娘だったし、かなりの遺産がある。そんなことが判ってくるが、モロッコから帰ってきたある日のこと、書き置きを残したまま、彼女は行方をくらました。その書き置きには、モロッコが気にいった、あの海岸で外人相手の料理店が出したくなった、さようなら、としてある。なあんだ、これでおしまいなのかと思ったが、最初から二流小説として付きあってきたんだから、文句をいったってしようがないや。

つまらないことを書いてしまったが、こんなものを寝っころがって読んでいるあいだにボツボツとネタが入りこんできた。その一つは昨年九月にイースト・ヴィレッジの小出版社「キャニオン・ブックス」から出た「ヒッピー・ハンドブック」The Hippy's Handbookという一ドルの小冊子で、銀座のイエナ書店で買ったが、もうみんな売れてしまったかかな。ヒッピー・スラング集やアンダーグラウンド名士のリストやアンダーグラウンド・シネマ一覧表などが出ていて、そのなかには知らなかったことが多いし、うまい編集ぶりだ。ヒッピー生活には幾らかかるとかいう一カ月の明細表なんかも出ている。なかでも注意がむかったのは「熟した黄色の料理本」The Mellow yellow Cook book と題した部分だった。

もうせん誰がいいだしたのか知らないが、バナナの皮をどうとかすると、サイキデリック的な刺激作用を起すとかいって、皮を乾燥させて粉にし、タバコにまぜて吸って喜んでいる者がいた。ものはためしだから、やってみるのもいいけれど、さっぱり効き目がなかったというわけだ。それが当りまえだろう。そこを「熟した黄色の料理本」では、十四種類の例をあげて、説明を加えてある。その注意書をまず読む必要があるだろう。

サイキデリックスのほかに、日常ごく手近かにあるものでも、ある程度まで似たような効果をおよぼすのが幾つかあるそうだ。それらを以下にあげてみるが、単なるインフォーメーションであって、実際にはテストしてないし、なかには非常に危険なものもあり、うっかりすると命とりになるから、くれぐれも注意されるように。とにかく「トリップ」するだけの可能性はあるというだけで、絶対に一人ぼっち内緒でこころみてはいけない。

メロー・イエロー Mellow yellow バナナの別名。カチカチになるまで冷凍したあとで、二〇〇度の熱で天火で焼くと、三〇分くらいして、茶色に乾燥する。そうなったら皮を剝ぎ、その内側をナイフでけずり、胡椒ひきでもって粉末にする。それを手巻きタバコ器でシガレット状にして吸う。

キャトニップ Catnip いぬハッカ草を細かに刻んで手巻き器でシガレットにすると、マリファナを軽くしたような効果があらわれる。

ナットメグ Nutmeg にくずく香味料を茶さじに二杯、そのまま呑みくだすと、二、三分がところだが、幻覚状態になる。

レタス Lettuce レタスの白い液には「レタス・オピアム」と称されるラクッカリュムが含有されている。この液をしぼり出すには、葉っぱを撹拌器でグルグル勢いよくまわすとベタついたものになるから葉っぱを棄てる。そして残った乳液だけを別にして、適当な分量になるまでためて飲む。

ペパー・シガレット Pepper And Cigarette これはタバコの種類によるそうだが、シガレットに丸いトンネルをあけ、古い胡椒で完全に使えなくなったやつを押し込んで吸う。

ハイドランジア Hydrangea アジサイの花弁を乾燥して粉末にし、タバコみたいにして飲むと、シアン化物が含有されているため、しばらくして、脳作用に変調をきたすそうだ。

ホイップド・クリーム Whipped Cream カン詰になっているホイップド・クリームに

は、レバーを押すとクリームが放出するようにガス体を使ってあるが、これは八〇パーセントが一酸化窒素で、俗にラフィング・ガスというやつだ。このカン詰を部屋のなかに置きっぱなしにして温度をあげておき、レバーをそっと押しながら、口を近づけると、ガスだけが出てくる。

アサガオの種　朝顔のタネを四〇〇粒以上、その種類は、青か白か班青白にかぎるが、コーヒーひきで粉末にしてから、室内温度のもとにコップ半分の水にひたし、三〇分くらいしたときに、やわらかくなったのを、みんな食べてしまう。そのとき嘔気をもよおすことが多いから、船酔いしたときに呑むドラマミンとかボナミンを前服するといい。けれど、四時間くらいしないと効果はあらわれない。そのうえイヤな味だし、タネの表皮には有毒物が含有されているから、ふやけさせておいて剝がなければならない。手数が掛るがLSDにちかい幻覚が生じる。

エチルクロライドEthycloride これは医者の処方箋がなければ薬局で売ってくれない。噴霧器で布片にひっかけ、それに鼻を押しつけて深く呼吸しながら、くりかえしていくうちに、一分くらいだが、全身と頭の作用がマヒ状態になる。

ガム Gum ハッカ・ガムを噛んで、それほど軟かくならないうちに、あたらしいバナナの皮でくるみ、グリーン・ペパーをかぶせてからアルミ箔につつむ。それから暗い場所に六週間ねかしておき、それから天火で二時間、二〇〇度の熱で焼く。それを冷却し、バナナの皮の内側を削りとってから、タバコにして吸う。

ミレットの種 Millet Seeds ミレット種のきびは健康食店で売っているが、これをシガレットにして吸う。

ペリウィンクルの葉 Periwinkle Leaves つるにちにち草の葉を乾燥させ、こまかに刻んでタバコにする。

スーパーポット Superpot 外科用の九五パーセント・アルコールを沸騰させ、外科用一号針で普通タバコに注入する。

ティー Tea マリファナの別名であるティーではなく、紅茶バッグをやぶいた中身をタバコにして吸うわけだ。いくらか効くらしいが、あとで不快感におちいる。

間違えないように気をつけて訳したつもりだが、こんなことをしているとき、ヴィレッジ・ヴォイス紙の十一月三〇日号がとどいたので、封をきって目をとおしてみると、二段抜きの黒枠が出ていて、その下に「ヘイトの秋——ラヴは何処へ行ってしまったのか」という記事が出ている。もういちど黒枠に目をむけると、ヒッピーのための葬式の日取りは一九六七年十月六日。場所はブエナ・ヴィスタ公園。太陽が昇る時刻から会葬式が始まる。ヘイト・アシュベリーで、マス・メディアのために献身的な努力をささげたヒッピー。その友人たちの参列をのぞむ。

といった言葉がならべてある。それでヴィレッジ・ヴォイスの記者ドン・マクニールがサンフランシスコまで行って、その日の模様をくわしく報道したのであるが、そのながい記事を読みながら、思わずホロリとしてしまった。ヒッピーの記事は、もう鼻につ いたので、いい加減できりあげようと思っていたが、この葬式のことは書いておく価値 があると考えたので、以下マクニールの文章を追っていくことにする。

季節が変化した。秋分の月が空にかかるころ、天体の運行にしたがって行動するヘイト・アシュベリーの大ぜいの人たちの気持も変化する。昨年も一昨年も秋分の儀式がおこなわれ、その日の楽しい出来事は語り草となってきたが、こんどの行事には、特別な色彩が加わった。

というのはアメリカン・インディアンである二人の呪術師、その名はローリング・サンダーとシェイミュというのだが、ヒッピーの葬式があると知ると、駈けつけてくれたからである。進行係のほうでは、いそいで『ヘイトのストレート劇場で、ほんもののアメリカン・インディアンが、みんなに話したいそうだ』と刷ったビラをつくって往来でくばりだした。そのころ二人のアメリカン・インディアンは劇場まえで落ち合うと、シエイミュのほうがいった。

『ヒッピーと呼ばれている若者たちが、親たちに勘当されたのは可哀想だな。おれたちが、みんなを引きとって、養子にしようじゃないか』

『それは、いい考えだ』とローリング・サンダーが賛成した。それから、みんなして海岸へ行くと、その夜は、かがり火をたいて、夜明けになるまで踊りつづけたのだった。

いっぽうヘイト・アシュベリーの若い連中は、その大部分が秋分になったことも、インディアンの大家族ができたことも知らないでいた。それもそのはずだ。彼らには、もっと差しせまった問題があったからである。たとえば、おなかがすいている。パンを買わなければならないが、お金がなくなったとか、今夜は何処で寝ることにしようかとか、そのとき必要なLSDをきらしてしまった。はやく手に入れなければならないな、といったことを考えていたので、海岸での踊りには加わらなかった。

こんなふうで、そんなに呑気にはしてられなくなった。ヘイト・アシュベリー見物人というのは、ただブラブラ歩いている者が多かったから、彼らが使う金といえば、たかがしれたものだったが、それでもみんな引きあげてしまうと、どこかで影響する。たとえばヒッピーのための無料診療所というのがあり、六月以降にあつかった患者は二万三千名にたっしたが、九月二二日に閉鎖してしまった。政府からも財団からも援助をうけずにやってきたのだが、十月六日まで頑張れなかったのである。また評判になった「ディガーズのタダの店」The Digger's Free Storeも、家賃などで七五〇ドルの借金をつくってしまい、それから一晩に三〇〇名もの宿なしヒッピーを無料で泊めてやった「クラッシュ・パッド」Crash Padも一〇〇〇ドルの負債のため首がまわらなくなった。

夏のあいだに、予想を倍も上廻って五万人のヒッピーがあつまったのである。彼らは聖地巡礼者みたいなものだった。これらの巡礼者は空腹や病気で苦しむこともなかったし、音楽はタダで聴くこともできた。そういった「ラヴの夏」は楽しく無事にすぎたが、あとに残された者は、くるしい立場にたたされたのである。

そういった人たちは、いちばん早く乗り込んできた人たちでもあった。「ラヴの夏」Summer of Loveという合言葉をつくったのも、この人たちなのである。けれど、いまは疲れきった表情だ。ちょうどバーで客たちが大喧嘩したあとで、バーテンが、こわれてないコップをかぞえているような表情を連想させる。こわされて散らばっているコップの破片。それをきれいに掃除しなければならないことになった。

あっちこっちの町かどで、大きなバッグを肩にした若い者たちが、親指を立てて、車がとまってくれるのを待っている。舗道に目をやると、サンフランシスコにしては汚ない。ニューヨークの舗道のようだ。通行人の靴がふみつけたもの。こぼれたコカコーラ。ゴミ溜めから散らばったもの。そんなところで、まだ立ち去りきれないヒッピーたちが、地べたに坐りこんでいる。彼らの毛布はちぎれているし、はだしで歩きながら、もう古くなったヒッピー新聞を買ってもらおうとしている者もいる。夏場のように陽気で楽しい風景ではなくなった。

夜になってから散歩していると、暗い物かげから低い声でLSDを買わないかと声が掛る。けれど最近はインチキ品が多く、こわい「トリップ」をさせられることになるのだ。ヒッピー相手の店は、たいてい店じまいしたが、それでも幾軒かまだ商売をやっている。きっと遅れて開店したためにヒッピー・ポスターやヒッピー首飾りが売れ残ってしまったんだろう。

ところでヒッピーの葬式を計画したのは、ディガーズと、サイキデリック・ショップを最初に考えたシーリン兄弟だった。彼らは、ほかの数名と九月の終りに、ヒッピー本部になっている「ハプニング・ハウス」にあつまって相談した。そのなかには、ヒッピー新聞「オラクル」の編集者アレン・コーヘンもいたが、そのときロン・シーリンは葬式をやるわけを、つぎのように説明したのである。

『じつはヒッピーという名称がイヤでたまらなかったんだ。それで葬式をやると同時に、ヒッピーという言葉を、もう使ってもらわないようにしようじゃないか。それにかわる名称としては「フリー・アメリカン」というのがいいと思うんだがね』

インディアンのローリング・サンダーが賛成した。

『そのほうがずっといい。じつはさっきも訊いてみたのさ。きみたちは何者なんだい？とね。ところが誰も黙ったまんまで返事しなかった。こんどは元気な声で返事をするだろう』

葬式日にきめることにした十月六日は、一年前にLSD取締法がカリフォルニア州で施行された日にあたっていた。厚紙をつかった葬式通知状が黒枠つきで印刷され、つぎのように訴えかけているビラも刷られて、バラまかれた。

マス・メディアがヒッピーを生んだ。きみたちは、飢えた者のように、マス・メディアがいうことに同意したっけ。ちがった人間になりたくて飢えていたのだった。そしてヒッピーという肩書をつけられ、それなりに大きな仕事をはたしたのだ。けれど、いまヒッピーは死んでいく。死んでしまったんだ、ヒッピーは。さようなら、ヒッピー。そこでヘイト・アシュベリーの悪魔ばらいといこうじゃないか。アシュベリーをグルグル巻きにしよう。みんなで悪魔ばらいしてから、どこへでも行くことにするんだ。きみたちは自由だ。ぼくたちも自由だ。もう二度と生れかわる必要なんてないのさ。生れかわったんだから。そう信じていこう。自由な人間の誕生。自由なサンフランシスコ。独立。自由なアメリカ。やすやすと自分を売らないようにしよう。この町は、ぼくたちのものだ。きみたちのものだ。なんでも、あげられる。サンフランシスコは自由だ。だから真実が、そこに発見されるんだ。

土曜の夜明け前、ヘイト・ストリートにならんだパーキング・メーターの頭の部分が、みんな白ペンキで塗られ、ヒッピーたちは薄くらい町をとおってブエナ・ヴィスタ公園の丘のうえで、太陽が昇るのを待った。そして時間どおりに太陽が姿をあらわすと、みんないっしょに鈴を鳴らし、そのとき顫動した空気をふかく吸いこむと、十人の棺おけ係が十五フィートもある棺を両側から肩にして丘をくだり、町へむかって進行した。

この棺のなかにヒッピー装身具を投げこむことになっている。行列はヘイト・アシュベリーの角で停止すると、棺は、すぐ近くにあるサイキデリック・ショップのまえに置かれた。この店の有名な看板である曼陀羅のうえに、あたらしくつくった大看板が張ってあり「自由であれ」と大書してある。町かどで停止した行列のほうでは、全員が地面にすわって祈禱をはじめた。

これがすむと一同散会したが、正午からまた行進がはじまることになっている。町をよこぎって大きなノボリが掲げられた。それには「ヒッピーの死。フリービー Freebie 。自由人の誕生」と大きく書いてある。正午になった。行進の再開始。棺といっしょに行列がパンハンドルまで進行したとき、そこにはまた大きなノボリが往来を横ぎって掲げてあった。「自由人の兄弟たちの誕生」と大書してある。あつまったヒッピーたちは、行列が一休みすると、棺のなかに、いろいろなものを投げこんだ。ヒッピー新聞、ヒッピー首飾り、ヒッピー・ポスター、ヒッピー・バッジ、果物、クッキー、花など。

行列はまた歩きだす。みんなは一緒になって歩きながら、ハレ、クリシュナ、ハレ、ハレ、クリシュナ、ラマ、ラマ、ハレ、ハレ、というヒッピーのお経をとなえだしている。行列はゴールデン・ゲイト公園へ向う。すると向うから報道カメラマンの一隊がやってきた。そのとき行列のまんなかでは、棺のあとに担架がつづき、その担架には一人のヒッピーが横たわり、胸のうえに花をのせている。二〇〇人ほどの会葬者。タンバリンをたたきはじめる者もいた。公園にたっすると、一人の警官が行列を左へと誘導し、すこし行って、また左へまがると、フレデリック・ストリートの勾配《こうばい》が急な坂道をのぼりだした。棺が、たかだかと差しあげられている。下り坂になると行列の勢いがつきはじめ、担架のうえの死んだヒッピーが、ころげ落ちないように、しがみつき、カメラマンたちは、飛びのいた。

メイソニック・ストリートを抜けて、パンハンドルに引返すと、行列は停止し、大きなノボリをおろして火をつけ、それで棺を燃やしはじめた。メラメラと炎が十フィートほど舞いあがる。みんなは円陣をつくり、棺のまわり、カメラマンのまわりで踊りだした。やがて炎の勢いがおとろえ、棺が炭火みたいに赤くなったとき、消防車の音が近づいてきた。

『もうすこしの間、消さないようにしよう』と叫ぶ声が、みんなのあいだから起った。消防夫がホースをもって近づくと、数名が掛け合いに行く。けれどホースから水がとびだし、シューッと音をたてた棺おけの残骸から白煙が舞いのぼった。

サンフランシスコ・クロニクル紙の夕刊をみると、ヒッピーの死が報道してあった。

一日おいた月曜日のヘイト・ストリート。町を横ぎって見える大ノボリは、それから一週間、そのままにしてあった。けれどサイキデリック・ショップは、板がこいを張って店を閉じ、それからパーキング・メーターに塗った白ペンキもきれいに洗い落された。

余談だが、無料宿泊所で赤字を背負った「スイッチボード」も、月末までに借金を返すことができた。「ディガーズ」も、たまった家賃を払ったし、五〇〇〇部刷っている「フリー・シティ」という二〇ページの雑誌をタダでくばっている。ストレイト劇場にはグループ・サウンドの「グレートフル・デッド」が出演した。サンフランシスコの市民たちは、ヒッピーのおかげで、ヘイト・アシュベリーという「フリー・シティ」が生れたことを、あらためて認識したのである。（昭和四三年三月号）

13 ――LSDの最新研究書「プライヴェートな海」を読んで驚くと同時に啓発させられた

アメリカではLSD研究書が、ボツボツとだが、あいかわらず出版されていて、つい最近も「プライヴェートな海」というのにブツかった。The Private Sea おもしろい題名だな、と思いながら、もういちど見ると、副題が「LSDと神の探求」となっている。神様となると、これはちょっと乗気がしない本だな、買うのはよそうと思ったが、なんの気なしにページをめくって書きだしを読んだところ、ピリッときた。それは、つぎのような記述なのだ。

あるシカゴのパーティで、LSDの作用がまわっていた一人の青年が、生まれたばかりの仔猫をつかむと、それを食べてしまった。青年は、しらふになってから説明をもとめられ、LSDを飲むと、あたらしい経験だと思ったことは、なんでもしないではいられなくなってしまう、と答えた。

こういう強烈な印象をあたえる記述が目にとまったとき、それでも買わないで本屋を出ることができるだろうか。ぼくは家に帰るなり、つづきを読みだしたが、知らないことばかり書いてあるので、思わずウーンと唸ってしまった。ウィリアム・ブラデンという著者は、シカゴの新聞記者であるが、明晰な頭脳で、むずかしい問題を、わかりやすく説明していく。しばらくの間、つづきを読んでみることにしよう。

このパーティでの話を聞くと、おもわず胸がムカつくし、なんだか嘘っぱちのような気もするが、といって起こりえない出来事でもない。LSDは、こういった強力な作用をおこす薬だ。ゾーッとするような奇怪な行動をとらせるようになる。そういう暗示をあたえる出来事としては、いい例だといえるだろう。どうやら最近になって、LSD反対者が、やれ脳組織を破壊するとか、肉体的にも人間を駄目にしてしまうとかいったのは、すこし大げさだったことが明らかになったが、それでもなおLSDが危険な薬であることは否定できない。

だが、この危険性という観念が、LSDのばあいは普通とはちがってくるのだ。まかりまちがうと大変だぞ！　といっている本人が、知らないでいるような危険性もあるのであって、つまるところ「わるいトリップ」bad trip と称されるネガティヴな反応をしめしたときは、どんな危険性が生じるかわからない。想像以上に多様な危険の可能性を帯びているわけで、この「わるいトリップ」にLSDは、よくみちびくのだ。もちろん、たいていのばあい「いいトリップ」good trip にみちびいていく。問題は、むしろこっちのばあいで、「いいトリップ」ばかりやっていると、「わるいトリップ」以上に取りかえしがつかない結果になるということである。それは自殺とか精神異常よりも恐ろしいことになりかねない。

ところで、いまLSD礼讃者が、どんなことを実験しているかというと、それはフロイトさえも怖じ気づいて背中をむけてしまったにちがいない人間精神の特殊領域へと侵入をくわだてていることで、そこは太古エジプトの闇の世界であり、勇敢だというか、向うみずな真似にちかいのである。だが、そんな冒険をやっているうちに、人間と神にかんする根本的な問題が、あらたに提出されることになったのだ。

それは、どんな問題か。なあーんだ、そんなこと、古いじゃないかという者もいるだろう。だがLSDを飲まなかったとしたら、忘れっぱなしになっていたにちがいない。LSDによって、ハッと気がついたというわけだ。

LSDが流行しはじめると、LSD礼讃者が大ぜい出てきたが、それはヘロイン中毒者がおちいったような幻覚作用をたのしんでいるのだと、第三者のほうでは考えてきた。またそういった話題ばかりがジャーナリズムに取りあげられてきたが、じつは神学者や心理学者や美学者たちが、べつな目的のために、LSDのとりこになっていたのであった。たとえば神学の面では、急進派のなかでも先鋒をいく一派、すなわち〈神は死んだ〉という新しい神学 Death of God theology を力説している者たちがそうで、こうした予言者がいっていることは、ふつうのＬＳＤ礼讃者がいっていることと、結局はおなじことになってくる。

ＬＳＤ神学者たちは、いままで信じられていた宗教的体験というやつは、どうもおかしい、神秘的な精神状態のなかで神の存在をみとめたというけれど、そういった霊感作用は、化学的な特殊現象にすぎないんだ。だから神が存在すると考えるのは、妄想だということになる。そう認識させたのがＬＳＤだった。ＬＳＤは、眠っていた精神を蘇生させる。あたらしい信念の時代へとみちびいていく。その信念は二〇世紀の唯物主義を克服することになるが、ＬＳＤ神学者にいわせると、神は〈超絶〉した存在ではなく、〈内在〉したものであり、「神は人間だ」という結論にたっする。つまり西欧神学から離れ、東洋的な観念である汎神論に近づいてきた。「神は宇宙である」という汎神論者の考えかたには、むずかしいものはない。割りきっているし、単純な観念だともいえるだろう。ところが「神は死んだ」と説く急進派の神学者トマス・アルタイザーとＬＳＤとが結びつくとき、この東洋的観念は、意外なくらい、西欧社会にたいして重要な意味を持ちはじめるのだ。

東と西とは相容れないし、昔からずうっとそうだったが、最近やっと両者は胸襟をひらくようになった。それが、まったく誰も予期しなかった宗教的な形而上学の面でぶつかったのである。とくにアメリカで顕著な現象であって、この東洋からやってきた内在的な神が、はたしてアメリカの超絶的な神と仲よしになるか、それともO・K牧場で宇宙的な決闘へと追いこまれるか、そこはまだよく見とおしがつかない。いまのところ最初の段階に入ったばかりだ。だから、この点を頭においたうえで、最近の状況を、すこし調べてみることにしよう。

LSD礼讃者にいわせると、最近になってアメリカは、じぶんはこういう人間かもしれないが、なんとかして、じぶんの力で直接に神をつかんでみたいと考えるようになった。その神が、超絶的であるか内在的であるか、それはどっちでもいいのだが、教会へ行っても発見することができなくなったのにLSDによって発見できた、というのである。

それでは、どういうことを発見したのだろう。つまり人間にとっての究極的な疑問であり、いったい俺は何者なんだろう、神とは何者なんだろう、俺と神とのあいだに、はたして関係があるのかないのか、と考えはじめたのだった。その代弁者が急進派神学者アルタイザーであり、LSDをひたした角砂糖のなかに、神が隠れているのではないかと思うようになったヒッピーたちなのである。

かつてゴーガンも絵を描きながら『俺たちは何処から来たのか。俺たちは何者なのか。何処へ行こうとしているのか?』と問いつづけたが、こういうときは二種類の問いかけ、すなわち問題そのものの解決と、それに付きまとう神秘性にたいする考察とがあるわけだ。そして最近までは問題そのものへの問いかけが支配していたが、LSDの流行とともに、神秘性にふれようとする傾向になってきた。というのも現代の不安の源泉が、そのどこかにあり、その源泉が見つかれば、心は昂揚するだろうと、考えられるようになったからだ。

ヒッピーがLSDパーティをやるときに使う「ビーング・イン」Being-Inという合言葉。彼らは究極的な質問にたいする究極的な答を待ちもうけているのだが、科学の領域では、ずっと以前から、これを不問に付してしまった。ハイゼンベルクの有名な「不安の原則」が、わずかに適用されるだけであって、科学はそのうち、あらゆることを記述することができるようになるだろうが、なにも説明することはできない、という結論へみちびかれていく。そうすると、こんどは十九世紀のアメリカ哲学者でプラグマチズムをとなえたウィリアム・ジェームズが、その著「宗教的体験の諸相」のなかで『そこには目にみえない秩序があり、そのなかへと調和していったときに、このうえない至福な状態へとたっする』といった言葉や、もっと大昔になると、プラトンがイデア論のなかでいった『彼らは〈存在〉Beingを、いかに説明しようかと一生懸命になっているが、それこそ知識を愛する者にとっての最終の目的なのだ』という言葉が、あらためて役に立ってくるのである。

あたりが暗黒につつまれた疑惑の夜のなかで、なぜケシやハスや朝顔は、花弁を閉じてしまうのだろうか。こう考えるのも〈存在〉をもとめて内攻的になっていくからだ。

LSDによって燃えあがった焰。それは酸素の不足で消えてしまうかもしれない。反乱は革命ではないんだ、といえるだろう。LSD礼讃者やアルタイザー一派の急進派神学者が起こした運動は、目下のところどこへ行きつくかわからないにしても、無視することのできない注目すべき現象なのだ。そして、もし反乱が革命へと拡大したら、どういうことになるだろうか。それは精神的世界にとって弊害をもたらすだろうか。そのとき危険が発生するだろうか。

たしかに危険があることは、いまからでもわかっている。現実世界から脱落してしまい、インドや中東民族が、麻薬の力で非現実的な夢を追いながら暮らしていくのと同じようになるだろう。ほかにも危険は発生するだろうが、ヒンズー教徒の観念による幸福感というのが、最大の危険になってくるのである。彼らによると、この世の中は、ほんとうには存在していない。鏡の仕掛けによって現出してくるのだ。これに気がつけば、そのとたんに、そうした世の中の囚人だった自分を解放させることになり、永遠の幸福感にひたれる〈ニルヴァナ〉の世界に到達することになるだろう、というわけである。ところがアルタイザー一派の急進主義者は、これとはちがって、あくまで現実社会と取っ組み合いをしているのだ。

「神は死んだ」と主張する新神学は、現実を享受し、抱きしめようとする。表面は仏頂づらをしているが、これらの神学者たちは、じつは陽気な楽観主義者であって、アルタイザーの片腕であるウィリアム・ハミルトンなんかは、T・S・エリオットのプルーフロック氏なんかクタバレ！ ビートルズのリンゴ万才！ といって、はしゃぎまわっている。そうするのも、だらしがないじゃないか、と叱りつける神様がいなくなったというわけなのだ。

ＬＳＤは現実から逃避するための麻薬だとみなされているが、ＬＳＤ礼讃者にいわせると、そう考える第三者のほうが、じつは現実からの逃避者であって、彼らは現実をうけいれているということになる。たとえば二つの東洋思想として、ヒンズー教と禅とは出発点が同じであり、共通した経験が議論の基礎づけとなってくるが、結論において両者は正反対となり、ヒンズー教は現実社会を拒否するが、禅のほうでは許容するようになる。といったわけで、ＬＳＤ礼讃者は、どっちの方向へも行けるのだ。ただ彼らは古代洞窟のなかに入り、そこの壁にちらつく影をジーッと見つめるだけの勇気があったということで、常人とはハッキリと違っている。要するに、非常に賢明か、それとも非常に愚鈍か、あるいは平凡すぎる人間かということになるが、絶対に臆病ではないことは、ここで強調しておきたい。

以上は「非常に高価な真珠」と題した第一章の下手くそなダイジェストである。すばらしい真珠を太古エジプトの闇のなか、古代の洞窟のなかで探しもとめているのが、ＬＳＤ礼讃者であるが、第二章の「サイキデリックな眼をとおして」を読んでいくうちに、またオヤと思う記述にぶつかったので、この部分を取り出してみよう。

ＬＳＤの幻覚世界に入りこむのを「ターン・オン」turn-onというが、これには周囲の微妙なフンイキが暗示的作用をはたらきかけるので、まえもって「セッティング」する必要がある。たとえばイヤな音が聞えてくると「わるいトリップ」がはじまって、恐ろしい悪夢状態になるからだ。それはともかくとしてＬＳＤ服用後の第一段階では、眩暈症状を起し、ファンタスティックなヴィジョンがあらわれ、不思議な音響や色彩をともないはじめる。「キック」と称し、非常に快的な昂奮状態に入りこんで、性的衝動におそわれたりする。ところがＬＳＤ礼讃者になると、こうした第一段階をとび越えて、そのさきの「中心的経験」Central Experienceへと、ジカに入りこんでしまうのだ。

これが「いいトリップ」といわれている状態だが、そうたやすく入りこめるものではないし、熟練が必要となってくる。そして「中心的経験」の世界に入りこんだとき、どんな状態になるかというと、自分だなという感覚とか、自分にたいする執着心とかいったものが完全に失われてしまう。自己確認の根拠が蒸発してしまうのだ。「ぼくが」とか「ぼくに」とかいう観念はなくなり、主観と客観との関係は、おたがいに溶け合いはじめるし、さっきまでは指先きまでだった自分の世界というものが、おそろしく拡大して、それが肉体と精神そのものだと感じるようになる。

この拡大された世界は、同時に、ビリビリと強い電流がつうじたようになって、光りかがやきはじめ、自分というものが壁と樹木、あるいは、そこにいる他人のなかに溶解していく気持になるのだ。こう書くと、実体がなくなった世界のようだが、そうではない。きわめてリアルな世界なのである。その延長線の上にあるといったらいいだろうか。流動性にとんだ空間が、たえず次元的に位置を変えている。そして非常に敏感になってくるのは、それがリアルなものを極少に分割した実体なのではないだろうか、ともかく自分のからだと呼んでいたもののなかでグルグル回転しているのがエレクトロンであって、極少に分割されたアトムのなかで、名状しようのない空虚感でおそってくるということだ。そこではまたエレクトロン遊星がプロトン太陽のまわりで回転しているし、まるで天空図の太陽系組織そっくりだといっていい。

すこしくわしく書いたのは、壁から向うへ突き抜けられる気持は、こういう状態のなかで生じるからだ。つまり、ほんの一瞬間でも、アトムの配列を自分勝手にすることができるなら、当然そのとき壁抜け行為が可能になるわけである。地球をとりまく空間のなかで、百億からの星座群が、おたがいに衝突しないで浮遊しているではないか。それはタバコのけむりのようでもあるし、星が幽霊になってかたまっているようにも見える。それとおなじような事実なのだ。

それからさっき自己確認の根拠が蒸発してしまうといったが、じつはそのとき自分だという意識が完全に失われるのではなく、逆に自分を発見することになる。つまり拡大された自分であって、そのなかに、見ることができたすべてと、見ることができなかったすべてとが入りこんでいるので、いままで自分の個性だと思っていたものが、すっ飛んでしまうのだ。ＬＳＤ作用におちいるまえには「ぼく」という存在があった。だが、その「ぼく」は、いまはもう、なんだかゲームで勝ったようなもの、みせかけのもの、ちっぽけだが我慢しろといわれたような「ぼく」にすぎないのである。

こういう状態になったとき、見ることができなかったものを〈思い出す〉ようになり、それが「存在」とむすびつき、あらたな生命力となって、ほんとうの自己確認へとみちびかれる。そのときは、また、時間が停止してしまうのだが、そこをもっと突っこんで考えてみると、時間の重要性がなくなり、記憶とか、これからさきの行動にたいする思考も、同時に停止してしまう。その瞬間のなかに自分が存在しているだけで満足を感じるし、そのとき時間は意味をうしなっている。これはベルグソンが「時間と自由」のなかで説明したことと同じなのだ。

時間という観念は、注意力を停止させるためにあるだけで、時計の針がきざむ秒とか分とかは、じつは存在しないのである。それは科学者が工夫した人工的な「動かないもの」であって、生命力のダイナミックな流動性を理解できないようにした、とベルグソンはいっている。彼は、さらに言葉を加え、そういった生命力の動きのなかで、精神は時間というノーマルな感受性をうしなってしまうのだ。なぜならノーマルな状態における知性のはたらきは、これからやろうとすることにたいし、そういった先を見越すことになるのだから、時間的な観念がともなってくるのも、しかたがない。だが、ほんとうの生命力とは、とベルグソンは強調する。『行動するために見るのではなく、そこにあるものを見るために、見ようとしているのだ』

サイキデリックな作用下では、このベルグソンの言葉がピタリと当てはまることになる。これからどうしよう、とかいう頭のはたらきが麻痺してしまう。だから期待感がなくなる。その結果、欲求心もなくなり、それが時間を停止させることになるのだ。

LSDが効果を生じると、本を読む気がしなくなるそうだが、この点にもふれているので書き出してみよう。

そのとき言葉は、あらゆる意味をうしなってしまう。ということは、そこに抽象化されたものが存在しないからである。そこで対象となるものは、すべてが「それ自身のもの」であって、たとえばガートルード・スタインがいった『バラはバラであるバラである』といった受けとりかたになる。カントは、そういった知覚のはたらきは人間にないといったが、彼はLSDを飲んだことがなかったからで、もし飲んだとしたら、ガートルード・スタインの「バラ」が理解できたろう。ところが、ハヴロック・エリスは一八九〇年ころメスカリンを服用し『この幻覚剤が習慣になった者は、おそらくワーズワースの詩がすきになるだろう』といったものだ。

ワーズワースの詩には、少年時代への追憶がロマンチックなイメージになったのが多い。たとえば自然の風景のなかで、海岸の岩や森林や山が食欲を感じさせるように歌われているが、そういったイメージがLSD作用下では、すくなくも一千ぐらい重なりはじめるのである。ところが「それ自身のもの」things-in-itselfとなってくる知覚状態では、そのイメージは言語を超越してしまうのだ。いいかえると言語が表現するのとは正反対なイメージになってくる。

言語をとおして考えるから、いけないのだ。そうした言語は、抽象化されたものであり、ある対象のシンボルとしての役割をはたしている。だから当然のこととしてシンボルによって考えたり、ものを見ようとするのだ。たとえば、七月四日の独立記念日にアメリカ国旗がはためいているのを見ると、すぐにコンコルドやレキシントンの激戦のことを頭に浮べてしまい、旗そのものを見ようとはしない。なにかを旗にむすびつけなければ気がすまないのだ。バラはバラではなくなってくる。ラスキンが『精神の病的な状態』と称したのも、こういったときである。

ギリシアの詩人が感じた美とは、どんなものであったか。それは、なにかほかのシンボルではなく、それ自体の美しさであった。星は星であり、プリムラの花はプリムラの花である。もし『ひばりが露にぬれた谷間で、ほたるのように金色に光っていた』といったら吹き出したろう。ひばりは、ひばりなのである。シンボルには欺瞞性があるから、いけない。有効性のあるシンボルは、なおいけない。この関係をマルチン・ブーバーは「ぼく——それ」という彼の哲学用語でしめした。

つまり、こうなる。桃が置いてあるのを見たとき、それを食べるものだとしてみる。麦畑のまえに立ったとき、むこうのほうまで見渡しながら、収穫どきには、たいへんな分量の麦になるだろうと考える。はじめて誰かに紹介されたとき、この人は、なにをしてくれることになるだろう。トランプの相手かな、保険を勧誘するカモかな、と自分にむかっていう。もっとわるい例は、恋人をまえにしたときの欲望だ。これがブーバーの「ぼく——それ」の関係であって、「それ自身のもの」を見ようとしない。ところがサイキデリックな世界は、純粋経験と純粋関係だけがあり、樹を見て木材になるとは考えない。樹は、ただ見るだけのものである。そして、それは樹ではない。「あれ」だということになる。ガートルード・スタイン流にいえば『あれは、あれであって、あれだ』というふうになり、ブーバーは、こうした関係のありかたを「ぼく——きみ」という彼の哲学用語でしめしたのであった。

またLSD作用下では、二重性といったもの、たとえば甘い、酸っぱいとか、善と悪とかいった区別がなくなってしまう。この区別も、言葉による精神の工夫にすぎない。究極的にリアルな世界では、そんな二重性が入りこむ余地はなく、完全な形をした美しいものになっている。そしてLSDを飲まなくても、そういう世界なのだが、LSDが作用すると、それが違ったふうに見えるのだ。

すこしとばして、第三章の「化学とミスチシズム」にうつると、また驚くべきことにぶつかる。それは宗教の源泉がサイキデリック作用に発しているのではなかろうか、という心理学者の意見であって、なんだか信じたくなってくるのだ。

その代表格の一人であるゴードン・ワッソンは、メキシコのサイキデリック・キノコにかんする権威だが、大昔の人たちが原野をさまよい歩きながら、それとは知らずに、LSDに似たような効果を生む植物をむしって食べていたにちがいないという意見を発表したのである。

ワッソンの推論によると、この植物はキノコの一種であって、食べると幻覚作用をともなった。人間が神の観念にとりつかれだしたのは、このキノコを食べてからだったにちがいない、というのだ。古代ギリシア人が、エリュシオンの楽園を空想したのも、サイキデリック作用によるものである。プラトンのイデア論もサイキデリックな洞察によってなりたっているし、いいかえるとプラトンは麻薬常習者だったにちがいない。こんなふうにワッソンは推論しながらエデンの楽園だってサイキデリックなおとぎ話だというのである。

この話を一笑に付せなくなるのは、インドに大ぜいいる聖者たちの約九割が、大麻その他の麻薬を常用しているジャンキーの一種だということを、最近調査した心理学者がいるからだ。

このあたりから、本の内容は、LSDとむすびついた新神学の解説になっていくが、要するにLSDは、神学者にとって精神の深層部をさぐるための望遠鏡のようになってきたのである。どうして人間は宗教のとりこになるのだろうか。望遠鏡をとおして、その本能のミスチシズムが、以前よりずっとよく理解できるようになった。いいかえると実験室からミスチシズムが生産されだしただけでなく、うまくコントロールすれば、宗教という厄介なミスチシズムの分析ができるのである。偶然に科学と宗教とが和解しあうようになった。これを科学的宗教とか宗教的科学とか称するのは、大げさであるが、「宗教の科学」というぶんには差しつかえないだろう。

なお、ソローの「森の生活」に、つぎのような一節がある。

『かじかむような寒さ、あらし、あるいは食人種の襲撃をうけたりして幾千マイルのあいだ、五〇〇人の乗組員がいる政府の船で航海するのは、それほど苦しいことではない。けれど大西洋なり太平洋なりを一人ぼっちの船でもって、そのプライヴェートな海というものを探検するとなると、それは非常に苦しいものだ』

この本の題名「プライヴェートな海」は、これからの引用語である。「森の生活」には、阿片吸飲者のような天国よりは、ウォルデンの森の青空のほうがいい、と書いた個所があり、いま生きているとしたら、LSDにはソッポを向くだろう。それでもなお彼の青空はサイキデリックな作用をしていることを、著者ウィリアム・ブラデンは、ほかの文章から引用し、ソローでもLSD礼讃者になりかねない、というのだ。そこを題名は暗示しているわけであり、「プライヴェートな海」は、個人にとっての王国だということになる。なお最後に著者がメスカリン実験をこころみたときの記録が加えてあり、ちょっと面白いものなので、このつぎにでも紹介してみたくなった。

(昭和四三年四月号)

14 オフ・オフ・ブロードウェイの若い劇作家レナード・メルフィには感心した　それから「俺たちに明日はない」を分析したポーリン・ケールにも

オフ・オフ・ブロードウェイの劇作家には、まだ三〇歳にならない若い連中が多く、かなりいい頭をしたのが揃っているようなので、その台本が手にはいれば、つい読みたくなってくる。そういった一人にレナード・メルフィ Leonard Melfi というのがいて、最近ではヨーロッパでも注目されるようになったが、昨年十月に「出会い」Encounters と題した作品集をランダム・ハウスから出版した。

その広告を見たとき、ペーパーバックだと一ドル九五セントで買えるので、そんなことから注文したのだが、一カ月ほどまえに本がやってきた。じつは、それほどには期待してなかったが、読んでみると面白い。一幕劇が六篇はいっていて、そのどれもがニューヨークを舞台にし、安ホテルの部屋とか三流どころの料理店とかフェリーボートなどで、知らない者どうしが偶然に出会うところから始まる。最初は、なんだい！ センチメンタルな風景じゃないか、とつぶやき、舞台にかかったときを想像しながら読んでいたのだが、さて舞台だと十五分か二〇分くらいしたとき、いいぞ！ と思わず怒鳴りたくなるようなシチュエーションに急転するのだ。それからは、なんだか怖いな、といった気持にさせられたりし、幕が降りるまでの二〇分くらいの間というものは、やっぱり芝居って、いいもんだな、と思いなおさずにはいられなくなってくる。ストレンジャーズの出会いといえば、エドワード・オールビーの「動物園物語」やマルグリット・デュラスの「辻公園」が頭に浮んでくるが、メルフィの芝居を読んだあとの印象を、ひとくちでいえば、オールビーは古くなっちゃったな、ということだった。それがどんなところで、そうなるかということが問題だが、ある批評家はマルチン・ブーバー的だからだ、といった。このへんのところは、ぼくには説明できないが、台本そのものにブツかって、簡単な紹介をやってみよう。ブーバーが「ぼく――きみ」の関係で説明したヒューマニストとしての新しいヴィジョンが、登場人物にたいするメルフィのヴィジョンになっているわけで、やわらかいムードではこばれる最初の二〇分間に、そういったことが感じられる。ついでセックスや強姦や殺人への衝動をはらんだムードに急転するのだが、そのときの行動のありかた、あるいは作劇上の理由づけが、どこか人間的なのだ。ここが最近のアメリカ文学や演劇や映画における暴力描写とは違っているんだな、という感じをつよめる。

メルフィは、スタテンアイランドとマンハッタンとのあいだを往復するフェリーボートに乗るのがすきだった。それで「フェリーボート」Ferryboatと題した一幕劇が出来あがったといっているが、幕があがると、甲板から降りたケビンに一人の少女が姿をあらわし、すみの座席にかけると本を読みはじめる。エリナーという十九歳のカレッジ・ガールでサラ・ロレンス校の生徒。きれいな顔だち。髪をながく垂らし、トレンチ・コートを着ている。そこへまた降りてきたのが、二八歳になる青年ジョーイだ。さっきからエリナーに目をつけていたらしい。

彼は紙コップ入りのコーヒーと、ドーナツを手にして降りてきたが、エリナーの座席のとなりに腰をおろすと、しつこく話しかける。まず最初、コーヒーを飲まないか、このフェリーボートのはおいしいんだよ、といい、買ってきてもいいような態度をしめすが、本に夢中になっているエリナーのほうでは、邪魔でしょうがないといった返事のしかただ。それでもジョーイは話しつづける。

彼はハンサムで服装もちゃんとしている。濃いブルーのスーツに明るいブルーのネクタイ。金側の腕時計とピカリと光る指輪。黒い靴もピカピカにみがいてある。スタテンアイランドで生まれた彼が、そこのハイスクールを卒業したときだった。映画俳優になりたくて、グレイハウンド・バスでハリウッドへ出かけた。けれど、あすこは大変なところだ。行くんじゃなかった。人間なら、どこへ行ったって、おたがいに愛情をかんじるようになるだろう。ところがハリウッドってところは、誰もかれもが、自分のことしか考えないのさ。だから怖くなって引っかえしてきた。甲板へあがって自由の女神を見ながら、タバコを吸おうよ。自由の女神は、なん千回も見たけれど、絶対に倦きないね。あんたがタバコずきだってことは、訊かないでもわかるさ。さあ行こうとシツコクせまるので、エリナーはかんしゃくを起し、読みかけの本をパタリととじると、いっしょに持っていた雑誌に読みかえようとするが、その雑誌が膝から落ちた。すかさずジョーイはひろってやるが、『ありがとう』とひとことといっただけで、あいかわらずソッケない。

こうしたシチュエーションが続いていく。けれどジョーイが朝鮮戦争に従軍した話をしたあとで、彼女がエリザベス・テイラーに似ているというと、ほんのすこし彼女はうちとけはじめる。そこでジョーイは踊りに行こうといい、ローズランドというダンスホールの話をはじめるのだが、このあたりのセリフは非常に詩的だ。フェリーボートは、そろそろ岸壁に近づこうとしている。

さあ、甲板へあがろう。ぼくはフェリーボートが岸壁に衝突して、大きな音を立て、そのとき水の泡が飛び散るのを見ると興奮してしまうんだ。それを見よう、というがエリナーは背中を向けて彼から離れようとする。そうさせまいとしたジョーイは、彼女の手首をつかむと引っぱるようにして彼のほうへ顔を向けさせ、こういうのだった。

『じつは、やりたいんだよ、きみと。最初から、そういえばよかった。それなのに、くだらない告白談をしちゃった。それも、きみとやりたいからなんだ。わかったかい？』

彼女は、どもってしまい、どこへ行くつもりなの？　と訊きかえすと、ぼくのアパートだと答えた彼は、こう付けたさないではいられない。

『ぼくは孤独なんだ。けれど、きみはもっと孤独なんだ。本を読むふりをして、ぼくが喋ったことを、みんな聴いていただろう。それで判ったのさ』

エリナーの顔に、かすかな微笑が浮んでくる。ジョーイは離さないでいた手首の力をゆるめた。フェリーボートが岸壁に衝突する音、カモメが叫ぶ声が聞えてくる。

これは一九六五年九月二日にジェネシス劇場で初演されたが、つぎに一九六六年七月、コネチカットのユージン・オニール劇場で初演された「シャツ」The Shirtについて、もっと簡単に書いておこう。

タイムズ・スクエアの安ホテル。窓からネオン・サインが光りだしたのが見える宵の口である。南部から商用かなんかで来た中年紳士が、どこかのバーで会ったらしい黒人の少女と、彼女のボーイフレンドを連れて入ってくると、ブランデーを出して飲みはじめる。ボーイフレンドは白人のニューヨークっ子だが、もうすっかり酔っている黒人少女にキッスされたり、踊りをせがまれたりしている。

それを見ながら南部の紳士は、明日は早く帰らなければならない、もう二度と会うチャンスはなさそうだし、記念のために二人の写真を撮っておきたいといって、カメラを出すと、ベッドのはじに二人を並んで掛けさせ、パチリパチリとシャッターを切る。十回以上もパチリと音をさせた。

なんでこんなに撮るんだろう。南部の紳士は、予算がすこしなので、こんな安ホテルに泊ることになった、といいだす。若い二人は寒くなったといって窓をしめるが、南部の紳士はシャツを脱ぎはじめる。頑丈な上半身。毛だらけの胸。彼は革財布から新聞の切抜きを出すと、ボーイフレンドのほうに渡し、読んでみろという。それからベッドの下に入れてあった旅行用トランクを二つ引きずり出し、そのなかからアロハ・シャツを出して着た。裸の女やヤシの樹やオレンジ色の太陽光線をあしらった派手な柄である。

ボーイフレンドは切抜きに目をやるなり、まっさおになった。写真が出ていて、それはアロハ・シャツを着た若いころの南部の紳士である。彼はジョージ・ジョーダンという、二五歳のときだったが、クリスマスの晩に、隣家でベビー・シッターをしていた十三歳の少女を強姦した。それで刑務所にぶち込まれることになった記事なのだ。

南部の紳士の言葉づかいに、急に南部訛りが目立つと同時に、早口になる。大きな笑い声を立て、二五歳のときに少女を強姦した思い出を話しながら、もうひとつのトランクから出したのはカービン銃だった。彼の思い出は続いていくが、ボーイフレンドが口をはさんだとたん、引金をひいた。黒人の少女は、心臓を射抜かれて死んでいくのを見て、恐怖にかられ顫えあがっている。南部の紳士はズボンを脱ぎ棄てた。

『さあ、おれはおまえとやるんだ。だが、このシャツだけは脱がないぞ。このシャツのおかげでふだんはやれないことが、やれるんだ。そう恐がるんじゃない。死ぬまえに、いままでになかったような経験をさせてやるんだから』

出世作となった「小鳥の水浴」Birdbath は、ある二月の寒い晩、カンバンになりかけたニューヨークの安食堂で、二人の使用人が、はじめて口をきき合う場面で始まっている。

ウェイトレスのヴェルマ・スパローは二六歳で三日まえに雇われたばかり。男のほうは今日がはじめての日である。フランキー・バスタという二八歳くらいな感じの詩人でレジをまかされた。ヴェルマがテーブルを拭きながらレジのほうを見たとき、二人の視線がカチ合ってしまい、たちまち二人の気持がとけ合ったようになる。あと五分でカンバンだ。そのあいだヴェルマは、ウェイトレスになったのは、はじめてなので心配だったけれど、主人がいい人なのでよかったとか、食堂づとめは食事つきなので、いっぱい食べるようになった。おかげで太ってきたとか、フランキーはインテリ・タイプで、こんなところに向かない、もったいないじゃないの、とかいう。そんな話をしているあいだに、母親のことに結びつけるのだが、ときどきブルブルと顫えだす。なんで顫えるのだろう?

明日はヴァレンタイン・デイである。カンバンの時間になったので、ではまた明日、といって別れるが、一足おくれて外へ出たフランキーは、すぐそばにヴェルマが立っているのを発見する。二人は地下鉄のほうに向って歩きながら、また話しはじめるが、とても寒い。それで近くに住んでいるフランキーのアパートへ行く。

二人は、また雑談をはじめる。二人とも二月の生まれだった。ヴェルマは紅茶をすすりながら、子供だったころ遊び友だちに醜いスパローという渾名をつけられて、からかわれたことや、母親とよく映画を見に行ったことなどを話すが、また身顫いをはじめる。ビン詰めのマーチニ・カクテールを飲みながら、アパートに女がやってきたのは、ひさしぶりのことなので、フランキーはゴキゲンになっているが、彼女がよく顫えだすので、マーチニを飲ませる。眠くなってきたわ。遅いし、そろそろ帰らないと叱られるわ、おかあさんに、といってヴェルマは腕時計を見るが、どうも帰りたくないらしい。

今夜は泊っておいでよ、とフランキーがいう。ぼくは床に寝ころがるから、いいんだ。そういってヴェルマのコートを脱がさして、ハンガーにかけると、ポケットに新聞がはいっている。その新聞は『母親を娘がナイフで刺し殺した』という記事が目につくように畳んであった。

さっきからヴェルマが母親のことばかり口にするので、いい加減ウンザリしていたフランキーは、なんだこんなもの、といって新聞を破くと、彼女のそばに戻って抱きつこうとした。ところがハンドバッグから出したナイフで抵抗されたのである。おまけにナイフには血がついていた。

『おかあさんの血なのよ』というヴェルマの顔は、恐怖で引きつっている。『そばに寄らないで。さわったら殺すわよ』

どうしたっていうんだろう。彼女は、その日の朝起きると、母親がコーヒーケーキとキャビアを食卓に用意してあるので不思議な気持がしたというのだ。いつも給料日だけ、キャビアを買って食べることにしているが、その日は給料日ではない。おかしいなと思ったところ、母親は商売がシケたので、いいカモをさがしにキャトキル保養地に当分のあいだ巣をかえるというのである。あすこへ行けば金持連中が揃っているからね。さあ早くコーヒーパンを切って、キャビアをたっぷり付けておくれ、前祝いだよ、といった。それでカッとなり、思わずナイフで母親を刺してしまった。

そういってヴェルマはベッドにからだを投げ出して、泣きじゃくりはじめたが、告白したあとの気のゆるみと、マーチニの効き目で、やがて眠ってしまった。それを見て、フランキーは机にむかうと詩を書きはじめる。

〝死んだ鳥は翼をつけたままだ
死んだ鳥のように悲しい表情をしたものはないだろう
翼をつけたまま地上で死んでいる鳥〟

彼は夢中になって書きつづける。彼の眼は涙でにじんでいる。そして詩ができあがると、眠っているヴェルマにむかい、

『きみのためにヴァレンタインの手紙を書いたよ』

といって、デスク・スタンドを消すのだった。

メルフィについては、これくらいにして、ポーリン・ケールに話をうつそう。彼女は四八歳になるがサンフランシスコで非商業映画の専門館を経営しながら、そのプロに映画批評を書いたりしているうちに、いっぱしの批評家になり、三年まえに出版した評論

集「わたしは映画でアレを失った」で注目された。このアレ《it》は処女性のことを指すので、変てこな題をつけたもんだ、とからかわれたが、それから一年くらいすると一流婦人雑誌マッコールズが目をつけ、毎月の新作批評を担当させた。ところが三カ月くらいしたとき、みんなが賞めた「サウンド・オブ・ミュージック」をやっつけたのである。ぼくもこれは映画のつくりかたがズルイので気に入らなかったが、そのため彼女はクビになった。

そうしたところ、また一年くらいした昨年のおわりに、こんどはニューヨーカー誌から頼まれることになったのである。これには、ぼくもビックリし、最近における彼女の映画批評を気をつけて読んでいるのだが、たとえば、つぎのような「俺たちに明日はない」の批評など、非常に特色があるな、と思って感心した。訳すと六〇枚くらいの分量なので、一部分だけ、それも要点を書くしかない。また題名が繰返し出てくるので、原題の「ボニーとクライド」Bonnie and Clydeを略し、「B&C」とすることにしておく。

アメリカでは、すぐれた映画ができると、きまって誰かが文句をつけるようになる。だから、どうしたら、いい映画をつくれるか、という問題が生じてくるのだが、「B&C」は、そういった、まったく久しぶりに見るエキサイティングな映画になった。観客はみんな、敏感な反応をしめしながら、大喜びで見ている。
というのも、この映画を見ているときの経験が、子供のころ映画を見て喜んでいた純真な気持と似ているからだ。映画ずれがして、批評家的な見かたでいくから面白いという作品ではなく、きわめて単純にジカに訴えてくる。そういった点で、ヨーロッパ映画が、いくら現代的な新しさを持っていようと、それとは違った、これこそアメリカ映画にしかない新しいものだという印象を受けることになる。

ところが、そういう新しさのために、いつもかならず文句がつくアメリカ映画の運命に、これもなった。そしてこれには映画にたいする一般観客の趣味が関係し合ってくる。たとえば暗黒街を背景にしたアンチ・ヒロイズムの映画が、ずうっとアメリカの観客に受けてきた。このばあい暗黒街の主人公は、世をすね、法律を無視した身勝手な行動をするタフ・ガイとして登場するが、いつも最後になって間違った結末になっていた。つまりアンチ・ヒーローになってしまうのだ。ところが、そうしたロマンチックな行きかたが、一九六七年にもなると、もうバカバカしくなり、観客のほうでは受けつけない。「B&C」では、そのかわりに、インポテントなタフ・ガイが最後になって性的満足をあじわうというふうにヒネったが、クライド・バローに扮したウォーレン・ビーティを見ていると、インポテントだとは思えない。つまらない失敗である。

その昔ヒットしたクラーク・ゲーブルとクローデット・コルベールの「或る夜の出来事」だが、あれは恋愛逃避行がテーマだったし、「B&C」のばあいも同じなのだ。ただし裏返して使ってある。セックスの問題。そのあいだに立ちはだかっている「ジェリコの壁」の崩壊のしかたが、両方をくらべると逆になっている。ボニー・パーカーとクライド・バローは、若くて気持がとけ合った犯罪パートナーだった。コソコソと悪事をはたらきながら、ふだんは真人間らしいふうを装っている犯罪者とは別な存在だ。ボニーやクライドのようなアウトローは、機会をつかむと自分たちを意識的にドラマ化し、新聞をとおして、そういう行動がとれない読者のイマジネーションをかり立てようとする。ボニーが、わざとポーズをとった写真や、下手くそだが純真なバラッドをつくって新聞社に送ったのも、それらが人びとの目にふれ、のちのちの語りぐさになることを望んでいたにちがいない。

こうして、いくつかの映画がつくられた。一九四〇年代の終りに「彼らは夜生きる」They Live by Night「拳銃魔」Gun Crazy「ボニー・パーカー物語」The Bonnie Parker Story の三本。しかも最も重要な作品は、フリッツ・ラングが一九三七年に監督した「暗黒街の弾痕」You Only Live Once であった。シルヴィア・シドニーとヘンリー・フォンダの主演。ここではボニーがジョーン、クライドがエデイと名前を変えてあったように、実話の自由なアダプテーションだったが、これを「B&C」と較べてみると、三〇年間のあいだに、それぞれの時代とむすびついた映画観客のフィーリングが、どのくらい変ったかがわかって興味ぶかい。

なにかの「ふりをする」こと。それが最近はやりの言葉「プット・オン」put on だが、なにかを正直にストレートに話しても、それはプット・オンだろうといって信用しないような世の中になってきた。「B＆C」は、それ自体がプット・オンである最初の映画となったのだ。この点が、まず面白い。観客は、みんな笑って見ている。これは喜劇だよ。ジョークにしたって、なかなかイカスじゃないか！　といっているうちに、プット・オンである最初の一撃をうけることになり、それからも面白がって見ているのだが、なんとなくアンバランスな心理状態におちいっていく。わたしが映画館で見ているときだったが、となりの席の婦人が、すっかり納得したつもりで『これは喜劇ね』と連れに向って二度ばかり賛成をもとめていたが、そのうちふっつりと何もいわなくなってしまったのが、いい例だ。

ところで三〇年まえの「暗黒街の弾痕」を思い出してみると、エディは前科者であるため、誰も雇おうとしない。絶望的になった彼を信じているのは、ジョーン一人しかいないのだ。彼女は、実際には罪はないのだから恐れることなんかないといい、彼を勇気づけるために結婚した。しかしエディは、またもや逮捕され、無実の罪を着せられたうえ、死刑宣告を受ける。彼は面会に来たジョーンに、ピストルが手に入るようにしろと命令するが『そうしたら、また人を殺すことになるから』といって、彼女は引受けるのを拒む。エディは怒りだし『あいつらが何をしようとしているか判らないのか』というが、そのあとで脱獄をくわだてた彼は、殺人を犯した。

それから二人の逃避行となり、ジョーンは『あたしたちは生きる権利があるのよ』といって勇気を出し合うが、身に覚えのない出来事が、いくつか二人の仕業だということ

eureka
J.Uekusa

ŒUFS
J.Uekusa

になり、それが新聞に報道されると、悪名たかいアウトローになってしまうのだった。ジョーンは、ある隠れ家で子供を生む。エディは野生の花を摘んで花束にし、隠れ家に戻ってきたものの、そのとき逮捕の手はまわっていた。二人は生きる権利を拒否され、抱き合ったまま死んでいった。

これは非常にすぐれた演出になる「社会」への抗議であったが、一九三〇年代の映画観客は、そういった冷酷な「社会」にたいするフィーリングを共有していたから、アウトローを同情的に描き出したことにたいし、誰も文句はつけなかったのである。

また一九五八年にロバート・ワイズが「私は死にたくない」で、殺人を犯した麻薬中毒の娼婦バーバラ・グレアムを同情的に描いたが、このときも抗議は出なかった。それは犯罪者であるが、社会の犠牲者であると考えられたからだ。ところが「B&C」となると、犯罪者を犯罪者として、そのままに描いている。それで観客のなかにはショックを受け、抗議を叩きつける者が出ることになった。これをどう説明したらいいのか?

一九三七年における映画製作者たちがよく心得ていたのは、観客がジョーンとエディが無実であることを信じようとし、そうあればいいと思いながら映画を見ていることであった。そのため、けだもののように追跡される若い恋人どうしの運命は悲劇となったのである。ところが一九六七年になったときの映画製作者たちは、ボニーとクライドが弁解の余地がない犯罪者であるが、いまの人間からみれば、あまりにも単純だし、知能程度も低いから、まあ大目に見てやろうという気持になっていることを、見抜いたわけだ。いいかえると現代のアメリカ人は、過去の出来事を単純化して考えるようになってきた。だからアメリカの悲劇と称されたものが、みんな可笑しく感じられてくるのだ。アーサー・ペンは、そういったことを頭において演出したと思われるが、それ以前にフランスの「ヌーベル・バーグ」の連中が、アメリカの犯罪映画から詩を発見し、実存主義的なスタイルで彼らのものにしながら、アメリカの観客に見せつけた。それがトリユフォの「ピアニストを撃て」やゴダールの「勝手にしやがれ」であるが、「B&C」の演出者と脚色者はトリュフォの影響を非常に受けている。「ピアニストを撃て」から学んだ痕跡が、あちこちに見られるし、ボニーのあつかいかたは「突然炎のごとく」のカトリーヌが下敷きになっているといっていい。

観客がアンバランスな心理状態になるのも、従来のアメリカ映画に見られた暴力描写でなく、フランス的に軟らかくなっているからだが、しばらくするとクライドの性格が観客にとって急に変化する。それは自動車で逃げるとき発射した弾丸が、通行人の顔面に当った瞬間で、その顔は血だらけになった。これはエイゼンスタインの「戦艦ポチョムキン」のオデッサ階段における有名なシークェンスのなかのワン・ショットを真似したものであって、驚愕した表情も同じだった。そしてこの瞬間から、ジョークをそのままに受けとっていた観客は、見事なしっぺ返しを受けることになった。

この瞬間は、また、何かを語りかけるようだ。それは、こうした暴力描写が問題になるときだが、もしそのとき不安を感じ、抗議するとなると、それはすこし間違っているのではないかと思う。なぜなら、それは、その人が感じた不安であり、映画にたいする議論にはならないからだ。映画は自由であるべきである。

「B&C」は演出上の欠点は、いくつも目につくが、暴力の描きかたでは、立派な作品となった。

（昭和四三年五月号）

15　グリニッチ・ヴィレッジのコンクリート将棋盤でチェス・ゲームをやって食っていた映画監督スタンリー・クブリックの話などダラダラと長くなりそうだ

とうとう間違った発音のしかたでサイケデリックという言葉が流行するようになったな。こないだも新聞社の人が来たとき、サイキデリックと発音するのが正しいんです、といったけれど、そうですか、と返事しただけで話題を変えられてしまった。

まあ、しかたがないや。ジェミナイという重要なオブジェクトを、ジェミニと発音したまま、とうとう訂正しないでいるジャーナリズムなんだ。アメリカ人がジャン・コクトーのことをカクトーと発音すると、つい相手の顔を見ないではいられなくなるが、サイケデリックと発音する人がいると、いつもこれと同じような気持になる。

ところで、こないだサンフランシスコを舞台にした「ヒッピーの反逆」The Hippie Revoltという風俗記録映画を見た。公開は、まだ未定だが、サンフランシスコの映画作家エドガー・ビートリーが監督したもので、ヒッピー自身によって語られた、あるがままの生態だというタイトルが出てくる。つまりが一時間十分にわたりカラーでもって、昨年度の状況を、眼に映ったままに撮影しただけのことだが、取材範囲が広いので、そういった材料の豊富さから、最後まで興味をひきつける。若い人たちが見たら大喜びするだろう。

これを見ているとき、どんなもんだい、と思ったのは、後半に入っての見せ場であるボディ・ペインティングとサイキデリック・ショーの場面だったが、解説者の言葉を聞いていると、はっきりサイキデリックと発音し、間を置いて三回繰り返したときだった。週刊誌などにサイケ調なんかと出てくると、ぼくはシャケを食べてジンマシンになったときのように、からだじゅうが掻きむしりたくなるのだが、これでホッとしたあとで、一年ほどまえに出版されたランダム・ハウスの英語辞典を買いに行った。

この辞典は新語の収録が多いので評判になったが、二五ドルだから一万円だし、ほしかったけれど、おいそれとは買えない。それを思いきって買ったのは、Psychedelic という言葉が出ている辞典は、いまのところ、これ一冊しかないと、なにかで読んだことがあったからである。重い本だ。本屋に注文がきて送るとき、本のカドがいたまないようにした包装ケースが、なかなかいいのだが、その封をあけ、じつはヒヤヒヤしながらPsychedelic を引っぱったところサイキデリックという発音記号になっていた。アクセントの位置は del の綴りにあるが、説明が六行ついているので追記しておこう。

きわめて冷静になった精神状態、強烈な楽しさをあたえる感覚の認知、美学的な忘我の境地、創造的な刺激。以上は形容詞としての意味だが、名詞になると、LSD、メスカリン、シロシビンなど、こうした効果をもたらす薬品群を指す。なおdelの語源はギリシア語で「見える」「明白な」という意味がある。

二、三行で説明できるようなことをクドクドと書いてしまったが、サイキデリック効果を出したもので、最近もっとも感心したのはシネラマ「2001年宇宙の旅」の最後の約四〇分だった。終ったあとで、銀座通りの料理店のガランとした二階で、なんという美しい色彩の押しよせかただろう、この流動美とLSD的イメージとの結びつきの素晴らしさときたら、とても言葉では説明できないな、と考えながら、注文したカツがやってきてもボンヤリしていた。二一世紀に入ったとたんの物語であって、メカニックな宇宙船がコンピューター操作で旅をするうち、二時間くらいしたときに故障が生じて木星へと突進しはじめる。サイキデリック・スペクタクルは、この瞬間から始まった。

この凄いスペクタクルを見つめている宇宙飛行操縦士の瞳孔は、開いたきりで、ふさがらない。そのとき時間は、どのくらい経過したのだろうか、彼の顔面には無数の小ジワが生じている。そしてLSD的色彩の世界が終ったとき、まっ赤な宇宙服を着ている彼は、まっ白い部屋のなかに立っているのだ。

この純白な部屋も、アメリカ映画だとは思えないくらい洗練されたヴィジョンである。

そこは記憶の世界だ。宇宙船のなかで死んでしまった科学者が、テーブルにむかって食事をしようとすると、落したコップが床で割れる。彼は不思議な表情をして、それに手をのばすが、なんという素晴らしい瞬間だろう。記憶に結びついたシュールリアリズムの世界の出来事だ。このパズルは？　ぼくはバカなので、そのとき判らず、あとでフト気がついた。

これと似たような美しいヴィジョンを、スクリンで見たのは、フェリーニの「魂のジュリエッタ」におけるサーカスの場面くらいのものだった。とにかく、こういう色彩がシネラマで出せるという自信と、そうしたイマジネーションを持っているスタンリー・カブリックは偉いな、どこかオーソン・ウェルズみたいな男だなあ、と感心してしまう。いや、彼の名前にしても、カブリックと呼ぶのは間違いで、これは友人に教わったのだが、クブリックと発音するのが、正しいようだ。調べてみると彼は、ニューヨーク生まれのユダヤ人で、オーストリア人とハンガリー人の血をひいているから、そう発音すべきだろう。

ここまで書いたとき困ったのは、最近のサイキデリック映画では、ロジャー・コーマン監督の「白昼の幻想」を見てないと、話にならないことだ。うっかりして試写を見そこなったし、試写のスケジュールはすんでいる。そうしたら親切に、もう一回やってやろうというんで、原稿を書きかけにして飛び出し、いま急いで帰宅するなり、机に向ってホッとした。

じつは「白昼の幻想」が、想像していたよりずっと面白かったからで、原題の「トリップ」がしめすように、最初から終りまで、LSDを飲んだときの精神状態をあつかっている。それが、編集者ロナルド・シンクレアの器用な腕で、演出をカヴァーするようになり、テクニックの点でいうと、非常にカット数が多い編集のしかたで、しだいにサイキデリック効果をつよめていく。それをここでは細かく説明できないが、LSDは危険な薬だと前置きしたうえで、「いいトリップ」と「わるいトリップ」の場面を組合せたりしながら、物語を展開していくのであった。

ひとくちにいうとLSD解説映画といっていいだろう。

これを「2001年宇宙の旅」の最後の約四〇分間と比較したとき、映画をつくるイマジネーションに根本的な違いがあることが判った。そうなるとスタンリー・クブリックについて何かいい参考資料はないか、どんな人間なんだろうと考えはじめ、この映画の製作をはじめたころの記事が、ニューヨーカー誌の「プロフィル」欄に出たことを、ふと思い出した。その号をさがして出してみると、一九六六年十一月十二日号で、将棋がすきな物理学者でジェレミー・バーンステインというのが二二ページにわたって書いていて、読みだしたところが面白い。それで長ったらしい題を、いまつけ、バーンステインから教わったことを書いてみたくなった。

バーンステインは将棋を指すのが好きで、お天気がいいと、つい足がワシントン・スクエアへと向うそうだ。そこにある公園には、よく写真で見るように、コンクリートでつくったチェスボードがあって、たいてい何時もプロが客を相手にしている。一回が五〇セントの勝負で、冬になると近所のコーヒーハウスに巣をかえるが、毎日出張し、立て続けに七時間は指さないと商売にならないという。こうしたプロは「マスター」と呼ばれ、たいていは勝って五〇セントをふところにするが、ある日のことバーンステインは、立て続けに「マスター」が七回負けるのを見た。「マスター」としての商売のコツは、お客の腕前が実際よりは上だというふうにオダてるのが一番いいそうだ。チェスではインチキが不可能だから、こんな策略を考え、弱い癖にもう一番と挑んでくるのを狙うのである。バーンステインは、この「マスター」と数年間つき合っていたが、つい最近になって、クブリックも同じ仲間だったことを教えてもらった。

それは一九五〇年代のはじめで、彼が二四、五歳のころだったが、あとで書くように持ち金を使いはたしてしまい、一日がかりで三ドルがところ稼ぐために、マクドゥーガル通りのコンクリート将棋盤で「マスター」をやっていた。昼から商売をはじめ、暑い日は樹蔭の下の将棋盤でがんばり、夜になると街燈の下の将棋盤で続ける。レギュラーの「マスター」は、あっちこっちに十人ばかり店を張っていて、彼らはカモになる客を「ポッツァー」Potzer と呼んでいた。

ところで当時クブリックが、チェス・ゲームの合間に何をやっていたかというと、じつはこっちが本業である映画づくりだった。彼が二七歳になったときは、すでにルック誌の専属フォトグラファーとして四年のキャリアーがあり、つづく五年のあいだに短篇映画二本と、劇映画「恐怖と欲望」Fear and Desire（一九五三）および日本で公開された「非情の罠」Killer's Kiss（一九五五）を自主制作した。

なぜ彼は映画をつくるのが好きになったんだろう？　ブロンクス区で育った彼は、そこで開業医を父として、一九二八年七月二六日に生まれている。ブロンクスのタフト高校時代には物理がよくできたというから、医師には向かないにしても物理学者にはなれる素質があった。ところが父親はチェスがすきで、息子が十二歳のとき、その手ほどきをし、またカメラ狂だった父親は、十三歳になったときに、お古を一台やった。息子のほうでは、ジャズのドラマーになりたくて、そのころは太鼓ばかり叩いていたが、カメラをいじくりだすと、こっちのほうが面白くなり、学校をサボリだした。そして、やっと卒業したとき、ルック誌に持ち込んだ二セットのピクチュア・ストーリイが売れたので、喜んでしまい、フォトグラファーで食っていこうと決心したのである。

もともとルック誌は、家庭向きなトピックを組写真で解説したのが評判となり、やがて一大雑誌へと発展したのだが、そのころのピクチュア・ストーリイ部長はヘレン・オブライアンという女性だった。彼女は十七歳のクブリックが大学コースに進もうかと迷っているのを知ると、それならルックの社員にしてあげようといった。最初は見習いフォトグラファーだったが、暇にまかせて近代美術館フィルム・ライブラリーで上映する古い映画を見にかよいつめ、およそ全作品を二回見たというほど熱をあげたものだが、あとで監督になったアレクス・シンガーも同類であり、二人は仲よしだった。シンガーは、当時RKOが配給していた有名な短篇記録映画「マーチ・オブ・タイム」シリーズの製作事務所でオフィス・ボーイをしていたが、このシリーズがボロイ儲けをするので、お前も記録映画をつくってみないか、とクブリックにいった。それに乗った彼がイーストマン・コダックや撮影用機材を貸す会社に電話して調べてみると、一千ドルで九分の作品ができることが判った。これなら儲かるにちがいない。そこで貯金してあったルックからの報酬を引出すと、三五ミリのアイモ・カメラを賃借りして、ウォルター・カーチアというミドル級ボクサーの生活を記録していった。出来あがると三九〇〇ドル掛ったが、これに「試合の一日」という題名をつけると四万ドルで買い手はつかないかと、配給会社を歩きまわった。これは「マーチ・オブ・タイム」と同じ値段だ。

だが云い値では、とても売れない。面白いね、とはいってくれるが、むこうの付け値ときたら一五〇〇ドルか二五〇〇ドルなので腹が立ち、もっといい値をつける者はいないかと様子をうかがっているうちに、「マーチ・オブ・タイム」の会社が潰れたのでビックリした。しかたなしにRKOパテーに三〇〇〇ドルで買ってもらうと、やがてパラマウント劇場で上映され、すっかり嬉しくなって見に行くと、自分ながら出来がいい。

これなら注文が殺到するだろう。そう思って楽しみにしていたが、そんな注文は一つもやってこなかった。

それでも、もう一本、ＲＫＯが配給してやるというので、中西部のインディアン部落を単葉飛行機に乗って巡回する牧師の生活を記録映画にした。これには一五〇〇ドルしか掛けなかったが、やっぱり損をし、そのうえ監督に本腰を入れようとしてルック誌を辞めたのだった。

そんなことからワシントン・スクエアのコンクリート将棋盤の厄介になりだしたわけだが、記録映画をつくっても商売にはならないと考えたとき、劇映画なら、だいじょうぶじゃないかなと思った。毎週封切られるやつは、まったく詰らない。おれには、もっとましなものがつくれる自信があるし、カメラマンから何からすべて自分ひとりでやっていけるし、俳優だってタダでいいっていう友だちが、いくらも転がっているんだ。おやじと叔父のマーチン・パーヴェラーに相談すれば一万ドルは都合できるだろう。そんな計算をしたうえで、友人といっしょにシナリオをつくり、監督したのが「恐怖と欲望」という戦争映画だった。

四人の兵隊が道に迷って敵地に入りこんでしまい、そこから逃げ帰ろうとするが、もう方向もわからない。窮地におちいった彼らは、いったい俺たちは何者だろう？　と問いつめはじめる。つまり極限状況のなかで自己確認にせまられるというアレゴリー映画だが、このときクブリックにわかったのは、じぶんには演技指導力がないということだった。フランク・シルヴェラという一人だけは、彼自身に演技力があったが、あとの三人ときたら、お話にならない。観念的なセリフが浮いてしまい、沼地の場面など二、三カ所はフンイキが出た部分もあったが、いかにもキザな映画だった。

これが上映されたのは、ギルド劇場というアート・シアターだったが、それっきりなので、またもや大損をしてしまい、一日に三ドルがところワシントン・スクエアのコンクリート将棋盤でかせがなければならない。けれど「恐怖と欲望」の批評はいいので、これならどこかの映画会社で使ってやろうというかもしれないぞ、と待ちかまえていたが、やっぱり駄目だった。

そうしたところ、ブロンクス区でドラッグストアを経営している親戚のモリス・バウセルというのが、次作の製作費を都合してくれた。これが日本でも公開されたが、ほとんど見た者がいない「非情の罠」というギャング映画で、前作とは逆にアクション場面だけで出来あがっている。アメリカで封切られたのは一九五五年九月だったが、こいつも大失敗。クブリックは、またワシントン・スクエアへ出かけることになった。

ここで話は、まえにちょっと出てきたアレクス・シンガーに移る。彼は朝鮮戦争で通信隊員に徴用されたが、その部隊に、通信隊員訓練映画をつくっていたジェイムズ・B・ハリスというのがいた。この青年の父親は、テレビ映画を配給しているフラミンゴ・フィルムの社長で、相当の金持だったが、息子のジェイムズは、復員したら映画プロデューサーになろうという野心をいだいていた。そうした戦線生活での或る日のこと、シンガーがいうには、グリニッチ・ヴィレッジにクブリックという変り者がいて、一人ぼっちで映画をつくっているが、きみとは気質が合いそうだ。復員したら紹介しよう、というのでハリスはその日が来るのを楽しみにした。

クブリックとハリスは同じ年齢で、そのとき二六歳だったが、はじめて会ったときから気持が触れ合い、ハリス＝クブリック・ピクチュアーズを創立したが、こんどは出足から非常に好調で「現金に体を張れ」The Killing（一九五六）「突撃」Paths of Glory（一九五七）「スパルタカス」Spartacus（一九六〇）「ロリータ」Lolita（一九六二）「博士の異常な愛情」Dr. Strangelove（一九六四）で、大いに気を吐くことになった。

スリラー作家ライオネル・ホワイトの「クリーン・ブレーク」が「現金に体を張れ」の原作で、主演はスターリング・ヘイドン、製作費はユナイトが⅔出したが、興行成績は、まあまあというところだった。ところが当時ＭＧＭの製作部長だったドア・シャーリイが気にいって、何でもいいから、すきなものを監督させてやろうというのだ。ユナイトのときは、こっちでも⅓の製作費を工面したのであって、いまＡＴＧが「絞死刑」などで半分ずつ出し合っているのと同じやりかただが、はじめて大会社から注文が来たものだから、二人は躍りあがって喜んだ。

ＭＧＭには映画化するために買いこんだが、そのままオクラになっている原作が山ほどある。その題名がABC順になり、簡単な筋書がついているのだが、それに目をとおすのに二人は二週間もかかったそうだ。最後にステファン・ツワイグの「燃える秘密」をえらぶと、当時メキメキと売出した小説家コールダー・ウィリンガムといっしょに脚本をつくる段階に入った。ところがMGMにゴタゴタが起り、ドア・シャーリーは製作部長の椅子から追放されたあげく、クブリックの新作もオジャンになったのである。こんなゴタゴタの最中に、ふとクブリックは学校時代に読んだハンフリー・コッブの「栄光の道」という小説を思い出し、こいつは映画になるぞ！と思った。

そこで、アイディアの売り込みをはじめたが、映画会社は、どこも話に乗らない。クサッていると、エイジェントのロニー・ルビンがカーク・ダグラスに筋書を話したところ、大いに乗り気になったというのだ。しめた！ダグラスが主演してくれれば、もうこっちのものだと元気が出て、ユナイトにまた持ち込んだうえで、ヨーロッパ・ロケでの最低予算を組み、それならということになった。クブリックはコールダー・ウィリンガムとジム・トンプソンの協力でシナリオをつくると、一九五七年一月にミュンヘンへ向って出発した。

こうして出来あがった「突撃」は、汚名を着せられた三人のフランス兵の物語であるが、最後のほうで、とりわけ印象にのこる場面があった。それは若いドイツ娘が拉致されてきて、酔っぱらったフランスの兵隊たちのまえで歌わせられるところだが、恐怖にふるえながら彼女が歌っているうちに、しんみりとなった兵隊たちの目に涙がにじみだす。この若い娘になったのは、ドイツの舞台女優として名がとおったシュザンヌ・クリスチャンだったが、映画が完成した一カ月目に、彼女はクブリックと結婚することになった。

「突撃」が封切られたのは一九五七年十一月で、批評家には賞められるし、興行成績もよかったが、ガッカリしたことには監督の注文が相変らずない。しかたなしにハリウッドに居据ったままシナリオを二本書いたが、これもオクラになり、ついでマーロン・ブランド主演の西部劇を監督することになったが、撮影にかかるまえに意見が衝突した。これがブランド自身の監督になる「片目のジャック」である。こんなふうに三年ばかりブラブラしていたが、そんなときカーク・ダグラスが「スパルタカス」の監督をしろと急にいってきた。

この映画はアンソニー・マンが監督するはずだったが、撮影直前にダグラスと喧嘩した。クブリックが頼まれたときはクランク・インまでに一週間しかない。こんな無茶な仕事はないと思ったが勇気を出し、がむしゃらになって、やってのけた。それから編集を自分でやっている最中だったが、ジェイムズ・ハリスが「ロリータ」を映画にしようじゃないかといい、意見が一致してナボコフから映画化権を買ったが、それからがウルサイことになった。当時は倫理規定がまだ緩和されていなかったので、「ロリータ」映画化にたいする風当りが猛烈になってくる。それでバックアップ資金の見込みも薄くなりだしたが、そこは原作の強みで、ロンドンで製作ができる段どりになった。

だが、あまりにもエロになることは避けなければならない。それが映画にとっては致命的だった。ナボコフの原作は最初の一行から、いい年をしたハンバートが十四歳のニンフェットに血道をあげているが、映画にしても徹底してやらないと漠然としてしまうのだ。この点を彼は痛切に感じたが、いっぽう原爆テーマの映画がつくりたくなった。

このときからクブリック映画は変貌しはじめる。その第一発が「博士の異常な愛情」であって、これにくらべると、いままでのは小説の映画化にすぎない。こんどの場合も、じつはピーター・ジョージの原爆サスペンス小説「赤い警報」を買い込んでいるが、ほかの原爆関係資料をシラミつぶしに読んでいるうちに、彼自身の考えかたが出来あがったのだ。

というのは、たとえば原爆政策の本を読んでいると、現状を分析する手口があざやかだし、考察のしかたが思慮にとんでいるので、ホッと胸を撫でおろすといったことが多い。ところが、もっとよく考えてみると、こうした議論が、すべて逆説でなりたっていることにクブリックは気がついた。そこで彼は映画でも、この逆説の手口を使ってやろうと考えたのである。原爆にたいする恐怖は、新聞やニュース映画に出てくるキノコ雲で脅かされるだけで、最近ではリアリティのない抽象的な恐怖になってしまった。そうなると、人間として、いつか死なねばならないという不安をいだくのと同じような心理になる。それは、たいして興味のないことだし、原爆がどうのこうのと議論しているあいだに、それが長びくほど、銀行の利息がふえるように、安心感がますといったイリュージョンにとりつかれていくのだ。じつは、そのあいだに危険が増大している。そして最後の瞬間が急に襲ってきたときは、もう何もかも役に立たず、想像を絶したパニック状態を現出するだろう。もちろん、そういう場合の対策も練られているが、人間の想像力には限度があるし、政治家にしろ軍事家にしろ、リアリティには、とてもかなわないんだ。

原爆問題は楽観論的な解釈になりやすいが、こんな考えかたでクブリックは「博士の異常な愛情」をつくると、彼にとっては続篇である「2001年宇宙の旅」の製作に移った。この二作品のあいだに、どんな関係があるかというと、宇宙の探険が急速な発展をとげれば、それによって原爆問題に直面した、われわれ自身の考えかたなり世界観なりが変化していくにちがいないということである。それにまた巨大な宇宙船を操縦するためには原子核の利用が必要になってくるが、そのときは原子力による日常生活が可能にもなってくるだろう。そういった文明の時代になってきたし、問題は如何にして原子力を平和のために使うかということにある。そして宇宙旅行によって、宇宙のどこかに生物の棲息が発見されるなら、われわれの生活態度にも変化が生じるにちがいない。こうした想像的な問題を、クブリックは「2001年宇宙の旅」で提出しようとし、アーサー・C・クラークに協力してもらったのだった。

この映画は、クラークの短篇「哨兵《しょうへい》」から生まれた。その書き出しは、満月の夜になったとき、月面右側に肉眼でも見える卵形の斑点の説明であって、一九九六年の夏には、はじめて人間がそこに着陸した。そこは周囲が城壁のようになった平原で、ちかくの山のうえにピラミッド状の造築物がある。その内部は、慧星の落下衝突を避けるために強力なエネルギーを放出したらしいメカニズムの痕跡があった。この場面は、映画のなかにも出てくるが、そのとき宇宙飛行士は、ピラミッドが人類の誕生以前に造築されたものだと判断したのである。

ニューヨーカー誌の記事は、ロンドンに居を移したクブリックが「哨兵」からクラークと協力してシナリオをつくったあと、どんな凝りかたで仕事をすすめていったか、というふうに続いている。だが、その部分は、映画を見たあとでは、それほど面白くないから、このへんで話をうちきろう。ぼくは変りダネの映画作家が、どんな道を歩いてきたかに、ふだん興味をいだいているので、こんなダラダラしたものになってしまったが、クブリックの若い時代にくらべると、いまはだいぶラクになったな、という気がしてくるし、彼のために喜びたい。

（昭和四三年六月号）

16 ヒッピーからティーニーバッパーが生まれたが最近またマイクロバッパーという名の子供たちがふえだした

LSDの解説映画みたいな「白昼の幻想」を見たあとで、ふと目についたのが、エスカイア誌の二月号に出ていた「二七歳になったホールデン・コールフィールド」というインタビュー記事だった。相手はピーター・フォンダなのだが、このとき『おや、こいつもレックス・リードが書いたんだな！』と気がついて、喜んだ。

やはりエスカイアの昨年八月号だったが、このレックスがウォーレン・ビーティを相手にしたインタビュー記事を書いた。それが面白かったので、また何か彼のものが読みたかったのだ。面白かったというのは、エスカイアの特色として、新人に長いものを書かせるという美点があるが、これにしろ翻訳したら八〇枚くらいになるだろう。そのうちウォーレンを賞めている個所は四枚くらいなもので、あとは全部からかいどおしだし、ハリウッド・スターのインタビュー記事で、これはまったく型破りだったからである。

インタビューをしたころ、ウォーレン・ビーティは「俺たちに明日はない」の撮影にかかるまえで、あとでむこうの批評家のいくにんかが昨年度のベスト・ワンだというような作品になるとは彼自身にしろ考えていない。それが暴力描写などで評判になったというものの、いちばんトクをしたのはボニーになったフェイ・ダナウェイで一躍スターダムにのしあがったが、製作者でもあるウォーレンは、いっこうに名前が浮かびあがらない。というのは、いまでもニューヨークに姿をあらわしたら袋叩きにしちゃおうという昔の芝居仲間が二〇人くらいいるという話だし、ずうっと映画・演劇界の連中から嫌われどおしだったからだ。

こうした事情が、レックス・リードの書きっぷりをとおして、くわしく判ってくるのだが、それより半年くらいまえ、つまり一九六七年に入ったとたん、弱冠二六歳のレックスは、インタビュー・ライターとしてアメリカ雑誌界での最高報酬をもらうほど編集者のお気にいりになっていた。ちかくペーパーバックで彼のインタビュー集が出るが、ウォーレン・ビーティのばあいは、ざっとつぎのような調子なのである。

約束したのに、相手は雲隠れしてしまって、なかなか姿をあらわさない。そこで時間つぶしに南カリフォルニア大学の校庭をぶらつきながら、ウォーレンにたいする生徒たちの反応をうかがってみるが、『そんなやつ知らないよ』とか『見る気もしないよ、あいつの映画なんか』といった返事ばかりで、てんで相手にされない。翌日は、ウォーレンのことをよく知っているハリウッド族に会ってみたが、みんな悪口をいうだけで、賞める者は一人もいなかった。

それから芝居に足を突っ込んだころからハリウッドへ行くまでの過去の経歴にふれ、セリフは忘れるし、そんなときは鼻くそをほじくりはじめる。と思うと『ドストエフスキーの「罪と罰」かい。ああ、読んだよ』というセリフにたいし、じぶんは三分の二しか読んでないから、そう変えてくれといって頑張るのだ。アーサー・ペンをのぞいて、二度と彼の出演映画を監督してやる気はしないという者ばかりになった。

四日めになって、やっと連絡の電話があり、ウォーナー撮影所で落ち合ってから、独身ぐらしをしているホテルの部屋へ行き、トーストと目玉焼を二人前オーダーしたあとで、インタビューにかかるが、つまらない返事しかできない。じぶんの目玉焼を平らげたあとで、手をつけてないレックスのぶんまで食べてしまい、女の話だと、プレイボーイだけあってスラスラと口に出るが、だいじな話になるとシドロモドロになって、ボタンがとれたワイシャツのあいだに手をつっ込んでボリボリと掻きはじめる。三〇歳になると、世の中の見かたも変ってくるというようなことを、なんとかしてうまく口にしたいのだが、そいつができないときている。とどのつまり、いま一番だいじなのは、これだよといって、ブリーフケースに入った「俺たちに明日はない」のシナリオを見せるのだが、このあたりが非常にうまく書けていて、評判どおりイカれているなという最初の観察が、しだいに同情に変っていく。エスカイア誌から送られたゲラ刷を半分まで読んだとき、名誉毀損で訴えようとした当人が、最後まで読んで心をひるがえしたというのは、どことなくレックス・リードには、すきになってしまうところがあるからだ。たとえ悪口をいわれても。

ところでピーター・フォンダとのインタビュー記事を読んでみると、おたがいの気質が合ったとみえて、悪口は一つもとばしていない。それにピーターは正直に、じぶんの弱点をさらけだしながらベラベラ喋りまくるし、そのあいだにモーターバイク仲間が誘いにきたり、乳母車といっしょに赤ん坊がプールに落っこちたりしたので、まあひとりでにインタビュー記事は出来あがったといっていい。

　その話のなかに「白昼の幻想」は、わずか四五万ドルのコストで出来あがったことや、ちょいちょいと挿入される砂漠の場面はピーター・フォンダの演出部分だということなどが出てくるが、彼が十六歳のときだった。そのころハイ・スクールやカレッジの生徒たちのあいだでは、サリンジャーの小説「ライ麦畑でつかまえて」の主人公である少年ホールデン・コールフィールドが英雄あつかいにされ、二つ年上の姉であるジェーン・フォンダは、いつも学校をサボっている弟を見て「あんたはホールデン・コールフィールドね」といった。そんなことから「二七歳になったホールデン・コールフィールド」という題がついているわけだが、サボる癖がついてからは非行少年みたいになってしまい、二〇歳をすぎたころは自殺の衝動にかられた。そうしたあとで飲んだのがＬＳＤだったのである。といって、ときたまにしか飲まない。一年半のあいだにＬＳＤ・セッションを友人たちと十一回やっただけなのだが、それ以後すっかりＬＳＤ礼讃者になってしまった。

　ながい前置きになったが、ぼくが書きたかったのは、このあとの告白談なのである。

それもレックス・リードという同年輩のジャーナリストが気に入ったので、告白する気持になったんだろう。

ビヴァリー・ヒルズの自宅プールまぎわに海水着をきて寝そべりながら、ピーターが話しているとき、ヘリコプターの音が耳に入った。

『もうじき近づくから気をつけてごらん。あれは超望遠レンズで、ぼくがマリファナかLSDをやってないかと撮影しにくるんだよ』

といって笑った。彼にとってLSDは、ジェラニュームの植木鉢のなかに隠してあったダイヤモンドを見つけたようなものだった。

『一年半まえのぼくときたら、自信とか信念とかが、まるでなかった。ロング・ヘアーにすると、アメリカの典型的な心理状態だといっていい兵隊刈りのやつが、おまえはホモだろう、ビートニックだろう、マリファナ常習者だろう、といって目をむくような気がするし、まったくやりきれなくなっていた。もっともぼくはスーパー・エゴを仮面の下に隠していたので、そいつらには気がつかれないですんだけれど、反抗心は激しくなるばかりさ。そんなときLSDにめぐり合せたんだ。それ以後というものは、ぼくが地球のどこにいるかを確認できるようになったし、一番いいことと一番わるいことがハッキリとつかめるようになった』

ピーターがLSDトリップを初経験したのは一九六五年九月のことで、場所はアリゾナ砂漠のまんなかだった。そのときの仲間はLSDにくわしい医師と愛犬のバジルだけ。『ぼくたちはステーション・ワゴンで出かけたっけ。バジルのためにはドッグ・フードを用意しておいた。トリップには縁がないんだから、すきっ腹にさせておくのは可哀想だしね。それで『さあ、バジル、これをおあがり』といって、ぼくはオートミール・クッキーを食べだした。あのクッキーは表面がでこぼこしているだろう。トリップがはじまったとき、それがミミズに見えてくるんだよ。ゾロゾロと出てくるんだ。それをパクパクとやったっけ。ミミズの味がしたよ』
『ぼくはミミズを噛みしめ、呑み込みながら〝こいつは、なかなかイケルぞ！　なあ、バジル、おまえのことだって忘れちゃいないしね〟といったもんだ。そのとき急に気がついたことだが、ぼくのエゴというか、まえにもいったスーパー・エゴが消えていて、これがLSDの効果なんだとわかってきた。とにかく不思議なトリップだった。それは、こんなふうなんだよ』
『青空のある一点が、ティファニーの店のランプ覆いのように光ったが、あれよりもっと綺麗だった。ティファニーでも絶対に出せないような美しい色なんだよ。それは飛行機だったけれど、そういう観念はなくなっているんだ。なにかほかのものを眺めているような気持になったが、そのとき頭のうえで、立っているうしろで、大気に変化が生じた。高いところから波が押しよせて、その波しぶきが頭にぶつかって、はねかえっている。パラパラと雨が降ってきたとき、手を出してみるだろう。ぼくは手を差し出した。

すると、さかんに、はねかえるんだ』

『それが何だか判らない。するとこんどはブーンブーンという音が、聴えるというよりは、見えだした。いろんな色がついた飛行機なんだよ。そいつが太陽のまえでピカピカ光っている。ジーッと見つめていると、四時間も五時間も続いた。それは何ともいえない恍惚状態なんだが、その強烈な感じのものが、すこしずつ薄らぎながら三時間くらいすると、こんどは四時間ぐらいだったろうか、いろんな変化がはじまった。最初はゴチャゴチャしたものが、みじかいフィルムをつないだ映画のようになっていく。そのあとで、こんどは一つづつが長くなりだすんだ。こいつがトリップだなと思ったが、どれも違った感じのトリップになっている。ある場面ではバジルが蛙を追っかけていくので、いっしょに駈け出していくと、クンクンやっている穴から、でっかい怪物が出てきて、口から火を吐きだした』

『とても熱くてたまらない。焼かれてしまうんじゃないかと思いながら、バジルを抱きかかえていたが、すると違った場面になったっけ。とにかく、いろんな場面が出てくるよ。砂漠のまんなかで試したあとで、山のなかとか海岸でも試してみた。海の上を歩いているようになるんだよ。このプールのそばで飲んだこともあるけれど、やっぱり同じような経験をした』

　こんな話をしながら、ピーターはＬＳＤを礼讃するのだった。

　ところで彼が姉のジェーンから、ホールデン・コールフィールドみたいだといわれたのは十六歳のときだったが、最近の流行語でいうと「ティーニーバッパー」teeny bopperだったということになる。そしてまた新宿あたりのアングラ喫茶でゴーゴーをやっている男の子や女の子は、ヒッピーというよりもティーニーバッパーと呼んだほうがいいのだ。なぜならアメリカでは年齢層で区別して、十七歳から二一歳あたりまでをヒッピーと呼び、十三歳から十六歳までの子でヒッピーになりたがったり、その真似などをしているのをティーニーバッパーと呼んでいるからである。もちろんアングラ喫茶へ行ってみると、ヒッピー・クラスが大ぜい混っているが、印象としてはティーニーバッパーのあつまりであって、ヒッピーになりかかっているところが珍しい光景なのだ。ところが、またアメリカでは、年齢層がさらにさがり、「マイクロバッパー」micro bopperと呼ばれるようになった九歳から十三歳までの子供たちが、ジッとしてはいないようになった。

エスカイア誌の三月号表紙を見ると、男の子のマイクロバッパーと女の子のマイクロバッパーが、大都会の上空を飛んでいる。男の子のほうは、わるいけれど大江健三郎さんに似ていると思い、みんなに見せたところが、『ほんとによく似てるよ』といった。そこで、こんどはマイクロバッパーとは現在におけるアメリカの如何なるアンファン・テリブルかという検討になる。

彼らはアメリカの都会育ちのボーイズ・アンド・ガールズで、年齢は九歳から十三歳のあいだであるが、幼少期の生活様式に革命を起そうと考えながら、それを沈着な態度で実行に移しだしている。ティーニーバッパーより、もっと若い子供たちだ。むかしは未成熟児童と呼ばれたものだが、最近になってマイクロバッパーという名称があたえられるようになった。

まず驚くことは、彼らがグループを形成しはじめたことで、それに気がついたのが、行動主義心理学者や教育者をはじめとし、デパートの店員、ディスク・ジョッキー、ファッション・デザイナー、調髪師、警官だった。最初のあいだは目立たない存在だったが、いまや明白な社会・文化的パターンをとりつつある。

十二歳のマイクロバッパーをつかまえて、『セックスを知っているかい？』と訊いたところ、『おじさんよりもね』と返事したあとで、そんなことは、もう倦きてしまったというような顔をして、十一歳のときだったと付けたした。『じゃあ、そのときの経験を話してくれないか』と、かさねて訊くと、『おじさんたち大人は、セックスにたいして変な興味をいだくんだね』とアッサリやられてしまった。

こんなことで驚いたらキリがないだろう。マイクロバッパーたちが、おたがいに話し合っているのを聞いていると、なんのことを喋っているのか見当がつかない。それは新しい種族のあいだで生まれた言葉なのだ。だが性格的にはヒッピーや、その子分のティーニーバッパーより保守的である。そうなった原因は、彼らの英雄が数理学者や論理学者であるからで、その結果、マイクロバッパー・マーケットというのができるようになった。たとえば彼らは、いまさら模型飛行機なんかには夢中にならない。映画をつくるほうが、ずうっと面白いよ、というのである。

映画どころか、父親に賃貸し電気計算機をねだって、それを家の中でいじっている。器用な犯罪をやってのける。タバコをすったり、酒を飲んだりすることはタブーではなくなった。麻薬についての知識もある。といったふうに、ヒッピーがカスんできたとき台頭した新種族なのだ。新しい社会の原始人だともいえるだろう。

マクルーハンと仕事をしている人類学者テッド・カーペンターは『きみたちは油断していたね。だがもう起ってしまったのさ』と大人たちに向って皮肉まじりにいい、マクルーハンは『これこそ最初のメディア・ジェネレーションなんだ。あらゆる点で、いままで地球にあらわれた、どんな人類よりも魅力があるし、興味ぶかい存在だよ』といって喜んだそうだ。

さて具体的に例証すると、女の子の月のものは、栄養のせいと病気が減ったせいで、十年前にくらべると、ずっと早く初潮をみるようになった。ニューヨーク・ダルトン校の性心理学者ジャネット・グリーン女史の調査によると、十二歳から十三歳になる途中で初潮をみるのが普通だったが、最近は平均十一歳であって、もっと早く経験した少女もすくなくない。アメリカの六・三・三学制で、以前は七年級、八年級の教室の床に落ちていた衛生ナプキンが、五年級、六年級の教室でも発見されるようになった。

成熟期が早くなったと同時に、性知識についても同じことがいえるのが、以前ならモジモジするような質問を受けても、いまでは質問者よりもさきに、そんなことは知っているから、たとえば『オーガズムって何なの?』『オナニーばかりすると頭が悪くなるかしら?』『ホモセクシャルは遺伝的体質でしょうか?』『口径剤にたいする意見は?』といった質問を浴びても、顔をあかくなんかしない。もっと極端に、女はいつもオーガズムにたっする必要はないんだというふうに話をもっていくと、では何故それで満足してしまうんでしょうか、と逆襲されることになる。十三歳の男の子で避妊剤や器具に精通したのがいた。

『セックス始発動期は、六歳から十一歳のあいだでみられるという定説が、最近では六歳から八歳というふうに覆えされ、九歳から十歳になると成熟直前期というよりは、もう青年とおなじようになっている。あの子は幾つだから、まさかそんなことは、という年齢になる境界線のつけかたは不可能になってしまった』

こうグリーン女史はいうのだが、実例としてボブという九歳になる学校の成績もいい男の子の話をしよう。数学的な事象より、抽象的な問題を考えるのがすきな少年だが、あるとき担任教師が満足するような解答をあたえなかったので、校長室に行くと、あの先生はダメですといった。ボブの父親は年俸一万八千ドル・クラスの会社幹部で中西部に住んでいるが、毎週三ドルの小遣いを息子にあたえていた。

その金でボブはロック・レコードを買ったり、ストロボなど電気器具をあつめたりしていた。というのも十三歳から十四歳の年うえグループがゴー・ゴー・パーティをやるときに照明係を頼まれるからだった。その点で自慢するだけの腕があるいっぽう、セックスの知識も豊富であって、仲間たちのあいだでセックスの議論がはじまると、結論へもっていくのが得意なのである。

あるとき彼の家でブリッジ・パーティがあり、母親の友だちが、どうやら結婚に失敗しちゃったといい、亭主をこきおろしているのを、そばで聞いていたが、やおら真面目な顔をして、つぎのような意見を吐いた。

『それは結婚生活を舐めていたからだよ。それともどこか道具の出来ぐあいが悪かったせいじゃない？』

おふくろにとっては、まさに大ショックであり、翌日ボブをつれて、精神分析医の診断を受けに行った。

トロントにある行動主義心理学リサーチ・グループのウィリアム・クレメントは、ボブのようなマイクロバッパー的思考形態を、つぎのように動機づけている。

『ものを覚えるプロセスが環境によって支配されるいい例であり、セックスのばあいでも、その知識的な吸収のしかたが、これまでとは異ってくる。彼らは驚くほど知的な受け取りかたをすると同時に、大部分のマイクロバッパーが、じぶんたちの肉体的条件が、セックスには、まだ充分にそなわってないことを、ちゃんと理解しているのだ。しかしフィーリングとして、そこを探検したいという気持がある。つまり、おたがいに友だちとして合意的に探検していくことになり、大人のばあいだとセックスがコミュニケーションの障碍になることが多いのに、そういう観念がなくなってしまったのだ』

セリータは十二歳の少女で、ニューヨークで育った。新学期のはじめだったが、彼女の母親のところへ、ケネスという少年の父親から電話があって、息子が書置きをして家出をしたが、その書置きには、セリータほか二人の少年といっしょにグリニッチ・ヴィレッジで暮す決心をしたと書いてある。困ったことになったというのだが、セリータは、まだ家出してなかったので、ケネスの父親に、そのことを告げたあとで、いったいどうしたんだね、と娘に質問を投げかけた。

『ケネスたちは、社会的反抗を試みるんだといっていたわ』

『おかあさんの愛情が不足なんで、そういう気持になっちゃうんだね』

『そうよ、それであたしが必要になったわけね』

『それで一緒に行くつもりなのかい?』

『いいえ、やめたの。ただ学校との連絡をとって、勉強のほうは、そのまま続けてやるようにしなければならないし。ケネスは両親が理解してくれない。すぐコミュニストだというんだって。それであとの二人のいうなりになったのよ。「ディガーズ」のところへ行けば、お金なしで暮せるし、ケネスはグループのリード・ギターリストだから逃げるわけにはいかないでしょう。三人とも十一か十二なの。テリーは人間はセックスによって行動するんだといい、マークも同意見だし、セックスのない世界に生きていたってしょうがないって、口癖にしているわ。こないだも、みんなして、とうとうテリーやってしまったな、と噂していたっけ』

『それは、どんな意味？』

『女の子とベッドにいっしょに入ったのよ』

『服を着たままでかい？　それとも脱いで？』

『そこまでは知らないけど』とセリータは答えた。

ところでマイクロバッパーの会話は、聞いていて判らないと最初のほうで書いておいたが、その特長は、ほとんど動詞を使わないことだ。動詞の部分はジェスチュアで間に合わしてしまうし、それにたいして想像力がはたらきかけたり、テレパシー現象が生じたりして、すこぶる活発なやりとりとなり、まるで芝居でも見ているようなのだ。人間は言葉につまったときジェスチュアの力をかりることになるが、マイクロバッパーはジェスチュアが先で、言葉は補足の役割をするにすぎない。

それは言語障害からくるものではなく、できるだけ話さないようにして理解し合うのだ。そのコミュニケーション・テクニックは、原始人が言語とジェスチュアとを複合させるテクニックによく似ている。俳優であるだけでなく、アクションを忘れない。あるときマイクロバッパー相手に映画を映写したが、それは二人のエスキモー人が、北氷洋をボートに乗って話し合っている光景だったが、サイレントであった。それなのに何を喋っているか、彼らには、よく判ったのだった。エスキモー語の形容詞は六〇パーセントがところジェスチュアで表現されるので、こうした沈黙のコミュニケーションが成立したわけだ。

これもテクノロジーとマス・メディアの環境のなかで育ったからだが、これからやがてどんな生活様式が新しく生まれるかは、予測することができない。しかしそれが予想外のパターンをとったところで、ヒッピーのような反抗的分子は生まれないだろう。ヒッピーにとって社会的なインスティチューションなんか意味なかった。そこで彼らは大都会にあつまり、じぶんたちを「見える人間」にしたのだった。これに反してマイクロバッパーは、X光線のようなヴィジョンをもっているから、じぶんたちに不要なものはインスティチューションから棄て去ってしまい、ほしいものだけを獲得するだろう。それで外見的には保守的な態度をしめすことになる。マクルーハンの予測では、いまのマイクロバッパーが一九七〇年代へと成長すると、六〇年代のニュー・レフトにたいする反動として「ニュー・ミドル」を提唱するだろうというのだ。

ニューヨークの調髪師クリストファー・ビーコムの観察によると、ティーンバッパーのように頭髪を長くしたがらない。ビートルズ・スタイルよりは短かめで、新型モッズといった恰好にする。ヒッピーが不潔だという考えからだ。また服装の点では、母親に連れられて来ても、じぶんの趣味でえらぶし、七歳くらいの少年でも、そうなった。どんな服にするかというと、ヒッピー向きな派手なスタイルのものではなく、どっちかといえば地味なほうだ。女の子のほうでは相変らずミニ・スタイルの売れ行きがいい。九歳から十三歳の男の子で、すでにLSDを飲んだというのも、かなりいるし、どこへ行けば手に入るかも知っている。けれど大部分のマイクロバッパーはLSDに興味はもたないし、それよりは八ミリ映画の製作に夢中になったり、電子計算機をいじり出すようになった。その例が、かなり詳しく、報告してあるが、最後に十五歳の少年スティヴン・レヴィンが書いた「ぼくの子供時代の思い出」という二〇枚ばかりの作文を掲載し、「信じられなかったら、これを読んでみたまえ」と注記してある。それをここに訳出することが出来ないのが残念だが、大人でもちょっと書けないような文章で、しっかりしたものだし、論理的にも立派なものなので、ぼくはビックリしてしまった。

(昭和四三年七月号)

17 ハプニングの元祖アラン・カプローや仲間たちがやっていることを想像すると日本的なハプニングはあれでいいのかしらん

なんでもハプニングにしてしまうのが、あたらしいエンターティンメントだと考えられるようになってきた。それはそれで面白いかもしれないが、こういうハプニング現象にたいして、反応が、あまりにもまちまちなのも、ちょっとおかしいことだ。すると亜流ハプニングかな。本流としてのハプニングは、どんなふうにして起るのかしらん。

ふつうの英語辞書には「ハプニング」の意味が「出来事、偶然事、事件」としか出ていないが、こないだ買ったランダム・ハウス辞書をひいたところ、簡単だが、つぎのように説明してあった。

連続性を欠いたバラバラな出来事が、いくつか続いて起りだすところのドラマティックな、あるいは、それに似たパーフォーマンスで、しばしば観客が、そのなかに巻き込まれたり、観客と演技者とのあいだで、やりとりがおこなわれたりする。

元祖はアメリカ人のアラン・カプローで、一九五八年からハプニングをはじめ、ボストンを本拠地としてきた。ハプニング・アーティストはハプナーと呼ばれ、そういった実績をもつ者が、現在各国に五〇名ばかりいる。日本の工藤哲巳も、そのなかの一人だ。ハプニングに関した単行本には、ツレイン・ドラマ・レヴューの特集(一九六五年・冬季号)、昨年イギリスで出た「ニュー・ライターズ」第四冊めの特集があるが、アラン・カプローの「アサンブラージュ、エンヴィラメンツ、ハプニング」が一番いいらしい。つい最近も「混合手法による演劇」という本が出版されハプニングやキネティック・エンヴィラメンツや、もっと新しいものが論じられているが執筆者には、つぎのような人たちがいる。

ロバート・ローシェンバーグ、ジョン・ケージ、アン・ハルプリン、アラン・カプロー、クラエス・オルデンバーグ、ケン・デューイ、ラモント・ヤング、リチャード・コステラネッツ、USCO集団。

アラン・カプローは、昨年十月、パサデナ美術館で彼の十年間回顧展をやり、ついでワシントン大学、テキサス大学でも展示したうえで、ハプニングをおこなった。そのときのカタログにハプニングの説明が出ているのだが、ハプニングといっても大別して六つのカテゴリーがあり、もっとも話題になっているのが、カプロー式なハプニングで「アクティヴィティ」タイプと称するやりかたである。それで、まずその説明を聞くことにしよう。

この種類のハプニングは、日常の世界へとジカに入りこみ、劇場とその観客にはソッポを向いてしまう。だから考えるまえに行動的であり、その精神のありかたは、肉体的スポーツ、儀式、お祭り、登山、戦争あそび、政治的デモに接近しはじめる。また無意識な日常的祭式となっているスーパーマーケットでの買いもの、ラッシュ・アワーの地下鉄の混雑、朝起きたときの歯ブラシの役割といった要素も持っている。日常的シチュエーションから何かを選んで、結合させたうえで、眺めたり、考えたりするのではなく、そのなかに入りこんでしまうのがアクティヴィティ・ハプニングなのだ。

ほかのハプニングとちがう点は、危険性がいちばん大きいということにある。そのかわり自由であり、プロ意識からも遠ざかる。人生はハプニングか、それともハプニングは人生のアート化か、という問題は、しょっちゅうハプナーを悩ませているが、この問題からも解放される。つまり最初からハプニングは芸術形態なのだといって、すましていることができるのだ。

いっぽう危険性が最大になってくるのは、日常的な習慣性によって、ついハプナーが、受け入れられやすいシチュエーションを選んだうえで、常套的なやりかたで仕上げをうまくしようとしたり、あまりに日常的なシチュエーションであるために、何をやっているのやら、さっぱり面白くなくなってしまうからである。こういうときは、さっきいった人生はハプニング（ライフ＝アート）か、ハプニングは人生のアート化（アート＝ライフ）かという逆説的な前提さえも、どこかへ消えていってしまうのだ。

一九六三年九月のことだが、エジンバラで国際作家会議があったとき、最終日の六日目に「未来の劇場」というテーマでディスカッションがおこなわれた。この作家会議は出席したメンバーの顔ぶれだけでも面白いので、あとでまた触れたいが、最終日にカプローが「海」というハプニングをやろうとしたところ、議長をつとめた劇評家ケネス・タイナンの強硬な反対にあって中止になった。だが、そのスクリプトが上記「ニュー・ライターズ」に掲載されているので、これから読んでみよう。

会場のマクイヴェン・ホールは円形の平舞台になっているが、そのなかに自動車の古タイアが、たくさん転がしてある。そのあいだに空っぽの五〇ガロン入り石油ドラム罐が四個シンメトリーに置いてあって、八フィートあるその上では、四人の労働者が、立膝したまま不動の姿勢をとっている。転がしたタイアのすみのほうは、グルリと廻れるだけの空間があって、そこをオートバイに乗った黒ジャケットの男が、レース用眼鏡をかけ、ゆっくりと走っている。ヘッドライトが光る。

講演を聴きにきた人たちが、平舞台のまわりに集まる。非常に低いオルガンの音が、さっきからずうっと聞えている。マイクから声がして、観客の参加をもとめる。ゆっくりとグルグル走っているオートバイのエンジンが、ときどき大きな音を出す。そのとき観客たちが平舞台になだれこむと、タイアをまんなかに放りなげ、山のようにして、そのうえに乗りはじめる。それで、周囲の空間がひろがると、オートバイはグルグル廻りながらも、タイアの山のすそに接近してくる。ところでタイアの山が築かれると、すぐそれを崩しはじめる。タイアを投げ終った人たちは、海面になっていくわけだ。オートバイは外周のほうへ遠ざかっていく。海面になっていく人たちは、ジーッと立ったままの姿勢。オルガンとオートバイの音だけが、あなたを支配する。

そのときドラム罐のうえの四人の労働者が、ハンマーを振りあげ、ゆっくりとリズミカルに叩きはじめる。オートバイ乗りは、黒ジャケットからパンのかけらを出して、グルグル廻りながら、タイアの海に種蒔きする。ハンマーの音が激しくなり、オルガンの音も大きくなる。突然、エンジンが爆発すると、オートバイはタイアのなかに乗りあげ、投げ出された男は動かなくなる。

オルガンの音が止んで、あたりは急に空虚となり、ハンマーを叩いていた労働者たちも、手を休めると、同時にドラム罐のうえから墜落し、タイアのうえで動かなくなる。そのとき天井からアルミの細片と白紙がチラチラと落ちはじめ、やがてタイアのある風景が埋められてしまう。

このハプニングは、だいたいの状況が想像できるし、もう古いなという感じがするが、カプローが一九六四年十一月にやろうとし、やはり実現不可能になった「喧嘩」というのは、もうすこし面白い。スクリプトがながいので、縮めて書くことにする。

天井が高くて細長い部屋。レンガ塀の仕切りがあり、その下にマットレスが積みあげられ、ハシゴが四つ立てかけてある。仕切りの右側には大きなテーブルの上にブドー酒が五本。左側の床には自動車のタイアが十五個ほど積みかさねてある。

素っ裸で首から下を赤色塗料でぬった五人の女。やはり素っ裸で緑色の男が五人登場。女たちがテーブルに向ってジーッとしていると、遠くのほうからレーシング・カーの音響が聞えてくる。男たちは反対側の暗い廊下から、衣裳ロッカーをいくつも引きずってきて、何か話し合いながら仕切りのところへピッタリとつける。その様子をうかがっていた赤い女たちはハシゴをのぼり、仕切りのうえに腰掛けて黙って見ている。それからハシゴをおりるとブドー酒を飲みはじめる。

こんどは緑色の男たちが上にあがって、ちょっとばかり女たちの様子をうかがうと、すぐ降りて、廊下から運んできた木の箱を壁ぎわに積みあげる。二人の男がマットレスで防禦の姿勢をとりながら、そのまえに立つと、三人の男がタイアを力まかせに投げつける。

それをハシゴをあがった女たちが眺めているうちに笑い出す。タイアを投げていた三人の男が、反対側の通路から女の部屋に入り、ブドー酒を飲みだす。振り返った女たちの笑い声がとまったとき、マットレスの下敷にされた二人の男が起きあがり、ハシゴをのぼって二人の女を引きずりおろすと、はげしい抵抗にあいながらもロッカーのなかに押し込んでしまう。

三人の女は、下におりてテーブルのところへ行ったかと思うと、ブドー酒をジカにグーッと飲んで、男たちの顔にひっかける。おどろいて立ちあがった彼らはピッタリと女たちに接近したかたちになり、そのときレーシング・カーの音響がパタリと止むと、みんな急に笑いだす。

それから男たちは椅子にかけて飲みなおすが、仕切りの向うからマットレスが投げ込まれた。三人の女は、それを楯にしてソーッと反対側の男の部屋へ近づいていく。ロッカーのなかで何かいっているのが聞えてくる。ブドー酒を飲んでいる男たちの笑い声がしなくなった。忍びこんだ三人の女が、叫び声をあげて男たちに跳りかかって、赤と緑との取組み合いになり、二人の男はねじ伏せられてしまう。彼女たちはロッカーから二人の女を救い出し、男たちを閉じ込めてしまった。それから五人してタイアをロッカーに投げつける。

静かになった。女たちは仕切り壁のうえに乗って、テーブルの男たちを見おろしながら笑いだす。彼女らが、硬貨や紙幣をバラまくと、男たちは拾い合って仲間喧嘩になる。女たちは大きな笑い声を出す。強い一人の男が弱い二人の男をやっつけたあとで、散らばった金を一人占めにする。すると女たちが上から跳び降り、みんなして、その男をねじ伏せ馬乗りになる。彼女らは、へたばった男をテーブルのうえに横たえると、その背中にブドー酒の残りを注ぐ。それから背中に口を押しつけて、流れた液体を吸いはじめる。

そのあとで女たちは、また仕切り壁のうえに乗って笑い出す。するとロッカーのなかから笑い声が起り、笑いの連鎖作用となりながら、くたびれてしまうまで続いていく。

カプローの最近のハプニングに「コーリング」Callingというのがあり、その写真が一枚ある。時計が午後六時半を指している場所はグランド・セントラル駅の旅客案内所で、立っている男がカプローであるが、彼は、くたびれたように足を投げ出している三人のオブジェにむかい、携帯マイクでもって『みんなナワをほどいていいよ』と指図したところだ。

このオブジェは、白キャラコを頭からかぶせ、ナワで巻いた人間で、最初からこの恰好で、別々の自動車に乗せられた。その三台の車はニューヨーク市内を走り、ちがったガレージに待機していた車に移されると、その車は、また走り出して、指定されたこの場所にオブジェを放り出していったのだ。それが時間的にうまくカチ合ったらしい。カプローにしろ三人にしろ、車が走りだしたときから六時五分前まで、途中で何が起ったかは判らなかったのであって、こんなところがハプニングとして面白い。

また彼は一九六六年の夏に彫刻家チャールズ・フレージアと協力し、四日間にわたるハプニングをロングアイランドでおこなった。CBSテレビに委嘱されたもので、そのうちの「ガス」は、一年ほど前にテレビで紹介されたが、あたり一面を人工泡にしたのであった。それから彼は自動車のタイアがすきらしい。一九六一年にマーサ・ジャクソン画廊の中庭をタイアの洪水にしたのは、まだ初期のころで、これはエンヴィラメントと称されるものであった。

さてハプニングの六つのカテゴリーのうち一つだけ触れたが、あとの五つの説明が必要であろう。

第一は「ナイトクラブ」スタイル、あるいは「ポケット・ドラマ」スタイルと呼ばれ、少数メンバーがアトリエとか地下室にあつまる。これらの人たちは観客であって、ハプナーを取巻きながら、ときどき一緒になって何かやる。ジャズのレコードをかけたり、八ミリ映画を映したり、料理をつくったりする。照明の工夫。踊り。接吻。詩の朗読などゴッチャになって進行し、家具類をブッ壊したりすることもあるが、おたがいの親密さが、こうしてましていく。

これが拡大されたのが第二の「エクストラヴァガンザ」で、ステージとか平土間が使われ、観客も大ぜいになる。前衛的な舞踏家、俳優、詩人、画家、音楽家たちが登場するのが、この種のハプニングの行きかたで、ダダやシュールリアリズムが発展した形態をとったレビューみたいなもの、あるいはワーグナーのオペラを現代ふうにしたもので、トータルな経験をあたえようというのが目的である。最近ディスコテークで流行しはじめたサイキデリックな照明によるLSDショーは、この亜流であり、おなじようなことばかりやっているので倦きてしまう。

第三は「イヴェント」と称するタイプで、観客を前にしてステージで行われる。たとえば暗くしたステージをパッパッと明滅させたり、トランペット奏者が吹いているとき、なかから風船がふくらみだして破裂するといった初歩的なやりかた。また二時間くらい一人の男がステージを行ったり来たりしているだけの単一行動延長化も、この種のハプナーが始めたことである。その特色は無表情な態度から、機知を生もうとすることにあり、それがうまくいくと詰らない出来事が面白くなってくる。

第四は「案内旅行」あるいは「パイド・パイパー」と称するやつで、ゾロゾロとあつまった連中が、案内人のいうなりに、都内のあっちこっち、ビルのなか、公園、商店のひやかし、それから郊外へと足をのばし、案内人の説明などを聴いているうちに、詰らないことや面白いことをとおして、じぶんの心のなかにハプニングが起る。この案内人になったハプナーは、ある使命をおびた詩人ヴェルギリウスだといっていいだろう。

第五のハプニングは、ほとんどが精神のなかで起るのであって、「文学的暗示」スタイルと呼んでいる。たとえば短い章句を紙っ切れに書いて渡す。それには「東京では、いま雨が降っている」とか「コップに二日ぶんの水を入れてくれ」とか「ブルックリン橋の赤い灯」とか書いてある。マルセル・デュシャンの言葉をかりると、見ている者の心のなかに発生するものが芸術であって、その対象を芸術とみなすか非芸術とみなすかは、その人の勝手だ。この世界はレディメードの状況で充満しているのだから、そのとき何もしなくても、そこに自己の作品であるという〈署名〉をすることが可能になってくる。まがいの芸術だときめつける者もあるだろうが、それにたいする責任はハプナーがとらなければならない。いずれにしろ精神内部でのハプニングであるが、それにふさわしい行動が自然発生することもある。

以上のような六つのカテゴリーのハプニングが、すこしづつ入り混ったりするのだが、アメリカではハプニングという言葉が、ゴッチャな漠然とした観念になったうえ、日常用語になってしまった。

たとえば二年ほどまえロバート・ケネディが選挙キャンペーンを開始したとき、政治週刊誌ニュー・リパブリックは表紙に「ロバート・ケネディはハプニングである」という題をつかった。一年ほどまえに綜合週刊誌サタデイ・レビューは「歴史はハプニングであるか?」という題で記事をあつめた。

WOR局の深夜放送で人気があるディスク・ジョッキーのマレー〈K〉は、おっとりした声で、毎夜投書を読むのだが、その番組を「ハプニング・ステーション」とした。レヴロン化粧品ではTVコマーシャルで、セクシーな女の声が『以上が当社のハプニングです』とやった。ヒッピーのグループや新しく出来たディスコテーク、PTAの集会、映画館が新築されて普通の映画を上映していても、みんなハプニングだということになってくる。

アラスカの大地震やサイゴンの焼身自殺僧侶をさしてハプニングといえるだろうか? もちろん、これらはハプニングではない。だがハプナーが、作品のなかに持ち込めばハプニングとなってくる。すると人生はハプニングか? ということだが、それはハプナーが選んだ一部分がそうなってくる。現代はインフォーメーションの洪水であるから、えらび出すという立場におかれたハプナーは、そのなかに入りこんで自己確認するという意味で、もっとも責任ある現代的な行動を遂行しているわけだ。

ハプニングをめぐっての賛否両論が、もっとも激しかったのは一九六三年だった。フランスでは、クラエス・オルデンバーグの指導をうけた二七歳の画家ジャン・ジャック・ルベルが、第一線で活躍しているが、同年パリのコルディエ画廊で「カタストロフ」というハプニングをやってみせた。

何が起るのか、と固唾を呑んでいる観衆のまえに、ルベルはオモチャの乳母車を、しゃがむような恰好をして押しながら登場、観衆の足もとをウロウロしながら『モン・べべ』と泣き叫んでいる。乳母車には三色旗のホロが掛けてあり、ルベルは黒マント姿で鼻眼鏡をしているが、突如、乳母車を胸に押しつけると立ちあがり『かわいそうだと思ってください』といって本当に涙を流したので、観客はキョトンとしたまま。そのときの仲間の画家ジャック・ガブリエルが三色旗をはぐと、ド・ゴール大統領の似顔にしたゴム製マスクが出てくる。それをかぶったガブリエルから取りもどそうとしたルベルが『返しておくれよ』とわめき散らし、やっと返してもらうと、ゴム・マスクを撫でさすりながら、また『モン・べべ』と繰りかえして引っこんでいく。

これが十五分間。そのあいだ右のすみに吊ったハンモックのなかで、流行おくれのストリップだけの少女が、さっきから雑誌に夢中になっていて、下のほうで起っている出来事には、まったく無関心。左のすみでは高い台のうえでビキニ姿のモデルが立った姿勢で腰を振っているが、その胴っ腹に抽象画のスライドが投影されている。映写技師はアイスランド画家フェルロだが、彼は現金出納器が頭になって髪をふり乱している怪物の恰好をしている。ルベルのほうは青い作業服で頭はテレビになった怪物になっていて、男根と女陰が先についた棍棒を振っているかと思うと、そばではアルト・サックス奏者ジャッキー・マクリーンがジャズを演奏している。

そのとき黒タイツの少女が二人登場。天井から男根の形をした黒い物体が沢山ぶらさがっている。少女たちは黒タイツの股のあいだにペンキの罐をはさんでいて、フェルロが股のあいだから出した画筆に、そのペンキをつけてカンヴァスにアクション・ペインティングみたいなものを描く。ついで黒い台所戸棚が三つ置いてあるのがスポットで照らし出される。戸棚があくと、プラスティック製の子宮が並んでいて、それに注射器の針が突っささり、子宮につながったゴム管の先のビンのなかに赤ん坊が漬けてある。工藤哲巳の「哲学の性的不能」と題した作品だ。

ニューヨークあたりのハプニングと違う点は、潜在意識下のセックスを押し出していくあたりで、これも十五分間。第三部の「子宮」では、スポットがあてられた額ぶちの向うからルベルが飛び出してくると、手にしたステッキで観衆の頭を一人づつ殴りつけるような恰好をしながら、『ハイル・アート、ハイル・セックス』と大声で叫んで姿を消す。その当時、黒人学生ジェイムズ・メレディスが、ミシシッピー大学に入学拒否されたことから学生暴動が起った。ルベルにかわってジャック・ガブリエルと詩人アラン・ジュフロワが登場。暴動事件の張本人だったロス・バーネット州知事を、ワイセツな言葉で罵る詩を朗読して、四五分間のハプニングは終る。

それから、まえに触れたエジンバラ国際作家会議の話であるが、最終日のハプニングになったとき、ケン・デューイの出し物で一揉めした。これはオルガンの音といっしょに、それまでのディスカッションの一部がテープで流されると、スピーカーのうえの張出しを手押し車でヌードが運ばれていき、同時に映画女優のキャロル・ベーカーが上のほうで夢遊病者のように歩きはじめる。と思うと、そのあたりの窓から、いく人もの男が顔を出し、『おれが見えるか』と怒鳴る。下のほうのステージでは、赤ん坊を抱いた母親が、観衆のなかのいく人かを指さしながら歩いていく。突如、張出しのカーテンが剝ぎとられると彫刻の首が一〇〇以上も棚のうえに飾ってある。

以上のようなハプニングが終ると、ケネス・タイナンをはじめ、アイルランド、ドイツ、ユーゴー、インドの演劇プロデューサーが『子供だましだ』『ナンセンスだ』と文句をつけ、イギリスの女流演出家ジョーン・リトルウッドがハプニングの擁護を堂々とやったあとで、アメリカ作家アレクサンダー・トロッキがタイナンにむかって唾を吐きつけるように『ダダ！』といってから、レディメードの物差しでは、芸術における新しい力は測れないのだ、ときめつけた。マーティン・エスリンもハプニングを理解した一人で、面白い試みだといったが、そばにいた劇作家ジャック・ゲルバーは何といったらいいかと困ったような表情。アラン・シュネーデルは話題を変えようとし、エドワード・オールビーは、じぶんには関係がないというような顔をしていた。

そこで呼出しをくったのがケン・デューイであったが、彼は扇風機にインクをひっかけて叱られた子供のように、口ごもりながら、現代演劇には、大まかにいって必ず過去と現在と未来とが三つの要素として合体しているが、彼には、そういった形態には、どうしてもなじめない。興味があるのは、現在がいくらか入りこんだ未来があるだけだ、と弁明した。

こんなゴタゴタのため、タイナンは、予定されたカプローのハプニングを中止しようといい、ホールの外に用意してあったタイアの山のあいだを行列して歩くだけで散会ということになった。

翌日のエジンバラ新聞には、ハプニングを知らない人にはイカモノだと思わせるような意地わるい批評が出た。『三週間にわたる演劇祭が、俗悪で無意味な出し物によって最後の日を穢されたのは、悲しむべきことだった。それは専門家がハプニングと称するものだが、災難として大目にみればすませるものの、プランにもとづいたハプニングだとすると許すことはできない。演劇の将来性には期待をもちうるが、精神異常をきたした少数派の無責任きわまる行動ぶりには、あいた口がふさがらなかった』

これにたいしてデューイは、現状に満足しているなら、それでいいじゃないか。けれどぼくには満足できない。こんなにも変化がはげしい時代に直面していると、変化そのものにダイナミックな衝撃をあたえたくなるのだ。と答えたが、こういった五年前の状況は、現在でもそう変化はしてないであろう。

（昭和四三年八月号）

18 ジェームズ・ボールドウィン君　この夏の黒人暴動が心配なんですがなにか打つ手はありませんか

ほかのことを書こうとしてノートをとっていたけれど、いま手にした「エスカイア」の七月号が、じつにうまい編集ぶりなので、急に気が変ってしまった。

表紙をみると製氷室の内部写真で、革ジャンパーを着た七人の黒人労働者が、貯蔵された氷ブロックのうえに腰かけたり、もたれたりし、タバコをすっているのが三人いるが、みんなこっちを睨みながら、心のなかでは冷笑しているようだ。写真の下のほうに、こう書いてある。

『ジェームズ・ボールドウィンが、この夏を如何にしてヒヤスかを、白人のみんなに教えてくれる』

ああ、また暴動の季節になったんだな、と思いながら、対談形式になったボールドウィンの意見を聞かないではいられなくなるのだ。ボールドウィンは一九六二年にニューヨーカー誌に発表した「つぎは火だ」の最後のところで、当時は黒人問題が好転したようにみえたのだが、それは妄想であって、歴史的に必然性をもった復讐の日が来るだろうと予言したのであった。ところが二年とたたない六四年七月になって、ニューヨークに黒人暴動が勃発し、翌六五年八月には六日間にわたるワッツの暴動、ついでニューアーク、デトロイト、ワシントン、シカゴで続発しながら全州に波及したため、ボールドウィンは予言者と呼ばれるようになった。

この対談が暗殺されたマーティン・ルーサー・キング師の葬儀後二日めにおこなわれたのも、そのときまた始まった暴動のなかで、この夏のことが懸念されたからである。質問は百ちかく発せられ、最初の三分の一あたりまでは、おとなしい返答ぶりで、たいして面白くもないが、途中から、いかにも彼らしい口ぶりになっていく。いちいち質問者側の発言を書くのは、まだるっこしいから、必要なときにだけ入れることにしてみよう。

こんな状況になった。それでもまだヒヤスことができるだろうか、と訊かれると、ちょっと困るな。いろんなことが関係してくるんでね。まず最初に考えたくなるのは、こいつが重要な問題なのだが、なぜ黒人が街のなかにとびだしてくるかが、きみたち白人の大部分に理解できないということなんだ。そのいい証拠が、どんなふうに秩序を破壊したかという警察の報告書だよ。

それを読めばわかるだろう。ぼくたち黒人は、またかと思うから、驚いたりなんかしないけれど、きみたちは書いてあることが本当だと思うので、すっかり驚いてしまうんだ。ぼくたちが、またかと思うのは、その報告書が、いつも根本的に間違っていて、秩序破壊者が黒人たちだと書いてあるが、じつは白人たちの仕業なのだ。

それなのに、ぼくたちに向ってヒヤスのを要求するなんて、おかしいじゃないか。こんなふうに報告書が間違っていると、ジョンソンがアメリカ市民に説明しなければならない最悪の時期になった。もう遅いかもしれないが、いますぐやれば風向きが変るかもしれないよ。

きみたちは暴動とか反乱とか呼んでいるが、その爆発現象の原因を知っているのかい？　それはジーッとしていられないからなんだ。きみのおやじや叔父さんや兄弟やいとこに未来がないことをジーッとして眺めていると、絶望感に襲われてくる。それで夏になると、年とったのも若いのも、街のなかへとびだしてしまうのさ。ぼくも、そういった家で生まれたので、よく知っているし、それは、ぼくたちが悪いんじゃないんだ。それじゃあ、連邦政府がショート・パンチが出せる距離でヒヤスことができる方法が何かないか、というんだね。だが連邦政府って、いったい何だろう。ぼくたち黒人にとって、それは神話になっちゃった。きみがいう連邦政府というのはワシントンを指すらしいが、あすこには黒人ぎらいのイーストランド議員をはじめ、感情が麻痺したのか、頭がわるいのか、それとも恐怖心からなのか、行動力をうしなった連中ばかりウジャウジャしているよ。なかには自分の力を誇示したい連中もいるが、やることといったら夏になって黒人の子供のためにプールをつくったり、ありあわせの仕事をあたえて、おとなしくさせようという程度のことしかやっていない。

そんなことだから、問題の核心が、どこにあって、どんな危険が発生するか、まったく考えたことがないのであって、街にとびだしたブラック・キャットが求めているのは、じぶんの家庭や女房や子供を安全にしておきたいのだ、ということに気がついていない。この点が理解できるようになればだね、それは無理な注文だろうけれど、彼らは、黒人に自治権をあたえよう、学校をあたえよう、そして警察権の濫用を監視しなければならないと考えるようになるだろう。要するにアメリカン・ニグロなりアメリカン・ブラック・マンなりが、この国で自由になれるためには、白人たちが何かを思いきって棄ててしまわなければならない。それを自発的に棄てないかぎり、無理やりにでも奪い取られる結果になるだろう。

それから仕事の問題にしたって、非常にややっこしい事情が絡み合っているんだ。こんなにもアメリカ人口は過剰になった。そのなかには使いものにならなくなった者や、こんな組織じゃあ、使ってもらわないほうがマシだと考えている者が、大きいパーセンテージを占めている。ハリウッドの組織がいい例だ。製作部門では、ぼくが知っているかぎり、黒人は、一人もユニオンに加名していない。したはセットの大道具係から、すこしうえのカメラ班アシスタントまで、黒人は一人も働いていないんだ。それが不可抗力的な天災ならしかたがないけれど、じつはアメリカン・ピープル側の意識的な策動なのさ。というのも食うための心配があるからで、彼らだけでユニオンを固めておかなければならない。だから、そういった組織体をどうにかしなければ、いくらたったたって仕事の問題は片づかないいんだ。

J. UEKUSA
February 5, 1970

ぼくたちの父親は、朝の八時から夕方の五時まで毎日こき使われてきた。だが、いつまでたっても、うだつがあがらないときている。家族の者たちを保護してやることもできないし、骨のずいまで消耗しちゃって、とうとう墓場ゆきになったときも、なにひとつ持っちゃいないし、子供たちにしろ、そうだった。
だが、もっと悪いことは、いまの政府のやりかたを見ても相変らずそうなんだが、この合衆国には、結局なんにもないんじゃあないかという結論にたっしていくことだ。それは、この国の価値の問題にもなるんだがね。

ところで警官隊と黒人共同体とでは、しょっちゅう衝突してますが、これを避けるには、どうしたらいいと考えますか、と質問者が話題をかえた。

まず警官たちを教育することだ。こういうと個人的な怨恨があるように思われそうだが、さにあらず、むしろ、彼らが陥った窮状にたいし同情しているくらいさ。そうなったのも、あまりに無知だったからだよ。それに、つよい恐怖心が同居した。彼らは一般市民とおなじように、テレビに映された出来事を、頭から信じ込んでしまうといった手合なんだ。
いっぽう彼らは、とことんまで信頼されている。という意味は、土曜の夜になると悪漢になるということで、だから信頼されているんだが、おや、変な場所にブラック・キヤットがいるなと判断すると、べつにそんな怪しい場所ではないんだが、いったい何をしてるんだと訊問する。ブラック・キャットが怒りだすのは当りまえだ。すると誰かが殺されるということになる。これは一例だが、無知に毛が生えると、その結果は、まあこうなんだよ。ハーレムをうろついているホワイト・キャットは、いつも戦戦きょうきょうとしている。そして怖いもんだから、ブラック・ボーイが殺される運命になってしまう。それは警官の罪だろうか。そうじゃないと思うな。社会の罪なんだ。

だが最近の暴動では、昨年あたりに較べると、警官隊のほうでは略奪者にたいしても無闇とは発砲しないし、傍観的態度になってきたではありませんか、と質問者が口をはさんだ。

それは新聞が報道したことで、ぼくは新聞記事は信用しないことにしている。それに略奪者という言葉を、きみは使ったけれど、いったい誰が略奪者なんだい？　ブラック・キャットをゲットーのなかに押し込んでおいてさ、そこで金もうけをしているホワイト・キャットを、きみたちは何て呼んでいるんだい？　どっちなんだろう、略奪しているのは？　なるほど、きみがいうように、昨年の夏、ブラック・キャットはテレビ・ストアのウインドーをぶっ壊した。だが断っておくがね、テレビ・セットがほしくってやったことじゃないんだよ。

こん畜生！って怒鳴りたくなっただけの話さ。テレビ・セットが、どんなにクダラナイ役割をするのか、みんなが知っている。それを思い知らせてやった行動なんだ。繰りかえしていうけれど、ほしくはなかった。そこに彼らがいることをホワイト・キャットに見せつけてやりたかったんだよ。この点は非常に重要な問題なんだが、まあ判ってはくれないだろう。テレビや新聞では、やたらと略奪者という言葉を使ったし、そういう情景を映したり報道したりしたので、野蛮なブラック・キャットが、ホワイト・キャットのものを、洗いざらい盗んでいくのだと思いこんでしまった。

ここで質問者は、略奪者のほかに、火炎ビンを投げつける者が大勢いた。あれは不満のシンボルのあらわれであり、破壊してやろうという気持とフラストレーションが一緒くたになった行為だったにちがいない。それから狙撃兵がいて、白人数名が犠牲になったが、彼らはゲリラ戦の闘士だと思いこんでいたのであろうか。いずれにしろ、ケガをした者は黒人側のほうが多かった。だから、これからも続発する可能性が濃厚な黒人暴動を事前にヒヤスことが必要であろう、といった。

ヒヤスことの必要はあるかもしれないが、まさか黒人にむかって、そうしろというんではないだろうね。彼らは、じぶんをヒヤスことなんか、これっぽっちも考えていませんよ。きみはケガをした人数を較べているが、そんな生やさしいことじゃない。ぼくたちは誰よりも一番はやく死につつあるんだ。

それに略奪者だの火炎ビンを投げつける者だの狙撃兵だのと、きみは勝手に分類しているけれど、黒人を知らないくせにして、そんなことをやっているんだ。それにしても、なぜ分類しようという気持になんかなるんだろう。彼らが街にとびだしたのは、みんなが同じ理由からなんだ。

ぼくたちは国民のなかの国民にされた。国民のなかで捕虜にされている国民なんだ。それをまた、きみたちは得意になって口にしている。ぼくたちが、そばで聞いていても平気でね。それにたいして、ぼくたちは一〇〇年以上も黙っていた。耳もなく、目もなく、感情もないように装っていた。一〇〇年以上も、こうして嘘をついていたのに、きみたちは気がつかなかったのだ。いまでも気がつかないでいる。

だから、ぼくたちは軽蔑しはじめたんだ、きみたちを。憎悪にかられたんじゃない。軽蔑さ。そうなると、きみたちに何が起ろうと気にするのさえバカバカしくなってくる。生きるか死ぬか、きみたちの勝手にするがいい。

黒人教会はキリスト教信者を告発するためにつくられた。なくてもよかったのだが、これもきみたちがつくるようにさせたから、使ったまでの話だ。キング師は、いちばん有効に、そして賢明に使ったものだった。彼は黒人教会をデモ集会所として使い、ぼくたちにとっての唯一のデモ集会所は黒人教会ということになった。だがキング師が発見したように、北部にはデモ集会所としての黒人教会はなくなった。あるのは南部だけなのだが、それは南部の黒人共同体というのが、ほかとは違うからだ。南部には、まだ黒人家族という生活様式が残っている。それが北部にはないし、黒人家族がないところには黒人教会の必要もないわけだ。したがってデモ集会所もない。シカゴやデトロイトがそうだが、アトランタやモンゴメリーといった南部の都会にはある。しかしキング師が暗殺されて以来というもの、デモ集会には、ほとんど使われなくなった。というのも、白人がキリスト教会を攻撃するようになったからさ。

だいたい若い黒人たちにとって、黒人教会は魅力がなくなってしまった。アダム・クレイトン・パウエルにしたって、牧師ではなく、政治家として扱われているだろう。キング師は指導者だったが、黒人指導者というのは、じつに滅多にしか現われないんだ。フロイド・マキシックにしたって指導者とはいえない。ストークリー・カーマイケルは、指導者としては、まだすこし若いと思うね。

困ったな。ストークリーについて何かいえと注文されても、ぼくは二〇歳も年上だから批判は遠慮したいな。彼は、いまや非常に多数の支持をえている。指導者というよりは黒人のシンボルになったといったほうがいいだろう。支持者の黒人たちは、みんな若いが、彼らは去勢されたも同様に無気力になっていた。ストークリーは、その無気力さに火をつけたのでワーッときたんだ。

そういった両者の関係のしかたは、当然のことだったし、ずっと年上のぼくにも、よくわかってくる。ときたま彼の意見にたいし疑問が生じることもあるけれど、やっぱり彼に味方しないではいられないね。彼が主張していることは、その根本において正しいんだ。だから彼に惚れ込んでしまうし、ときたまオヤと思うようなことをいっても、そのまま受けいれられてしまうようになった。

白人が彼のいうことを聞いていたら、悪魔にでも呪われているとしか感じられないだろう。この合衆国には、もうなんの希望もない、と繰りかえし口にするのだからね。希望がないというのは、白人たちは、もう絶対に黒人のためになることはしないだろう、やろうとしても出来なくなってしまった、という意味でストークリーはいっているんだ。またストークリーは、いままでに一度だって白人をきらいだとはいわなかった。きみは、この点に気がついただろうか。ぼくには、そこで彼という人間がピーンときたんだが、そのぼくの気持は彼には理解できないだろう。白人はきらいではない。だが彼は、黒人の自治国家をつくろうというふうに、そこから話をもっていくんだ。非常にうまい説得のしかたなんだが、じつはそれだけしか彼にはいうことがない。

それなのに白人が恐怖にかられるのは、アメリカ黒人が、世界中のあらゆる圧迫民族と手を結び合おうとしていると、ストークリーが警告し、いったいアメリカという国は、どうしてしまったのか。その最初の時期では革命をなしとげたのに、いまでは膨大なドルを浪費し、軍隊を犠牲にしながら、あらゆるところの革命の邪魔をしているというかならだ。ジョンソンは、いちばんマトモなときでも、ほんとうに信用のおけないオッサンだ。あんな顔なんか見ないほうがいいよ。そのかわりに西欧国家の生き残りの最後の国家があみだしたシステムによって、おれたち同様に苦しめられている黒人たちの顔を、よく見ることにしようじゃあないか、と。

そして彼は、こういうんだ。もしアメリカに、こんなにも黒人がいなかったとしたら、白人たちは南アフリカの黒人たちを解放しようとしたかもしれない。つまりコミュニズムの恐怖を取りのぞくために、南アフリカを第二のベトナムにしてやろうと考えただろう、というのだ。ベトナムで起っていることが、どういうことだか、黒人たちは目つぶしをくわされないで、みんながよく知っている。そういった自由のための戦争じゃないんだ。ベトナム人のことなんか、てんで考えてはいない。それは黒人にたいすると同じように、西欧国家が物質的利欲と呼んでいるもののために戦っているんだ。われわれの過去、盗まれたダイヤモンド、盗まれた砂糖、それはみんな物質的私欲のためだった。

こうなったら、地球上の黒人たちが結びついて黒人共同体を組織し、共通のことがらについて考えてみるほかないだろう。共通のことがらというのは、重荷をおろして自由になることだ。ストークリーは、こんなふうに考えているし、その真実性をうたがうことはできないから、白人たちには彼が危険人物として映り、恐怖感におちいっていくんだ。

いま話していることは帝国主義の問題になりますね。アメリカ人は意識的にそうなっていますか？

アメリカ人は帝国主義者じゃないよ。ただのナイス・ガイだ。単なる市民だ。いま話していたのは、一般的な最後の帝国主義についてだよ。ベトナム戦争が、それを物語っているが、それにたいしては白人より黒人のほうが敏感だろう。だいたい白人という観念は、色彩にあるのではなく、あるアティチュード（態度）を指しているのさ。おれは白人だという精神状態になってきている。それにたいし黒人というのはコンディション（条件）を指すようになった。

そういった黒人に呼びかけて受けいれられる大統領候補には誰がいますか？　ロバート・ケネディーは？

誰にしろ、じぶんを白人として考えないのなら、その発言は受けいれられるんだがね。ボビーは、じつに賢明な人間だ。まえに「エスカイア」に出た記事だが、黒人のたましいについて、アル・キャロウェイが、こんなことをいった。もし黒人のソウルというのが、勉強して覚えられるものだったら、じぶんは黒人だが、もういちど勉強しなおそう。けれど勉強したって覚えられないものが、黒人のソウルなんだとね。ボビーは、だから黒人のソウルにはなりきれないが、とにかく非常に賢明だから、彼の政治演説にたいし、自由主義者たちは共感してしまう。たぶん大統領に当選するだろう。だが、ぼくは、それほどにはボビーがいうことについていけないんだよ。というのも、彼は頭脳的には鋭いけれど、態度が、まったく冷たいからなんだ。

彼は正しい意見をのべる。それが状況にうまくマッチしないこともあるが、意見が正しいということが、第一の魅力だ。それは兄のJ・F・Kからの遺産としての正しい意見だが、ぼくとしては違った立場にいる。それがどんなことかは、ある特定な事件、特別な事件を越えたところで、冷静になって考えなければならないことだが、ひとくちにいうと、ぼくの命を彼にまかせて安心することはできないということだ。

「つぎは火だ」で、あなたは、こういわれましたね。黒人が燃える家のなかで無差別待遇されても、それはしようがないだろうと。あなたの意見は、その後も変りませんか。

無差別待遇というのは、言葉のうえで表現されたことにすぎないんだ、とストークリーがいっているのは正しいね。彼はつづけて、白人の優越感が生んだ遠廻し式ないいかただといっている。ぼくは燃える家のなかで、つまりアメリカという家のなかで、白人と平等な扱いかたをされたくはないね。ぼくは、たとえばきみと同じような人間、つまり白人にはなりたくないのさ。そして白人たちがなるようになったのを見ると、それなら白人になるよりは、自殺したほうがましだと思っているんだ。

黒人たちが求めようとしているのは、なにか別なもので、それこそがキング師が求めていたものだった。それは黒人の共同生活体を目ざしていたのだった。それは、いまぼくが、おねがいだ、つまらないことは訊かないでくれよ。よけいな干渉はしないで、一人だけにさしてくれよ、というのと同じことなのだ。

それにしても黒人区の教育制度は、もっと向上されるべきでしょうね。

それと警官の教育だ。そういっては悪いのかね。いいかい、ぼくたちが、いまハーレムに住んでいるとする。ロサンジェルスのワッツだっていい。警官が制服でピストルを持ち、おふくろを連れて、ぼくの部屋にあらわれる。なんでやって来たんだろう。ぼくのことなんか何も知らないはずだ。ぼくは酔っている。だが何で酔っぱらっているか知らない。そのほか、ぼくについては何も知っていない。ただ、ぼくを怖がっているだけだ。それで何が起るだろう。彼は、ぼくを射殺する。それだけのことしかできない。態のいい捕虜収容所の番人なんだ。

ぼくが共同体の警察署長だったら、もっとずっといい制度にあらためるだろう。いまは、こうだ。何をしているんだ、きさま、そんなところでウロウロしてないで、さっさと帰れ！　とくる。それにたいし、ブラック・キャットは、きさまこそ、さっさと帰ったらいいだろう。おれたちのことなんか、構ってくれなくていいんだよ。といい返すが、これは道理にかなっている。とにかく構ってくれるな、ということが、黒人のみんなが考えていることなんだ。その気持が、いまは限度にたっしている。見たまえ。きみたちがやったことを。何かしてやると見栄を切ったけれど、とうとう何もしなかった。だから、この国のブラック・ピープルは、じぶんたちで学校をつくり、じぶんたちの警察制度をしく必要にかられだしたんだ。きみたちに出来ることは、タンク車を出動させ、催涙弾をぶっ放すくらいのことしかない。そして事態が悪化すると、州兵に援助をもとめはじめる。そうして国内戦と国外戦とを、いっしょにやるような窮状におちこんだ。

アメリカの未来にたいして、まだ希望はありますか?

ぼくにいわせれば、希望はまだ大いに残っているね。そういった希望をおこさせるためには、現状をもっとよく観察することが必要だ。ぼくは、いうことがいつも暗いイメージをあたえるといって非難されるけれど、ぼく自身は終末論者じゃないんだよ。けれど終末の世界をイメージとして頭のなかに描いてみなければ、現状をよくすることは不可能な問題だ。そこには目をそむけたくなるような終末的現象がイメージとなって浮んでくる。きみたちも、そこまで見ることができれば、現状を打開することができるだろう。見ることができなければ、もうおしまいだ。そのときには死ぬほかない。一人残らずが死から逃げ出せなくなっていく。そして、こういうことにしてしまったのは、きみたちであり、ながいあいだの負債がたまりにたまって支払いが厄介になった。その請求書をいま、つきつけられているわけだ。

その請求書のカタをつけないかぎり、きみたちは終りだ。また、きみたちは、なにか恵んでやりたいけれど何もやるものがない人間をつくりだしたが、それも負債の一部になっている。もう暴力にたいしては寛大な処置はとれないと大統領教書ではいっているが、そんなことでは、ちっとも驚かなくなった。

ぼくより二〇歳も若い者たちに、ぼくが何かいったって無駄なんだ。ぼくは一生懸命になって、ぼくの気持をつたえようとしている。白人のほうが武器をたくさん持っているから、武器を使うのは損だよ、というのだけれど、もう通じない。白人を憎むのは、黒人のソウルの救済のためには何の利益にもならないのだから、憎むのはやめたほうがいいといっても聴いてくれないんだ。それよりは自分たち自身をよくしていこうじゃないか、白人を憎むなんて時間の浪費にすぎないといってやるんだが、もう駄目になってしまった。

（昭和四三年九月号）

19　そういえばマスターベーション文学なんてなかったな　それをフィリップ・ロスが「ホワッキング・オフ」でやりだした

くわしい話は、あとまわしにして、下手くそな訳文だが実物を、まずお目にかけるとしよう。ぼくは目をまるくしてしまったんだ。

そうするうち、起きている時間の半分というものは、トイレのあるバスルームのなかに入って鍵をかけてしまい、便器のなかとか洗濯物のはいった籠のなかに、やわらかな詰めものを発射してばかりいるようになった。それがどんなふうに飛び出してくるか、よくわからないあいだは、薬などを入れておく戸棚についた鏡のまえで、ズボン下をずりさげてから発射させてみる。でないときは、それを発射させようとして握った手のうえに、からだを折りまげるようにし、目はつぶっているが口のほうは大きくあけて、バターミルクみたいな粘っこいソースの味をあじわってみようとした。けれどエクスタシーにおちいって、手もとがくるってしまうことがよくあり、それはワイルドルート印のクリーム・オイルのように勢いよく飛び出して、ポンパドウール型に撫であげた髪の毛にひっかかってしまうのだった。

汚れたハンケチや、シミのついたパジャマや、くしゃくしゃなトイレット・ペーパーの世界のなかで、もし誰かが急にあらわれ、ぼくが射精しているのを見つけたら、返事に困ってしまうだろうと、いつも不安にかられながら、なまのふくれあがったペニスをうごかしているのだ。腹のなかから、それが這いあがりはじめたら、もうペニスをつかんでいた手を離すことができなくなってしまう。教室で先生がおしえている途中、急に手をあげて許可をもらうと、便所へと駈けだしていき、便器のまえに立ったままで十回か十五回ばかり、握った手を猛烈にうごかして出してしまうこともあった。あれは土曜の午後、友だちと映画を見にいったときだった。途中で見るのをやめ、劇場にある自動販売機からチョコレート・バーを一本買うと、誰もいない特等席にソーッとすわってから、マウンド印のチョコレート袋をひきぬいて、うめき声を出さないようにしながら、そのなかに精液を発射してやったっけ。それから親戚の人たちとピクニックに行ったときだった。林檎を出して蕊をえぐったところ、それがぼくにとって神秘的な存在であって、いつも『ビッグ・ボーイ』とぼくを呼んでくれる女の子の両股のあいだの感じと、とてもよく似ている。その女の子は、ぼくが持っているすこしばかりのものを、ほしいといってねだり、そして泣きじゃくるときに『ビッグ・ボーイ』といいだすんだが、林檎のつめたい、おいしそうな凹みかたが、彼女の股と似ているので、ぼくは森の中に駈けこむと、果物の穴のなかにペニスを押しつけて、からだをのばした。すると蕊をえぐられた林檎が『ああ、ビッグ・ボーイ、もっとなかへ突っ込んでよ』と大声で泣き叫ぶのだ。ふだんぼくは学校から急いで帰ると、地下室に降り、ないしょにしてある空びんのまえに立って、突ったったのにワセリンを塗っていると、ミルクの空びんが『ビッグ・ボーイ、はやくみんな入れてよ』と叫びはじめる。いつだったか、肉屋のまえで見たキモ肉が『さあ、ビッグ・ボーイ、さあ』と大声を出しているので、思わず買ってしまい、とても信じてはもらえないだろうが、通りにある立看板のうしろに隠れて、そのキモ肉に暴行を加え、それからユダヤ教の儀式が行われている教会へ行ったものだった。ハイスクールに入って、第一学年が終ったときだったが、そのときが、マスターベーションをはじめてから、ちょうど一年目だった。そのとき気がついたことだが、ペニスの下側でシャフトとヘッドがつながっているところが、ポツリと薄い斑点になっている。それはあとでソバカスだとわかったが、そのときはガンだとおもった。とうとうガンにしてしまったか。だいじなからだの一部分を、乱暴にいじくったり、引っぱったりし、あんまりこすりすぎたせいだろう、なおる見込のない病気にとりつかれてしまった。まだ十四だというのに！　ぼくは夜中になるとベッドのなかで泣いたっけ。『死にたくないんです。おねがいです。死なないでいいようにしてください』といって泣きじゃくったが、そのうち死骸になるのだと考えると、構わないやという気持になってしまい、いつもの癖で、靴下のなかに射精するのだった。いつも靴下は汚なくなっているが、両方とも忘れないでベッドのなかに入れておき、片っぽうは眠るまえに、もう片っぽうは起きたときに使うことにしているのだ。

ああ、片っぽうの手だけでする仕事を一日一回に減らすことができたら、どんなにいいだろう。一回だけというのは無理かもしれないから、せいぜい二回か三回にしておきたいものだ。ところが、そう思いながらも、とうとう記録をつくるようになったのだった。最初は食事前と食事後の二回だったのが、そのうち食事中にも一回やる癖がついた。急に食べるのをやめると立ちあがって、顔を引きつらせながら『おなかがクダるよ』といって腹をかかえ、バスルームのなかに飛びこむなり鍵をかけてしまうんだ。それから妹の衣裳だんすにあったのを盗んで、ぼくのハンケチで包んでおいたパンティを出して、頭からすっぽりとかぶる。木棉のパンティを舐めたときの舌ざわり。パンティという言葉が頭にきただけでも、そうなのだが、目のまえが、ピンク色にかすんでいるとなると、電流作用は、ものすごくビリビリとくるし、放出弾道のほうも記録破りの高さにたっすることになるんだ。驚いたことには、ロケット弾のようなスピードで、ぼくの付け根から発射された精液が、そのとき頭のうえの電球にひっかかり、たらりと垂れさがっている。それを見た瞬間、水分のため電球が破裂し、粉々に飛び散るような気がしたので、あわてて両手で目を隠した。ぼくは、いつ危害が襲いかかって、からだがバラバラになってしまうかもしれないという強迫観念に、しょっちゅう襲われている男なのである。このときはラジエーターのうえに乗って、気をつけて手をのばし、ジュージューいっている粘液のかたまりをトイレット・ペーパーで拭きとった。それから、どこかに飛び散った痕跡があるといけないと思い、シャワーのカーテン、浴槽のへり、床のタイル、四本の歯ブラシを丹念にしらべたが、だいじょうぶなので、外へ出ようとして鍵をあけたときだった。ふと靴のさきを見ると、鼻汁のようになって、くっついているではないか！

ぼくときたら、間抜けなラスコルニコフってところだな。もっとほかに粘っこい証拠が残っているかもしれないぞ。カフスについているんじゃないかな。髪の毛をしらべるのを忘れていたっけ。食卓に戻ってからも、なんだか気になってしようがない。そのとき赤いジェリーを口いっぱいにしたおやじが『なんで、しょっちゅう鍵をかけちゃうのかい、おかしいな。まさかグランド・セントラル駅の共同便所じゃあるまいしね』といった。『プライヴァシーを尊重するなら口をはさまないでくださいよ。いうことが、あんまり非人間的です』と、ぼくは吐き出すようにいって、デザートの赤いジェリーの皿を手で払いのけると『からだの調子がわるいんですよ。だからクドクドいわれると、いやんなっちゃう』と捨ぜりふを残して、またバスルームのなかに入ってしまうのだ。

こんどは溜った洗濯物をかきまわし、平ったい胸をした妹のブラジャーをさがしだすと、その紐の先をバスルームのノッブに引っかけ、もういっぽうをタオル入れのノッブに引っかける。するとハンナのブラジャーのちいさい乳カップが『ぶって頂戴な、ビッグ・ボーイ、赤くなって血が出るまで、ぶってよ』と叫ぶので、また気分が出はじめる。そのときバスルームのドアに、新聞を丸く棒のようにひねったのを投げつける音がした。『もう一週間になるかな。困ったよ、糞づまりで』とおやじが、おふくろにいってる声がする。

それで気をそらされたが、手のほうは動かすのをやめない。それどころか、ますますテンポが早くなり、また奇蹟的に内部から出ようとして顫《ふる》えだしたものが感じられる。ハンナのぶらさげたブラジャーが、揺れうごきだした。目をつぶると、クラスでいちばん大きなおっぱいをしたレノーア・ブラットが、授業のあとで早くバスに乗ろうとして駈けだし、あの触ることができない大きなやつが、ブラウスのなかでブラブラ動いているのが目に浮んでくる。すると、そのときだった。おふくろがバスルームのノッブをガタガタやりだした。鍵はかけてあるはずだが、忘れたかな。現場を押えられたら、厄介なことになるぞ！

『あけておくれ、アレックス、早くさ』

だいじょうぶだった。手のなかにあるものも、まだ生きいきしている。さあ、やっちゃえ！『舐めて頂戴な、ビッグ・ボーイ、熱い舌で舐めてよ。あたしは大きなおっぱいをしたレノーア・ブラットの熱くなったブラジャーなんだから』といってるじゃないか。

『アレックス、なぜ返事をしないんだい。きっとまた学校の帰りにフレンチ・フライを食べたんだろう。ジャガイモにあたったんだよ』

『う、うーん』

『アレックス、そんなに痛いのかい？　お医者を呼んであげようか。どこが痛いんだい？　黙ってちゃあ駄目だよ』

『う、うーん』

『アレックス、あとで流さないで、そのままにしておきな。出したものを見てあげるからね。ほんとうに痛そうだし、心配になるよ』

ぼくは便器のうえに乗っけた尻をもちあげると、鞭で叩かれた犬のような泣き声をあげながら、ハンナのブラジャーに三滴ばかり発射した。今日は、これで六回目のオーガズムだが、まだ血は出ない。何回めに血が出るんだろう？

『アレックス、流しちゃったのかい。しょうがないねえ。ビリビリだろう？　固いのも出たかい？』

『とにかく下痢なんだ』

このへんで、やめておくが、以上は「パーティザン・レビュー」誌の昨年夏季号に出たフィリップ・ロスの短篇「ホワッキング・オフ」Whacking off の最初の部分である。アメリカン・ユダヤ作家フィリップ・ロスは「さよならコロンバス」（一九五九）で知られているが、ニュージャージー州ニューアークの生れで、本年三五歳になる。このあとで長篇「レッティング・ゴー」（一九六二）と「彼女が善良だったとき」（一九六七）を発表した。あとのほうは、ちかく翻訳されるという話だが、なにぶんニューロチックな文体なので「レッティング・ゴー」なんか、とくに読みにくいし、ぼくは途中で落っこちた。

ところで今年のはじめだったが、グローヴ・プレス社から「暗い隅っこの光」Light on Dark Cornersという本が出版された。この本のことも知らなかったが、じつはアメリカでは昔あった有名な性科学本で、一大ベストセラーだったが、三〇年以上まえから絶版になっていたのである。それがどんな内容の性科学本だかということを、「ナット・ターナーの告白」（一九六八）で、黒人奴隷の最初の暴動を描いて評判になったウィリアム・スタイロンが批評していて、そのなかに「ホワッキング・オフ」のことが出てきたのだった。それで読みだしたところ、目をまるくしてしまったわけだが、ハーパーズ・マガジンの二月号に出たスタイロンの書評は、かなり面白い。ながいものだが、簡単に紹介しておきたくなった。

人間の性行為については、いろいろな表現のしかたで語られてきたが、マスターベーションだけはタブーとされて誰も語る者がなく、この性行為は、暗がりのなかで存在してきた。ほかの性行為は、ありきたりのやりかたとか、風変りなやりかたとかを問わずに、たとえば日常的な性交にはじまり、男性、獣姦、レズビアン、混交といったふうに、医学者によって専門的に研究されてきたし、また小説家もポーノグラフィにするのとは別に、まじめな態度で書いてきた。ところがマスターベーションになると、医学的な参考文献は非常に数がすくないのだ。

一例をあげると、キンゼイ報告にもマスターベーションの実例が出ている部分があるが、説明として妥当性に欠ける。ドイツの性科学者ステケルによる「オートエロチズム」は、だいぶ以前の出版だが、もっと突っこんだ研究だった。いずれにしろ置きざりにされた人間行為の一領域であり、いっぽう真面目な小説家も、この孤独なプライヴァシーがもつ満足感や楽しみを文学的な表現でもって書いた者は一人もいなかった。またジョークの分野でも、昔からほとんど取りあげられることがなかったのである。

ところがフィリップ・ロスが最近の「パーティザン・レビュー」誌に発表した短篇「ホワッキング・オフ」は、ある少年がバスルームのなかで繰りかえし、拷問的な苦痛をマスターベーションによって味わうのを、いままでのタブーをおかして観察した文学的な精液冒険であって、じつに面白く書いてあった。

小説や戯曲の主人公は、エディポス王からドン・キホーテへ、それからシェイクスピアからヘミングウェイやドライサーや「ロリータ」のハンバート・ハンバートへと、男の本能に燃えて恋愛におちいったり、不自然な抱擁のなかでフラストレーションにおちいったりしたが、そうした小説の主人公が、たいていの人間が経験ずみのマスターベーションをやりながら、この苦痛から超脱したときの気持とか、欲情のとりこになって、非現実的な世界を現実だと思いこんでいくあたりの気持とかを、いったい書いたことがあるかと調べてみても、ひとつも見つからないのである。また女性にしてもそうだ。彼女たちにしろマスターベーションの経験は男とおなじなのだが、その秘密の楽しみについては、たぶんそうだろうと想像する以外に、なんの資料もない。

ともかく漠然としたヴェールをかぶせてしまったが、その理由はオートエロチズムがほかの性行為とちがって、学生時代における当りまえな行為であり、そうした青春期の終りになって、キャンパス・スーツやオーマー・カイヤム主義や子供っぽい遊びから遠ざかるにつれて、自然とやめてしまう悪い行為だと一般的にみなされてきたからであった。ほんものの品物の代用品だったといっていいマスターベーションは、結婚したとか、ほかの性的自由を発見したとたんに、その行為が中止されてしまうのだ。もちろん、結婚するのが厭だったり、娼婦に興味をもたない隠遁的な憐れな者は、孤独な自己のなかに閉じこもったまま、マスターベーションが性交とおなじようなものだと考えているだろう。だがこれは例外だし、誰でも大人になると、少年時代の行為はつつしまなければならないと考えはじめる。それを口にすることは、じぶんの威厳を傷つけることになるのであった。

ところが、最近のベストセラーになったマスターズとジョンソンの共著「人間の性的反応」Human Sexual Response によると、ほとんど大部分の大人が、男でも女でもマスターベーションをやっているのだ。その調査統計を信用していいとすると、彼らは、かなり規則的にマスターベーションをやっているのであって、その衝動となる対象がまた驚くほど種類が多い。滑稽な例をあげると、一カ月に一回だけマスターベーションをやっている男の感想だが、以前は週に二回やっていて、その時期が一年以上になったが、これでは度数が多すぎるし、頭のほうがバカになるような気がして減らしたというのだ。

また日に二回か三回やっている男がいるのだが、このほうは日に五回か六回やるのでなければ、神経系統に支障はきたさないだろうと考えている。そして共著者のマスターズとジョンソンが結論としていっていることは、マスターベーションは神経的充足感では性交に劣るが、じつはもっと強烈な満足をあたえる場合もあるといい、ピューリタン的な響きをもつ「自瀆《じとく》」が、なぜ口にすることができない罪悪とみなされるようになったかという原因を、苦心して探っていくのである。

そうした説明によると、この社会にあっては、性交は生殖を目的としているし、おたがいの楽しみである。だからいいが、そうではないマスターベーションはいけない、という考えにみちびかれる。それは究極において、一般人のやりかたを拒否するノンコンフォーミズムであり、非社会的なノンコンフォーミストが、自分だけの楽しみにふけるとなると、それは最低の存在だという観念が発生するようになるわけだ。

さて「暗い隅っこの光」だが、グローヴ・プレスが、三〇年以上も絶版になっていた本を出したことは、賞めていい。この感服にあたいする性書は一八九四年に初版が出たが、そのとき「アメリカ中西部のカーマ・スートラ」というキャッチ・フレーズで注目され、それ以後の四〇年間に四一版を重ね、一〇〇万部以上が売れたのだった。この当時にあって、もっとも影響をあたえたセックスの手ほどき本であり、これがひさしぶりに読めることになったのがいいというのは、マスターベーションにたいする考えかたが、いまの人たちにとって非常に参考となるからだ。

ぼくは一九三〇年代の終りにヴァージニア州のハイスクールに通っていたが、学校図書室にも大勢が読んで手垢がついたのが一冊あった。内容は数名の執筆者の手になるが、もっとも興味があるのは、アイダホ州キリスト教婦人矯正会の仕事をしている女医エンマ・ドレークと、シカゴの神学校の校長オゾラ・ディヴィスという奇妙なチームが共同執筆した部分で、ゲッソリするような図解が入っている。それは、ふっくらした健康的な睾丸の切断面といっしょに「性的過度によって浪費された睾丸」と説明された図がならんでいて、その睾丸は、しなびたスモモのように描かれているのだ。

二人の共同執筆者は、「自瀆」の害を説明しようとして、最初は、おそろしく張りきっている。『気ちがいになったり、テンカンになったり、ケイレンを起したりするのは、そういう素質がある者に多いが、マスターベーションに夢中になるのも、やはり素質の問題だ』といった調子ではじめるのだが、この自信たっぷりな態度が、すこしたつと、あやふやになりだす。『といって誤解しないでもらいたい』と逃げを打って『何事にしろ過度な行為は、健康な人にとっても害になるものだ。これから大人になろうとする少年は、この点をよく考え、ビジネスの世界で成功しようとするなら、こうした欲情を制御しなければならない』というふうに弱腰になる。つまりマスターベーションという行為は、ノンコンフォーミストがやることであり、それでは社会的に出世したり、金持になったりすることはできないというのだ。

要するに、ほかの五人の執筆者にしろ、マスターベーションをしてはいけないという気持には、なれなくなっているので、当時はいけないことだと考えられていた常識をやぶり、そういう気持で青少年たちを悟し、みちびこうとしているのが、この本の興味ぶかいところなのである。

たとえば、マスターベーションをしている少年は、顔を見ただけでわかると当時の医者たちはいっていたが、これに正面から反対しているのも面白い。『少年たちも、そうだと信じ込むようになったが、これは大間違いであり、肉眼では識別できないものなのだ。マスターベーションをやっている少年の眼蓋のしたが黒ずんだり、ニキビができたり、頬の肉が落ちたりすることは、よくある。しかし、こうした症状は、ほかの身体障害で起ることも多い。ある少年は一見したところ過度のマスターベーションにおちいっているらしい典型的な顔をしていたが、じつは無経験であり、セックスにたいする好奇心にしろ、まったくなかった』と報告しているのだ。

こう書いてあると、ニキビなどを気にしていた少年はホッとするであろうが、安心させたあとで、またおどかすといった手をつかっている。『マスターベーションの悪い影響として、顔色や血行が悪くなり、消化力もおとろえるいっぽう、やりすぎると神経衰弱になる。医学用語では「ニューラスセニア」と称す症状だが、うっかりすると大人になってからインポテントになって苦しんだり、子供ができない破目におちいる。この行為を知った当初、あまりにやりすぎると、ノーマルなセックスにたいして興味がなくなるようになる。つまり機械的な刺激を、ながい間あたえていると、性器官はタフになってしまい、自然な方法によってえられる楽しみが感じられなくなるだろう』

「暗い隅っこの光」という性教育書がマスターベーションばかりを取りあげているわけではないが、いたるところで、その恐怖にぶつかるのである。ところが、その恐怖の背景になっているのが、ピューリタン的道徳家が目をそむけるような世界であり、その世界の魅力とか誘惑とかが、じつによく描いてあるのだ。それで当時は「ショッカー」（衝撃本）といわれ、それで売れたと同時に、アントニー・コムストックがリーダーになった悪徳清掃団体では、ポーノグラフィだといって非難したものだった。たとえば「子宮につうじる入口」という図解がある。それを見ているのが一九一〇年ごろのインディアナ州の青年であって、みだらな想像と罪悪感との板ばさみになりながら、ひたいに汗を出し、息がつまったカラーを引っぱっている光景が目のまえに浮んでくる。そういったポーノグラフィの一種でもあったのだ。

ともかく、この本に目をとおしていると、この緊張しきった青年の表情と、「プレイボーイ」あたりをめくりながら、セックスにたいしては気儘でいられる現代青年の表情とが浮びあがり、ながい道を歩いてきたなと思うのだが、はたしてほんとうに変化したかとなると、そこでまた疑問が生じてくるのである。

ここでまた「ホワッキング・オフ」に戻ると、これが掲載された「パーティザン・レビュー」誌はリトル・マガジンだから、そう大勢が読んだわけではなかった。だが、このあとでフィリップ・ロスは「ユダヤ式ブルース」という続きを書き、それを昨年末から出はじめた「ニュー・アメリカン・レビュー」というペーパーバック型リトル・マガジンの第一冊に発表した。これはアレックスがまだマスターベーションをおぼえない九歳のころから書きだしてあるが、ある日のこと、じぶんの睾丸の左のほうが、うえのほうに上ってしまって、さわっても右のほうしかないというユーモラスな場面ではじまる。左の睾丸は、だんだん腹のほうへ上っていくようなので心配でしようがない。ある日のこと、お医者さんが来たので打明けると、服地でも買うときのように撫でたり、つまんだりしながら、これはホルモンの不足だといって注射すると、見えなくなった睾丸が下ってくる。

「ニュー・アメリカン・レビュー」は第一冊が出たときから評判がよく、ついで第二冊が出ると、合計十二万五千部が売れた。これはリトル・マガジンとして大成功だったが、ついで第三冊が最近出ると、これにもフィリップ・ロスは「文明と不平」という続きを書いたが、これはアレックスがマスターベーションからペッティングをはじめるようになる十五歳のときの話で、七五ページもある。アレックスが女の子の〈カント〉の恰好を想像するところから書きだされ、これが今までのところ一番おもしろいといわれているが、それはユダヤ作家独自のユーモアが物をいっているのであって、自己憐憫と、その繰返し描写から、ブラック・ユーモアが発生してくるあたり素晴らしいものだ。

アレックス・ポートノイという主人公は、ハイスクールのころから優等生だった。いまは三四歳になり、法学を学んだあとで、ニューヨークにある人権擁護協会の秘書をしているが、精神分析をしてもらわなければならない精神状態におちいる。そして精神分析医に過去の思い出を告白しているのが、以上の断片であり、やがてまとまった一冊の長篇に仕上がるわけだが、その題名は未定で、進行中の作品として続きが発表されていくだろう。いずれにしろ、このところ、アメリカ小説のもっとも異色あるものとして注目の的になりだした。

（昭和四三年十一月号）

20 「幸福の追求」という小説の題名は平凡だが主人公でウィリアム・ポッパーという名のアメリカ青年には惚れてしまった

アメリカの若い新人が書く小説には、面白いものが多くなってきた。ふつう想像するより、はるかに面白い。ふしぎになってくるのだ。小説なんか書かなくてもいいのが、アメリカという国じゃないのか、という非論理的な観念が、ぼくには昔からあった。というのも、つい最近まで、アメリカ作家の小説をヨーロッパ作家の小説とくらべてみると、どうしても二流クラスだという印象が、ぼくの頭にこびりついていて、そういったハンディキャップをつけながらアメリカの小説を読んでいたからである。それがこの三、四年というもの、ほかの国のものよりアメリカの若い作家のもののほうが、たとえ二流クラスであるとしても、ずっと面白いし、大げさにいえばアメリカの小説がいちばん面白いんじゃないか、と考えないではいられなくなった。

とくに、この春から秋にかけての現象だが、急にゾロゾロと大ぜいの新人が出てきて、それぞれ一癖あり、表現力にも独自のものがあるのだ。こんなにも文章の肌合がちがいながら、どれも読ませるだけの力があるなんて、いままでのアメリカにないことだった。いままではジョン・アップダイクとかフィリップ・ロスとかいったように、一年に一人ぐらい、とくべつに期待される新人が出たものだが、こうゾロゾロと出てくると、ニューズウィーク誌のレイモンド・ソコロフが感心したように、あたらしい星座がキラキラ光っているような気がしないでもない。それよりもふしぎになるのは、なんでこんなにも小説を書くのに夢中になってきたかということで、アメリカ人なら、もっとほかに、やりがいがある仕事がたくさんあると思うのだが。

ともかく週刊誌「ニューヨーク・レビュー」の新刊広告を見るたびに、どうもイケそうだなという気がして、注文してしまう本が、だんだん多くなってきた。昨年の終りあたりからだが、その一部を列挙してみると、すこしキザだが、ロバート・ストーン「鏡の広間」、ディーヴィッド・シェツリン「デフォード」、フランク・コンロイ「ストップ・タイム」、グレース・パレー「すぐグラつく男の気持」、ジェローム・チャリン「エルサレムへ行こう」、ジェレミー・ラーナー「答」、フロイド・サラス「邪悪な十字架に入墨してやろう」、スタンレー・エルキン「悪人」、アルフレッド・グロスマン「善行者たち」

といったところがあって、このへんはどうもイケそうだと思い、注文したのが着いて読みだしてみると、やっぱり面白い。一冊二〇〇〇円どころだから、そんなときは損をしなくてよかったなと思ったりするのだが、なかに一冊損しそうな気がしたので、注文するのが遅れたのがあった。その本の筋書というか内容について、これからできるだけ詳しく書こうと思うのである。注文する気が最初しなかったのは、小説の題名が「幸福の追求」となっていて、いかにもセンチメンタルでメロドラマくさいし、この処女作を書いた作者がトマス・ロジャーズという平凡な名前なのも読む気を起させなかった。ところが広告を見ると、ぼくがすきな中堅作家たちが、注目すべき新人が登場したといって賞めているし、そのうちの一人で哲学的な小説を書いているウィリアム・H・ガスが『そおっと仕掛けたダイナマイトが、途中で爆発するあたりのテクニックのうまさには、ふつうと違うところがある。そこが小説家として勉強になるので、どこが違っているか考えているところだ』といっているのが興味をひいた。それで注文して読んでみると、なるほどそんなところがあるいっぽう、主人公である二一歳の青年ウィリアム・ポッパーというのが、自動車事故を引き起してしまい、刑務所に入れられるという運命になるが、そのときの心がまえというか、じぶんにたいして嘘がつけないために、みずから刑を重くしてしまうのであって、こういう正直な心を持った青年にぶつかると、感動しないではいられないのだ。

読んでいくうちに、ウィリアムがシカゴの資産家の息子であることがわかり、いい弁護士がつくことになるが、その指図にしたがわないで、じぶんを押しとおしていくあたりも気にいってしまった。そうするうちに脱獄する偶然のチャンスにぶつかるが、それから最後の行動にうつるまでに、ぼくは、この青年に惚れ込んでしまったのである。アメリカにかぎらず、こういう青年は、ほかの国にも大ぜいいるだろう。けれど、なかなか、ぶつからないのだ。

こんなことを書いても、漠然としているだけなので、どんな青年であるか、もっとくわしく出来事を追って説明したくなった。それがうまく書けるかどうか心配だけれども。

春だというのに、シカゴは吹雪に襲われている。ウィリアムはシカゴ大学の生徒で、こんどの試験にとおれば卒業するのだ。学校にちかいサウス・サイドの安アパートで、ずうっと暮しているが、ある日、伯母のスウェットが訪ねてきた。伯母は、しばらく甥のウィリアムと話し合ったあとで、サウス・サイドの黒人たちのまんなかで暮している強情っぱりのおばあさんのところへ行くといって立ち去ったが、そのあいだに、つぎのようなことを話した。

このまえ来たとき、シャワーを浴びていた女の子がいたけれど、あれはフィアンセなのかい。それなら部屋のなかを、こんなに散らかさないで、もうすこし片づけたらよさそうなもんなのにね、というのでウィリアムは、彼女はジェーン・コーフマンという学校の友だちで、毎日授業がおわると遊びに来るのだけれど、女子学生寮の門限が十二時までなので、それまでに帰らなければならない。それにウィリアム・フォークナーを読むようなタイプの女の子ですからね、と答えると、あたしだってフォークナーは読んだけれど、家のなかは、ちゃんと綺麗にしたもんだよと伯母は言葉じりをとらえ、それにしてもお嫁さんをもらうのなら、もうすこし器量がいい子にしたほうがいいよ、というのだ。

それからウィリアムの母親は、ながいあいだ別居して、ニューヨークで絵なんかかいて遊んでいる。父親のほうは、シカゴの都会生活がいやになり、郊外のフロスムーアに引越して、そこでアパート建設事業に力を入れているが、一人ぽっちだから淋しいにちがいない。たまには会いにいくのがいいよ、とさとした。

伯母が帰っていくのと入れちがいに、ジェーンがやってきた。器量がよくないと伯母はいったけれど、それはたいへんな見当ちがいで、ほんとうにいい顔だちをしているのだ。二人が知り合ったのは大学生になりたてのころで、政治を批判するディスカッションがSFN集会で行われたときだったが、散会後に二人してコーヒーを飲みにいったとき、そのコーヒー店にいた学生たちが、びっくりしたような表情で彼女をながめた、それほど人目をひく顔をしていたのである。あのときから二人の交際がはじまり、もう四年になるのだった。

ジェーンは部屋に入るなり、すぐ服を脱ぎ、裸になってベッドにもぐり込んだ。それからいつものようにセックスにうつる。やがて夕暮れになった。起きあがったジェーンが窓から覗くと雪は雨になっている。衣裳だんすからバスローブを出して着た彼女は夕食の支度をはじめる。ちっぽけな冷蔵庫に芝エビがあったのでエビ・フライをつくった。それを食べおわると、二人はまたベッドのうえにゴロリとなり、ジェーンはフィリップ・ロスの「レッティング・ゴー」の読みかけから、そのさきを読みはじめる。ウィリアムはクローチェの美学の本を読みだしたが、すこしすると倦きたとみえ、ジェーンの頰っぺたに鼻のさきを押しつけて、こういった。

『ぼくたちは、おたがいに二一歳だ。そろそろ結婚したっていいだろう。そうすれば夜中になって寮なんかに帰らなくってもすむしさ』

そういうものの、結婚してからさき、どうしようという目あてなんか、なにもないときている。

『結婚したほうがいいというけれど、あたしはこう考えるのよ』とジェーンはいった。『そもそもの最初は、おたがいに好きになったからでしょう。そうさせたのは、二人の外側に、いろいろといいことがあって、それが力になったからだわ。つまり結婚すると、そういう力を忘れて、いいことは二人の内側だけにあると信じるようになるでしょう。そうすると、おたがいに好きだということは、そのときに停止してしまうんじゃなくって』

『むずかしいことになったなあ』とウィリアムはいって、顔をしかめてみせた。

翌日だったが、ウィリアムは父親に会うため、フロスムーアに向けて車を走らせているとき、駐車場の車のかげから急に出てきた中年婦人をひっかけてしまった。四〇キロちかく出していたので、急ブレーキをかけたが、雨まじりの雪のためスリップしたのである。その女は仰向けに倒れ、頭を打って即死していた。外套のボタンが一つもぎれて転がっている。人だかりがした。二人の警官が来て尋問されたが、あいにく免許証の期限が切れていたうえに、ヴィクトル・セルジュの有名な「革命家の思い出」がバックシートに置いてあったことから、その本を手にした警官は、ウィリアムにむかってコミュニストなんだな、といって睨みつけた。

それから警察へ連れていかれた彼は、電話をかけようとしたが、『ちょっと待て』といわれた。そうして、いろんなことを訊かれ、警官の一人が机にむかって書きとめていたが、やっと電話をかけてもいいといった。ウィリアムには、コミュニストあつかいにされたときから、すべてがナンセンスの連続としか思えない。まずジェーンに電話して、帰れなくなった事情を話し、そのあとで父親を呼び出した。轢いた女の名前はヴァーン・コンロイというのである。それを知ったポッパー氏は、アイルランド名前だということがピーンときたらしく、困ったなというような返事のしかただったが、ともかく保釈金を持って弁護士といっしょに、すぐ行くからといった。

酔払い運転の嫌疑をかけられたウィリアムは、血液検査をさせられたうえ、簡単にはすみそうもないことになったが、五〇〇ドルの保釈金を持ってきた弁護士と保証人のおかげで、留置所で夜を明かさなくてもいいことになった。父親は警察のまえに停めてある車のなかで待っていたが、三人を乗せてから走りだすと、弁護士は困りきった表情になって、こう訊くのであった。『泣いてみせたかい？』

ウィリアムには、その意味が、とっさには理解できなかったが、現場で人だかりがしたとき、彼がうろたえ、泣きベソでもかいていたとすれば、弁護するのに、いくぶん有利になるというわけだ。だが轢いたなと思ったとき彼に襲いかかったのは恐怖であって、泣きだすなんていう気持にはなれなかった。だからそう正直に告白すると、『そいつは、まずかったな』と弁護士は吐きだすようにいったあとで『忠告しておくが、この二三週間は謹慎するんだな。学校へは行かないほうがいい。きみのフィアンセとも会ってはいけない。とにかく取りかえしのつかないことをやった。そのため良心がとがめているという態度でとおさないと、まずいことになりそうだ』と付け加えた。

ウィリアムのおばあさんは、このことを新聞で知ると、警察が血液検査をやったことに憤慨した。昼間のことだったし、ウィリアムが一杯やっているなんて考えられない。轢かれたほうが、いけないんだ。アイルランド生まれの女ときたら、子供なんかは放ったらかしにして、昼間から安バーで飲んでいるし、足もとがふらついて向うからブツかってきたのにちがいない。それなのにウィリアムに罪を着せたのは警官がアイルランド人だったからだと考えはじめ、ミセス・スウェットを呼びつけると『その女の死体解剖をやって、アルコールの検出をしないぶんには、あたしの気持はおさまらないよ。でないと、むこうはアイルランド人だろう。うちが金持なのにつけこんで、慰謝料をふっかけてくるにちがいないからね』と息まくのだった。おばあさんときたら、いつもこんなふうに突飛な考えばかりするんだが、このときはミセス・スウェットも、すっかり手を焼いてしまった。

ウィリアムのほうでは、弁護士の忠告にしたがわなかった。彼の父親も謹慎しろといった弁護士の言葉が気に入らなかったとみえて、車がフロスムーアの家に着くと、それから息子といっしょに夕食したあとで、すきなように行動するのがいいだろう、といったのである。それでウィリアムはサウス・サイドのアパートへ帰ることにした。心配になったジェーンのほうでは、十一時すぎたが待っていたので、この不慮の災難がアクシデントだったことを説明したあとで、時間がないので大いそぎでセックスした。

『コンロイという女を、この社会から消してしまったのは、T・S・エリオットが伝統と個人的才能との創造的な相互作用だといった一例かもしれないな』と、ウィリアムはジェーンを寮まで送っていく途中で喋りだした。

『要するにスタイルの相違にすぎないのさ。伝統どおりにやっていくと、自分を破壊するスタイルは自殺へとみちびいていくんだ。窓から飛び降りたり、毒薬を飲んだりする。もうひとつのスタイルは、他人を犠牲にしてしまう自己破壊だ。ぼくがコンロイという女を車で引っかけたのも、そういったスタイルだといっていいし、そうするとアクシデントとはいえなくなってしまう。それから弁護士は、ぼくがコンロイ家へ見舞いに行ってはいけない。裁判のとき不利な立場になるんだといった。花だったら、花屋から届けさせろ。じぶんでは持っていくなというんだが、ぼくとしては見舞いにいかなければ気がすまない』

これにはジェーンも反対したが、翌日ウィリアムは花屋で白バラを買って、コンロイ家を訪れた。おとなしそうな細君と義姉がいたが、不意の訪問者に驚いた二人にむかってウィリアムは車の運転には注意をしていたつもりだが、とんだことをしてしまった。なんとも申訳のしようがないが、それは彼にとってのアクシデントでもあり、亡くなったミセス・コンロイにとってもアクシデントだったのでなかったろうか、と正直な気持を打明けてしまった。

ウィリアムを見たときから感情をたかぶらせていた義姉は、ミセス・コンロイの娘であったが、この言葉で逆上し、『アクシデントではありません。あなたは母を殺したんだ』と怒鳴った。『アクシデントにすれば、罪が軽くなると考えているんでしょう。けれど不注意な運転とアクシデントとで、どこか違っているのですか。アクシデントが起るのは不注意のせいからです』

そうではないんです。不注意なら避けることができるでしょう。もしミセス・コンロイが、もうすこし気をつけてくれたとしたら、こんなことには、ならなかったかもしれません。アクシデントとなると、すべてのばあいが不意打なんです、とウィリアムはいった。『すると不意打は神様がやることなんですか』と彼女はムキになった。『ぼくは神様を信じません』と答えた彼は、まずい言葉を口にしたと思ったが、もう取りかえしはつかない。『あなたは死者の家にやってきて、神様を冒瀆するのですか、さっさと出ていってください』といわれた。

このことは、すぐ弁護士の耳に入り、ウィリアムは彼の事務所まで来いと電話で命令された。

『きみは忠告したことを、すべて無視したな。わたしは最初から手をひきたいと思ったのだが、お父さんには恩義があるんで、断わりきれなかったんだ。まったく困ったことになったよ。あの家の人たちはアイリッシュ・カソリックなんだ。だから無茶な運転で肉親が轢き殺されたんだ、と単純に考えてしまうのも無理はないし、そこへ出かけていって、無神論者だというなんて、まったく呆れた態度だ』と、弁護士はウィリアムの顔を見るなりいった。

そばにいた父親のポッパー氏が、すると息子がふだん抱いている思想も、こんどの事件に関係するのだろうかと訊いた。それに答えて弁護士がいうには、陪審制度によって有罪か無罪かをきめる場合だと、平常の素行などが持ちだされたとき、それがよくないと、どうしても不利になる。それで陪審制度による公判へは持ちこむようにしないでカタをつけたい。運転事故による死亡の場合、刑期は最長三年間で罰金は一万ドルだが、マロー裁判官に書類がまわされればいいが、フォーゲル裁判官扱いになると、処罰のしかたが厳しくなることを覚悟しなければならない。

『それから』と弁護士はいった。『保釈された日に、きみはアパートに帰ると、情婦といっしょに過したそうだね』

ウィリアムが悪びれずに肯定すると、弁護士は、また厭な顔をしたあとで、彼の服装をながめながら、出頭を命じられたときは、ちゃんとした服装で行くようにといった。彼はジーパンとスコッチ柄のシャツを着ていたのである。

『でも労働者で、よそゆきの服がなかったら、どうするんですか』

『その質問は意味がないね』と弁護士は、ますます機嫌をわるくした。『きみは労働者じゃないんだから』

法律事務所を出たポッパー親子は、それからプレアリー街の大邸宅に住むおばあさんを訪れた。おばあさんは六〇年まえに、この家を建てたが、いまは黒人区になっていて、白人居住者は彼女だけとなった。きのうも黒人の子供たちが塀を乗り越えて庭に侵入し、屋根にのぼって遊んでいるので、消火ホースで水をひっかけて追っぱらおうとしたため、また険悪な空気になってきた。

そんな出来事のため、おばあさんはベッドに横たわったままだったが、二人が来るとハトロン紙の袋から出した書類を見せた。それは私立探偵局にたのんで、事件当日におけるミセス・コンロイの足どりを調べてもらった報告書である。それによると彼女は朝七時半に家を出て、いつもどおりヘンシェル百貨店で正午まで仕事をした。それから友だちと一緒に近くのウールウォース百貨店の食堂でランチを食べると、ドリス・デイの映画を見に行かないかといった。友だちは、ほかに用があるからといって別れたのが十二時五〇分、それから彼女は月賦で買った腕時計の支払いで時計屋に入った。それが一時十五分だったが、それ以後の四五分間の足どりが摑めない。車にぶつかったのは二時ちょっとまえだった。このあいだ何をしていたのだろう。おばあさんは、彼女がバーへ入って一杯ひっかけていたにちがいない、と頑張るのだ。ウィリアムが、それよりドリス・デイの映画を見に行ったような気がするというと、怒りだしてしまい、だいたいフィアンセのジェーン・コフマンとかいうのがユダヤ人なのが気にいらないんだ、といって八つ当りする始末だった。

それで早目に引きあげたが、ポッパー氏はジェーンの話が出たことから、まだ会ったことがないのに気がつき、三人で料理店へ行こうじゃないか、といった。ウィリアムはそれよりアパートで簡単な料理をしたほうが面白いでしょうといって、途中の肉屋でステーキ用の肉を買った。父親が払おうとしたが、息子が承知しないので、そのかわりに酒屋で上等のブドウ酒を一本買った。息子のアパートへ行くのも、これが最初なのである。

ジェーンを見た瞬間、ポッパー氏は彼女がすきになったらしい。さっそく料理の支度に取りかかった横顔に、ちょいちょい視線をおくっているのも、その証拠だ。やがて食卓に料理がならび、ブドウ酒の栓をあけようとしているときに、いつも不意に姿をあらわしては勝手な熱をあげる先輩の一人が侵入した。このときもブドウ酒のビンをながめながら『エルミタージュの一九五三年とは豪勢だな。レニングラードでユダヤ人の医師が大量虐殺された年だったし』といいはじめ、ウィリアムが父親を紹介すると『こんな息子が、ぼくにいたら、さしあたり養子の口でもさがすでしょうな』といったりするので、きょうは困るんだといってウィリアムが廊下へ連れだしたのはいいが、なんだかお互いにやりあっている。

ジェーンは食卓でポッパー氏と向いあったまま泣きだした。

『すみませんわ。はじめてお出でになったのに不愉快な目にあわせたりなんかして』

『いや、おもしろい学生だし、気になんかさわらなかった』

『それならいいのですけれど、ウィリアムはどうなるんでしょう。刑務所へ入れられるだろう、といってましたけれど』

廊下でいい合っていた二人は、意見が合ったとみえ、階段を降りていく靴音がした。

『最悪の場合は、そうなるだろうが、そうかといって希望をすてたわけではないのですよ』と答えたポッパー氏は、ちょっと考えてから言葉をついだ。『おたがいに愛し合っているからには、結婚したほうがいいと思うんだが』

『あのひとも、そういうんですの』

『それなら余計な口だしをする必要もなかった。それとも彼を愛してはいないのですか』

『もちろん愛しておりますわ。けれど問題は別のところにあるんですの。たぶん、それを理解してはいただけないでしょう。というのは二人が交際しはじめたのは、大学のはじめでしたから、もう五年たっていますし、二人とも実際活動に夢中になったりしたので、卒業が遅れてしまったのです。こんどの出来事で、ウィリアムは、また卒業できなくなりそうですわ』

『それはしかたがないことだし、そう苦にすることもないのじゃないかな』とポッパー氏はいうと、繰りかえした。

『結婚なさい。二人の男女が愛し合っていたら、そうするのが当然ではありませんか』

『そうはいえないこともあるんです。わたくしたちの心の外部で、非常に重要なことが取り巻いているとき、結婚すると、その問題が遠ざかっていくことになるでしょう。それなら結婚しないほうがいいのではないでしょうか』

『すると、あなたの夢は、この社会を、もっといいものにしようとすることなんですね』

『ずいぶん愚かな女だと思われるでしょう』といって、はじめてジェーンは微笑した。

『その気持はわかりますよ』とポッパー氏は受けとめた。『じつは別居してニューヨークで絵をかいている妻がそうだったのです。彼女には表現しないではいられないものがあった。それが結婚したために、しだいに困難になっていくので堪らなくなってしまったのでした。それと似ているわけですね』

立ちあがったジェーンがコーヒーを沸かしているとき、ウィリアムが戻ってきた。意見が衝突した二人は、外へ出て殴り合い、それで両方の気持がおさまったというのだ。『コーヒーは、このつぎにしましょう』と立ちあがったポッパー氏はジェーンにむかっていった。『あなたにお会いできて嬉しかったですよ、お料理も、たいへん結構でした』それから息子にむかって『車の駐車場まで一緒に来てくれないか』といった。

階段を降りきったときだった。

『ジェーンが、とても気にいったよ。おばさんのアンが話したのとは違って、美しい娘さんじゃないか』といわれたウィリアムは『いったい二人で何を話していたんですか。あんまり仲よく話し合っているので、おかしいなという気がしたけれど』と訊かないではいられなかった。だが父親のほうでは、それにはすぐ答えず、財産管理人のほうから送ってくる学費のことをウィリアムにたずね、足りなかったらふやすようにいっておくから、ジェーンと結婚するがいいというのだった。

『今夜来たおかげで、おまえの気持もよくわかったよ。ジェーンがもし結婚にたいして、はっきりした態度を示さなかったら、そこは頑張らなくてはね』

なぜ、こんなことを父親が真面目くさった顔をしていうのかウィリアムには納得がいかない。車の駐車場まで送っていったとき『もう話はすんだよ。早くジェーンのところへお帰り』といわれて肩をやさしく叩かれたときも面食らった。それでアパートに戻るなり、ジェーンの口からハッキリさせようとして、こういった。

『おやじときみの間でいったい何が起ったんだい？』

『何も起りはしなかったわ』とジェーンが口を濁した。『あたし泣いただけだったわ。あなたが刑務所へ行きそうなんで』

ウィリアムにとっては、ますます謎みたいなことになり、ベッドに寝っころがると、ふだんあまり口にしないタバコをくわえて、考えはじめた。

裁判官はウィリアムにとって分が悪いフォーゲルのほうだった。彼は一年間の刑期と罰金五千ドルを言い渡されたのである。六月六日のことだった。

下手くそな筋書をダラダラとかいたうえ、後半の刑務所での出来事にふれることができなくなった。さっき到着した「ニューヨーク・レビュー」誌の新刊書評をみると、ジャック・リチャードソンという批評家が、この小説について面白い意見をのべている。中途半端な記事になったが、この紹介と、刑務所でウィリアムがどんな皮肉な運命に陥ったかということと、それから最近話題になったカナダの劇作家ジョン・ハーバートの刑務所劇「運命のありかたと人間の眼」について、次号に書かせてもらうことにしよう。

（昭和四三年十二月号）

21 軽犯罪で刑務所にぶちこまれた青年たちは彼らの意志に反して皮肉な運命をたどっていく

いましがた到着した「ニューヨーク・レビュー」誌の十月十日号をめくっていると、トマス・ロジャーズの処女作「幸福の追求」が、発売後二カ月して再版となり、コロンビア映画とのあいだで映画化の話もきまったせいか、一ページをさいた全面広告を出している。この週刊書評誌に、こんなに大きく新人の小説が広告されたのは珍しいことだし、ぼくは「幸福の追求」という小説がすきなので、なんとなく嬉しくなった。主演者二人の名前と監督が、そのうちきまれば、どの程度の映画になるか、およその見当がつくと思うが、この号では、二一歳のシカゴ大学生ウィリアム・ポッパーが、自動車事故のため、刑期一年間の罪をいいわたされ、刑務所に入ってから、どんな皮肉な運命になっていくかを語らなければならない。

だが、そのまえに、やはり「ニューヨーク・レビュー」誌の八月一日号に出たジャック・リチャードソンの批評に目をとおしておきたくなった。リチャードソンは「コメンタリー」誌の劇評を担当している人だが、小説の分野でも耳をかしていい意見を吐くからだ。

アメリカの小説を読んでいるとき、これは奇妙な珍しい特徴だと思うのは、成年期にたっした年ごろの主人公が、ほとんどいつも描けていないということである。ハックルベリー・フィンやホールデン・コールフィールドといった主人公は、成年期をむかえるまでは、よく性格が描かれているが、二〇歳をちょっとすぎると、どんな原因かわからないままに、急に変てこな人間になってしまうのだ。それ以前に感じられた風変りな性格や、頭のいい考えかたや、それにふさわしい行動のありかたなどに接していると、そんなふうだから少年時代が愉快にすごせたんだなと納得させるが、そういったすべてが、すこし大きくなったとたんに何処かへ吹っ飛んでしまうというのが共通した現象になっている。

どんなふうになるかというと、深刻な顔つきをして考えはじめ、いいかげんな議論で得意になったうえ、とどのつまりが、お説教みたいになっていく。いったい少年時代から大人になるまでの、どんなときに、そんなことを口にするだけの経験をしたのだろう。急に啓示をうけることになったのだろうか。なんにもなかったじゃないか、と読者のほうでは知っているので、だまされたような気持になってしまう。そういえば、みんなが思いがけない出来事の渦中に巻きこまれるというのも共通しているが、その渦中にあって積極的な行動をするなんてこともないのだ。そのいい例がヘミングウェイのニック・

アダムズが大きくなっていくときに、いろいろな出来事にぶつかるが、この若いニックとおなじように、ほかの主人公たちもまた、出来事に翻弄されているにすぎないのである。そうした小説のどれでもいいだろう。最後の数ページを注意して読めばわかることだが、主役であった出来事をメロディにして、なんとか自分を美しく歌いあげようとして苦しんでいるのだ。

トム・ジョーンズやベッキー・シャープやジュリアン・ソレルといった冒険ずきな若い者たちは、彼らが生きていた社会とか、そのなかでの泳ぎかたについて、間違っていた点はあったけれど、ともかく結論を出したものだった。ところがアメリカでは、真面目な作品を取りあげても、そうした気魄のある主人公は見つからず、社会的な成功と失敗とのあいだでクタクタになれば、それで読者にたいして言分けがたつという、無邪気で単純な解決のしかたしか持ち合わせていないのだ。

また見かたによっては、ドイツ教養小説と、どこか似ている点もある。どっちも主人公が学生であってあらゆる経験は、たちどころに哲学化され、その価値判断は作者の独り合点できまってしまうからだ。ところがアメリカの学生ときたら、ウィルヘルム・マイスターやハンス・カストルプにくらべると、中身は、まるっきり空っぽだし、よくまあ教室の隅っこで半分眠りながら講義を聴いているような学生に、こんなにも難しい問題を解決させせようという作者の甘さ加減には、不思議な気持にならざるをえない。この種のアメリカ文学では、過去二〇年間に、ソール・ベロウのオーギー・マーチと「さよならコロンバス」の主人公だけが、個性ある学生として登場したにすぎなかった。

さて、トマス・ロジャーズの「幸福の追求」であるが、以上のような奇妙だというほかない欠点を、やっぱり露呈してしまった最近での代表作である。というものの作品の随所に発見できるインテリジェンスやユーモア、それから副人物として登場する数名の描きかたには賞讃にあたいするものがあるが、肝心の主人公ウィリアム・ポッパーはどうだろう。彼はシカゴ大学を卒業しようという矢先きに、いろいろな突発事故にぶつかり、最後にはメキシコに高飛びして、アメリカ人としての国籍を返上してしまい、彼の将来を心配した叔母が迎えに来て『おまえの故国に帰る気はないのかい?』と訊きだしたところが『いやなこった!』とハッキリ意志表示をするのだ。

批評家たちの意見では、このウィリアムというのが、成年期になるまで面倒をみてやった社会から、その行動ぶりが非難され、相手にされなくなった現代青年の典型的な例だということになる。そうかもしれないが、考えてみると、ウィリアムは金持の息子だから食うには困らないし、精神的なエゴイズムから出発したところの、ごく単純な社会的プロテストをやっているとしか思えない。作者は、どういう気持で彼をあつかっているのだろう。アメリカの社会に嫌悪を感じたからといって、ウィリアムは社会変革者としての役割も果していなければ、この社会に背を向けている若いジェネレーションの代表者でもない。なかなか感じのいい青年であることは否定できないが、頭のほうは正直さが取柄だといった程度だし、突発事故にぶつかるたびに、この正直さが、バカ正直にまでなって発揮されるのだ。

突発事故の最初は、ある婦人を轢き殺したという自動車事故で始まった。と同時にウィリアムは、大学教育によって認識させられることになった意地のわるい社会から、してはいけない行為があるのだという注意をうける。しかし彼は『命令されたとおりに行動する気はない』と答えるのだ。事故のあとで、しまったことをやったという感情もしめさないし、会わないほうがいいと忠告されたのに、そのガール・フレンドといっしょに寝るのだ。轢いた女の親戚のところへは行くなといわれた。しかし彼は見舞に出かけたうえ、神を信じないと口をすべらしてしまうのだ。そして、このような自己にたいする公平無私な態度のため、彼は六カ月の苦役を課され、刑務所で暮さなければならない運命におちいっていく。

このまえの号では、ここまでの出来事を、ややくわしく紹介したが、リチャードソンの批評を、つづけて読んでいってみよう。

刑務所生活でも、偽った感情がしめせないウィリアムは、ホモセクシュアルな三角関係のなかに巻き込まれ、偶然にも殺人現場に居合せることになった。それで、そのときのありさまと犯人が誰であるかを証言しなければならない窮地におちいる。もし犯人の名前をいえば、刑務所内の仲間たちから裏切者の制裁を受けるだろう。しかし嘘をついて身を助けるという手段は、なおさら自己嫌悪へと駆り立てるのだ。そうしたジレンマに直面したとき、また偶然にも自己保存のチャンスをつかみ、刑務所からの脱出に成功する。それから金持のおばあさんの家へ行って、金庫にしまってあった三〇〇〇ドルをもらうと、ガール・フレンドをつれてメキシコ国境を越え、そこで共稼ぎしながら永住の決心をするのであった。

ところで作者のトマス・ロジャーズは、カミュの「異邦人」でも下敷きにしたのであろうか。そう推測してみると、人間的な反応を純粋化するために余計なものを削りとってしまい、そのうえで感情だらけな儀式に満たされた社会と格闘していこうとする意志があることに、あらためて注意がむかっていく。しかし「幸福の追求」という小説は、そこまで考えさせるだけの抵抗力がないし、スケールにしても小規模なのだ。作者の視野に入ってくるものは、ある特殊な社会的環境における物珍しい出来事にすぎないし、それらを不機嫌な顔をして眺めているが、そんなことに気をつかったところで、ウィリアムの正直さというものは反映しないし、むしろ強情っぱりな青年だという気がしてくる。その結果どうなるかというと、メキシコに永住すれば、一生苦労しなければならないのに、そんな心配なんかしていない快活な青年になっていくのだ。そういう彼の姿に最後のページで接した読者のほうでは、もういちどメキシコで誰かを轢き殺さないかぎり、現実社会に腹を立てたことなんか忘れちゃったんじゃないかと思いはじめるのである。

いささか薄情な批評になったが、こんなふうに堅苦しく考えないで、たとえばモリエールの芝居「人間嫌い」のように、純粋なファルスと見立てることもできるだろう。つまりウィリアムはアルセストの現代版なのだ。育ちがいいうえに気持ちがやさしい人間嫌いであって、しかも正直さだけで生きていかれるという金持の息子なのである。そうした正直さだけで押しとおしていく行動を、いつも作者は高く買っているのだ。というよりは作者自身にとって、たまらないほどアメリカ社会が鼻につくので、ウィリアムのような想像力のない平凡な青年でも彼とおなじような気持になるだろうと考えながら、書いているのではないかと思いたくなってくる。

その証拠には、作者がきらいなタイプの人間が大ぜい登場するのだ。たとえば実利的な弁護士ロレンス、刑務所暮しの政党ボス、ニューヨークで別居している母親、とくに最後に出てくる老いた放浪者など、みんなそうだ。いちばん感心した点は、時間と場所とが現実的な面で定着されているために、読者のほうでも現時点におけるリアリティにたいして、小説にもとづいた観念をもつようになり、それを作者の観念と比較するようになることである。しかし、もういちど最初にうけた印象にもどると、ウィリアムという若い主人公は、まだ生活に充実性が欠けているので、解決すべき問題を答えようとしても、一般的な見解から出られない。いいかえればメキシコへの逃亡が、全体的にポッカリと空虚な中心となって印象に残るのであって、そのへんにも納得性が欠けるのだが、

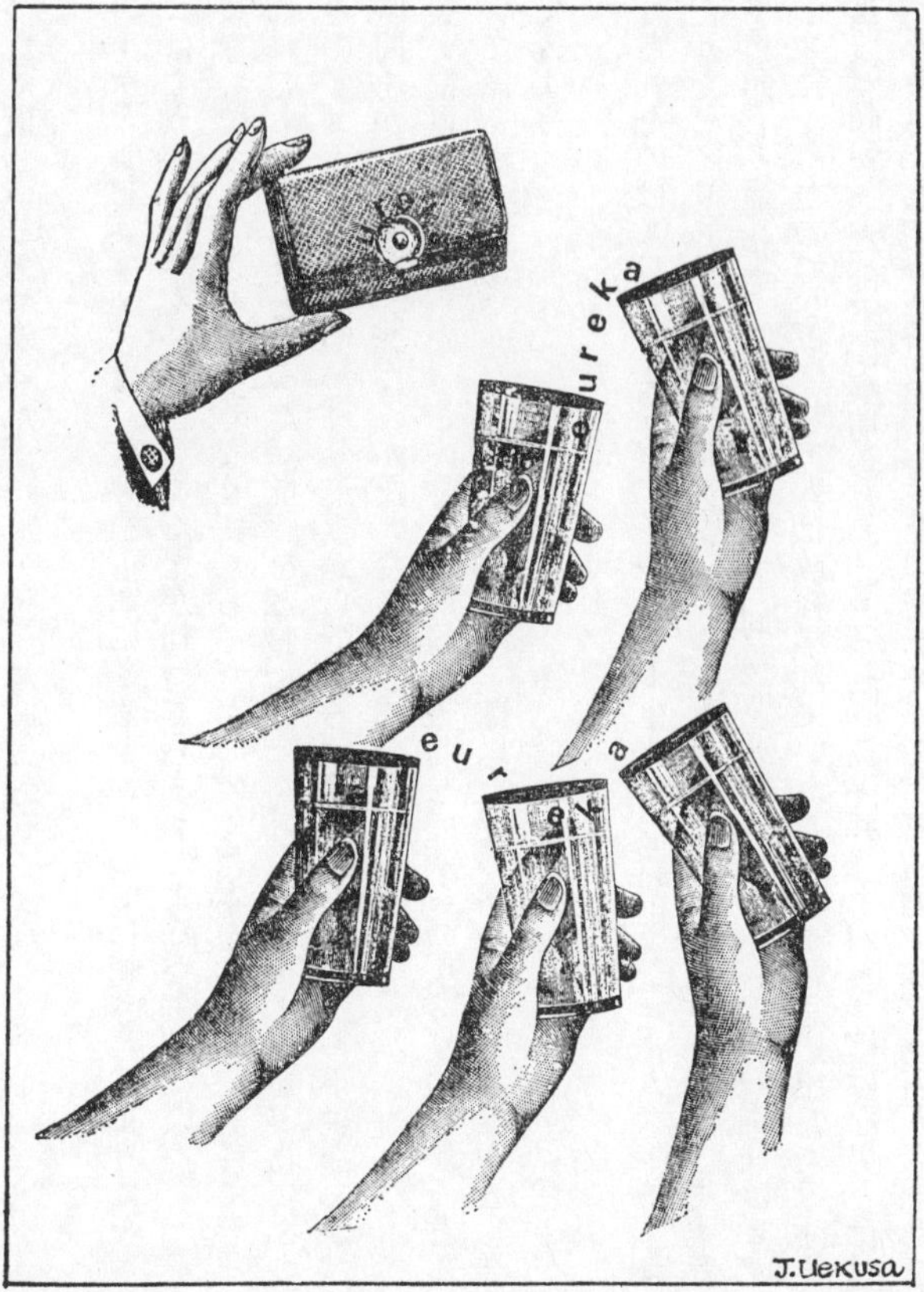
eureka
eureka
J.Uekusa

これはまったく惜しいことであった。

「ニューヨーク・レビュー」誌は、書評を丁寧にやるというので信頼されるようになったが、じつはこういう批評を読むと、なんだか判ってしまったような気持になって、その本を読まないですますことが多くなってくる。だが、ぼくは本を注文して読んでしまったし、それでトクをしたと思った。批評をとおして浮んでくるイメージと実物にぶつかったときのイメージとは、やっぱり違うからである。そうでなかったら小説なんか、わざわざ時間をかけて読む必要なんかないだろう。

だいぶ長い前置きになったが、この号では刑務所入りしてからのウィリアムがたどる運命について語るつもりだった。そのアウトラインは以上でわかったが、もうすこし詳しく書いてみよう。

彼が入れられたのはA41号監房で、アイルランド生まれの政治家ジェームズ・モーランが一緒だった。イリノイ州スプリングフィールド選出の上院議員だった彼は、失業者救済資金を着服した罪状で、もう三年以上も刑務所で暮らしている。この事件はビッグ・ニュースになったので、ウィリアムは政経学部にいたし、ふっと思い出した。すると汚職議員は右腕だった部下に裏切られたことを話し、『肝っ玉のちっぽけな男とは付き合うな。かならず裏切りをやるから』と忠告してから、密造酒を隠し場所から出してチビリチビリとやりだす。まずい酒だなと思いながらも、ウィリアムは相手になってやった。

刑務所には、こうした汚職議員のほか、銀行家、銀行泥棒、労働運動指導者、会社幹部といった大物が幾人かいて、家具製作が彼らの重労働だ。ウィリアムは、まだ若いから、刑務所のすみにトラックで運ばれた石炭の山にシャベルを突っこんでは、発電所につうじる送り溝のなかへ投げ込むという重労働をやらされた。これをやらされると、七月の暑さだし、汗だらけになったうえに真っ黒になってしまう。それで仕事がすむとシャワーを浴びさせてもらえるのだが、そうした或る日のことだった。

シャワーを浴びている隣りの男が、ボディ・ビルの雑誌で見るような筋肉が張った若い黒人で、ジョージと呼ばれている。これがホモセクシュアルだった。病室係りの金髪の少年に夢中になっているらしい。だが、この少年にはタフな囚人のマッカードルというのがパトロンになっていた。それを横取りしてやろうと考えているジョージは、つけぶみがしたくなったが、文章に自信がない。それで隣りでシャワーを浴びているウィリアムに教わろうとした。

『こういえばいいのかい〝きみは、ぼくが見た顔のなかで一番きれいな顔をしている〟You got the most pretty face I ever saw というときだけれど』

『そいつは、ちょっと間違ってるなあ』とウィリアムは答えた。『You've got the prettiest face I've ever seen というんだよ』

こんなことから二人は接近するようになったが、ある夜のこと監房のベッドで横になって、いまごろジェーンは何をしているんだろうとボンヤリ考えていると、元議員モーランが、こういった。

『おまえさん、ジョージのことを考えているね。およしな。あいつとは手を切ったほうがいいぞ』

その翌日だった。石炭作業が終ってシャワーを浴びていると、湯気のなかに男があらわれ、手にした短刀がキラリと閃めいた。『貴様、つけぶみをしやがったな』とすごんだマッカードルの声。『それがどうしたんだよ』とジョージがいい返す声がしたと思った瞬間、マッカードルはバレエ・ダンサーのように跳びあがって、相手の喉もとを突き刺した。

父親のポッパーがジェーンをつれて最初の面会に来たのは、この事件の直後だった。それで、このことを父親に訊かれたウィリアムは、刺し殺した男の名前は口にしなかったが、目撃者だったので、見たとおりを看守長に話した。ところが、刑務所という閉された世界では、ちょっとしたことでも、口から口へと伝わって大きな波紋を生じるようになっている。彼は犯人マッカードルの仲間から、余計なことを喋ったら只ではすまさないぞ、と脅迫され、昼食後の散歩時間には、いつもなら話しかけてくる連中が寄りつかなかった。もうじき刑務所内での裁判がおこなわれるだろう、といった事情を父親とジェーンに話しているうちに面会時間が切れたので、あとは弁護士にまかせようといい残して、二人は面会室から出ていった。

ところが弁護士ロレンスは、あいかわらずウィリアムに反感をいだいているらしい。翌日やってきた彼とウィリアムのあいだで、つぎのように二人の気持が衝突した。

『きみの陳述筆記を見せてもらったが、つけぶみの文章に手を入れてやったそうだね』

『友だちなら、それくらい当りまえでしょう』

『どの程度の友だちかい？』

『ふつうの友だちですよ』

『裁判のときに検事側では、そう解釈はしないだろう。きみに会いに来たのも、証人席での受け答えを、どうはぐらかすかという忠告のためなんだ』

『出された質問に、そのまま答えてはいけないんですか？』

『きみのためには、いけないんだ。目撃者だったことはしようがないが、なんの関係もなかったということをハッキリさせ、とりわけあの黒人とつき合っていたことは、絶対に口にしないようにしたまえ』

ウィリアムの記憶によみがえってきた光景は、血だらけになって倒れた黒人ジョージを見た瞬間、おもわずマッカードルがビックリした表情をしたことである。すると脅かすつもりだったが殺す意志はなかったのかもしれない。そうだとすると、彼の自動車事故とおなじようにアクシデントだと考えられてくるのだった。しかし弁護士は、マッカードルが終身刑を受けていることだし、それよりも自分の身をまもるべきだといった。

裁判が行われる日、彼は平服を着せられた。真面目で信頼できる青年だという印象をあたえたい。そう検事側は考えたのであって、手錠もはめさせないようにした。こうして裁判がはじまるまえに、ウィリアムは二人の看守と向い合って、となりの一室にいたのだが、看守はタバコをすわないかと親切に出してくれ、小便がしたくなったといったときも、ああいいよ、といって椅子にかけたままだった。

廊下のすみにある便所は、天井がたかく、黒と白のタイル張りで、旧式な便器のうえの窓が開けっ放しになっていた。彼は自分の眼をうたがいながら、便器に足をかけて、窓から覗いてみると、そこは崖になっていて十二フィートくらい下のほうは芝生になっている。窓じきいから両足をブラブラさせながら、どうしようかなと考えていたウィリアムは、やってしまえと決心するなり跳び降りた。

くるぶしを挫いたらしい。けれど立ちあがってみると歩けたので、びっこをひきながら芝生を横切り、低い鉄柵をまたいだ。それから東の方向へと歩きだしたが、まだ誰も気がつかないらしいし、こんなにも簡単に脱走できるのかと思うと、なんだかおかしくなってきた。

このあとでメキシコへジェーンといっしょに高飛びすることになるのだが、ここでちょっと話をかえたくなったのは、つい最近ロンドンで上演された「運命のありかたと人間の眼」Fortune and Men's Eyesという奇妙な題名をもつ囚人劇の台本を読んだときの印象であって、刑務所にぶちこまれた若い者たちは、こんなにも性格が変ってしまうものかと驚いたことだった。

この芝居を書いたのはジョン・ハーバードというカナダの若い劇作家だが、彼自身もジャン・ジュネとおなじように、軽犯罪の大人や青少年を収容する刑務所に入れられた経験があり、性格が変化していく十七歳のスミティは作者自身なのだろう。演出者チャールズ・マロヴィッツは「オープン・スペース」という地下劇場で、切符を買った客が薄暗い廊下をとおり、看守がいる取調べ室で指紋をとらされたうえ、刑務所を感じさせる客席で幕が上るのを待つという環境芸術の手法を採用した。そして幕が上って暫くすると、看守につれられたスミティが登場するのだが、その監房のなかには、つぎのような特徴のある十八か十九歳の若者が三人いるのだった。

ロッキー。十九歳だが、もっと年がうえに見える。話しているうちに興奮すると、子供みたいに感情をたかぶらす。潜在的な恐怖心があって、そのせいか行動がすぐ荒っぽくなり、言葉の使いかたでも、わざと乱暴な調子にしてみせる。追いつめられて歯をむき出しているネズミのように薄気味わるい。だが彫りがふかくて冷たい表情はハンサムである。

クィーニー。頑丈な体格の大きな若者で、レスラーのように力がつよい印象をあたえる。だが、金髪で女のような白い肌をしているので、ちがった性格を感じさせるだけでなく、歩く恰好なども女みたいなのだ。ふくらんだ頬とちいさい鼻をしているので、非常にあどけない。眼だけが、冷酷に鋭く光る。頭髪はカールしていて、なんとなく、娼家のマダムみたいな肉感的な感じをあたえる。クィーニーという綽名は、女装したゲイ・ボーイを指すわけだ。

モナ・リザ。モナと呼ばれているが、男と女との中間的な存在。細っそりとして、首筋がながく、脚もすんなりとしている。まるで女のような行動を、ごく自然にやってのけるあたり、もし女だったら、たいした美人だということになるだろう。モナ・リザのような輪廓の顔をしているうえに、謎めいた表情を浮べるので、こんな綽名がつけられた。

みんなが六カ月の刑を受けているが、こうした三人のなかに混りこんだスミティの特徴は、つぎのとおりだ。

顔だちはすぐれ、頭もよさそうだし、運動ずきのカレッジ・ボーイのような清潔感をあたえる。意志のつよそうな表情をみせるが、ふだんはおとなしい。第一印象で、だれでもが好きになってしまうような十七歳の少年である。

十月のなかばからクリスマスにかけ、二幕三場で劇は展開されていくが、幕が上ったときからロッキーとクィーニーとモナのあいだで交される短いセリフのやりとりは、ほとんどホモセクシュアルな調子で繰りかえされるので、なかなか意味がわからない。だが、最近のアメリカにおけるアンダーグラウンド演劇でも、こういったエロチックなセリフで充満しているなと考えながら、ゆっくりと前後の関係に注意していくと、こんなことはイギリスの観客にはすぐ分ると思うのだが、モナ・リザという少年は、ロッキーによってホモセクシュアルにさせられたのだった。また、ちょいちょい顔を出す看守は「聖者づら」と綽名された四五歳くらいの厳格なやりかたの男だが、過去にホモセクシュアルの経験があったとみえ、四人にたいして普通とはちがった興味をいだいているのだ。

こうした世界に突きこまれたスミティは、最初のあいだ、三人が隠語をつかって喋り合っている言葉の意味がわからない。この隠語にしても、いままでよく小説で使われたのとは違っているので、こっちでは見当をつけなければならないのだが、そんなときモナ・リザが遠まわしにスミティに注意をあたえるのは、じぶんとおなじ運命になるだろうと、観客にむかって暗示していることになる。

この監房は、体裁よく「ドーミトリー」(共同宿舎)と呼ばれているが、奥のほうがトイレット兼シャワー・ルームになっている。最初の幕が降りる直前に、ロッキーはスミティにむかって『シャワー・ルームに入れ』という。そこはモナ・リザが命令にしたがわなければならない場所だった。

第一幕第二場は三週間たったときで、時間は夕刻どき、スミティとモナ・リザは、刑務所図書館にある本を借出して読んでいる。モナ・リザのほうは本を読むのがすきで、クリスマスにやる余興のネタをさがしている。

スミティは、まえの場面でロッキーからライターをもらった。それは特殊な友情のしるしなのだ。本を読んでいるスミティにむかってロッキーがタバコを巻けというと、すぐ命令どおりにするという関係になっている。『おまえに手をつけたりする者がいたら殺してしまうからな』とロッキーは偉らそうな口をきいた。

しかし、クィーニーのほうが芝居が上だった。まえからずうっと彼はロッキーを相手にして、おたがいのアラをさがしながらホモセクシュアルらしい言葉のやりとりをしてばかりいた。そして第一幕二場の終りになったときである。ロッキーとモナ・リザがいないときに、彼はスミティを自分のものにしようとするのだった。

第二幕はクリスマス・イヴだが、性格が変ったスミティはロッキーの命令にしたがわなくなっている。それに言葉づかいが非常にきたなくなってきた。タバコを巻けといわれても応じない。そこへ女装したクィーニーとモナ・リザが入ってきて余興がはじまり、看守もそばで喜んで見ている。だが、そのあとでスミティとモナ・リザの二人だけになると、おたがいの気持がふれ合っていく。そのとき読む詩のなかに「運命のありかたと人間の眼」という言葉が出てくるのであるが、読みあげているうちに、そのホモセクシュアルな詩がおかしくなったのか、大声で笑い出し、ベッドのうえに抱き合って倒れた。

そのとき入ってきたロッキーとクィーニーが、このありさまを見ると、二人を殴りにかかったが、逆にスミティに叩きのめされた。仲裁にやってきた看守がロッキーとクィ

ーニーを監房から連れ出したあとで、スミティはベッドにもたれながら、
『これから仕返しをしてやるんだ』
といって、薄気味わるい笑いを洩らすのだった。

（昭和四四年一月号）

22 コロンビア大学のストをなぜ日本のジャーナリズムが詳しく報道しなかったのかまったく不思議だ

ニューヨークで発行されている「ステューデント」という雑誌を、こないだ銀座の洋書店で、はじめて見た。七四ページの薄っぺらなものだが、近くにある喫茶店でコーヒーを飲みながらパラパラめくっているとき、広告が表紙ウラと、ほかに二ページしかないのに気がついたし、広告だらけの「プレイボーイ」や「ニューヨーカー」にくらべると、そう中身が貧弱だとも思えない。これは昨年の十二月号だが、すでに第三巻四号になっていて、よく見ると隔月誌だということが判った。

だが、どんな中身なんだろう。三〇〇円出して買ったのは「コロンビア大学を讃えようか？」Hail Columbia? という記事が出ていて「讃えようか？」というふうに疑問符の「？」がついていたからだった。もちろんHail Columbiaといえば「アメリカの愛国歌」を指しているし、それに引っかけた題名だが、筆者はC・ディヴィッド・ヘイマンというコロンビア大学をちかく卒業する美術部生徒であって、ほかの執筆者連中も、カ

レッジ生徒か、ドロップ・アウトか、年をとっていても卒業後二年くらいの先輩であり、みんなステューデント・パワーにコミットしていたり、インヴォルヴされたりしている。そういったわけで、中身は、ほぼ見当がつくが、オヤと思ったのは投書欄に目をむけたときだった。四つの投書が掲載されていて、それがどれもベトナム戦線に徴兵されたカレッジ生徒からの手紙なのだ。第二次大戦のときは、ぼくたちが兵隊文庫と呼んでいた娯楽本位の読物で間に合っていたが、最近ではステューデント・パワーがここまで働らきかけているのか。そう思いながら、やや興奮して彼らの手紙を読んでいると、「チャーリーズ」Charliesという名前の使いかたが出てくる。たとえば『いまは何も起っていない。あたりは静かだが、チャーリーたちは、どこにでもいるんだ』という文面だが、チャーリーズというのはベトコンの代名詞なのだ。手紙の一つに追伸として「顔」と題した詩が書きつけてある。やさしいので訳しておきたくなった。

その顔は冷静な表情をしたまま動かない
けれど、どこか皮肉な平和を思わせる表情だ
そこにはもう怒りの表情も幻滅の表情もない
疲れきったあとで、ゆったりしているだけだ
彼の名前なんか知らない
知ったところで意味はないだろう

けれど彼の顔だけは、永久につきまとってくるにちがいない
ぼくが彼の顔から生命をうばってしまったからだ
怒りに駆られて、そんなことをしたんじゃなかった
命令されて、やってしまったんだ
なぜなら、この土地で、ぼくは兄弟の身柄引受人ではないんだし、
兄弟の殺害者にさせられちゃったんだからさ
そして、ぼくが殺した兄弟の顔が
これなんだ

読んでみたかった「コロンビア大学を讃えようか？」に戻ると、昨年四月の新学期に勃発した学園紛争が、九月の新学期に再発し、どうにかうまくおさまったというものの、もちろん最終的な解決点にまでたっしたというわけでなし、それが十一月ごろには、どういう状況になっているかを報告したものであって、これはだいじな資料だと思った。というのも先月号の原稿が間に合わなくなったとき、この事件の勃発当時の模様を詳細に報告した同校教授F・W・デュピーの記事が「コロンビア大学の反乱」という題で「ニューヨーク・レビュー」九月二六日号の特別読物になっていたことと、なぜ日本のジャーナリズムは、この学園紛争を取りあげなかったかということが不思議になり、ほかにも興味ぶかい資料があったので、そうしたものと取組んでいたのであった。ところ

が十二月の終りになって「朝日ジャーナル」連載中の各国スチューデント・パワー紹介記事のなかで、やっと取りあげられることになったのである。

だから、いいようなものの、編集部が一号のばそうといってくれたので、ほかの仕事を片づけていると、その一カ月のあいだに、また面白い記事が手に入りだした。十二月号のエスカイア誌に出た「トム・ヘイドンは打ち勝てるだろうか」なんかも、その一つだ。そうすると、こんどは一回だけでは、書ききれなくなってくる。まあ、いいや、もういちど「コロンビア大学を讃えようか?」を、よく読んだうえで、事件を逆に追っていったほうが、面白いかもしれないと考え、うちに帰ると、机のまえにすわった。

そうしたら外出中に配達された「ヴィレッジ・ヴォイス」の十一月二一日号が机のうえに置いてある。このタブロイド新聞は週刊だけれど、来たときパラパラとやっておかないと、あとでひろげるのが億劫になってくる。それですぐ封をやぶいてパラパラとめくっていると、ハワード・スミスという記者が担当している「現場」と題した消息欄に、つぎのような記事が出ているのが目についた。

学園ストライキが終ってからの最近の現象の一つに、こういったようなものがある。ハイスクールの生徒たち数名が教室を出た廊下のロッカーにもたれかかって、手巻きのマリファナ・シガレットを順番にすっている光景を想像してみるといい。ブルネットの髪をした女教師がやってくる。

『学校ではタバコをすってはいけません。お消しなさい』と彼女は命令した。『それから校長先生の部屋へ行くんですよ。待っていますから』

『なぜですか』と花模様のシャツを着た男生徒がバカにしたような口つきでいった。

『なぜですって！　校規に反するからですよ』

『そうですか』と、また一服ふかく吸ったあとで、その生徒は意志表示した『まあ、これは消さないでおくことにしよう』

『タバコだと思ったら……』といって先生は鼻をクンクンさせた『そのタバコは、あれじゃあ……』

『そうですわ』とミニ・スカートの女生徒がいった『マリファナ、別名はグラスともポットともいうんですの』

『なんです、法律を無視して、そんな真似を』と怒った先生がツバをとばした。『すぐ消しなさい！』

『なぜですか』と金髪の女生徒がさからった。

『法律と校規の両方に違反するからです。あなたたちは両方にしたがう義務があるんですよ』

『よくそんな口が利けるもんだねえ』と花模様シャツの生徒が仲間の一人にむかっていった。『タバコをすっていいのは、ストライキをやっていいのと同じことだよな』

『そうともさ』と答えたほうでは、先生の顔を見てニヤリと笑ってみせた。『ねえちゃん、そのお説教は自分にしたほうがいいよ』

そういうと生徒たちは、すいさしのマリファナ・シガレットを、また廻しのみしながら、ゆっくり歩き去った。

ここでコロンビア大学生徒へイマン君の報告書に、どんなことが書いてあるか、読んでみよう。

昨年の秋にグレイソン・カーク総長が辞任。モーニングサイド公園にジムを新設する企画は、同時にお流れになったが、決定的に取り止めになったわけではない。だが、これでいちおう学園の秩序は回復されることになり、授業も開始された。ところがSDS（民主社会のための学生運動）では、相変らずビラをまき、昨年春のデモで停学処分にされた学生たちの登校許可を、学校当局にたいし要求しつづけ、デモを繰りかえしていた。コロンビア大学の紛争に巻きこまれたグループには現在三つある。SDSと「ストライキ実行委員会」とSRU（大学再建のための学生運動）である。第二者は、昨年の夏を自主的なカリキュラムによる講習会や集会ですごしたが、彼らは秋の新学期に入ったとき、春季紛争のときに提出した六か条の要求を、ふたたび持ち出した。すなわちデモ学生が復校でき、大学ジムの建設を永久に中止し、警察に逮捕されたデモ学生は、学校当局が身柄引受人になって釈放させ、IDA（防衛分析研究所）と学校組織との関係を絶ち、構内デモンストレーションをみとめ、学生と教員とによる共同理事会が、今後の大学のありかたを、公式の席上で研究していくことである。

ところで秋の新学期では、これらといっしょに三つの要求が加わった。すなわち、モーニングサイド・ジム建設協議会が、すでに手を打って空家にしている建物を、黒人たちに低家賃で開放し、大学内にある予備海兵訓練所を廃止し、同時に国際情勢研究室および各大学にある同種類の施設も活動を中止しなければならない。

さて、ここで問題になるのは、SRUに属する学生グループは、最初に提出された六か条には賛同したが、追加要求にたいしては、革命をエスカレートさせるイデオロギーが濃厚なので、異議をはさんだのだった。SDSに属する学生グループには、現実社会は革命前期の状況にあるという観念が、厳としてある。そうした対立のなかで、強硬分子は、大学という枠のなかで、アメリカおよび世界的にひろがる可能性のある社会的反乱の第一期段階へと突入しようとし、その目的は、学生にも政治的発言力をあたえろ、ということなのだ。

いっぽうカーク総長の後任として選ばれたアンドリュー・コーディア新総長は、過去十五年も国連事務局長の右腕として働いてきた人物である。こんどの交替によって、なんらかの打開策が講じられたかというと、それは「門戸開放」主義の一語につきるだろう。彼はコロンビア学園紛争がコミュニケーションの欠如にあるとした。こうして突如として理事室をはじめ教育者側の部屋のドアが、パッとあいたかと思うと、まえなら渋い顔を見せたのが、ニコニコとなったのだった。新総長はビール飲み放題のパーティとか、昼飯をいっしょにしながら意見交換をするといった手段で、学生たちのゴキゲンをとるいっぽう、総長邸へ引越したら、せいぜい遊びに来てくれたまえ、いつでも歓迎するからといった。

しかしSDSのほうでは、こうした温情主義にはくみしない。なるほどデモをやった学生たちの停学処分はとかれたが、まだ強硬分子三〇名は、このなかに入っていないではないか。それから警察に逮捕された四〇〇名のスト学生であるが、彼らは騒擾罪の汚名をきせられた。学校当局は、マンハッタン法廷にたいし、汚名撤回の要請をはじめたが、コーディア新総長は、学生たちの忠誠心というものを、まだよく理解していないし、偏見にとらわれながら事態収拾にあたっているのだ。三〇名のスト学生を依然として停学処分にしているのも、そういった偏見のあらわれなのである。

そこで、コーディアのような国連事務を処理していた者が、総長にえらばれるのはおかしいとか、カークよりはいい、なぜならカークはステューデント・パワーを抑圧しようとしたが、コーディアは協力へむかっているからだ、といったような意見が出てくる。といって大学機構を根本的に変えようといったキザシは、目下のところ、まったく見られないのだ。

この点にかんしては、SDSにしろ今後の対策がきまっていないわけで、その理由の一つにあげられるのは四月ストのとき、運動資金十万ドルを使ってしまったからで、それ以後やっと、ニューヨークの富豪や、教授たちや、両親たちからのカンパ資金、それから催し物の利潤によって、一万ドルの積立てができたが、これではどうしようもない。ともかく今年はどうなるかわからないが、校庭では毎日のように集会や小デモが繰りかえされている。バーナード・カレッジをやめ、ストライキ運動のためにコロンビアに転校してきた一学生は『今後の見通しは、ちょっとつかないが、不正なポリシーが存在するかぎり、あくまで指摘していくのが、ぼくたちの義務なんだ』といった。

いずれにしろ、現在は、革命が演壇的になっている。コロンビア大学の校庭をぶらつきながら、ステューデント・パワーのことを口にすれば、あなたには、すぐ友人ができるだろう。

コロンビア大学教授の一人に、シェイクスピアを講義しているF・W・デュピーがいる。彼は評論活動でも名が知られているが、九月の学生ストが勃発したとき、四月ストのことを思い出し「コロンビア大学の反乱」という記事を「ニューヨーク・レビュー」誌の昨年九月二六日号に書いた。これは特別読物として掲載され、日本文に訳すと七〇枚を越える大ものだが、ぼくがコロンビア大学の紛争について、最初に興味をいだかされたのも、この記事からだった。デュピー教授は、紛争が勃発した四月二三日の正午に、学校側からの電話で、SDSの集会が日時計台のところで行われるから、立会人になってもらえないかといわれたのである。彼は気がすすまなかったが、出かけた。

日時計台は校内の中心部にあり、円形のもので、下部の台座に数名が腰かけられるようになっている。そこで一人のスピーカーが、すでに演説をぶっていた。SDSの指導者マーク・ラッドで、彼とならんで二人の女生徒と二人の男生徒が立っており、かなりの聴衆をあつめていた。すこし離れたロウ図書館の階段したで、ピケの列が『止めろ！SDS』と叫んでいる。彼らはSFC（自由なカンパスのための学生運動）のメンバーであるが、最近になって数がふえ、SDSとの衝突、そして両者のあいだでの暴力沙汰が発生する見通しが濃厚になってきた。

このとき日時計のところで奇妙なことが起った。学生部長が一通の手紙をマーク・ラッドに渡したのである。それには副総長デイヴィッド・トルーマン名義で、マクミリン劇場にあつまり、そのステージで学生と教授とが意見の交換をすることにしようと書いてあった。ラッドは、その文面を大声で読みあげたあと、みんながうずくまって鳩首相談をはじめた。ついで意見が一致したのか、また立ちあがると、その意見の交換を、停学処分に付されている学生六人にたいする公開裁判ということにするなら、みんなして集まってもいいといった。この要求にたいし、学生部長は、ひとこと「考慮の余地なし」unthinkableといって、はねつけたのである。このときの「アンシンカブル」の一語は、紛争へと突入することになった最後の言葉として有名なものとなった。

日時計台の周囲にいた群集は、この言葉と同時に、ロウ記念図書館のほうへと駈け出していった。そこへ入りこんでデモを行うつもりだったが、ドアに鍵が掛っていて開か

相談し合っていない。気勢をそがれた恰好のSDSたちは、ラッドを中心にして、なにか相談し合っていいたが、こんどはモーニングサイド公園へむかって駈け出していった。なにかその日の午後二時ごろである。ハミルトン・ホールのロビーで学生たちのシット・インがはじまった。それが三時半になると、人数がずっとふえ、お祭り気分でやっているのではないかと感じさせる。一九三〇年代の不況時代のストライキにくらべると、なんという変りかただろう。そこにはゲバラのポスターが幾枚も貼られ、ギターは立てかけてあるし、サイキデリックな服が散らばっている。昔だったら灰色のジメジメした部屋のなかでも平気でシット・インを続けたことだろう。ところが、いまの若者たちは、部屋のムードを派手にしなければ気がすまないのだ。

シット・インをはじめた学生たちは元気いっぱいで話し合いながら、なかには、すっかり興奮してしまった学生もいるが、どうやらそこには不安なフンイキがただよっている。というのも学生部長のハリー・コールマンを彼の事務室に軟禁してしまったからだ。

このあとで、デュピー教授は、ハミルトン・ホールが黒人たちによって占拠され、ロウ記念図書館のなかにある総長部屋が白人学生によって侵害されたことを、ラジオの特別ニュースで知った。こんなわけで教授は、翌二四日の朝、あらたに始めるシェイクスピアの「冬の夜ばなし」の第一回ぶん講義原稿をまとめたが、教室へ出ていく気はなくなっていた。それでも元気を出して行ってみると、ふだんの三分の一の出席率だったが、生徒は来ている。いくらか気をよくした教授は、「冬の夜ばなし」についての予備知識がどれだけあるかを、質問の形式で、およそのところを調べておき、春の学期のおわりに宿題にしておいた答案をあつめると、早めに授業を切りあげた。

彼はハミルトン・ホールへ行こうとしたが、途中でロウ記念図書館の西側にさしかかると、二階の大きな窓のどれもに、大勢の生徒がむらがっていて、外側のトヨづたいに登っていく者もいる。あんまり大勢なのでビックリしたが、このなかにカーク総長の事務室があるわけだ。そのころから雨が降りだしたが、学生たちの顔は、やつれてみえる。デュピー教授は、コロンビア大学に奉職してから二五年になるが、こんな事態になったのは、はじめてのことだった。といって、そうなった原因について突っ込んで考える心の余裕は、いまのところない。あとで知ったことだが、そのときいく人かのパトロール巡査が総長部屋を守っていたのだった。それはスト学生たちを排除するためでなく、レンブラントの油絵があったからである。美的教養が欠除していると指摘されるようになったコロンビア大学に、レンブラントが秘蔵されているとは、このときまで誰も知らなかったにちがいない。

ハミルトン・ホールの正面入口には、ワシントン大統領の右腕だったアレクサンダー・ハミルトンの銅像が立っている。若いころの姿を等身大にしたものだが、一週間ほどまえに、その靴が赤いペンキで塗られた。いまは赤旗の棒を手にしている。ホールへ入る正面三つのガラス・ドアはとみると、内部から椅子やテーブルを積みあげて、バリケードにしてある。まんなかのガラス・ドアの向うには、バリケードのうえに二人の若い黒人が足を投げだして、看視していた。

内側の動静をうかがおうと思って、まんなかではないがガラス・ドアに頬を押しつけるようにして覗いてみると、大ぜいの黒人が右往左往している。いつのまにか、ハミルトン・ホールは黒人たちに占拠され、白人生徒は追い出されてしまったのだ。そのとき、ショッピング・バッグに入れた食糧や毛布などを持った数名の中年黒人が入ってきたが、一見してハーレム共同組織のメンバーだということが判る。

ところが、こうした状勢を見まもっていた白人たちが、運んでくる包のなかには、拳銃や手榴弾や火薬類が隠してあるらしいといいはじめた。しかし黒人たちは、いやに落着きはらって行動しているのだ。それはどうやらコロンビア黒人生徒たちが、民族差別主義の問題については、自分たちで、とくに研究したあげく、いまやハーレムの人たちの助太刀をえながら、ずっと将来のことだろうが、差別された黒人社会が白人社会を乗っとることになるだろうという信念からきているように思われる。

そのとき一人の教授が、中央ガラス・ドアに近づいて、二人の看視人にむかい、笑顔で『ハロー!』と呼びかけた。教員室に必要なものが置いてあるのだろう。けれど向うでは何の反応もしめさないでいる。たしか、この日のことだったが、『マルカムX大学か』と書いたノボリがハミルトン・ホールの入口に張り出された。この言葉は、三週間前にキング牧師が暗殺されたとき、ハーレムでは大騒ぎになり、そのとき『コロンビア大学をやっつけろ』という怒号がまき起こったのと、関連性をもっている。つまり「プット・オン」（見せかけ）として、かなり効果的な言葉であると同時に、不吉な将来性を暗示させるのだ。

ともかく一日のあいだにコロンビア大学の紛争は、完全に黒人の手に移ってしまった。黒人在学生で積極的な活動にたずさわっているのは約七〇名にすぎないのだが、SAS（アフロ・アメリカン学生協会）に組織化され、ハーレムのはCORE（人種平等会議）やSNCC（学生非暴力行動調整委員会）やマウ・マウ・ソサエティのあと押しによって、一人の黒人の力が一〇〇名の白人の力に匹敵するくらいの強力なものとなっているのだ。このような薄気味わるい力のアンバランスは、二三日の夜にハミルトン・ホールに籠城したSASとSDSとの無言対立のなかにあらわれた。

この両者の睨み合いは、ちょうど昨年シカゴで催された「新しい政治のための会議」で白人側と黒人側とに決定的な分裂が生じ、黒人側が圧倒的に優勢な立場にたったのと、ほぼ似た政治的状況にあったのだ。ところがシカゴ会議のときの分裂は議論のうえでみられたのであるが、こんどの場合は、両者ともが危機に直面したときの「行動」上の分裂が、重なり合うことになったのである。

最初は白人生徒だけだったハミルトン・デモは、しだいに黒人の力が入りこみ、プロの外部組織者も介入することになった。学生たちの手によって運営されているWKCRラジオをとおしてSNCCの一人が『黒人コミュニティによって占拠された』と叫んだ。

それから白人生徒たちは、どうしたか。ハミルトン・ホールから撤退するか、それとも頑張って武器を所持しているらしい黒人たちと協力するかという二つの立場しかない。いっしょに籠城すれば、おそらく暴力が発生するだろう。それでも、そのほうがいいと主張した白人学生たちは、黒人と白人との連帯感によって行動がとりたかったからである。しかし二四日の明けがただった。黒人側は、分裂した白人学生の両方にむかって、ほとんど命令的な口調で、撤退しろといったのだった。黒人との結束を夢みていたのに、こういわれて幻滅をかんじた一同は、すごすごと命令どおりに明け渡したのである。

ほの暗い戸外に立った約三〇〇名の学生は、疲れきっており、頭のなかは混乱していた。それがどういう局面へみちびいたかというと、心理学でいうところの「挑戦と応答」のかたちをとり、紛争期間をとおして、行動面にあらわれることになったのである。ある人は、このような精神状態になったのは、ギャングの世界での縄張り争いを、心理学では「チッキン」と呼んでいる精神状態だとするが、これがもっと小規模であらわれた例であり、つまらない現象だといった。だがデュピー教授は、戦闘状態における黒人と白人との張り合いだと考える。つまり黒人から挑戦をうけた白人たちは、できるだけ好戦的な態度をしめしながら応答しなければならなくなった。

それがロウ記念図書館の占拠となったのである。昨二三日は、入口ドアが閉鎖されていたため、思いとどまったが、こんどはドアを破壊して侵入し、総長部屋を占領した。しかし学生の半数は、ドアが破壊される音を耳にするなり逃げ散ったのである。

午後になったとき、この占拠グループは、彼らの行動が「シット・イン」デモから「テーク・オーヴァー」デモへと拡大していることを知った。彼らは切断された電話や、消えてしまった電気の修理にあたり、総長部屋にある書類ファイルを調べてみたり、ゼロックス機が故障しているので、それも修理したうえで、書類をコピーし、そのあいだ総長の葉巻をすったり、シェリー酒を飲んだり、バスにつかるために行列したりしてゴキゲンになったのだった。

このときからコロンビアの学園紛争は「ハプニング」の連続となっていった。モーニングサイド公園は新聞記者や写真班の往来で、朝から晩まで活気を呈したし、いつもは尊大なムードを感じさせる校庭が、こんなにも写真撮影するのにふさわしい景色になったことは、いままでになかったろう。

まえにも書いたように、ロウ図書館の占拠が四月三〇日まで続いたのは、やはり警官隊の介入によってハミルトン・ホールを明け渡した黒人たちの「挑戦」にたいする「応答」だった。これは「ユニヴァーシティ・コンプレックス」だともいわれたが、事態が悪化の道をたどっていった四月二七日のことだった。同窓生協会の委員四名の連名によるカーク総長あての手紙が、コピーされて学園内にバラまかれた。

ハミルトン・ホールの占拠をはじめ、ほかの建物も封鎖されたあげく、そのなかで総長室への侵害と書類などにたいする狼藉行為。これは大学にたいする完全な破壊行為であり、アナーキーだといえるであろう。こうなっては寛容さの美徳でむかうことはできない。そこで以下の点を考慮していただきたい。
①デモ隊の最後通牒を受けたときは断固としてはねつける。
②大学運営委員会では、従来どおり教育上の訓練の正当性について確信の念をくずしてはならない。事態が悪化しようと、要求にたいしては厳正な態度で臨むべきである。
③訓練の施行は、すみやかにかつ効果的に実行に移し、そのときの状勢にたいし、最も時宜に適したと考えられる手段をえらばなければならない。
現在までにおける事件の推移を見るに、カーク総長およびトルーマン副総長の取られた態度は、表面的な集団騒擾罪という点にこだわらず、確信にとんでいるという印象を受けた。今後も、同様な堅固な意志を示されんことを希望する。悪化した状況が、さらにエスカレートするとなると、それは対処する側に堅固な意志が失われたからだということになるだろう。そのときは同窓生委員会のほうでも、「サポート」する気持はなくなるにちがいない。

このような文面だが「サポート」するという意味は、金銭上の支持をあたえるということだった。また総長にたいして同情的であると同時に、脅迫的な意味あいも感じられるのだ。ともかく総長は、同窓生委員会の最後通牒を、すすんで受け入れると、「もっとも時宜に適した処置」に出たのである。それは警官隊の導入だった。

いっぽう同窓生委員会では、十六名のスポーツマンに賞品をあたえ、授与式を同窓生パーティといっしょにしようと企画していた。この十六名は、デイヴィッド・ニューマークやジェイムズ・マクミリアンといった人気選手がいるバスケットボール・チームであった。ところが学園紛争が勃発したために、同窓生パーティに招待するのは止めることにした。この処置に怒った、十六名のスポーツマンは、コロンビア・クラブで同窓生パーティが催された当日、あいにくドシャ降りの天気だったがクラブの外側でピケをやった。二時間ちかくもズブ濡れになっているのを見た若い同窓生の一人が、猛烈な主張を押しとおし、ついに彼らを席上に招くことになったのだった。

ここへ来るまでの経過をみると判るように、急進派のグループとは別個の立場から、穏健派のグループまでが「学生の締め出し」を行ったということが、きわめて重要な問題となってくる。そして招き入れられた彼らが席についたとき、最初に切り出したのは、この危機にあって彼ら自身の立場を語らせてくれということだった。彼らもコロンビア大学の生徒たちなのだ。どうもまだ書きたりない。

（昭和四四年三月号）

23 「黒人はみんな気違いなんだ」こう黒人アナウンサーが叫んだ「気違いでない黒人がいたら精神分析して貰うがいい」

この本は注文しても、到着したときに、なんだ！　こんなものだったのか、とガッカリするかもしれない。だから見送ったほうが利口かな。そう思ったけれど「ブラック・ボーイにあたえる手紙」という題名に、どことなく魅力があり、気になってしかたがない。そのときアメリカ作家のもので、読みたい小説が、六冊あったので、まあいいや、一冊くらい損したって我慢しようという気持になり、ほかの本といっしょに取り寄せてもらうことにした。

「ブラック・ボーイにあたえる手紙」という本が、もし名前の知れた黒人作家だったら、こんなことは考えずに、すぐ注文しただろうか。たぶん注文しなかったろう。名前が知れていたら、どんな手紙だろうかは、ほぼ見当がつくし、ペーパーバックにでもなったら買ってみるかもしれないが、そのときは義務で読むといった気持になっているにちがいない。この本の著者はボブ・ティーグといって、もとフットボール選手だった。スポーツ選手が息子に書いた手紙に、どこか面白いところがあるのだろうか。面白いと思ったからこそ、出版社では手をつけたんだ。そう考えるのが当りまえだが、ぼくは、そこをたしかめてみたくなっていた。

まもなく到着した本をめくったとき、ぼくは扉ページにルネ・シャールの詩の一小節が引用してあるので、スポーツ選手だった黒人に、この難解な詩人の作品が訴えかけたことにビックリした。引用された言葉は「明澄さというのは太陽至近点の傷だ」となっている。いままで黒人がフランス人の詩を、扉に引用したことなんかあっただろうか。とっさに、こんなことを考えないではいられなくなる。もし引用されたことがあったら、それは黒人とフランスの詩という結びつきで、異様な感じをあたえ、つよい印象をあたえたにちがいない。そういった記憶が、ぼくにはないのだ。すると、どんなことを、また考えはじめるであろうか。ボブ・ティーグという男は非常にインテリジェントな黒人にちがいない、ということである。

彼はウィスコンシン大学で、とても人気のあるフットボール選手だった。そのため卒業して故郷ミルウォーキーに帰ったとき、市評議員に推薦されたが、ジャーナリズムで身を立てる決心をし、「ミルウォーキー・ジャーナル」紙の記者を振りだしに「ニューヨーク・タイムズ」紙へと出世コースを歩み、ついでNBCテレビに入り、テレキャスターとして目下活躍している。細君はマーサ・グラハム舞踊団のスターであり、息子のアダムは二歳になる。「ブラック・ボーイにあたえる手紙」を書きはじめたのは、アダムが生後十カ月のときだった。

手紙は長いのと短いのと入りまじって六一通あり、「ミスター・チャーリー」という言葉を、さかんに使っている。もちろん白人全体を指している言葉であるが、フレッド・W・フレンドリーという人の書評にもあるとおり、これらの手紙は黒人の心理を手術しているような感じをあたえる。ルネ・シャールの詩の一小節は、この手術するほうの心理と対応するのであろうか。とにかく『愛するアダムよ』ではじまる手紙の一部を紹介してみることにしよう。

愛するアダムよ

この手紙を、口にはしにくいことから書き出していこう。というのも、それは忠告でなく、警告になると思うからだ。おとうさんが確信していることは、この社会がどうなっているかを、はやくから理解していれば、ほかの人たちのように足をすくわれることはないだろうということ。こう確信するようになったのは、かれこれ十七年のあいだ、世界じゅうで起った出来事をテレビで報道してきたからだった。

この手紙は、おとうさんの目にうつった人間風景になっている。そういった風景のなかで、生まれてから三五年間というもの、あまりにわかりきったことなので、つい気がつかなかった事実がある。それは、黒人は、みんな気違いなんだということだよ。もちろん、おとうさんも、そのなかの一人なんだけれど。この社会では、いままでにも気違いでこういったほうが、もっといいかもしれない。

なかった黒人は一人としていなかった、というふうにだ。白人社会のなかには黒人のためにつくられた風土というのがある。その風土の特殊気候のなかで暮していたら、誰だって、すぐに気違いになってしまうのさ。おとうさんは、ときどき考えないではいられなかった。この風土というのは、黒人の頭脳のなかにある液体を、とても苦くて、なにもかも腐蝕させてしまう毒薬に変化させる触媒なんだろうか。そして毒薬の作用は頭脳細胞を食い荒していき、人間愛にむすびついた正常な観念をもつ人間になろうとしているのを、見殺しにしてしまうのだというふうに。

ともかく白人の大部分は、とんでもない考えちがいから「黒人問題」という名の怪物が生まれたと、漠然とした気持で決めつけている。だが、「黒人問題」って何のことだろう。それより、二二〇〇万人の気違いにされた黒人がいるんだと考えたほうが、問題はずうっとハッキリしてくるだろう。

おとうさんがいうことは頭にきていると思う者もいるにちがいない。そのため謝まれといわれたって、そうする理由はないし、反対に気違いだということを誇りにしているくらいなんだよ。おれは気違いじゃないという黒人がいたら、どんな頭脳組織になっているか、精神分析して貰わなければならないだろう。気違いだということが黒人にとっては人間らしく生きているという証拠なんだよ。

もうすこし、くだいた話にしよう。昨年の春だったが、おとうさんが三〇年まえに経験したのと、そっくりな出来事が起ったんだ。ニューヨークに土木建築業の白人労働者組合があって、黒人労働者も組合員にしなければならなくなった。黒人たちのデモがあって成功したからだが、組合員になれば、ずうっと賃金がよくなるんだよ。けれど試験にパスしなければならない。その試験を、おまえのおじさんのジュリアンのほか数名の黒人が受けたところ、みんな見事に合格した。ところが組合の誰かが、こんなにいい成績を黒人が取るのはおかしい。カンニングしたのに違いないといいだして、とうとう組合員にしなかったんだ。

この話はテレビでは報道できなかったが、おとうさんの同じような経験というのは、こうだ。八歳のときだったが、おまえのおじいさんがミルウォーキーで白人組合のメンバーになろうとし、試験に合格するため一生懸命になって勉強した。もちろんパスすることは間違いない。そのときは近所の白人少年が着ているカウボーイ服を買ってもらおうと思っていた。そして試験の当日だが、おじいさんはプンプンして帰ってきたんだ。そのとき、おじいさんがいった言葉が忘れられない。『試験官のやつ、パスしたよ、といったんだ。そのあとで、答案用紙を破いて床に棄てると、カンニングしただろう、ちゃんと見ていたといいやがるんだ。カンニングなんかしなかったよ』そういって台所のテーブルにかけると泣きだした。おじいさんが泣くなんて見たことがなかったおとうさんは、いっしょになって泣いてしまったっけ。

おとうさんが気違いだということが、これでわかったろう。おまえにいいたいのは、気違いだと気がついたので、とても力が出てきたし、気持もらくになったということだ。

白人たちは黒人にたいして、上品なかたちの圧力をかけているんだが、むきだしになった圧力も見られるし、それがいっしょになると、おとうさんたちは貝殻のように中身のない人間になってしまうだろう。そうした圧力が、気違いになったおかげで感じないようになってしまったのさ。

ところでミスター・チャーリーの考えかたを、おとうさんが、そのまま受け入れたとしたら、その姿は、どんなふうに鏡にうつるだろう。ミスター・チャーリーが、このんで口にする言葉に『そうだとも、黒人は黒人は白人と平等でなければならない。それだけの頭があるのかしらん』これは上品なかたちをした圧力のかけかたの一例なんだよ。気違いになってみると、この言葉は嘘っぱちだということがハッキリとわかってくる。アメリカ白人社会の憲法には、平等は人間の自然的状態だと規定しているではないか。さっきいったような試験なんかは、これに抵触してくるし、人さまの頭の度合いを調べてみようなんて、もってのほかだといわなければならない。

おどろいたことにミスター・チャーリーは、じぶんの嘘がわからないときているんだよ。ということは黒人がミスター・チャーリーに何か期待したってバカをみるだけだということになる。けれど正面きって嘘つきと怒鳴ってやると、怖くなって逃げ腰になり、恰好が悪いなと気がつくと、武器をもって喧嘩をしかけてくるんだ。どうして最後には鉄砲をぶっ放すようになるんだろう。じつは、そのことを、おとうさんは長いあいだ考えていたんだが、答えはミスター・チャーリーの解答案とは、まったく違ったものになってしまった。
どうしたら、この社会は正常なものとなるだろうか。おとうさんが確信している解決案というのは、そのまえにミスター・チャーリーが、この問題に直面するだけの勇気がなければ、どうにもしようがないということになった。だが、これについては、またあとで話すとしよう。

愛するアダムよ
さっき、おまえが、おやすみをいいに部屋に入ってきたとき、おとうさんは局が休みだったので、テレビを見ていたんだよ。そのときスクリーンには一人の怒った黒人が、白人の警官たちに刑務所へ引っぱられていくところが映っていたが、彼の態度には誇らしげなところがあって、それがつよい印象をあたえたっけ。おまえが、この手紙を読む年ごろには、このH・ラップ・ブラウンという黒人は、殉教者ではないにしても、伝説的な人物にはなっていることだろう。
おとうさんは、まだH・ラップ・ブラウンに会ったことはない。けれど、さっき刑務所に連行されていく彼を見たとき、こう考えないではいられなかったんだよ。おとうさんの皮膚のなかには秘密な黒人がいて、ながいあいだ外に飛び出したくってしようがなかったが、その秘密な人間がラップ・ブラウンだったのだと。
彼は、ふつうの黒人より背が高い。そんなこともあって、白人による不正義は絶対にみとめないという代弁者のように見えてくる。おとうさんは、彼の姿をながめながら、これだけの勇気を、あらゆる黒人がもっていたら、自由はもっと早く近づいていたろう。そして、おまえがラップ・ブラウンくらいな年になったとき、はたして彼くらいな人間になっているだろうか。おとうさんなんか、もう古くさくて使いみちにならないと思うだろうか。どうも、そうらしいなと考えはじめるんだよ。ともかく気持は同じでも、ラップ・ブラウンのような傑物ではないし、黒人運動の第一線に立ったことはないおとうさんなんだからね。それとも、こういったらいいかもしれない。運動の渦中に巻き込まれないで、割合にらくな生活をしている中産階級の黒人。ソウル・ブラザーではあるけれど、そういう人たちからは離れたところにいる黒人。ソウル・ブラザーズがやった黒人革命のおかげで、いろんなトクをしながら生きている黒人なんだ。

だから、おまえが大きくなったとき、おとうさんを恥ずかしい人間だと思うだろう。そう考えると、穴にでも入りたい気持になるが、なぜそうなるかという理由は突きとめておく必要がありそうだ。つまり父親と息子とのあいだには、どうしても世代のギャップが生れてくるものだ。おじいさんの世代と、おとうさんの世代とのギャップは、それは大きなものだった。だから、おとうさんは十七歳のときに家出してしまった。それからも長いあいだ、おじいさんの気持が理解できなかったけれど、やっといま、その償いをしようという心の余裕ができてきた。

家出したころ、なぜおじいさんの気持が理解できなかったかというと、とても違った世界のなかで二人が育ってきたからだった。おじいさんの若かったころは一九〇〇年代のはじめだったし、そのころは黒人のプロテストなんかなかった。ラップ・ブラウンのような兇暴な動物もいなかった。それから黒人の公民権にしても、だいたい「公民権」という言葉にたいして、みんなが無関心だったのだ。

当時ティーンエイジャーだったおとうさんには、おじいさんが恥っさらしの道化役者のように見えた。ミスター・チャーリーのごきげんをとるために、じぶんが卑屈になっていることに気がつかない。眼はオロオロとした表情をいつもしているし、『あんまり強く蹴っとばさないなら、声に出して泣かないように我慢します』とでもいっているような感じだった。

そういう黒人は、おじいさん一人だけじゃなかったんだよ。みんなの表情が敗北と降伏を字で書いたようだったし、それが、おじいさんの時代のシンボルだったのさ。

おとうさんの世代は、どうだったろう。おとうさんが成年期にたっしたのは一九五〇年代だったが、いま思い出してみると、若い黒人たちの眼の表情には、自尊心と信念とが閃めいていたっけ。それを言葉にすると『おれたちには出来るんだ。やらなければならない』

といっているようだった。

おとうさんの眼も、おなじような表情をしていたにちがいない。そうさせたのは、第一に世界がすこしばかりだが重要な変化をしたからであり、第二にミスター・チャーリーがナチ・ドイツと戦争したので判ったことだが、いかに種族意識が強いものだかに驚き、黒人のいうことが正しいのに気がついて、あわてだしたからだった。

そういうわけで、そのころの目だった変化というと、白人の子供が黒人の子供と仲よく遊ぶようになったことが、おとうさんの記憶にあるが、それはつまり子供の両親たちが、黒人にむかって、彼らの庭に入ってもいいよというふうに寛大になったことだった。おとうさんも、学校へ行くよりはミスター・チャーリーの子供たちと遊んでいるほうが、ずうっと面白かった。

ところで、おまえが大きくなったときの世代は、また違ったものになっているだろう。それも、あいだにラップ・ブラウンの世代があったから、おまえの世代というのは、このつぎに当るわけだ。ラップ・ブラウンの世代には、黒人がデモ行進をやり、警官隊と衝突し、街に火をつけ、さあ自由をよこせと叫んだ。そのとき、おとうさんは『白人の支配下では行けるところまでいった。これ以上やれば戦争になるだろう』と思って、興奮したものだ。

だが、おとうさんの世紀がプロテストでとおしたのとは違って、おまえの世紀には、不正義をはね返し、それでも駄目なら腕ずくでカタをつけようという気持が、あらゆる黒人共通のものになっているだろう。ともかく、おとうさんは、そういう世代になってほしいと思うし、信じたこと、欲しているものは、各人がそれぞれ戦いぬいても獲得しなければならないのだ。

ラップ・ブラウンが、おまえの手本だと思ったら、そうやるがいい。暴動はやらないほうが利口だと思うのなら、それもいいだろう。白人が持ち出した条件によっては、彼らのために働くのも悪くはないと思ったら、べつに異議は挟まないよ。貧乏暮しをしている黒人の生活条件をよくしよう、もっと教育をあたえよう、そう思って一生懸命になるのも、いいことだ。それとも、じぶんのために生きたい、社会事業なんかイヤだというのなら、それもしかたがないだろう。

ただ一つだけ忠告しておきたいのは、それがおまえ自身の決心と確信によって、えらばれることになったということだ。極端にいうとだね、ラップ・ブラウンがそういったから、そのとおりにするんだというのでは絶対にいけない。他人のおだてに乗ったら、もうおしまいだよ。

繰りかえしていうけれども、おまえの人生は、おまえのものなのだ。そうしたとき有意義になってくるのは、おまえ自身がしなければならないと考えたので、さあやろうという瞬間であって、その瞬間こそ、腹の底から自然に生まれた命令とおなじものであり、ただちに従わなければならない。

愛するアダムよ

今夜の食事はトーモロコシ・パンとカタ豆と豚のハラワタ揚げだったね。それを、おいしそうに食べたおまえは、この献立が黒人家庭だけの独特なものだということに、もっと大きくなったら気がつくだろう。

おとうさんと、おかあさんが結婚したのは一九五五年のことだったが、この献立を、ずうっと止めてしまった。なぜかというと、黒人の貧乏人がたべる家庭料理だったからで、おとうさんたちは、もっといい生活ができるようになったからだ。こんな「ソウル料理」はもう食べなくてもいいんだ。おとうさんたちは新しい黒人になったんだから、わざわざトーモロコシ・パンとカタ豆と豚のハラワタ揚げのような安っぽい「ソウル料理」を食べるにもおよばない。そうしてミスター・チャーリーが食べるのと同じようなものを食べていたんだよ。

そうした生活が十二年つづいたあとで、また「ソウル料理」へと逆戻りしたんだが、どうしてそうなったんだろう。

一九五七年のことだったが、マルカムXと自称する男が、新しい黒人だとうぬぼれていたおとうさんたちの生活のなかに侵入してきて、それからというもの、長い帰りの旅路ということになったんだね。そして帰りついたところは、それがほんとうの黒人である自分自身のなかへだった。

『白人は悪魔なんだぞ！』とマルカムXは激怒にかられながらも、断固とした態度で叫んだ。『この悪魔のしわざで、おれたちは、こんなありさまになってしまったんだ！』

マルカムXは、そのとき一二五丁目と七番街とがぶつかるハーレムのまんなかで演説していた。おとうさんは「ニューヨーク・タイムズ」紙のスポーツ記者だったが、突如として降って湧いたハーレムの危険人物にインタビューをしろといわれ、そのときは「ブラック・ナショナリズム」が何だかも知らないという呑気者だった。

おとうさんは大道演説を聞くために、おかあさんを連れていったっけ。そうして二人とも、おそろしいショックを受けてしまった。黒人が往来のまんなかで、頭ごなしに白人をやっつけ、罵しるなんて、生れてはじめて目撃したんだからさ。それを聞きながら、こいつはきっと白人警官がやってきて引っぱっていくにちがいないと思い、あたりをキョロキョロ見まわさないではいられなかった。その附近には、白人新聞記者と白人警官がいく人かいたけれど、マルカムXの演説に熱狂している黒人群衆のはじっこに立っているだけで、声も出さなければ手出しもしないでいるのだった。

「タイムズ」の記者といえば、みんなが一目置いている。それに、おとうさんは黒人だったから、三日めだったかに、特別インタビューにおうじようとマルカムXはいってくれた。それで、また、おかあさんを連れていった。新しい黒人になると白人の妻が多いんだよ。そういう裏切り黒人ではないことを、マルカムXとブラック・マズリム信徒たちに判ってもらいたかったのだ。

けれどマルカム牧師は気をゆるさない。疑いぶかい眼つきで、おとうさんの顔を見た。インタビューの場所は、マズリム信徒たちによって経営されているハーレムの「クレスセント」カフェだったが、テーブルに向いあったとき彼は、とても鋭い眼つきで睨むように『きみのところではイヌをやとっているんだろう。イヌだな、きみは』といったんだよ。

そう思われてもしかたがないなと、おとうさんは反射的にピーンときたが、イヌではないことを判ってもらいたかった。それで説明しにかかったが、しばらくするとマルカムXは、

『かわいそうに、きみはバカだなあ』

といったのだ。

ほんとうのところ、おとうさん自身も、迷ったソウル・ブラザーだという気持におちいっていたが、それをマルカムXは見抜いてしまったんだよ。彼は、それからインタビューの役割がはたせるように、ブラック・ナショナリズムについて、こまかく親切に話してくれたんだよ。それを手短かに、おまえにむかって繰りかえすことにしよう。ブラック・ナショナリズムは、白人社会にむかって正義をくださいと、腰を低くしてねだるのではなく、あたりまえなものを要求しているだけだ。右の頰をひっぱたかれたとき、左の頰を向けるなんてことはしないで、相手の頰をひっぱたき返さなければならない。とくべつな場合はともかくとして、白人のいうことは、まったく信用できないということを忘れるな。白人社会の癖になっている暴力沙汰や侮辱行為にたいし、妻や子供が取りかえしのつかないことにならないよう、いつも気をくばらなければならない。

以上のようなことをマルカムXは、落ちついた態度で、筋道をたてて説明してくれたが、彼こそは、おとうさんたちが近づくことができた最初の気違いだったのだ。そして、

こっちもまた気違いなんだということが、はじめて判ってきたんだよ。そして、その瞬間、まったく予期しないことだったが、いままでの肩の重みがとれ、すっかり気持がラクになったのだった。

愛するアダムよ

たぶん、おまえの時代になったら、黒人の職業や住宅問題や教育や政治など、いろいろな面で不利な立場が解消され、もっと楽観的な気持ちで毎日を暮していくことができるだろう。しかし、それがもっとも満足すべき状態になっても、どこかで食いちがいが生じ、そのため順応する必要にせまられるにちがいないという気がする。そんなことを考えたのは、ゆうべ、こんなことがあったからなんだよ。

おとうさんはニュースの報道を終えると、グリニッチ・ヴィレッジのアパートへ急いで帰らなければならない用事があったので、ブロードウェイへ出ると四九丁目の角でタクシーを拾おうとした。そのとき空車が走ってきたので、手をあげると、白人の運ちゃんは知らん顔をして通りすぎた。こういう乗車拒否は、白人の場合でもよくあることだから、たいして気にしなかったが、二分くらいしてまた空車が近づき、それも乗車拒否の態度をしめしただけでなく、三台めにも同じことをやられたときは、さすがに頭にきたね。ダウンタウンに向けて走りながら、手をあげると、スピードを落してそばに来たのだが、黒人だと気づくと、そのまま行ってしまった。そうしたら四台めだが、二〇ヤードさきの交叉点で赤信号になったので停車している。おとうさんは、それに近づき、むこうで閉止ドア・ボタンを押すまえにドアをあけると乗り込んだ。

『これは車庫帰りなんだ。降りてくださいよ』

と白人の運ちゃんは喧嘩腰になったね。

『それなら標示札で、手をあげさせないようにしたらどうだ』と、おとうさんも喧嘩腰になり『行ってくれないならいいよ。乗車拒否されたとハック・ビューローに訴えてやるから』と凄んでやった。ところが運ちゃんは、この言葉が気になったのではなく、おとうさんの声に聞きおぼえがあったとみえて、こういったのだった。

『おや、あなたでしたか』と声の調子がやわらかくなった。『乗ったときは気がつきませんでしたよ。その声でわかりました。よく聞きなれた声ですからね。お月さんの世界ででも、あなたのような特長のある声なら、誰だかすぐわかりますさあ。あなたのニュース報道は、こうした遅い晩、仕事をおえて家にいるとき欠かさず聞いているんですよ』

おとうさんは黙っていたが、運ちゃんは、なおも喋りつづけた。いったいどういうふうに相手の気持を解釈したらいいのかしらん。そのとき四八丁目の赤信号が緑になり、停車していた車の列がうごき出すと、運ちゃんは相かわらず、謝っているのやらお世辞をいっているのやら見当がつかないお喋りをつづけるのだった。

『まったく、気をつけなければいけませんな。こんなへマをするんだから。ほんとうに、すみませんでした。あなたを乗せたことは、まえに一度あったんだから気がつきそうなもんだった。五カ月くらいまえだったかな。あのときも夜遅くだったが、放送局のまえで車をとめると、チャイナ・タウンまで行ったんですよ。覚えているでしょう。ともかく、あっしと女房とは、あなたのファンでしてね。今夜も家へ帰ってから、また乗せたよというと喜ぶことでしょう。女房は、いつもハンサムだな、あなたは、性的魅力もあるしといって褒めているし、このままサインをしていただかなかったので取っちめられましたよ。今晩の料金は、あっし持ちにしますから、失礼の段はかんべんしてくださいませんか。とにかく嬉しくなっちゃった』

おとうさんは、そういうお世辞がすきじゃなかった。ほんとうは腹が立ってきたし、怒鳴りたくなる気持ちを押えていたんだ。けれど、こう褒めあげられたり、謝まられたりすると、気持が変りやすくなるし、どう始末したらいいかわからなくなってしまうね。謝まられた以上、おとなしくしているのがいいか。それともツバを吐きつけてやろうか、一発お見舞してやろうか。お説教してやろうか。一番いいのは黙ったままでいて、乗車拒否された件をハック・ビューローに報告することにあるのかもしれない。とにかく二マイルばかり走ったころ、やっと運ちゃんは一息つき、タバコを口にすると、おとうさんにも吸わないかといったので、一本もらった。すると安心したのか、

『ほんとうに、すまないことをしちゃって』

と、また同じことをいった。

『いいんだよ。もう忘れよう。だが、こんな乗車拒否は、しないようにしようじゃない

か』

するとと、また謝った。それだけでなく一ドル八五セントの料金はいらないというんだ。おとうさんは降りようとして困った。ほんとうに悪かったという気持が、言葉づかいから感じられるからだった。乗車拒否で訴えられたら、放送局の人間なので、そんなことはしませんでしたと抗弁することはできないだろう。それを見越して謝罪の一手に出ようとしたと考えるのは、あまりにも疑ぐりぶかいということになるだろうか。

『料金はいいんですが、ひとつサインをお願いできるでしょうか』

と、おとうさんがお金を引っこめると運ちゃんはいった。

じつに巧いもんだ。ツバキを引っかけたくなったときに、こういわれたんだよ。おとうさんはツバキを呑みこんだ。つまり、これは勝手な口を利きながら収拾がつかなくなると、醜態をさけようとするミスター・チャーリーのお得意の手なんだよ。

おとうさんはいわれたとおりサインしてやって車から降りたが、なんとも後あじが悪い気持だった。なんだか自分自身のなかに失われたものがあって、それは永久に取りかえすことができないんだという奇妙な感じが襲いかかってきたんだねえ。

コロンビア大学の学園騒動の続きを書こうとしたところ、この本のほうが面白くなったので、予定を変更してしまった。なお、これらの手紙は、二歳になる息子のアダムが十三歳になったときに読ませようと思いながら書いていったもので、そのまえに死んだら、そうしてくれるようにと、あとがきに書いてあり、そのあとがきを冒頭に持っていっているあたりも、なかなかやるなと思った。（昭和四四年四月号）

24 ついにアメリカでは「あたしは好奇心がつよい女」のノー・カット公開を許可したがまったく偉いもんだ

ニューヨークの出版社グローヴ・プレスを経営しているバーニー・ロセットは、ことし四七歳であるが、三年まえに翻訳権のことで東京を訪れたことがあり、そのとき会って、いろいろな話をした。ちょうどロブ＝グリエの「快楽の館」がフランスで出版されたところで、この英訳も彼のところから出ているし、ヌーヴォー・ロマンやアンダーグラウンド・シネマがすきなニューヨークっ子なのである。

グローヴ・プレスの本は、ジョン・リチーの「夜の都会」とヒューバート・セルビーJr.の「ブルックリン最終出口」としか翻訳されていない。あとのほうの「クイーンの死」の一章はいいだろう、とロセットはいうのだ。リチーも第二作を、もうじき仕上げるよ、といったが、そのとおり「ナンバーズ」という題で出たし、こいつは強烈なホモセクシュアル小説だな、と呆れ返ったり感心したりするようなシロモノになっていた。

ぼくはグローヴ・プレスの新刊広告を見るたびに、五冊あると三冊か四冊注文する癖がついてしまった。その本の中身は、だいたいのところ想像できるけれど、フランスのジャン＝ジャック・ポーヴェールやエリック・ロスフェルドの本とおなじように、注文しようときめるとき、奇妙な刺激をあたえられるのだ。そしてグローヴ・プレスの本が到着し、なかなかいいカヴァー・デザインだなと思いながら読みだすと、ハンサムなロセットの顔が、いつも浮んでくるのである。

そんなとき『うまいことをやるなあ』と、また考えてしまうのであるが、最近いちばん驚いたのは「マイ・シークレット・ライフ」を出したあとで、ヴィクトリア時代のアンダーグラウンド・マガジン「真珠」と同時代のポーノグラフィ「女中がいる男」を厚いペーパーバックで売出したときだった。どうしてこういうものが彼の手に入るのだろう。そこが不思議でしようがないが、いっぽうロセットはグリニッチ・ヴィレッジに小劇場「エヴァグリーン・シアター」をつくると、サンフランシスコで話題を投げたマイケル・マックルーアの「ひげ」を上演した。そのあとで昨年の夏だったが、場内を改装すると、こんどは記録映画「ウォーレンデール」をカナダから輸入したが、これも最近の傑作だということになり、ベスト・テンに入ったのである。それからゴダールの「ウイークエンド」やノーマン・メイラーの「法の彼方で」を上映した。

こんなときロセットがスウェーデンから輸入したのが、ヴィルゴット・シェーマンの「あたしは好奇心がつよい女」であるが、これが検閲にひっかかって上映不可能となった。すると彼はペーパーバックで二五〇以上もスチール写真を入れたシナリオ全訳を出し附録のかたちで、昨年五月二〇日から四日間にわたっておこなわれた裁判記録を掲載した。陪審員は男七名に女五名で、このうち実物を見たのは、ダン・M・ポッターという牧師一人だけであり、彼はいつも率先して検閲強化をとなえていたのである。

裁判最終日にスウェーデンから飛行機で来た監督ヴィルゴット・シェーマンの答弁と、ノーマン・メイラーの証言があり、そのあと陪審員たちの協議となったが、十一名は映画を見ていない。二時間にわたっての話し合いの結果「オブシーン・ピクチュア」だと判断されたのである。

この映画のばあい、実物を見ないでエロチック場面を想像すると、どうしても間違った観念にとらわれることになるだろう。アメリカでは、いろいろなポーノグラフィをはじめ、最近ではフィリップ・ロスの「ポートノイの不満」のような大胆でユーモアにとんだセックス描写が文学の面では許されているというのに、やっぱり映画は横槍が入ってウルサイな、と考えざるをえない。ところが三月十四日号の「タイム」誌をひろげたところ、このたび巡回裁判所では「イエロー」をノー・カットで公開していいという判決を下したと報道してあるので、おもわずビックリした。

ここで「イエロー」とあるのは、すでにご存知だとは思うが「ブルー」と副題をつけた次作があるからで、このへんの事情は監督の範弁で、よくわかってくる。いずれにしろ、この裁判における弁護側の発言は、率直そのものであり、そこには「イエロー」を見たときオブシーンではなかったというキッパリした態度があらわれていて、それがこっちにも伝わってくるので、とても気持がいい。巡回裁判所でもオブシーンだとは感じなかったわけだ。こうして「イエロー」がノー・カットで上映されたのはスウェーデンについでアメリカが二番めということになるが、三番目は日本だということになるかどうかが問題だ。

これから裁判の模様のあらましが書いてみたくなったが、順序を追わずに、四日めのヴィルゴット・シェーマンの答弁とノーマン・メイラーの証言からはじめ、ついで第一日の最初に証人席に立った映画批評家スタンレー・コーフマンの弁論に移るということにしよう。

ヴィルゴット・シェーマンは、裁判長の質問にたいして、つぎのように答えた。質問は十回以上にわたって繰りかえされたが、ここでは必要なばあいだけ質問を書きこむことにし、できるだけシェーマンの説明のほうを聞いてみることにしよう。

ぼくが、いままでどんな映画を監督したかというんですね。第一作は「情婦」ついで「491」(これは日本でも上映)「衣裳」「私の姉、私の愛」となって、これは五作目です。第六作は「あたしは好奇心がつよい女・ブルー版」という同じ題名です。「イエロー版」と「ブルー版」とが、どんなふうに違うっていわれるのですか。

つまり同じ題名にしたのは、同じような物語が、同じようなスタイルで出来あがっているからです。繰りかえしなんですが、そこを簡単に説明すると、物語は同じようにして始まり、同じように終ります。ただ違うのはスウェーデンという国には二つの異った生活ぶりがあるんだな。そういう印象を観客にあたえるということでしょう。なぜ「イエロー」と「ブルー」という副題をつけたというんですか。つまり、この二色はスウェーデンの国旗の色なんです。ぼくは、同じ映画であると断わっておきたかった。と同時に別な映画だとも断わっておく必要があり、それで色分けしてみたのでした。

また、ぼくとしてはですね、ぼく自身が一九六〇年代の終りに経験したスウェーデンという国のポートレートを、現在の時点で描きたかったのです。その手はじめとしてカレイドスコープのようにしたいと思いました。というのは脚本をつくるとすると、考えていたアイディアが入りこまなくなってしまい、せまい枠が設定されることになります。そうでなく、いろいろな考えかたをしたアイディアを、もっと広い枠のなかに入れこみ、そうすれば、現在の時点におけるスウェーデンの思想状況なり、その衝突というものが、そうしたいろいろなアイディアによって、反映してくるだろう、と考えたのでした。

そんなわけで、この映画では、スウェーデンの政治的、社会的な問題と関係した出来事とか、議論がさかんに起りますし、そういった意味で、いままでスウェーデンではつくられなかった映画になりました。たとえば、君主政体をつぶしてしまえとか、共和政体はどうだろうか、という議論がおこなわれます。あなたが質問されたテーマの一つはこれですが、おなじような議論が、では自分たちの社会民主主義国家では、どうなのだろうか。社会民主主義国家は三〇年間つづいてきた。だが、はたして階級制度のない社会と接近しただろうか。そうした点で失敗だったとしたら、そうなったことに後悔しているかしらん。それとも未来に希望をつないでいるだろうか。といった議論も発生してくるのです。

ところで映画をつくりながら、実際にぶつかってみますと、労働運動そのものは非常によく組織されているのですが、それでも労働者たちとのあいだには、かなりの距離があるのを感じました。それでユニオンの本部へ入りこんで、マイクをさし出し、スウェーデンの階級組織についての、きわめて単純な質問に答えてもらいました。また運輸大臣オロフ・パルメを訪問し、階級制度のない社会についての腹蔵ない意見をきいたあとで、ストックホルムのアーランダ空港へと街頭インタビューに出かけたのです。このところスウェーデンではスペイン観光ブームになっていて、ネコも杓子もマヨルカ島やカナリア群島へ遊びに行きたがるのですが、なんでこうもみんなが熱をあげるのか不思議になったので、空港で待機している人たちにマイクをつきつけてみたのでした。

それからレナという二二歳の女主人公のことですが、こうしたインタビュー式なドキュメンタリー映画では、ともすればテーマの焦点がボヤケやすいので、彼女を中心にして映画をまとめていこうとしたのでした。つまり、この単純な性質の、ありきたりの少女にしても、いろいろなことを考え、感情をぶちまけているのであって、そうした彼女が、どう精神的に向上していきながら、社会にたいして反撥するようになるかを、映画をとおして考えてもらいたいと思ったのでした。

J.Uekusa

そうするうちに、彼女の周囲の出来事が重なり合うようになったのです。そうした点では、父親にたいする失望とか、ボーイ・フレンドとの関係、とくにボリエとの付き合いが、また映画のテーマとなりました。もちろんレナは、このごろの新しいタイプの若い女性であって、いままでスウェーデン映画では、こうした男とおなじような自由を要求しながら、そのことを心のなかでは意識していないような女を、登場させなかったのです。

ちょっと質問しますが、そこで何か新しい映画的テクニックを使おうとされたのですね。

それは、こうです。ぼくはイングマール・ベルイマンの弟子でしたが、師匠の流儀から解放されたという気持があるのです。ベルイマンは、まず厳密に計算されたシナリオをつくり、それから絶対に離れずに、撮影所の機構とか映画製作に必要な伝統とか手法をフルに利用したのでした。それが、ぼくには詰らなくなり、じぶんの工夫でいこう、それには俳優を第一義的要素とし、彼らと胸襟をひらいて議論し合わなければならない。たとえば『きみだと、こんなとき、どうするか』というふうに話を持ち出すのですが、こっちの意見は、絶対に押しつけません。そうすることによって、映画のための素材なり映画のもつべき態度なりが発見されたのでした。

レナに扮したレナ・ニューマンは演劇学校の生徒ですが、彼女には若い女性についての彼女なりの見解があり、ぼくのほうにも、ぼくなりの見解があって、この二つが衝突したわけですが、そこからリアリティが生じたのでした。こうして映画が出来あがったあとで、冷静に考えてみたことですが、ぼくは二つの点で成功したと思うのです。それはスウェーデンにおける政治的ディスカッションを映画に持ち込むことができたことと、レナとボリエの恋愛ごっこにしろ、いままでの映画のラヴ・シーンが陥っていた芸術的常套手法から離れ、じぶんでも満足できるような結果がえられたことでした。

このとき検事側のロレンス・シリング弁護士が立ちあがり、常套手法から離れて演出したという点を、もうすこし詳しく説明してもらいたいといった。

そうですか、じつは、これまでに監督した四本の映画にもラヴ・シーンとおっしゃるのは出てきたのですが、どれもアメリカやフランス映画のを真似した平凡でありきたりのものでした。『こんなのは、もう古いじゃないか』と、ぼくは考えるようになりました。『ふつう、こんなふうには行為してないし、それでもいいと思ったら、芸術家としてゼロなんだ』と。そこでレナおよびボリエに扮したボリエ・アールステットに『きみたち若い者は、こんなとき、どう感じながら行為するかね。きみは男として、どういうふうに彼女に接近していき、そのとき彼女は、どんな反応をしめすだろうか』というふうに、いつも訊いたのですが、そんなときに、こっちの考えかたと衝突したんです。そして、そのとき気づいたのは、こういうときの男と女との気持は、もっとずうっと理解し合ったものであり、温かさと柔しさとがあって、それが若い者たちの恋愛ごっこなんだということでした。

それは、どこかヒヤリとする感じをともない、おたがいどうし、からだをいじりあっているという印象をあたえますが、映画をつくったあとで、おなじような人間的な温かさが出ていることに気がついたのが、酒を飲みながら歌っている父親にレナが絡んでゆき、感情をむき出しにしてしまう場面でした。これからもセックスの描写は紋切型を避け、映画全体に人間的な温かさが出せるようにしてみたいと思っています。

ちょっと疑問になることなのですが、常套手法から離れるという考えかたには、あなた自身がラヴ・シーンの演出で、抑制を感じるということになるのではないでしょうか。

それは、さっきお話しした四本の映画のばあいで、常套手法のために抑制を感じたのでした。

けれど「イエロー」のばあいでも、一例をあげると男のほうの裸体の出しかたで抑制を感じたのではありませんか。それとも、こう考えるのは間違っているでしょうか。

間違っています。なぜかというと、そう考えられる抑制とは違った点に、ぼくの抑制が、いろいろと生じたからです。最初は、俳優をつかって、アクチュアルなセックス行為を描くのは無理だと思っていたのですが、おたがいに話し合い、議論を重ねているあいだに、そういった抑制はなくなったのでした。おっしゃることは、ぼく自身のための精神分析になってしまいますが、精神病医の厄介になったことがないので、これ以上のお答えはできません。

あなたの出発点はセックスのタブーを破ることにあったのではないですか。

どうも質問の意味がわかりません。それに不明瞭だと感じられるのは、男の裸体について、とくに強調されたからです。それで、こちらからも質問したくなりました。というのは女の裸体の出しかたには、きまった手法があり、それが繰りかえされるので、そういうもんだと思うようになりました。この点を同時に考慮すべきだと思うのです。そして、ぼくのばあいでは、セックスという点では、ほかの映画とちがってオーガズムの瞬間を描くことを避けたということを、あなたは気がつかれなかったようです。オーガズムの瞬間を、いままでの映画ではシンボルをつかって表現しようとしたのですが、そんなことは一カ所でもやっていません。ぼくが興味をいだいたのはオーガズムの前後であって、そのところをハッキリ表現しようと考えたのでした。

説明を加えますと、マットレスの場面では、じつは何事もほんとうには起っていないのであって、二人はマットレスと服の処理について大困りしてしまうのです。ところが、ここで注意していただきたいのは、映画になれた現在では、そこでは起っていないことを、加え算みたいなことをやりながら想像するようになりました。とくにアメリカ映画のばあいがそうで、たとえば次の場面に移るとき、溶暗にしておいて、そのあいだの不足部分は観客に埋めてくれというわけです。

こうしたトリックは沢山あって、いつもそうする習慣がついた観客は、この映画でも数カ所の場面を、おなじように眺めたのでした。たとえば田舎の街道筋の樹に登った二人が、服を着たまま、おかしな体位で行為しようとするのですが、服が邪魔になる。それでボリエがパンツを脱いで接近するのですが、そのとき急に二人は、現実の日常生活で起るように、ほかの議論をはじめます。それで性交にはならず、そのときレナは、じぶん自身のからだが嫌いであって、最初の十九人のボーイ・フレンドは、すこしも満足をあたえてはくれなかったと告白してしまうのです。

ところが、いま申しあげたように、実際には起こらなかったのに、性交がおこなわれたと判断した人が多かったのでした。もう一つ付け加えておきたいのは、この樹のうえのセックス場面にしろ、池のなかや沼地のなかのセックス場面にしろ、パロディと諷刺による演出が多いということです。

レナがボリエの生殖器をいじくっている場面が出てきましたね。田舎で会ったボリエが彼女からライフル銃を引ったくったあとですが、あのときレナは実際に相手のペニスに接吻したのですか。

それは、ぼくがすこし離れたところにいたので、ハッキリとは見えませんでしたし、スクリーンに映ったイメージからも、はっきりとは判らないのです。二ミリくらいまで唇を近づけたようにも見えますが、それについては二人に訊いてみませんでした。いままでの経験ですと、俳優は、そのときのエモーションを出そうとして、きつすぎるような接吻をしてしまうことが、よくありましたが、もちろんそれは口による接吻です。なかには接吻したようにみせて、じつはしなかったというテクニックのうまい俳優もいましたね。

ついでノーマン・メイラーが証人席に立ち、グローヴ・プレス側の弁護士エドワード・デ・グラチアから、映画でのプロテスト運動にたいする意見と、芸術的見地からの価値如何について質問を受けた。

プロテストのやりかたは、スウェーデンとアメリカとで非常に似た点がありますが、また違ったところもあるので、そこが興味ぶかかった。ヨーロッパでは、ふだん市民どうしで喧嘩みたいになるほど意見が対立しがちですが、そんなときでもソフィスティケーションが感じられるのです。つまりユーモアがあっていい。そんなことを空港のインタビューで、また印象づけられました。

なぜスペインへ遊びに行くのか、とレナに質問された人たちが、真面目くさったうえに喧嘩腰になっている少女を見て、好奇心をうごかし、いちいち答えてやるあたり、軽い喜劇みたいでいいですよ。レナという少女は、ともかくプロテスト運動にインヴォルヴされてしまったが、戦後の政党のやりかたに信頼できなくなった若い者たちの気持が、よく反映されていますね。もちろんプロテスト運動の中心的存在ではなく、その周辺での自己確認と主張ですが、じつは最近の社会的現象としては、中核組織よりは、このほうを重要視しなければならない状況になってきたようです。

それから「イエロー」の芸術性についてですが、これはすこし説明に手間取りそうです。その理由は、この映画を実際に見るまえと、見たあとでの考えかたに非常な差が出てきたからでした。いままでも、映画におけるセックスの問題については、小説を書くようになってから二〇年間というもの、折にふれ繰りかえし考えてみたものです。ぼく自身の作品も、そういう対象にされましたし、それがまたセックス描写の自由性にもつながることになりましたが、この自由は、なかなか獲得しにくいし、まかり間違えば危険な自由になってくるのです。

映画では、この危険な自由が、小説よりも、ずっと明白なものとなってきます。それは小説よりも映画のほうがエモーションにつよく働きかけるからでしょう。そんなわけで、この映画を見ないかといわれたとき、ちょっとした不安がありました。簡単に説明を加えますと、ぼくが長いあいだ考えていた映画製作上の問題は、早かれ遅かれ、俳優たちがスクリーンで性交するようになるという宿命を、映画が誕生した初期から背負っていたということです。映画の歴史のあらゆる段階で、一歩一歩この方向へとむかっていったのですが、この「イエロー」は、そこへもっとも接近した作品になりました。じつは一年ほどまえ「エスカイア」誌で、この問題にふれたのですが、そのときは、映画が必然的にむかうこの方向にたいし、正直なところ困惑したかたちだったのです。そこにはまたヨーロッパの俳優が直面している問題と密接な関係がありました。俳優という職業は、どんな世界においても軽蔑される存在として発生しました。いまから五〇〇年ほどまえ、俳優の心のなかには、半分ばかり悪魔が巣食っていると考えられたことから、軽蔑されました。その原因はエモーションを土台にして演技するから、危険な存在とされたわけで、エリザベス朝の演劇初期には女優という職業が、まだありません。そして俳優にたいする不信と不安は近代になるまで続くのですが、それが最近になって人間精神が寛大になると、舞台で男優が女優を接吻するのをみとめるようになりました。

それでもなお、重要な問題が残されています。それは俳優がセクシュアルな行為を芸術的な次元へまでもっていこうとするとき、セクシュアルな行為よりも、彼らの芸のほうが必然的に重要性をおびるわけです。このモラルのありかたに注目したいのは、そうするとセクシュアルな行為が、ますます下劣な印象をあたえるということです。

このように先入観があったので「イエロー」を見に行けといわれたときも、きらいな映画になりそうな気がし、どうも気持が落着かなかったのでした。ところが映画を見たあとでは、興奮とはちがった冷静な気持にさせられながら、異常なまでに感動することになったのです。もし、この映画が、見るまえに聞かされたようなものだったら、興味をかんじなかったでしょう。ぼくは見るまえに、宣伝材料を読んで、これはきっと退屈だらけな中身をもったショッカーなんだろう。ドキュメンタリーだと書いてあるが、公然たるセックス・シーンがつめ込んであって、それをどう処理するかという問題を提出してあるところが面白いぐらいなものだろうと、想像していたのでした。

ともかく、このような芸術的にすぐれた映画にぶつかるなんてことは、まったく予期していなかったのです。この映画は、ぼくにとって、ながいあいだに見た最高作品の一つになりました。ぼくは、すっかり感動してしまいました。レナという少女は何という魅力をもっていることだろう。そして複雑した感性の持主であるあたり、圧倒されたといっていいでしょう。映画が終ったときですが、いいようのない気持になっていました。女の複雑した神秘的な本性を、これまでに描いた前例はなかったからです。

レナが映画のなかで自分にたいして苦しみ、そこから自分を発見するまでの特殊な映画的フォルム。彼女のなかにある子供っぽさとコケットリーの奇妙な混り合いかた。頭がイカれたような行動のしかた。こうした性格が彼女のなかにある苦しい気持、あるいは残酷性と対立するのです。部分的に美しいものがあらわれ、部分的に片輪になった感受性があらわれることになり、そうした部分的なものが、あるときは、ごく平凡ですけれど、あるときは魔法的な力を発揮するのであって、これは素晴らしい創造だと思わずにはいられませんでした。

以上が、この映画の芸術性なのですが、それなのに、おそるべき危険な立場におちっているという話を聞いたので、いま証人席に立って、この映画を救うための証言をしないではいられなくなりました。この映画は、きわめて深い意味がこめられた道徳的映画だと断言してはばかりません。

といって単純な映画でもなければ、提出された問題が、映画のなかで解決されているわけでもありません。こうした問題は、現代が危険な時代であり、不条理な出来事の連続のなかで、われわれは生活しているんだという見解に賛同される人たちにとっては、自然と解答が出ることでしょう。不条理といえば、アメリカでは一年間に三万人が自動車事故で死亡しているのであって、これは戦争の死歿者よりも上廻った数であります。それなのに文明の利器だという理由から、車なしで暮せという理屈はとおらなくなりました。

同じような理由で、芸術の面でも危険な操作をしなければならず、とくにこの映画のばあいは、危険な材題にぶつかり、危険な手法でつくられるということになりました。それにもかかわらず、ぼくに畏敬の念を起させたところの立派なモラルが横たわっているのです。ぼくは、生まれて以来みた最高映画の一つにあげました。その理由は、この複雑した社会のリアリティと取組んでいるからです。この映画で、観客は、ドキュメンタリーの証人になるのです。街なかを歩いているとき、だれかに声をかけられ、そのときの質問に答えなければならないというリアリティ。いっぽう、観客は、遂行しなければならないアイディアで頭がいっぱいなパッショネートな人間にもなっているのです。もうじき、どの家庭にも撮影機とヴィデオ・スクリーンが入りこみ、われわれの日常行為を、すぐさま再現するというようになるでしょう。そのときは、おそらく、どこまでがリアリティであるのか判らなくなるだろうと思います。この「イエロー」という映画は、そういった即刻主義になった時代に先だち、同じようなことをやっているのだといえるでしょう。たとえば監督自身が映画のなかの人物になっているあたり、リアリティでもあり、そうでもないように感じられてくるのです。カメラマンも、ある場面に出てきますが、このばあいはカメラマンでしかないのと較べると、この点はよく判るでしょう。

以上、ぼくが述べたことが渾然とした一体となり、芸術作品にしたのです。現代社会は、きわめて複雑した形相をとりだしたので、そのヴィジョンを映画で生みだすことは、ほとんど不可能だといっていいでしょう。ところがヴィルゴット・シェーマンは、そういったヴィジョンを生みだしたのでした。ぼくはスウェーデンの人たちの生活をながめながら、あらためて自分の生きかたを考えてみたりし、欠けていたものに気がついたりしたのです。それは、ぼく自身が、よりモラルな人間になったということでした。こうした気持は、これからノー・カットで映画を見られる人にも共通したものだと思います。もちろん、ぼくがそう考えるようになったというだけで、それ以上はいえませんが。

どうもダラダラとした書きかたになったので、ヴィルゴット・シェーマンとノーマン・メイラーの供述しか書きとめることができなかった。ぼくは、この映画を見ることができたが、興味の中心は男の裸体であって、セックス場面で彼のペニスは、すこしも勃起状態にならず、いつでも垂れさがったままなのだ。そのため異常なセックス行為の前後のあいだも、ふしぎとポーノグラフィックな感じをともなわない。なぜヴィルゴット・シェーマンが、こういう男の裸体でいったかを、あとで考えているとき、すべてが判るといった映画であり、二〇年に一本、いや三〇年に一本といってもいい映画になっているのだった。

（昭和四四年五月号）

25—クーデターがやりたければ誰にだってできるというので読んでみた

銀座のイエナ洋書店から電話があって、一月七日に注文した本が五冊着いたというのでどんなジャケット・デザインだか見たくなって、うちを飛び出したが、それを持って帰るとき、店内のすみに「クーデター・実用向ハンドブック」というのが二冊置いてあるのが目についた。

こういう題名の本にぶつかると、なんとなく読みたくなる癖があるのだが、さしあたり五冊あるし、買うのはよそうと思いながら、なかを覗いてみると、こんなことを、書いた本人がいっているのだ。

この本は実用向ハンドブックです。だから「クーデター」の理論的分析には触れていません。触れてみたくなったのは、ある一国における政権をふんだくるには、どんなテクニックを、どう応用すればいいか、ということでした。つまり料理の本と似たようなものであって、つくってみる情熱があり、教えられたとおりの材料でやれば、しろうとにも簡単にできあがってしまうし、それとクーデターはおんなじようなものだということを書いた本なのです。

けれどルールをよく心得ておかなければなりません。それは第一に、そのときに条件がある程度まで揃っていることが、クーデターを成功させるためには必要であり、ちょうどブイヤベースをつくるには、魚を吟味してからしなければならないのと同じことになります。第二に、読者は、失敗したときの刑罰は、食べすぎで腹をこわすどころの騒ぎではないことを覚悟しておかなければなりません。

なんだい、この本は？　そんな危険性があったり、国内の動乱を起こさせるような本を書くなんて！　と文句をいう人がいるかもしれません。これにたいしては、クーデターは、もう当りまえなことなんだ。だから、この本によって一人でも多くの人が、どうすればクーデターがやれるかを知ったとしたら、それはクーデターの民主化へ一歩近づくことであって、いいことだと思うし、自由思想の持主なら、きっと拍手してくれることでしょう。

なお、突っこんで研究したい人は、S・E・ファイナーの「馬上の男」とJ・J・ジョンソン編著「未開発国における軍隊の役割」を読まれるといいと思います。

ぼくはゲテモノずきだから、こんな機知あるタンカにぶつかると、すぐさま引っかかってしまうのだ。注文した本にしたって、イタロ・カルヴィーノの「コスミコミックス」とジョージ・クオモの「泥棒たちのあいだで」とジェイムズ・カークウッドの「いい時・わるい時」とクリスチン・ブルック＝ローズの「ビトウィーン」とアレシア・へイターの「阿片とロマン派の想像力」といったゲテモノ趣味を満足させるにすぎないシロモノなのである。

ところが「クーデター・実用向ハンドブック」を書いたエドワード・N・ルトワク Edward N. Luttwak というのが、いい顔つきをしていて、戦後まもなく公開された「邪魔者は殺せ」というアイルランド革命の一挿話をえがいた映画の主演者ジェームズ・メイソンを思い出させる。生まれはルーマニアだが、東ヨーロッパ諸国の大学で経済学の講義を担当し、一昨年イギリスに帰化したそうだ。

なお、この本は昨年末にペンギン・プレスから出版されたが、特殊な性質のものなので、ペーパーバックにして大部数は刷らず、三〇シリングのハード・カヴァー本として出版した。ジャケット・カヴァーの見返しをみると、大体の内容がわかるので、ついでに書いておこう。

決然と立った少数グループで政府をくつがえし、その国家を支配するには、如何にしたらいいか。このクーデター・実用向ガイドブックは、政治的・軍事的、諜報機関的に戦術上のテクニックを分析しながら、それに解答をあたえたものである。具体的にいうと、まずクーデターを可能にさせるところの歴史的背景と社会・経済的条件について説明しながら、図表と統計を使って、

『どんなふうに軍事力と警察力と情報機関力がクーデターを挫折させてしまうか』

『どうしたら国体組織の決定的要素を破壊できるか』
『活動的な組織のどの部分を麻痺・中立化させ、どんな性格の政治的人物を取り除けばいいか』
といったようなことを明確にしたものである。

それから本書を読んだ「馬上の男」の著者S・E・ファイナーが、かなりながい序文を寄せているが、これは興味ぶかいものなので、要約しておかなければならなくなった。ローマの歴史家タキトゥスは、こういったものだ。
『皇帝という存在は、ローマだけではなくどこでも製造されるようになったので、帝国と称される秘密はなくなった』

この言葉は現在でも通用するし、たとえば大統領は総選挙なんかしなくても、どこでも製造されるようになったのだ。その製造術の秘密がクーデターである。過去十年間に四六カ国で七三回も、それは起った。ルトワク君の調べだと、過去二三年間に、七〇カ国以上で、それが成功しているのだが、そうすると、地球上の独立国家の半数以上がクーデターに見舞われたわけであり、政府を変えるには選挙によるよりも手っとりばやい方法だということになってきた。

いままでクーデターの研究書といえば一九三一年にイタリアで出版され、翌年あたり各国語に翻訳されたクルツィオ・マラパルテの「クーデターのテクニック」（日本でも当時訳本が出たが現在は入手不可能）が、あまりにも有名なので、その後ほかの研究書が出ても、すべてカスんでしまったものだった。それで、この本について簡単に説明すると、マラパルテの研究視野は、ヨーロッパに向いながら、議会政治下における極右翼と極左翼の権力あらそいに注目し、そこから生じる恐るべき力を、ローマ時代の陰謀者の名をとって「新カティリナ」と命名したうえで、一九一七年のボルシェヴィキ派の十月革命、一九二〇年に失敗したドイツ極右翼カップ一派の暴動、一九二二年のムッソリーニのクーデターを例にとりあげた。

ここでマラパルテのすばらしい洞察力は、政府を攻撃するにしろ、防御するにしろ、議事堂や内閣官邸を中心にしたって始まらない。そうしたものは権力の幻影にすぎないし、行動目的は、近代国家の科学技術的な力の集合地点を麻痺させ、ついでコントロールすることにある。鉄道やラジオや発電所や工場がそうだ。そういう前提のもとに、実例で証明したのである。

マラパルテ以後四〇年たって書かれたルトワクのクーデター研究書は、この種類のものので、もっとも興味ぶかいし、アプローチのしかたに最近の状勢が、よく反映しているのだ。ここでは極右派と極左派が活躍したヨーロッパの政局は研究の周辺に置いておいて、第三世界が中心になっている。というのも最近のクーデターのありかたが、政治には大衆があまり関心をいだいていない国で、少数のエリート・グループによって行なわれ、また右翼とか左翼とかの観念も漠然としているから、打倒する相手は、そのときの最大権力者ということになり、そういった状勢との関係が興味ぶかいものとなってくる。マラパルテの理論は現在では、すっかり行きわたってしまい、二流クラスの陰謀者でも知らない者はいない。しかし科学技術的な力の集合地点を麻痺させるという教訓は、ルトワクのばあいでも出発点になっていて、とくに第四章の「クーデターにおける作戦計画の段階」は、マラパルテが、具体的に指導できなかった点を説明した独創的な部分である。

またマラパルテは「比較歴史学」によるアプローチのしかたで、一つの実例を分析すると、第二、第三の実例に移っていった。ルトワクのアプローチのしかたは「地理的」「軍事的」であって、必要事項を書きとめ、それを多くの実例で納得させたうえで、じぶんが指導者になったつもりで作戦命令を下すのである。それは第一に情況の捕捉、第二に味方の人的資源、第三に危険率の度合となって、最後に作戦方法が提出されるのだが、その冷静な判断と想像力のありかたには驚くべきものがある。

クーデターは、革命や、最近流行の人民戦線と、どんな点で異なるか。クーデターというのは外部からの攻撃ではなく、一国の内部で発生するのであって、それも政治的には中立化した立場にある者の行為である。クーデターが成功したあとで右翼か左翼かが、きまってくるわけで、当初の目的は、既存の支配者グループを、ほかのグループと置き換えるだけでいいのだ。それから、革命のように圧倒的な力で真っ正面からぶつかって、相手を粉砕するのではなく、ちょうど柔道の技術のように、相手の力とバランスをくずすようにするのがクーデターの特色なのである。

であるからクーデターが成功したばあいはきわめて簡単に遂行された印象をあたえるのだ。ガボンとトーゴでは一五〇名の歩兵が政府を覆した。ガーナのヌクルマ政権は、一万名の軍隊のなかの五〇〇名によるクーデターで、一発の発砲もなしに、あえない最後をとげた。このような無血クーデターは政府側が弱体すぎたわけではなく、陰謀者側の熟練さによるのである。決定的な段階になったときでも政府側に気づかせなかった巧妙な処置が、簡単に遂行されたような印象をあたえたのだった。

しかし、いくら熟練した陰謀者たちがいてもクーデターを起しやすい国と起しにくい国があり、したがって何処でも成功するとはかぎらない。ルトワクが指摘しているようにクーデターを起しやすい国としては、つぎのような三つの条件が揃っていなければならないのだ。第一は、社会・経済的な事情で人口の少数部分のみが、政治に関心をいだいている国。第二は、ガボンがいい例だが、クーデターを挫折させるために、外国の軍隊が、その国に配置されていたり、空輸で送り込まれ、政府を援助するというようなことのない国。第三は、政治的な中心地がある国。たとえばナイジェリアで失敗したのは、地方的に政治中心地が分散していたからであった。

そこで、ルトワクは「どの国がクーデターを起こしやすいような状態になっているだろうか」と考えていくことになるが、そうするとそういった国の弱体がさらけ出されることになってくる。だから、この本は、破壊的であり危険なしろものだと考えられることなるのだろう。まだクーデターが起こってない国に、それが発生する機会をあたえるかもしれないからである。それにたいして、ルトワクはクーデターを民主化するためだといった。

ここで問題となるのは、この民主化という言葉の使いかたであって、タキトゥスによると、大ぜいのあいだに伝播させることがデモクラタイゼーションだということになってくる。そして、この点で、わたしとルトワクとの考えかたが違ってくるのだが、この本があたえる衝撃は、アウトサイダーよりも、むしろインサイダーにたいして大きいということで、クーデターを阻止する役割を持っているともいえる。

最近は、毛沢東やファノンやゲバラやドブレを革命の英雄として扱った本が、よく読まれるようになったし、いっぽうで反ゲリラ作戦の本なども書かれるようになった。だが、こうした革命よりクーデターのほうが、遥かに頻発度が多いということを考慮してみると、この本が破壊的だとか危険性が多いというのは間違っているようだ。

ここでファイナーが感心した「クーデターにおける作戦計画の段階」の章を読んでみることにしよう。

一九六一年四月二三日の早朝だった。フランス外人部隊に属する落下傘小隊が、シャール将軍およびゼレールとジュオーとサランの三将軍の名のもとに、アルジェリアのキー・ポイント地点を占拠した。これら四将軍は、それぞれ威信にかけては自信があったので、アルジェリアの兵力全部を掌握しようとした。このときド・ゴール政府はアルジェリアのナショナリストと和平交渉を開始しようという段階にあったが、アルジェリアの仏配置兵力は、フランスやドイツにおけるそれよりも強力だったということもあり、ここで誰か新しい指導者を押し立てれば、アルジェリア戦は仏軍の勝利に帰すだろう。そのときは政府を乗っ取ることも簡単にいきそうだと考えたのである。

これには先例があり、一九五八年五月にド・ゴールが政権を掌握したときも、似たようなアルジェリアの状況だった。それが四人の将軍の頭にもあったのだろう。彼らがアルジェリア放送局から宣言者を読みあげたとき、強硬派の落下傘部隊の第一、第一四、第一八団が、すぐさま合流した。いっぽう少数の歩兵部隊と海兵隊、それから空軍の大部分は踏みとどまって、ド・ゴールを支持した。これも五月十三日の有名なクーデターのときと同じ状況であり、これらの少数派はド・ゴールにつかずに、第四共和制にたいして忠誠を誓ったのである。

ところが、これ以外のアルジェリア駐屯兵は、日和見主義の指導官のもとにあった。そうした部隊は、ふつうクーデター側に有利に働きかけてくるのであって、このときもアンリ・ド・プウイ将軍は、司令部をオランからトランサンに移動させ、どっちにつこうかと形勢を見まもっていたが、腹の底ではクーデター側に傾いていたのだった。

というわけで四将軍は勝利を目前にしていた。アラビア兵全部が彼らの側にいる。

ド・ゴール派は、なんら積極的な行動もしないでいる。将軍たちは強力な落下傘部隊に命じて、アラビア兵を集合させていたが、こうしたとき、フランス国内では、国防相がモロッコ訪問中であり、パリ警察署長も休暇中で留守だときている。ドブレ首相は、火消し役の親分だったのに、あいにく病床にあった。ド・ゴールは、おりから来訪したセネガル大統領センホルの案内役として国内旅行をしていた。そのほかの閣僚はアルジェリア訪問に出かけたときで、着くなり逮捕され、檻禁されてしまった。

このように、すべての状況がクーデターを行うのに有利だったのに、三日後にはシャール将軍が、護衛つきでパリへ戻され、檻禁される破目におちいり、残る三将軍は逃亡をはかったが失敗した。落下傘部隊の第一団は、エディット・ピアフの「なにも心残りはない」を歌いながら兵舎に帰ったが、士官たちは逮捕され、この部隊はなくなった。

なぜ失敗に帰したのだろう。その最大原因は、四将軍ともが、同時に発生するはずの「政治的潜勢力」を、まったく無視していたからだと考えるほかない。ド・ゴール派の一九五八年五月・クーデターのときは、軍事行動とアルジェリア市民の心理とのあいだに、民間部門の組織が食いこんでいき、ほかの政治的グループの介在意欲を失わせてしまったので、第四共和政体を解散させることに成功したのだった。ところが、これを手本にしたはずなのに、直接的な働きをする軍事力だけが念頭にあり、間接的ではあるが、じつは決定的な作用となるところの民間力の重要性を忘れていたことが、致命的な欠陥となったわけである。

説明を加えると、ド・ゴールはテレビを利用して『フランス人よ。同胞たちよ。わたくしに力をかしてください』と叫んだのだった。ついでブラウン管に顔を出したドブレは、もっとハッキリと『飛行場まで行って、足ぶみしている兵士たちを励ましてください』と訴えかけ、そのあとで義勇軍の組織にあたったのだった。さらに注目すべき動きは、一般、労働者組合、コミュニスト系労働者団体、クリスチャン民主主義同盟、それから労働者全体がデモを行ったことである。そして、これに呼応して、大部分の政治的団体がド・ゴール派を支持し、アルジェリアでは左派キリスト団体が、民間のシット・イン・ストライキの扇動役になった。

いっぽうフランスの一般団体が協力体勢をとり、クーデターによる新政体を受けいれないといって強腰になったが、この拒絶意志が逆に決定的な効果をあげてしまい、それまで日和見主義でとおしていた軍隊の一部は、突如としてド・ゴール支持を宣言し、こうしてクーデターは逐行されたのであった。

以上は軍事力の中立化にとどまらず、その他の「政治的潜勢力」を中立化することを忘れなければ、シャール将軍たちのような大へマはしないですむという例としてとりあげてみた。

ところで、直接的な政治力というものは、いつでも一国の政府に集中しているわけであるが、あらゆる国において、また、あらゆる政治的な組織をとおして、政府を離れたところに、べつな政治力が存在していることに注意を向けなければならない。こうした力の源泉が、たとえば民主国家のばあいのように、一部の選挙投票権者たちに強い働きかけをしたり、一国の政治的いとなみの分野で重要な関係をもつ、いろいろな組織をコントロールするようになる。こうした分野の力を「政治的潜勢力」と呼んだわけであるが、それが圧力団体であろうと政治団体であろうと中間団体であろうと、それはどうでもいいことなのだ。要するに政府の組織化に関与し、決定されるべき事項にたいし影響をあたえる力というのが、重要なものとなってくる。

ここで一例として、イギリスの政治分野に与える上記のような影響力をリストにしてみると、

二大政党

労働者組合会議およびいくつかの大きな組合

イギリス産業連合

上層行政事務組織――アカデミックな分野における複雑な組織団体

市民および自治体

新聞

といった定石的なものばかりだが、たとえば中東を中心とした対外政策に影響をあたえる力となると、つぎのように、まったく違ったものになるのだ。

イギリス資本および一部イギリス資本の二大石油会社

外務省――アカデミックな「アラブ主義者」グループ
イギリス系ユダヤ人の中心機構

産業機構が複雑化した文化的社会では、創設されたときの目的から離れ、しだいに圧力団体の性格をおびはじめて、政治的影響をあたえるようになる組織が無数にある。そして複雑した社会のあらゆる分野に、その態度が反映することになるが、経済的に未開発な国にあっては、社会機構も単純であり、利害関係は相互間では強く働き合うとしても、その影響力は広範囲には及ばないし、影響される人員も非常にすくなくなってくるものだ。たとえばアフリカのサハラ地方では、宗教団体は分散しているうえに非政治的であるし、実務機構の面でも団体的結束は弱体だから、政治的影響力としては、

種族的ないくつかのグループ
労働者組合
学生団体
行政事務官および軍務関係者
支配する政党のなかの行動派

くらいしかないのである。だが問題は、平時における政治的影響力というよりは、そうしたなかでの一部の力がクーデターのあとで作用してくるということで、それが不利になるのは、

（a）新政府にたいする敵意を大衆に植えつけはじめるとき

（b）新政府の基礎固めを邪魔するため、彼らがコントロールできる技術分野の力を結集しはじめるとき

といった二つのばあいがあり、たとえば放送局のストライキは（b）に入り、ジェネラル・ストライキは（a）と（b）とが合体したものである。そこでクーデターを成功させるには、こうした政治力の中立化が必要となってくるのであるが、これには、また、「一般グループ」と「特別グループ」とがあることを考慮におかなければならない。

経済分野とおなじように、政治の分野にも下層構造がある。鉄道や商港や発電所が産業にとっての重要な背景となるように、直接的な政治行動を開始するばあい、ある種の技術力が、その背景として必要になってくる。フランス市民の心理を一つの方向へと総動員したことと、しなかったことで、クーデターが成功したり、失敗したりしたことは、まえに述べた。このばあい、市民に訴えかけるマス・メディアがある。それは主としてテレビとラジオだが、労働組合では、本部からの支部のネットワークへと連絡役をするテレコミュニケーションがあった。また大衆デモは交通機関を利用しなければ、結集したかたちにはなりえなかったのである。

これはクーデターを成功させるに必要な下層構造であって、政治的な勢力を中立化させるにあたって利用しなければならない。マス・メディアを、味方のコントロール下に

置くか、使用不可能な状態にしてしまうかも、中立化させるための一手段である。既存政府の幹部連中も、下層構造を反クーデター思想へとみちびく要因だから即刻逮捕しなければならない。下層構造が中立化したと思われてもいつ扇動がはじまるか判らないからだ。未開発国をのぞくと、たいていの国が複雑した政治機構をもっているし、交通機関なども発達しているから、いつどこで敵側の政治力が邪魔しはじめるか予測がつかないのである。

そこで「一般グループ」としてクーデターを行うときに取りのぞいてしまう必要あるものを列挙したうえで、ひとつひとつに説明を加えよう。

政府の要員たち
政府の周囲の重要人物
マス・メディア
テレコミュニケーション
都市の入口——出口となる道路
空港および運輸施設
公共建設物

ついで「特殊グループ」には如何なるものがあるかを列挙するまえに、すこし説明を加えておきたい。

政府が沈黙し、首都の占拠が目前に迫っていても、なおかつクーデターの遂行をさまたげようとする組織グループがいくつかある。その数は多くはないが、そうしたグループが、たくみなデモを起したり、ストライキを始めたりすると、最後のデリケートな段階で憂慮すべき状態にならないともかぎらない。それで、こうしたグループには、どんなものがあるかを調べあげたうえで、やはり中立化しておかなければならない。またクーデターが起ったと知ったばあい、好戦的な組織グループはただちに行動準備に取りかかるであろう。そうすると、なかば地下に潜入したりして、その重要メンバーの逮捕は不可能になるのだ。

政治的闘争が起ったことが、口づたえで拡がっていく未開発国があって、そのドラマチックな反応のありかたは表面にあらわれてこない。しかし、たいていの国では政治的闘争が表面的に激突し、ふだんは政治に関係がない組織グループが自動的な反応をみせ、反クーデター側に巻きこまれることが多いのである。中東や南米諸国の政党や南ヨーロッパの労働組合や南ベトナムの宗教団体は、そうしたばあいに、自動的な反応を見せるグループで、思想的に共通したものはないにもかかわらず、いったん立ち上ると、武器は所持してなくても、クーデター側に脅威をあたえることになる。

平時における政治面で重要な役割をはたしている組織グループが、ことごとく反クーデター側にまわるかというと、そうではなく、積極的に行動しないグループがいくつも出てくるのだ。逆に平時に政治面には殆どタッチしていない組織グループが、意外なくらい積極的な活動をはじめることを考慮におく必要がある。たとえばアメリカ合衆国のナショナル・ライフル・アソシエーションとか、イギリスのナショナル・ユニオン・オブ・スチューデントなんかが、積極的に反撥したばあい、それ自体の行動は知れたものだが、中立化させるプロセスに支障を起させがちになる。

これに反し、中立化させないで、そのままの行動をとらせておいたほうがいい政治力がある。それは過激派のレッテルが貼られているグループであり、たいした脅威にはならないと同時に、反抗体勢をとらせたばあい、逆にクーデター側に有利になることが多い。というのは（a）彼らが行動を起したために、より脅威を感じる政治組織があって、クーデター側に寝返りをうったり（b）過激派と連絡した他の政治組織を崩壊させる可能性があるからである。しかし、これは危険なゲームとなってくるであろう。

「特殊グループ」を列挙すると、

宗教団体

機械技術関係の団体

コミュニスト団体

半官僚で構成された団体

開発国家における野党

労働者組合

がある。

こうして「一般グループ」「特殊グループ」のそれぞれについて詳しく説明したあとで、第五章の「クーデターの実行」となるが、ここでは、つぎのような順序で、くわしく説明されている。

タイミングと行動順序と防衛手段

クーデターの前夜

行動開始

A目標

B目標

C目標

クーデター直後の状況

味方の兵力の確保

官僚の支配

支配者へ——大衆の獲得

なお、第一章は「クーデターとは何か」第二章は「どんな時期にクーデターは可能か」第三章は「クーデターの戦略」となっていて上記の第四、第五章につながり、最後にクーデター年表がついている。

この本を銀座のイエナ洋書店で見つけたとき、二冊置いてあったと書いたが、そのあとで出かけたとき、まだ一冊は、そのままになっているので不思議な気持になった。クーデター研究書は四年前になるが、中公新書で尾鍋輝彦氏の「クーデター——その成功と失敗の分析」が出ているが、この書であつかわれたクーデター以後の状況を知るのに、ルトワクの研究は、いい参考になるし、ぼくのようなシロウトにも興味ぶかかったのである。ほかの洋書店では見かけなかった本書が、一冊売れ残っているのを見たときは、そんな意味で不思議になったのだった。

（昭和四四年六月号）

26 一流人とインタビューするときは相手を怒らせるほどいい記事が書けるそうである

レックス・リードのインタビュー集「裸で寝るのですか」を買ったので、目次を見ながらインタビューした相手の数をかぞえてみると、ミケランジェロ・アントニオーニからはじまって三四人いた。やはり映画俳優がいちばん多い。売れっ子になってからは、演劇や文学や政治畑の有名人にも会ってサカナにするようになった。まだ三〇歳なのに、二年そこそこの実績でリポーターとしての最高報酬をとるようになったジャーナリズムのシンデレラ・ボーイであり、昨年の春あたり話題になった。

ことしになってからは、イタリアの女流ジャーナリストで四〇歳のオリアーナ・ファラーチが、ニューヨークにあらわれて荒しまわり、そのインタビュー集「エゴイストたち」が話題になった。この女性は、レックス・リードより一枚うわてであり、ずっとまえにイングリッド・バーグマンを相手にインタビューしたときの記事を婦人雑誌で読んだとき、うまいもんだなあと感心したことがあるので、さっそく注文したが、まだ来ない。むこうで売行きがよさそうな本は、版元にストックがなくなってしまうとみえ、来るのが遅い。オリアーナが「プレイボーイ」のヒュー・ヘフナーにインタビューしたときだった。噂にたがわぬ偽善者だったので、つい口をすべらして、おかしなセリフを発した。そこを、ちょっと引用してみると、

ファラーチ『そのとき、ろば（もちろんバカのこと）が、ころんで倒れ落ちました』
ヘフナー『なんですって？』
ファラーチ『べつになんでも……イタリア人が口ぐせにいう言葉なんです』
ヘフナー『どんな意味ですか？』
ファラーチ『あたしは地獄に落ちるだろうけれど、あなたは天国にいくにちがいない、という意味です。ヘフナーさん、あなたは聖者や殉教者たちのあいだで、バニーちゃんたちをそばにはべらせながら、天使のセックスについて議論なさることでしょう』
ヘフナー『天使にセックスがあるんですか？』

ファラーチ『もちろん、ありませんわ』

これは書評のなかの引用文であるが、フェデリコ・フェリーニもインタビューの最中に、似たような目にあって、つい『不潔な嘘つき女！』『礼儀しらずのあばずれ！』と怒鳴ったということで、そうなると、この本を注文しないではいられなくなる。

彼女は相手から嫌われるのが、すきであり、インタビューのとき、形勢が険悪になるほど、おもしろい記事になりそうな気がするといっている。じつはレックス・リードのばあいもそうで、まえに本誌で紹介したことがあるが、昨年のエスカイア誌にウォーレン・ビーティに会ったときのことを、ながながと書いた。レックス・リードを売り出させてやったのは、コスモポリタン誌の女編集長ヘレン・ガーリー・ブラウンだということになっているが、レックスの人をくった才能に一般読者が興味をいだき、注目しはじめたのは、このエスカイア誌のインタビュー記事からだった。こんなことを思い出し、最初のミケランジエロ・アントニオーニとのインタビューを読みだしたところ、じつに面白い。それで、この記事が紹介したくなったが、そのまえにレックスが自己紹介をやっているので、それをざっと読んでみることにしよう。

レックス・リードは、ぼくの本名です。テキサスのフォート・ワースに生まれたのはいいのですが、父親が油田さがしに夢中になり、子供のころからテキサス中を歩きまわらされました。それでも油田は見つからず、ついにルイジアナからミシシッピーまで放浪生活をつづけたというわけで、おかげでルイジアナ州立大学に入るまでに、十三回も学校をかえることになりました。

そういった経験から南部の黒人が虐待されている事情がわかるようになり、キャンパス・マガジンに「偏見の代償」という論文みたいなものを書いたところ、おまえはNAACPのまわし者だろうとクー・クラックス・クランに脅かされただけでなく、もうすこしで退校処分にされるところでした。

そのころは、またジャズ・シンガーになって、ルイジアナ・テレビ局のショー番組に毎週出演したり、ブルーミングデール百貨店のレコード部店員になったり、モンタナ大学でロバート・ペン・ウォーレンが創刊したカレッジ・リトル・マガジンの編集をやったり、夏季巡業劇団の役者になって小づかいかせぎをしたものでした。

十二歳のときにサリンジャーの「ライ麦畑でつかまえて」を読んだのがキッカケで、ニューヨークを舞台にした短篇をいくつも書きましたが、登場人物の誰かしらが、シュラフト・チェインのスナック・バーで、きまって自殺するというオチがついているのです。カレッジの上級生のとき短篇小説のナショナル・コンテストがあったので、その一つを送ったところ一等になりました。そのときの審査員の一人が「結婚式の人びと」のユードラ・ウェルティでしたが、ぼくを高く買ってくれ、長篇を書くようにと繰りかえし励ましてくれたもんです。

ところが偶然のいきさつでインタビュー・ゲームというやつに引っかかってしまったのでした。というのは一九六五年の夏ですが、ヴェネチア映画祭に出かけ、バスター・キートンとのインタビュー記事をニューヨーク・タイムズに送り、もうひとつジャン・ポール・ベルモンドとインタビューしたのをヘラルド・トリビューンに送ったところ、うまく採用されて、ヴェネチアから引揚げようとするとき、両方から小切手がとどきました。それいらい、ぼくは一流人のアラ捜しみたいなことをやっては、よく怒らしてしまうのです。

といって、ぼくはリポーターではありません。ぼくは新聞社に勤めたことはないし、だいたいリポーターという言葉がきらいなのです。それにぼくは、どうやらインタビューらしいものはやっていないような気がします。誰かを追いかけまわし、むこうで何かしゃべり、こっちでも何かしゃべっているあいだに、急に頭のなかにストーリーができあがってくるといったわけです。そのとき、見たものや感じたものや触れたものや嗅いだものや食べたものについて書くというふうにし、いままでの伝統的なスタイルになっていたハリウッド・ライターのやりかたは無視してしまいます。それは映画界が変化してしまったからでしょう。

たとえばマリリン・モンローがポロ・ラウンジまで出かけて、いつものように朝食をしながらそこにやってきたルウェラ・パーソンにむかって、ジョー・ディマジオの打撃率について一席ぶつ。そんなことを喜んで書いていればいいという時代ではなくなりました。映画俳優というのは、ふつうの人たちよりは敏感で恐怖心がつよく、性格の一面に暗さがあって悪鬼を連想させるといった複雑な心理の持主です。スターの座にのぼるために、なま爪をはがさなかった者がいるでしょうか。そんなことはしなかったスターがいると教えてくれるなら、ぼくのほうでも俳優とはいえない演技力のスターの名前をあげましょう。

ぼくは撮影所の強力なスポット・ライトを消したときのスターに興味を感じるのです。けれどナタリー・ウッドがニューオリンズのホテルで、あぐらをかき、ドム・ペリニョンのびんのキルク栓を口で抜くのを書いたところ、それまではカレッジ・ボーイの同級生のように気さくだったのが、そっぽを向くようになりました。サンディ・デニスが泥だらけな足で台所に入り、キャベツ漬けの瀬戸物に手を突っ込み、ネコの毛がついたシャンペングラスでジンジャー・エールを飲むところを書いたのが、彼女を気絶させることになりました。

そんなことから、夜おそく、胃ぐすりを飲んでは原稿を書いているとき、また嫌われるんだろうと心配になってくるのです。この本の最初にあるミケランジェロ・アントニオーニとウォーレン・ビーティとバーブラ・ストレイサンドの三つのインタビューをまとめているときが、そうでした。最近やっと相手を怒らせてしまうくらい愚かな原稿かきはないと気がついたわけですが、そのときのコンディションで、べつに悪意はないのに、そうなってしまうのですから、しかたがありません。

このへんでアントニオーニとのインタビューに入ることにしよう。アントニオーニの映画を最後まで見るのには、おそろしい肉体的苦痛をかんじさせるが、アントニオーニとのインタビューになると、それ以上の肉体的苦痛がともなってくる。それは、彼の映画の場面が、よく感じさせるように退屈そのものなのだ。退屈シンフォニーといっていいようなムードなのである。なぜなら、彼がすわっているリジェンシー・ホテルの一室はベージュずくめ。天井も壁も床もベージュ色。おまけに彼のスーツもパンツも顔もベージュときている。そうした単調さを破る唯ひとつの色が、アントニオーニのまっかなネクタイで、それをときどきいじるのだが、べつに気にいったネクタイだというような顔はしないのだ。

イタリア大使館の文化事業局から来た女通訳がベージュのレインコートを着たままで、かけにくそうなベージュの椅子に腰かけているのを横から見ると、ホイスラーのお婆さんによく似ている。プレス記者たちが質問すると、このお婆さんが通訳するが、アントニオーニには通じないらしい。いくつも質問が発せられるが、まともに返ってくる答がひとつもない。

プレス記者会見は午前十時半に始まったが、アントニオーニの映画に、ほんとうの始まりがないように、この会見も、いつ始まったのだろうか。これから始まるというのだろうか。アントニオーニのほうでは、朝六時に起きて待っていたのに、こんなに遅くなって来やがったというような顔つきで、イライラしたように気が向くと喋り、それも質問とは関係のないことを、しょぼしょぼした声で口に出す。背がたかくて威厳があるあたりは、イタリアの吸血鬼映画に出てくるシラガまじりの伯爵といったところだろうが、その不健康そうな顔いろはというと、イタリア上流階級の紳士だから、なるほどそうなるんだな、それに試写室にとじこもっているせいもあるだろう、と善意に解釈してやらなければならなくなる。

ところがアントニオーニのほうでは、金持でもないし、有名でもない、病気ばかりしているということを、やたらと強調する。そして、それを証明するかのように、唇は引きつり、目はパチパチとなり、頭が横に揺れるのだ。ときどき腕時計を見てはアクビをする。ときどきシャックリみたいな音を出す。そばにいた記者が、まるで悪夢を見ている老いぼれ犬を相手にしているようだな、といった。

『ボクは自分の映画は、どれもみんな大嫌いだから、それについて話す気にはなれない』と、まず最初にいったが、言葉をついで、すぐさま自作について語ったのだ。『こんどの「欲望」は出来あがったばかりだから、まだ話すには早い。いままでの映画は胃でつくったが、これは頭でつくった』

『どうして「欲望」が、それまでのアントニオーニ映画とちがうのですか』

『なぜなら、いままでのは人間と人間とのあいだの関係を問いつめていったのだが、こんどは人間と現実との関係だからだ』

『すると、あなたにとって新しい映画のつくりかただということになるのですか』

彼は、すいかけのタバコを手にしながら、目のやりばがないので、灰皿に焦点を合せた。それから横にいる通訳のうしろの窓のほうへ視線を移した。記者たちが息を殺して返事を待っているあいだに四分くらいたった。

『このつぎの作品まで待っていれば分るだろう』

『なぜ英語のセリフで映画をつくるアイディアに魅力を感じたのですか』

『魅力なんか感じなかった』

そういうなりアクビした。通訳が、おかしそうな顔をして笑った。イタリア文化事業局の仕事って、つらいものだ。

『なぜロンドンで撮影したんですか』

『それは簡単な理由からだ。モニカ・ヴィッティが「唇からナイフ」に出ていたから、ときどき会いにいったまでさ。彼女は、あの映画に出ている最中、こぼしてばかりいた。神話的存在の女優を使ったうえで、その神話性を破壊しようなんて、およそ不可能なことなんだ。あの映画は大嫌いだよ。ジョゼフ・ロージイは男の映画はつくるが、女の映画は駄目なんだ。女ぎらいのせいだろう。ぼくは女がすきだ。ぼくにとって彼女は最高に重要な発明品だ』

『アメリカの女もひっくるめてですか』

彼は考えこんでいる。アントニオーニが考えこんでいる長いクローズ・アップ・ショット。

『一人も知らないんだ』

『そんなに女がすきなのに、なぜあなたの映画には幸福感がないのですか。恋愛がないのですか』

彼の唇が引きつり、握った指の関節が音を立てる。風が、さっと吹いてきたかのように、彼の顔には、肉体的苦痛に似た表情が横切った。『なぜなら…』といっただけで、あとの言葉が、なかなか出てこない。ながいポーズ。やっと、あとを喋りだした。

『なぜなら、恋愛なんて、この世界に存在しないと考えるからだ。恋愛している人間がいるとでも思っているのかい。いないし、だから嫉妬心がなくなって、いいんだ。家庭的な感情もなくなったし、宗教心もなくなった。あたらしい時代に生きている人間の大部分は夢想家だよ。LSDやメスカリンのほうが、恋愛よりはいいといっている。そういうのがロンドンに大勢いるんだ。それが、「欲望」をロンドンで撮影した理由にもなるな』

『あなたの映画が、よくあるハピー・エンドに終らないのは、そういった理由からですか』

彼は驚いた表情をした。

『ぼくの映画は、どれもハピー・エンディングになってるじゃないか。人間は絶対に和解しないし、それがすきなんだから』

彼の溜息。

『イタリアでは、あなたの映画が外国でのようには受けないそうですね。これからもローマで製作するつもりですか』

『ローマは大きらいだ』

『ではロンドンで、また製作するのですか』

『いやなこった。あすこでは気ちがいになりかけたよ』

『これからはカラーでいくのですか』

『そうしたいな。「欲望」のカラーは気にいった。いつも一緒にやっているアート・ディレクターとカメラマンではなかったから、注文どおりさせるのに手こずった。気に入ったといっても七〇パーセントぐらいだけれどね。ぼくを気ちがいだといった。こっちこそ気ちがいじゃないか、といいたくなったな、ユニオンがどうだとか規約がどうだとかばかりいってさ。こっちが注文したのは色彩の出しかたただった。みんなが、草がきれいだとか、樹のうつりかたが素晴らしいとかいうけれど、あれは、そうなるように草を緑色に塗ったり、往来や建物を白く塗ったからだ。樹も塗りなおしたし、だいたい全部塗りなおしたのさ。「欲望」は長篇小説ではなくって短篇小説とおなじだから、色彩のほうも統一した調子でいかなければならない。あれは現像処理では出せない色彩なんだ。それにロンドンの太陽光線ときたら、なんでも白っぽく金属的に感光させてしまうから、フィルターをつかって肉眼で見るのとおなじにしなければならなかった』

『芝居の演出をする気持はないですか』

『芝居は大きらいだ』

『噂によると俳優にたいして残酷な態度をとるそうですね。台本のセリフを覚えようとしていたら怒られたという者がいますよ。あなたの映画にとって、俳優は、どの程度まで重要なのですか』

すると、ここでは形容するのを避けることにしたが、きわめて深刻な神経質的表情になった。

『俳優は、映画の要素としては、たいした役割をしない。ぼくにはシロウトでも、おなじような効果が出せるんだ。プロを使うのは感情的な濃淡の度合を出すのに重宝だから、そうした目的で使っているにすぎない。ぼくの映画は、もっぱら視覚だ。映画の言葉なんだ。ぼくは俳優に喋らせるのではなく、カメラに喋らしている』

『モニカ・ヴィッティのほかに、あなたが使った俳優ですきになったのはいますか』

『ほんのすこしね』

『ジャンヌ・モローは？』

『おもしろい女だ』

『リチャード・ハリスは？』

返事をしないで、にが虫をつぶしたような顔をした。

『マストロヤンニは？』

肩をすくめた。

『ヴァネッサ・レッドグレーヴは？』

『ワンダフル！』

『どうしてヴァネッサ・レッドグレーヴやサーラ・マイルズといったスターが「欲望」の傍役《わきやく》で出る気になったのか、不思議でしょうがないという者が大勢いるんですが、あなたの映画だったからでしょうか』

『知らないよ』

『俳優のほうでは、自分のやってることが判っているのでしょうか』

『俳優に自分の演出なんか、やってもらいたくないな。ぼくは彼らの裁判官なんだ。彼らの意見は、ぼくのばあいには当てはまらない。完全なヴィジョンは、ぼくの頭のなかにあるだけなんだ。アメリカの俳優は考えすぎている。俳優は考えないほうがいいのさ。ぼくが使った俳優のなかで、いちばん気に入らなかったうえ、いちばん手を焼かしたのが、「さすらい」のスティーヴ・コクランだったな。ほかのアメリカ俳優では、ベティ・ブレアだけしか使ってないが、彼女は、いうとおりにやったよ。俳優は牛みたいなもので、囲いのなかに追い込まなければならないんだ』

『アメリカの俳優は出演料を取りすぎると思いますか。エリザベス・テイラーの出演料は一〇〇万ドルですが』

『あきれたもんだ。それだけの値打がある俳優は一人だっていないよ。ゼフェレリが彼女の出演映画を撮っているが、金の必要が生じたんだろう。これにしろ、あいた口がふさがらないよ。ぼくほど名は知られていないし、それがぼくとおなじぐらいの金をとるなんて、まったくバカらしい。ぼくはだね、ぼく以上の金をとっている女優を売りものにする映画なんか、絶対につくらない主義だ。侮辱もはなはだしいからね』

『若いころ映画監督になりたい気を起させた映画に何がありましたか』

『エイゼンスタインのものだった』

『最近感心された映画は？』

『「気狂いピエロ」と「8½」だけしかない。あとでアンディ・ウォーホールの映画を見に行くつもりだけれど、ぼくとおなじような真似をやっているといわれたからだ。「スコルピオ・ライジング」も美しい映画だった』

『ハリウッドで何かつくらないかといわれたときには？』

『シナリオから女優の口紅まで、なにもかも勝手にやっていいというのなら、やるけれど、そうでなかったら、お断わりさ。じつは二年前だった。ウェスターンの注文が来たので乗気になったんだが、シナリオができていて、出演者もきまっていると知ったとたんに、やる気がなくなってしまった。金なんかほしくないんだ。いつも文なしだよ、ぼくは。あるものはアルファ・ロメオと油絵が五六枚で、ほかに金めのものは何もないときている』

『映画批評は読みますか』

『読んだことはない。批評家ってバカ野郎だよ。なぜって、ぼくを褒めたり、お世辞をいったりするのはいいが、とんちんかんなやりかたなんでね。イタリアではプロデューサーのいいなりだし、金でどうにもなるのが批評家だ。彼らは、ぼくのことをずいぶん書いたが、なんていったかみんな忘れてしまった。ぼくのほうでは無視して、なにもいわないことにしている。だいいち彼らがいうアントニオーニ・アングルなんてないのさ。ぼくがよくやる手法といえば、人間ではなく、無生物に焦点を合わせることによって、人間を抽象化しながら、人間的感情の喪失を表現しようとするくらいなもんだ。そこさえわかれば、ぼくの映画は理解できるんだし、それ以上、批評家がなんていおうと役になんか立たないのさ』

『映画祭についての意見は？』

『大きらいだ。賞をもらえば映画祭O・Kということになるが、取りそこなったら、もうおしまいだよ。特別試写会というやつも大きらいだ。ニューヨークでの「欲望」のときなど、みんなを軽蔑してやりたくなった。金もはらわないで見に来たうえ、勝手な熱をあげられて堪るもんか』

『次作は、どんなふうになるでしょうか』

『こんどは暴力でいくんだ。ぼくには恐怖映画がつくれない。こわいものがないからだ。喜劇もつくれない。セックスのほかには、ぼくを面白がらせるものがないからだ。だから、たいていが幸福じゃない感じの映画となってくる』

『あなたが幸福ではないからですか』

二分ばかり質問にたいして黙っていた。それから立ちあがると部屋から出ていった。

やがて、また戻ってくると、目をパチパチさせ、手をふるわせながら、こういった。

『幸福は複雑なかたちをしている。ときたまあるものにすぎない。結婚を解消してからは、からだの調子がいいよ』

『イタリアでは離婚が厄介なんでしょう』

『イタリアでは映画をつくるにしたって、おんなじように厄介なのさ。その両方を、ぼくはやっている。ぼくはアントニオーニなんだ』

こうなると、残された質問は、もう一つしかなくなった。

『アメリカの雑誌には、ローマのアパートで、あなたがモニカ・ヴィッティと映っている写真が、さかんに出ました。こんど自由になられた、あなたの未来のプランは、彼女を第二のアントニオーニ夫人にすることですか』

彼は答えない。のどをゴロゴロと鳴らした。目をつぶった。返事をしないのか、と思っていると、しばらくして、

『ローマに来て調べたらどうだい』

と、歯を出してニヤリとした。

エンディング・マークがなかなか出ない。アントニオーニは、すってるタバコの煙を輪にした。こっちでも輪にした。その二つの輪は、ベージュ色の天井のほうに舞いあが

っていき、もうすこしでブツかりそうになった。そしてためらうように長いあいだ、くっつき合おうとしながらフェード・アウトの状態になって、やがて消えてしまった。アントニオーニとのインタビューは、アントニオーニの映画とおなじようなぐあいに終ったのである。

アメリカで出版された「いかにしてインタビューするか」という本がある。かなり権威がある本らしく、ぼくのは三訂版であるが、そのなかに「ジャーナリズムにおけるインタビュー」という章があるので、そこをめくってみた。

こんなことが書いてある。

ジャーナリスティックなインタビューの重要な問題点は、あまり気がすすまないままに質問に答えている相手から、読者の興味をひきそうな話を、いかにして引きだすかということにあるだろう。それには、まずセールスマンとおなじように、相手の気持にならなければならない。あるインタビューアーが、こう語った。

『すこし変った相手だな、と思ったとき、相手の言葉の調子に合わせて何かいうと、成功することが多いのに気がついた。ともかく相手の立場になることを忘れてはいけませんね』

もう一人の経験談。

『リポーターとセールスマンとは、おなじ問題に直面するわけです。購買者がセールスマンの話に、つい乗ってくるようなぐあいに、リポーターのほうでも、相手が話したらトクになるなといったような気持にさせなければなりません。そうすれば最初のあいだは眉をうごかすくらいで黙りこくっていた相手が、人間が変ったように喋りだすものです』

わかりきったことだが、実際に、はたして役に立つのだろうか。厄介なインタビュー相手は、ざっと四種類になるそうだ。

1　なかなか話のキッカケをあたえないでそのまえに自分勝手な話ばかりをするし、それがインタビューアーにとっては、さっぱりネタにならないという相手

2　インタビューアーの質問に、はまったような反応をしめすが、途中で話の方向が変ってしまい、あわてさせるという相手

3　こっちが、いっていることを終りまで傾聴していたので、ホッと安心したところ、喋りだしたことは、まるでちがっていたという相手

4　質問者の言葉を、いちいちとがめだてする相手

こうした厄介な質問相手を、どうさばくかというのが、インタビューアーの才能のみせどころとなってくる。では、どうしたらいいか。まず相手が、どんな性格の人間かを、すばやく見破ってしまい、その性格に、こっちを順応させることが、たいせつだ。これは経験をつむにしたがって、あんがい楽にやれるようになる。そして、あとで批判的に

細部を思い浮べながら、インタビュー記事を書けばいいのだ。

固くるしい男だという評判をとった一流どころでも、原則としては、べつにたいして近づきにくいこともないのである。むずかしいのは、そういったとき、相手からネタにふさわしい話が引きだせるかどうか、ということだ。相手が、ごく自然な気持で話せるようにリラックスさせるのが一番いい。ある経験者が、つぎのように語った。

『一つの方法として、自己紹介したあとで黙っているというのも効果がある。その一流どころがインタビューされるのに慣れているとすると〝なんの用で来たんだね。たぶん、あのことだろう〟といって話しだすだろう。それがインタビューには不慣れな相手だと、二つのばあいが生じる。黙っているインタビューアーをまえにして、彼は精神を緊張させ一生懸命になって話し出すか、気おくれして何もいわなくなってしまうかだ。そんなときは〝あなたのような偉い人に、お話しをうかがいにきたことはないのです。これまでインタビューの経験は、ずいぶんおありなことでしょう。なにか聞かせてください〟と持ちあげれば、こっちの思う壺にはまるものだ』

こんなものを読んでいるのも、レックス・リードという若僧が、なんで一躍ノシてきたんだろうと不思議になったからだが、その秘密の鍵を解くものなんか何もないのだ。どれも彼のやりかたに当てはまらない。相手を怒らせるほど面白い記事になるなんて、このガイドブックには書いてないのだ。ぼくが持っているのは一九四一年に出た改訂三

版だが、もういちど改訂版を出す必要があるだろう。（昭和四四年七月号）

27―ブラック・パワーと黒い神学の影響でニガーはホンキーが愛せなくなった

最近になって、やっと気がついたことだが「ライフ」誌のアジア版が、まえよりずっと面白くなってきた。まえは科学や歴史や生物学的な記事が多かったし、めくっていると高校生のような気持になったものだ。アメリカ本国版の「ライフ」をめくっているときとは、まったく印象がちがうのである。どこがちがうかというと、「ライフ」の特色であるアクチュアリティを感じさせなかった。だが最近のアジア版は、めくったときすぐさま飛びつくような記事を掲載するようになったので、あわててオリジナル版をさがしまわる必要もない。もちろん、こっちのほうが倍以上も面白いことはたしかだ。

ともかく、このところずっと市販されている「ライフ」を買っているが、いつのまにか「アジア版」Asia Editionと表紙にある文字がなくなっている。その五月十二日号だったが、あのコーネル大学の紛争ルポルタージュ写真を見たときは、現場で目撃した白人生徒が『心臓が足の先まで落っこちていくような気がした』といったのとおなじくらい、ぼくも驚いた。

新聞でも簡単に報道されたが、コーネル大学紛争の直接の口火は、黒人女生徒十二名の共同自主宿舎ワーリ・ハウスのガラス窓に白人生徒が石を投げつけ、入口にしっかりとめてあった十字架を引っぱがして、そのまえで燃やしたのに端を発した。その日は四月十八日の金曜で、ちょうど週末父兄会にあたり、千名以上がやってきたが、遠方から来た父兄三〇組は、その晩、校内にあるウィラード・ストレイト・ホールに泊ることになったのである。そして翌朝、まだ夜が明けないころ、このホールに約一〇〇名の黒人生徒が侵入して『火事だ！』と叫んで父兄たちの目をさまさせたあとで、外に追い出し、占拠・封鎖したのであった。

この籠城は日曜の午後四時まで続いたが、学長ジェイムズ・パーキンズとのあいだに諒解がついて、「アフロ・アメリカン・ソサエティ」のスポークスマンであるエリック・エヴァンズを先頭に、籠城組がゾロゾロとホールから出てきたが、手にしているのは、ライフル銃やショット・ガンなのだ。そのうえ実弾を装備した弾薬帯を腰に巻いたり、肩から斜めに掛けたりしている。仲間のなかには、ホールにあった玉突台の脚をはずしてゲバ棒がわりにした者もいた。

コーネル大学の所在地であるニューヨーク州のイサカ（人口三万一千）は、ふだんは平和そのものといったアメリカ中部の小都会であり、カユガ湖が見おろせる高台にある二〇〇エイカーの広大なカンパスは、ハリウッド映画のロケにふさわしいような美しい緑地である。コーネルはアイヴィ・リーグ校で、学生数は一万四千名にたっするが、学長パーキンズは六年前にフォード財産の委嘱で赴任したとき、黒人生徒を入学させるこ

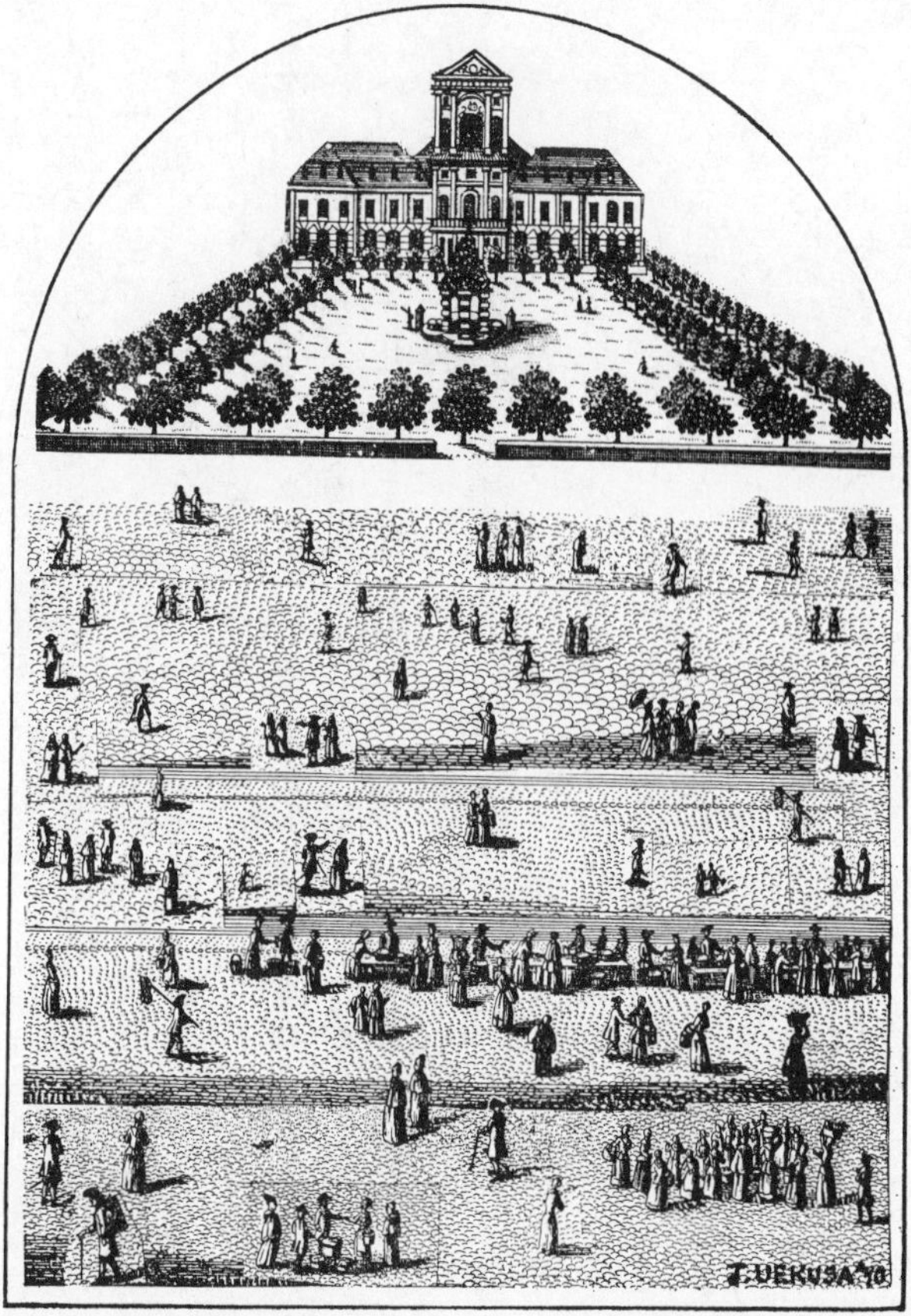
J. DEKUSA '70

とに踏みきった。それもスラムで育った成績優秀な黒人の入学を歓迎したのである。それ以来、黒人生徒は二五〇名を数えるようになったが、ともすると白人生徒たちは、彼らを『ニガー』と罵った。それにたいして黒人生徒は、白人生徒たちを『ホンキー』と罵りかえす。そういった両者の罵り合いは、一年ほどまえから、音楽のバックグラウンド・ノイズのようになって耳に入りはじめ、険悪な状勢になっていった。そんなとき黒人生徒の数名が、白人女子宿舎からクッションを盗み出したという嫌疑を受けて停学処分にさせられ、また、ほかの大学での紛争に加わった三名の黒人生徒が、おなじような処分をうけたのである。それにたいする抗議が、ストレイト・ホールの占拠・封鎖へと駆り立てたのだった。

この三日間に起った出来事は、五月五日号のニューズウィーク誌に、かなり詳しく報道してあった。またその一週間まえにはハーバード大学での紛争があり、州警が介入したことが、やはりニューズウィーク誌の四月二一日号に報道してあった。けれど、ここでは、そういった事件のことが、もっとくわしく書きたいのではない。じつは「ライフ」の武装黒人学生の写真でショックをあたえられた数日後だったが、洋雑誌店の棚に黒人雑誌「エボニー」の三月号があって、その表紙に黒人キリストの像が使ってあるのが目についた。とたんにコーネル大学で女子寮の十字架を焼いたのが、紛争のキッカケとなったことが、頭にきたが、「エボニー」の中身を見ると、この三月号は、いつもとちがって、黒人問題にかんする記事が多い。それが気のせいか、こんどの事件のまえぶれをしているようにも思われ、その雑誌記事をめぐって書きたいことがあったのだ。

最近はアメリカの総合雑誌や大衆雑誌に、単発式ではあるが、やたらと黒人問題の記事が出るようになったので、読みだしたら、きりがない。そういったなかで、もっとも印象にのこったのが「ルック」誌の一月七日号で「ブラックス・アンド・ホワイツ」とうたった九〇ページの大特集だった。「ルック」誌は昨年の一月八日号を「ヒッピー」芸術の大特集にして素晴らしい出来ばえをしめしたが、あれに匹敵する編集ぶりだといえよう。また「エボニー」という黒人雑誌は、しだいに黒人ハイ・ソサエティの出来事が誌面をうめるようになり、それで最近は、あまり読む気がしなくなった。「セピア」という黒人雑誌のほうが、まえからそうだったが、内容的には面白い号が多い。だが「エボニー」の黒人キリストの表紙をめくってみると、アレックス・ポインセットという黒人牧師の「黒いキリストを求めて」とか、黒人精神病医アルヴィン・プッセントの「精神病医がブラック・パワーを診断する」とか、コーネル大学のカンパスにある教授宿舎で起居している黒人詩人ドン・リーの紹介とかが並んでいて、なんとなく暗示的なのだ。

キリストは黒人だったという口づたえはフォークロアのなかにも発見できるし、マルカムXが聴衆のまえで演説したとき、よく口にした。ジャズの論争でも、アーチー・シェップのような反抗的ミュージシャンが加わると、やはりキリスト黒人説を主張したものだった。だから、いまさら珍しいことでもないが、最近催された「黒人聖職者全国委員会」で、このことが、あらためて議論されたのである。

昨年十一月であったが、デトロイトにある大教会、黒人信徒が九〇パーセントを占めている聖セシリア・ローマン・カトリック教会の天井大壁画が完成した。三三歳の黒人画家デヴォン・カニングハムが描いたもので、天井は頭上七五フィートの高さにあり、デトロイトの夜空をバックにした巨大な壁画には、黒人の天使のほか、白人やインド人や中華人の天使が、黒いキリストのまわりで祈禱している。この黒いキリストが「エボニー」の表紙に使われたが、二四フィートという巨大な体軀《たいく》だ。その足もとを見ると、嵐をはらんだ暗雲がうずまいていて、マハトマ・ガンディやマルカムXやマーティン・ルーサー・キングやケネディ兄弟や法皇ジョン廿三世が、雲のなかから顔だけ出して、黒いキリストをながめている。絵具が乾くまえだったが、時限爆弾で教会の破壊をくわだてた者をはじめ、脅迫状が舞い込んだり、おどしの電話が、さかんにかかってきたそうだ。

また二年前のデトロイトにおける黒人暴動のときだった。暴動が起った商店街に火がつけられ、掠奪行為がおこなわれている最中、すぐ近くにある聖心学院の校庭で、三人の黒人が、白衣をまとったキリストの大きな石像の顔や手や足を黒ペンキで塗りつぶしていた。それから一カ月ばかり、そのままになっていたが、三人の白人が白く塗りなおしたのである。そうしたら翌日、サウンド・トラックが聖心学院のそばを行ったり来たりし『牧師たちが黒いキリストを白く塗りなおしたぞ』とマイクをとおして叫び出した。困った牧師たちは、会議をもうけて相談しあった結果、また黒く塗りなおしたというエピソードもあった。

それからデトロイトには一〇〇〇名の信者をもっている「ブラック・マドンナ聖堂」と名づけた教会があり、そこには黒人画家グラントン・ドウデルが描いた十八フィートの黒いマドンナの壁画がある。教区牧師アルバート・クリージは五七歳になるが、かつてマルカムXの親友であり、いまや「黒い神学」派の大立物であって、最近は十万ドルの暗殺相場がつくようになった。それでボディガードつきで外出しなければならない。そうなったのは昨年十一月に出版された彼の説教集「ブラック・メシア」が問題の書となったからである。

この序文を読んでみると、キリスト教徒は嘘だらけな歴史と、間違った神学のおかげで聖書を読みちがえてしまった。そのため、これまで約五〇〇〇年というもの、イエスは白人だという幻想にとりつかれることになったが、その遠因は、白色ヨーロッパ人の世界制覇によるものだ。しかし、いま、真実が語られなければならない。

その真実というのは、白人によって築かれたローマ帝国が、非白人民族に圧迫を加えたので、非白人民族のリーダーである非白人のイエスが立ちあがったということである。クリージ牧師は言葉にたいして慎重にかまえ、「ブラック」といわずに「非白人」non whiteと置きかえたうえで、古代イスラエルは、混合民族による「黒人国家」だったと、創世記にもとづいて証明していく。エジプト人やエチオピア人やバビロニア人などが中央アフリカの黒人と交った子孫がイスラエル民族であり、旧約に出てくるユダヤ人は非白人なのである。したがってイエスはユダヤ人であると同時に黒人だったという結論にみちびかれていく。

白人キリスト教徒は、昔から、この事実を知っていたが、それを口にするだけの勇気に欠けていた。だが、ここでクリージ牧師は誤解をまねくことをおそれ、『イエスが、ブラックであったと主張するのは、ブラック・メシアだったという意味からであって、もしイエスがブラックだったとしたら、それは素晴らしいことだろう、といっているのとは違うのです。また、そうだと信じることが、黒人にとって心理的な理由から必要なんだ、というわけでもありません。わたしはイエスはブラックだった。白いイエスなんか存在したことはなかった、と断固としていっているのです』と説明を加えている。

このような強い信念をもつようになったのは、黒人としてのブラック・メシア再発見が、牧師自身の再発見であったからで、具体的にいうと、だから白人のためのホワイト・クリスマスとは別に、ブラック・クリスマスの行事を持とうじゃないか、というのだ。ホワイト・クリスマスは、まえにふれたような理由で、嘘っぱちな行事であり、この嘘に挑戦しないかぎり、黒人は白人にたいする精神的束縛から解放されることはないだろう。黒人が、ホワイト・キリストのまえに跪くなんて、あまりにも愚かな行為ではないか。じぶんの威厳を、すすんで失墜させるようなものだ。そうしたキリストは十字架から引ずりおろさなければならない。

こうして「デホンキファイ」dehonkifyという新語が、黒人教会を中心にして使われるようになった。キリストから『白人的要素を取り除いてしまえ』という意味である。こうして黒人教会はブラック・パワーと密接に結びつき、ブラック・パワーを祝福するのが黒人教会だということになった。その中心地が、クリージ牧師を指導者としているデトロイトであり、彼の「ブラック・パワーとしての宗教」は、ピッツバーグ、シカゴ、クリーヴランド、ニューヨークへと波及していく形勢にある。

このへんでアルヴィン・プッセントの「精神病医がブラック・パワーを診断する」を読んでみることにしよう。

「ブラック・パワー」という言葉が新聞の大見出しに使われた最初は、一九六六年六月のことだったが、この新しい黒人運動が、日常生活とむすびついて、どんな衝撃をあたえることになるか、を認識することができた黒人は、ほんの少数にすぎなかった。ところが、それから三、四カ月すると、公民権運動は、それまでの差別撤廃のスローガンから政治的革命の方向へと、急カーヴをしめしながら発展していくことになったのである。

こうした発展段階に直面したときは、公民権運動の指導者だった古顔連中さえも同調しきれず、おりからホワイト・エスタブリシュメントが、否定的態度をしめすと、それに声を合せ、公衆のまえでブラック・パワーを非難したものだった。だが、いっぽうでは、若い黒人たちが、この新しい黒人思想を両手をひろげて受けいれたのである。

このとき明かにされた態度は、「黒人意識」の政治面への切り込みかたが、それまでの公民権運動が『一歩ずつ権利を獲得していく』という生ぬるいやりかたと違って、ホワイト・アメリカの社会的行動を再検討するということにあった。差別撤廃によって、これは白人にたいする従属的位置から解放されると考えていたアメリカ黒人にとって、これは衝撃だったにちがいない。差別撤廃によって、白人なみの生活をすることができるようになり、黒人ゲットーから脱出して、郊外あたりで幸福な家庭をいとなみながら、白人のまねをして立身出世を夢みるといった人生哲学。そんな考えかたは止めろといわれたのだ。

「エボニー」誌の広告や記事を見ても判るように、高級車や流行の衣裳や一級酒や贅沢な結婚式などが、中産階級に属する黒人が生きている価値なのである。これは悪い傾向だとはいえない。だが彼らは、黒人ゲットーの貧乏人や南部の黒人たちの生活環境のことを忘れてしまうようになるのだ。極端なばあいだと、白人区に住むことになった黒人が、近所に黒人が引越してくるのを嫌うようになる。それは自分だけが例外的な黒人だという優越感からくるものだ。アイヴィ・リーグ校に入学できた黒人生徒のばあいにしろ、おなじような優越感にひたっている者が多い。こうした差別撤廃が生んだものは何であろうか。裏返せば、黒人としての自己嫌悪がハッキリと出ることになったのだ。

つまり二種類の黒人が存在することになったわけである。ふつうの黒人のほかに「名前だけの黒人」token blacksがいるのだ。彼らは白人のビジネス界に入りこんでいくと戸惑いするし、そこへ彼以外の黒人がやってくると不安におちいる。寝返りをうって、白人といっしょに差別主義の片棒をかつぐようになりかねない。おまけに貧しい暮しをしている黒い兄弟にたいしては、指を突きつけるようにし『おまえにだって、こうなれるんだよ』と生意気な顔をするようになる。そして彼らの頭には、黒人ゲットーのなかに閉じこめられているのは、なにも排他観念の犠牲者でなく、なまけ者だから駄目なんだという考えさえあるのだ。

ともかく黒人意識が、はげしい勢いで、あたりを支配するようになってきた。それで「名前だけの黒人」は、なにかのひょうしに蹴つまずいたりすると、罪悪感におそわれるようになる。要するに、いくら白人社会で出世したところで、黒人という烙印を消し去ることはできないのだ。たとえば、ある黒人がニューヨークで白人なみに扱われ、ブルックリンの黒人区でリーダーとしての貫禄をしめそうと、ロングアイランドやミシシッピーの仲間からは『あのニガーめ!』と罵られることになる。

白人から差別待遇されないためには、できるだけ白人らしく振舞わなければならない。これが罠であることに、黒人たちは気がつきだした。では、どうしたら精神的に救われるだろうか。白人とおなじような料理を食べていた中産階級の黒人たちが、最近になって急に、貧しい黒人たちの料理である「ソウル・フード」を毎日のように食べるようになったのは、ブラック・パワーの影響だ。「ソウル・フード」は、チタリング(豚の腸)

とかネック・ボーン（骨つき頸肉）とか一番やすい材料をつかっているから、すこし偉くなると、恥ずかしくて食べられない。それに舌づつみをうつようになった。アイヴィ・リーグ校の黒人生徒たちは、ハーレムの黒人スラングで話すようになってきたし、歌手ジェームズ・ブラウンが人気の的になったのも『大声で叫ぼうじゃないか。ぼくは黒人だ。それを誇りにしてるんだ』といった歌詞で、あたらしい黒人意識を高らかに歌ったからだ。

このように黒人問題の解決は積極的な段階にさしかかってきたが、ブラック・パワーの運動にコミットしないで、『おれは、もっと黒いんだぞ』という顔をしながら、偉くなった気持でいる黒人もふえてきた。要するに二重人格の黒人が発生してきたということである。彼らは白人に向ける顔と黒人仲間に向ける顔とを持っていて、話し言葉にしても、白人にたいしてはオクスフォード・アクセントでいき、仲間にたいしては「ソウル・ブラザーズ」らしい黒人アクセントでいくのだ。

「インスタント・ブラック」という言葉も最近よく耳にする。これは上記のような黒人が、ブラック・パワーの蔭口をたたくときに使いはじめた。ほかに「ブラック・チャーチ」（黒い教会）とか、「ブラック・ビジネス」（黒人の事業）とか「ブラック・シアター」（黒人演劇）とかいう言葉も最近用語となったが、ともかく個人的な行動よりは、グループの力で押していったほうが要求をとおしやすいことを、身をもって体験したのだった。

以上は「ブラック・パースペクティヴ」による現状打診であるが、ここで「ルック」誌の特集に目を転じてみよう。この特集は昨年六月にキング師が暗殺された直後に企画され、テーマは「黒人と白人との間のギャップは埋められるか」となっていて、「モダン・リヴィング」誌の白人編集長パトリシア・コフィン女史と「ルック」誌の若手編集部員の黒人ジョージ・グッドマンが協力して責任編集したものである。いろいろな角度から黒人問題にふれているが、巻頭にある二人の編集者の意見を、ここに取りあげてみよう。

パトリシア・コフィンは『白人がブラック・パワーを、よく理解できるようになれば』という条件つきで、ギャップは埋まる可能性があると考え、「ブラック・パワーは美しい」というスローガンを最初に持ち出して、つぎのように書いた。

このスローガンにショックを感じる者がいたら、最近の状勢を知らないからだ。変なことをいいだしたな、と思う者がいたら、それはリンカーン大統領の奴隷廃止令のあとで、どんなに黒人が、アメリカの夢をいだきつづけたかを知らないからである。

黒人は、この夢を一〇〇年以上もいだいていたが、ついに実現しなかった。それで幻滅感は、心の内部にまでたっしたのだった。そうしたとき、ブラック・パワーが新しいアメリカの夢をいだかせることになった。

ブラック・パワーの学生が、わたしに語った。

『その夢を実現させなければならない。白人の再教育が、ぼくたちの重要な任務なのです』

三五〇年まえにジェームズタウンで、オランダ船の船長が奴隷たちの最初の競売をやったときから、なんという長い道のりを黒人たちは歩いてきたことだろう。それが、いまや黒人暴動の時代となった。あたらしく見いだした誇りと権利の要求。白人が、それに目をつぶっているかぎり、ギャップが埋まるはずはない。

ホワイト・アメリカンは、ブラック・ブラザーに経済的な支援と技術面のアドバイスと学問をあたえ、あとは勝手にさせておくのが賢明だ。そうすればブラック・ブラザーは、じぶんが誤りをおかしたとき、白人のせいだとはいえないことになるだろう。それがまた、過去の出来事とむすびついて、自己確認へとみちびくにちがいない。

白人の宿命として、黒人にたいする温情的態度が欠けている。郊外にプールを持っている主婦が黒人の子供に泳ぎなさいといえるだろうか。彼女らがハーレムを見たのは、列車の窓からだけだったろう。白人は知らなければならないことが沢山ある。だが黒人にしたって、そうなのだ。

西部劇を見ると、悪漢がいつも黒いソンブレロをかぶって登場するけれど、なぜなんだろう。そう黒人作家に訊かれたことがあった。そんなときは、なぜ流行のドレスが、いつも黒を土台にしているのだろうか、と答えないではいられなくなる。それからTV

のコマーシャルだ。あれはすべて白人商品だが、一九六七年の統計によると、六パーセント、すなわち二五〇億ドルぶんを黒人が買った。また最近ではスポンサーが黒人タレントを、さかんに使うようになったので、テレビ画面は日ごとに黒くなっていく。ブラック・パワーの時代がやってきたのだ。

ブラック・パワーという言葉は、少数派の黒人勢力のなかでの、また少数派である行動的黒人と自由主義者である白人とのイマジネーションから生まれた。それは言葉の響きからくるものよりも、もっとずっと美しい答となっている。その答とは何だろう。黒人が、じぶんの運命をコントロールすることができるようになったこと。暴力を意味するものではないが、右の頰をなぐられたら、左の頰を出さないで、正当防衛する必要があるのだと教えている。

先祖からずっと黒人は、じぶんたちの容貌に退け目を感じていた。それが逆に「黒は美しい」といわせるようになったのは、この言葉が意味する皮膚の色合いによるよりも、精神の発揚に関係してくるのである。いままで退け目を感じていた皮膚の色が、誇りの源泉となった。町を歩いている黒人娘が、なんと美しくなったことだろう。顔を上向きにし、ヴァイタリティにとんだエレガンスで歩いていく姿は、生きた彫像だといってもいい。

二九歳の黒人編集者ジョージ・グッドマンは「もし黒人が白人化するのでなかったら、

ギャップは埋まるかもしれない」という題のもとに、いまの状勢では判断がつかないといい、昨年六月十九日のことを思いだす。その日はワシントンで南部キリスト教指導者会議があり、マーチン・ルーサー・キング師が暗殺された日だった。

　それから五日めであったが、キングの後継者であるラルフ・アバナシー師が、リサレクション・シティ公園にあつまった三〇〇名の信徒と議事堂へむかおうとするところ、州警に中止を命じられ、アバナシー師は逮捕された。そして、この日をもって、非暴力プロテスト運動はピリオドをうつことになったのである。

二カ月後に、ブラック・パワーの黒人たちがフィラデルフィアにあつまった。第三回ブラック・パワー全国協議会が開催されたからであるが、あつまった人たちは公民権の問題には触れず、黒人の生きながらえる道と自由の獲得について語り合った。そしてキング師の追悼をおこなったが、ホワイト・アメリカの道義心に頭を低くして訴えかけた請願者を失ったことには、なんら悲しみの表情をしめさなかった。じつは暗殺のまえにも、キング師が現実にたいし、あまりに夢想家であることが問題になっていたのである。

　その現実というのは白人の民族主義であり、そういった社会で共存するために、ブラック・アメリカは、それ自身の民族主義を発展させなければならない立場になった。ブラックという名の新しい宗教。これに改宗した者は、あらためて自己確認をすることができるだろう。またブラック・アメリカのなかでは階級制度がなくなりだしている。ブルジョア・ブラックという観念は、もうないのだ。

『おれたちはブラックだ。だから美しい』という観念があるだけである。

ブラックとは何か？　『白でないものさ』とシカゴの哲学者フィリップ・コーランはいった。彼は、つづけて、こういっている。

『まずホワイティの分離主義から始めるんだな。それからニグロを観察してみれば、誰が黒人ゲットーを供給したかが判るだろう』

『ブラックの落ちつく先は共同団体としての生活だ。それが土台となって、あらゆる州の都会にブラックの結合が生じていくんだ』

ブラックはブラックと一緒になって、食事の話をしたり、すきな音楽について議論したり、歩いているときのリズムのことまで話し合う。ブラック・ミスティックという言葉も生まれるようになった。それから集団としての責任のありかた。ブラック・パンサーもブラック・マズリムも世界の終末をまえにして、その責任をはたさなければならない時代になってきた。

また個人的にいうと、黒人ゲットーから脱走したが、急に古巣へと戻る者がふえてきた。これも責任観念のあらわれかたである。自分自身を発見した者も大勢いるし、いまだに何かを求めている者も多い。

黒人ゲットーの問題は、ますます重要性をおびてきた。圧迫の範囲は拡がりつつある。ハーレムの現状を見たまえ。ブラックは、誰が自分たちの息子を教えるのかと、それを非常に気にし、大騒ぎしているのだ。なぜなら黒人の歴史がカリキュラムのなかに入っていないかもしれないのだし、もしそうだったら、ブラックの威厳にかかわるからである。

黒人の歴史が必要とされるのは、歴史が黒人の情熱をかりたてるからだ。ナット・ターナをはじめ、彼らにとっての英雄は、みんな不屈の精神を持っていたのだ。たぶんホワイティには、理解できないだろう。ところでギャップは埋められるだろうか。白人が黒人たちを白人にしようとする態度を捨てないかぎり、たぶん永久に不可能だと答えるしかない。

(昭和四四年八月号)

28 「トラ・トラ・トラ!」で揉めた二〇世紀フォックスの上層機構をシネマ・ヴェリテふうに暴露した「ステュディオ」をめぐって

三カ月ほどまえにアメリカで「ステュディオ」という映画の本が出た。アメリカやイギリスやフランスでは、なぜこんなに映画の本が、たくさん出版されるんだろう。目ぼしい新刊は、たいていすぐ銀座のイエナ洋書店に入荷するので、それらを見るたびに感心したり、不思議な気持になったりする。不思議だなと思うのは、こうなってくると、映画を見るよりも、映画の本を読んでいるほうが面白いのかな、と感じさせるものがあるし、映画の衰退と逆比例した出版状態だといっていいからである。

けれど落着いて、そういった本を見渡せば判ることだが、だいたい半分は映画の現状というよりは過去の時代をあつかった映画の本であって、そのころの映画を若い映画ファンは知らないから、すこし想像力をはたらかせれば、なかに入っているスチル写真なんかで、だいたいの見当がついてくるという楽しみがある。テレビで古い映画を見たときの興味の延長だろう。けれど残念なことに、ぼくたちオールド・ファンが大正から昭和のはじめにかけて感心したハリウッド映画は、ほとんどプリントが残っていないという状態なのだ。それはハリウッドの怠慢というよりも、そういった映画界の機構だったのである。ある一本の映画が稼いだあとで、それ以上は上映される見込みがないだろうという時期になると、惜し気もなくジャンクにしてしまったのだった。

そういった回顧趣味の映画の本が半分と、あとは評論集のようなものだが、このほうはあまり面白いのがない。たとえば、ペンギン・ブックで出たばかりの「ハリウッド——幽霊屋敷」というのは題名がいいので読みたくなってくる。ポール・メイヤースバーグというイギリスの若い映画評論家が、シナリオを書きにハリウッドへ行ったときの経験にもとづいて、こういうアメリカ映画界の機構なんだということが、書いてあるが、うわっつらの現象だけを取りあげているので、どうも面白くない。

ところでアメリカで出版されると同時に二冊だけ入荷したのが、最初にあげた「ステュディオ」であったが、まだむこうでの書評も目にしなかったので、なんだこんなものが、また出たのかと思った程度であったが、裏表紙に出ている著者の顔を見た瞬間、急に読みたくなってしまった。

著者はジョン・グレゴリー・ダンという新顔で三六歳。まえにカリフォルニアにおけるブドウ栽培小作人ストライキのレポートである「デラーノ」を発表したとき評判がよかったというし、そういうものを書きそうな顔をしているのだが、驚いたことにサタデー・イヴニング・ポストで社会時評を毎号執筆していたジョーン・ディディオンの亭主だった。それからパラパラと本文をめくってみると、最初は小説なんだろうと思ったが、そうではないらしい。表紙の見かえしのPR文句を読んでみると、これはシネマ・ヴェリテふうの型破りなハリウッド研究であって、二〇世紀フォックス撮影所に取材したものであり、著者ダンは、ふつう外部の者には判らない企画会議の進行状態とか配役の決定とかサウンド・ステージでの撮影を、つぶさに観察することができた。その結果はアメリカ映画の精神状態を研究した興味ぶかいものになっている、と書いてある。本文にさきだって登場人物がズラリと並んでいて、あとで数えてみたところ九一名いたが、そのなかでファンが知っている名前はジュリー・アンドリュースとかバーブラ・ストレイサンドとかヘンリー・フォンダとかレックス・ハリソンといった超スター級九名だけで、あとの八二名は、知っているかもしれないが、幹部連中ばかりであった。もちろん立役者はダリル・F・ザナックであり、彼の息子で副社長・製作部長の椅子にすわっている リチャード・D・ザナックが、それ以上に重要な存在となっている。

ぼくはボツボツ読みだしたが、シネマ・ヴェリテ・スタイルということが頭にあるし、これを紹介するとなると、まずスタイルが問題になってくるから、書き出しの部分でもすこし訳してみなければならないなと考えた。下手くそな訳になってしまうが、勇気を出してやってみることにしよう。

一九六七年五月十六日の午後二時すこしすぎだったが、ダリル・F・ザナックは、ニューヨークのウォルドーフ・アストリア・ホテルの十八階で止ったエレベーターから降りた。サングラスをかけ、黒い色をした大きなシガーをくゆらせている。ぴたりとした青いブレーザーの襟ボタン穴には、レジョン・ドヌール勲章のロゼートが差しこんであった。彼のあとからは、歩くのをやめると、おなじように立ちどまり、歩きだすと、まったいっしょに動きだすお供たちがいて、その連中もいい仕立ての服を着ている。みんな二〇世紀フォックス社の使用人であり、これから株主総会がウォルドーフのスターライト・ルーフで開催されるというのだ。お供の先頭は、王様の一人息子である皇太子リチャード・ダリル・ザナックで、父親から半歩さがって後についていく。彼は二〇世紀フォックスの評議員の一人であり、副社長兼製作部長であった。

ダリル・ザナックが総会室に足を踏みいれたとき、あつまっていた株主たちは起立すると、拍手をもって迎えた。だが大ザナックは、それにはすこしも反応をしめさず、同伴した緑色プッチ・ドレス姿の若いフランス娘を、うしろのほうの椅子にかけさせ、それから演壇のほうへ行きながら、評議員たちと握手したり、古馴染みとは抱き合ったりした。演壇のうしろには二〇世紀フォックス社の緑と金と黒の旗が掛っていて、フロント・テーブルの隅には評議員長のスパイロス・P・スクーラスが、すでに着席している。ダリル・ザナックが息子とおなじ副社長兼製作部長だったとき、スクーラスは毎年の株主総会で議長席についたものだった。だが、この日は両手を膝のうえで重ね、白いタテガミをした老ライオンのような恰好で、泰然自若《たいぜんじじやく》としている。

ダリル・ザナックが、真んなかの演壇にむかうと、息子は、すぐそばの椅子に着席した。黒いシガーはダリル・ザナックの口にささったままだ。『さあ始めるとしよう』と彼はリチャード・ザナックにいい、そのときネブラスカ訛りの鼻にかかった声がマイクで大きく伝わると、株主の一人がクスクスと笑った。ダリル・ザナックは腹を立てたように、そっちのほうを睨み、静粛にしてもらいたいといって議事忘備録を目のまえに置いたが、とたんに黙ってしまうとサングラスをはずした。

『こいつは何だい』と彼はいった。『見えやしないよ』

そういって老眼鏡にかえると、一段したに並んで着席している評議員たちや撮影所のエグゼクティヴを紹介しながら、息子の番になったときに言葉をつまらせてしまい『右側にいるのは、うーん、名前を忘れた。なんていったっけ。そうそうリチャード・ザナックというのでした』といったが、効果をねらったにしてはキザっぽかった。

それでも株主の一人が、さも気にいったような笑い声を発した。ダリル・ザナックは、なおも紹介をつづけ『テーブルの隅にいるのは、わたしが以前いちどだけ彼のために働き、いちどだけ社長をやめさせて、わたしが会社を乗っとりましたが、いまでは、わたしのために働いています。だが、いまだに最大の愛着をいだいているスパイロス・スクーラス氏です』といった。

スパイロス・スクーラスのほうでは、筋肉ひとつ動かさないときている。

株主には三二ページ四色刷の収支決算書がくばられていて、それを見ると二〇世紀フォックスの経済状態が、どんなに健全であるかが判るのだった。『サウンド・オブ・ミュージック』の総利益高は一億ドルにたっし、映画史上の最大ヒット作となったし、三〇本以上のフィチュア物が目下製作中である。テレビ部門では十種類のショーを受持つようになった。こうして株主配当は一株につき四ドル二八セントを今期は支払える。リチャード・ザナックの年俸は十五万ドルだが、テレビ担当プロデューサーには四三万五千ドルの年俸を取るようになった者もいる。

こういうふうに年間の成績が読みあげられたあとで、株主からの質問ということになったが、一人も不平をもらす者はなく、一同がダリル・ザナックの運営ぶりを賞讃したあとで散会となったが、それまで二時間はかからなかった。

ここですこし調子が変り、二〇世紀フォックスが崩壊寸前という危機に直面した事情の説明と著者の態度になるが、わりあいに面白いので書きたしておこう。

五年まえだが、二〇世紀フォックスは仰向けにパッタリと倒れた。一九六二年度の赤字は三九八〇万ドル。そのまえ三カ年の赤字が四八五〇万ドルあった。そのためビヴァリー・ヒルズの近くにある三三四エイカーの土地の二六〇エイカーをアメリカ・アルミニューム会社に四三〇〇万ドルで売却。撮影所を存続させた。そのころローマで「クレオパトラ」の撮影開始となったが、いくら製作費をつぎ込んでも、すぐになくなって後続資金が間に合わない。そのとき撮影所は死にかけていたのである。破産するだろうという噂。サウンド・ステージは閉鎖され、撮影所の駐車場には一台の車も置いてない。スパイロス・スクーラスは社長を罷免され、沈没しかけた船を救う新社長にダリル・ザナックが任命されたが、最初は株主のあいだで大いに揉めたものである。

著者のJ・G・ダンにとって、沈没しかけた船が救えたということ。その有為転変のありかたは、撮影所機構の運営にあるだけでなく、映画企業関係者の全部に関係してくることでもあり、それ以上に何かしら要因があるのだと考えると、非常に興味ある問題になってきた。そこで撮影所内で暮すことができたら、世界の映画首都と呼ばれるようになった亜熱帯的なアブストラクトな形態のなかに人間的なパターンを発見することができるかもしれない。そこで働いている人たちに接近したり観察することによって、ほかの世界の人たちとは違った生活のしかたが理解できるようになるだろう。

彼は三年ほどまえからロサンジェルスに住みつくようになり、すこしばかり映画の仕事にタッチしてから、斜視的なハリウッド観をいだきだした。それはグラマーというよりマジックという言葉があてはまる。というのは、失敗するほど成功する可能性がつよまったり、ものの価値が需要とは関係なしに定められるという奇妙な世界だからである。この奇妙な世界では、短命で終りそうな病的でもある詰らないアイディアに数百万ドルが賭けられるのだ。彼らが神話的存在であり迷信ぶかいのを当人たちは気がつかないでいる。そこでは、ずうっと黄金郷の夢が支配し、ムードを形成してきた。ちょうど金や銀が出るのが噂だけのブーム・タウンがあるのと同じように、社会的・経済的な運だめしが出たとこ勝負なのだった。

そうした生活上の信条が、ハリウッドだけでなく、アメリカ人のすべてに影響した。アメリカの若い者たちは、映画やテレビやレコードから人間的に形成されていくではないか。彼らの生活パターンは映画のシナリオめいていく。映画では、どんな厄介な問題でも最後にはカタがついてしまうのだ。それだけでなく映画は一般アメリカ人に、ちがった職業の人たち、たとえば医師とか小説家とか牧師とかが、どんな生きかたをしているのかを「見知らぬ人でなく」や「キリマンジャロの雪」や「わが道を往く」でもって固定観念として植えつけた、ところがまた伝統的な風習をよく知らないハリウッドでは、映画のなかで間違った風俗描写を繰りかえしやっているのだ。たとえばサウサンプトンの金持は夏でも白のディナー・ジャケットは着ない（「フロム・ザ・テラス」）。アメリカ上院議員はロールス・ロイスを自家用車にはしない（「五月の七日間」）といった例があり、ハリウッド人種は一般社会から離れたところで生活し、その世界は閉ざされた社会としての完全なタイプだということになってくる。
以上のようなことに興味をいだいた著者は、一年間、二〇世紀フォックスで観察・研究することにしたのだった。その最初の日、彼は製作部長リチャード・ザナックの部屋へ入っていく。

ここで一服し、ほかの材料を取りあげると、イギリスのサンデー・タイムズ紙三月三〇日号が、附録の「マガジン」で、この「ステュディオ」を特別読物としてダイジェストしている。五月十二日号のニューズウィーク誌に最初の書評が出た。そして書評がいろいろな雑誌に出るうちに、シネマ・ヴェリテといわれたスタイルとハリウッドの現状がジャーナリズムを刺戟したとみえ、七月七日号のニューズウィーク誌をみると、映画欄記者ジョゼフ・モーゲンスターンが「ハリウッド――神話と事実とトラブル」という特別記事を書いている。

これも面白いもので、彼はハリウッド（いまだにそう呼ばれているのが不思議なくらいだという）へ旅立ち、プロデューサーや撮影所の重役や各部門で働いている人たちに会って、いろいろなことを訊きただした。表面には出さないまでもプロデューサーやエグゼクティブは恐怖状態に追いこまれているといっている。その最大原因は、映画観客がほしがっているものを充分にあたえられないという自覚症状にあるのだった。

このばあい、ハリウッドが、その特別な言葉で語りかけているのは、ティーンエイジャーと二〇歳をすぎたばかりの青年たちなのである。三〇歳以上になり映画から足を洗った観客なんか、まったく問題にしなくなった。彼らは気紛れで陽気な若者たちの趣味が、やたらと変るようになり、それについていけなくなったのが、なによりも怖いのだ。いったい何をほしがっているんだろう。どの撮影所でも世論調査のスペシャリストが、電子計算機をまえにして解答が出てくるのを待ちかまえている。そんなときハリウッドの「神話」と「事実」とのあいだで、つぎのような対話がはじまるのだ。

神話『だってハリウッドは、テクニックの面で世界の映画の中心地であることに、すこしも変りはないじゃないか』

事実『ところがだね。そのテクニックが駄目になってしまったんだよ。照明設備にしろカメラにしろ骨董品になったし、防音設備をしたステージは数がしれている。毎日のようにジェット機の音が入りこんで、無駄なフィルムが矢鱈と出てくる始末だ。プロデューサーたちがヨーロッパ・ロケに行くのは、税金のがれというより、むこうのほうが設備がいいうえにコストが半分ですむからなんだ』

神話『撮影所長という責任者がいるじゃないか』

事実『たまには責任をとるがね。だいたい独立プロデューサーたちのパッケージ商品なんだよ、映画は。責任者はエージェントになったりするね。ともかく、ほかの企業体と合併ばかりしているんで、誰がハリウッドをコントロールしているのか判らなくなってきた』

らだろう』

神話『ボロイ儲けができるのも、そうした映画がつくれるハリウッドの監督がいるか

事実『監督には計数観念なんかないよ。知ってるだろうが、三五パーセントの手数料をとる配給機構からボロイ儲けが生れるんだ。一九五〇年だったが、映画会社は配給と興行ができなくなったが、いまでは独立プロデューサーの作品を配給しているようなもんだ。独立プロデューサーにとっては、追い剝ぎにあってるのと同じだけれど、それ以外に方法がないときている』

神話『映画製作は、ちゃんとした商売だ』

事実『目のないサイコロを振ってギャンブルのやりっこをしているようなものさ。あした潰れてなくなったところで、思い出してくれるのは、株主ぐらいなものだろう』

さて「ステュディオ」の著者ダンは、製作部長リチャード・ザナックの部屋に入ると、あたりを見まわした。薄暗くて洞窟みたいだ。壁には美術部で描いたスケジュール作品の一部スケッチが、いくつも額に入れて掛けてある。それだけで業界誌「ヴァラエティ」の重要記事の切抜きもピンで止めてなければ、サイン入りのスター女優の写真も飾ってない。リチャードが製作部長になってから手がけた映画のシナリオだけが、スタンド・バーの棚にならんでいる。こうした無個性の製作部長室は、つまりが独立プロデューサーによって支配されている新しいハリウッドの姿を反映しているようなものだ。

リチャードにしてみれば、独立プロデューサー制度を以前のハリウッド方式を徐々に復活させ、ストーリー会議からカッティングまで自分の思うとおりにさせたい肚らしいが、とてもそんな真似はできっこない。大ザナックが個人的スタンプを映画に押すことができた時代とはまったく変ってしまったのだ。彼の役割といえば列車時間表を組む編成部長に似ているが、融通性に欠けているところはタクシー会社のマネジャーより落ちるだろう。ストーリー↓タレント↓監督↓プロデューサーといった「パッケージ」作業の才能があるのではなく、あるアイディアが提出されたとき「イエス」か「ノー」といえる程度で、もし「イエス」といえば、製作費の融通と設備の供給を約束したということになるが、その「イエス」か「ノー」は、いつ彼の命取りになるかもわからないのだ。どんな感じの男かというと、小型のスポーツ選手といったところで、顔はハリウッドの直射日光で日焼けしている。ひたいは禿げあがり、おどおどした青い眼と尖った顎。その顎の筋肉を動かしながら、ときどき困ったような笑い顔をするのだ。指の爪はマニキュアしているが、それを嚙む癖がある。秘書が持ってきたコーヒーをフーフーやってさましながら昔話をした。

ダリル・ザナックが社長になったとき、撮影所の即時閉鎖と使用人の馘首を断行した。残クランク中のものはTV映画一本しかない。撮影所内にいたのは全員で僅か五〇名。残りは足止めをくっていた。食堂も廃止し、昼めしどきになると、プロデューサーや秘書や道具係は、電気部の休憩室で仕出し屋からの弁当を食べた。大ザナックは社長になった日から一度も撮影所へはやって来なかった。ニューヨーク本社にいて毎日数回電話とテレタイプで連絡する。息子のザナックは子供のころから映画の世界で育ったので、外部の事情には、まったく通じていないのだ。猛烈な読書力は持合せているが、読むものは、ほとんどシナリオばかりである。そのかわりプロットやトリックや映画の筋のことになると、彼の頭のなかは百科全書みたいだといっていい。

一週間たったときだが、ちょっと来ないか、おれのやりかたを見せるから、とダンはいわれた。それでリチャードの部屋へ行ってみると、配役部長のオーウェン・マクリーンがいて『こういうときは二人がかりで相手にならないと損なんだ。むこうは、いつも二人でやってくるからな』とリチャードがいってるところだった。案の定、秘書がブザーを押すと同時に入ってきたのは二人の俳優エージェント。用件は「ハッド」で当てたポール・ニューマンほか、この映画のスタッフである監督マーチン・リットおよび夫婦組ライターのアーヴィング・ラヴェッチとハリエット・フランクのギャラのことで、この四人が「太陽のなかの対決」をつくることになっている。二人のエージェントが持ち出した条件は四人をパッケージにして一三〇万ドルだった。

まあ普通なみのギャラだろう。その内訳はポール・ニューマンが七五万ドル。ラヴェッチと細君が十五万ドル。この両方をリチャード・ザナックは軽くOKした。ところがラヴェッチは共同プロデューサーということになっている。それで五万ドル余計に払わなければならないことをエージェントは説明した。

『このまえは二万五千ドルだといったろう』とペーパーナイフで爪の垢をほじくっていたリチャードが急に顔を上げた。『勝手に変えたな』『勝手に変えたんじゃない』とエージェントが答えたあとで、ちょっと間をおいて、『やむをえず訂正したんですよ』といった。『それは駄目だ』とリチャード。

『冷たいなあ』とエージェントがいった。

厄介なのはマーチン・リットで、以前フォックスと契約したときの条件をはたしていないので、撮影所では契約違反の訴訟を起している。滅多に裁判にまではいかないが、なんによらず訴訟に持ち込んでおいたほうが、つぎの契約のときに値切るのにいいのだ。それでエージェントは真面目な態度になりながら彼のギャラは三五万ドルだといった。それを聞いてリチャードは吹き出すように笑った。

『いま監督している「寒い国から帰ったスパイ」では三〇万ドル取っていますよ』

リチャードは、また笑った。エージェントは折れて二五万ドルにしようといった。ただし訴訟を取消しにするのが、ギャラを下げる場合の条件だという。小ザナックが驚いた顔をした。

『そういうことなら十五万ドルしか出せないね』といって爪を噛みだした。『だいいち当りまえだよ、それが』

『訴訟の一つひとつに値段をつける必要があるんですか』とエージェントが抗議した。

『訴訟を取り下げるとすると、法律部門の面目にかかわることになるしね』

両方での言いあいが続いたが、結局二〇万ドルで折合いがついた。それでもエージェントは『マーチンの今年のやりくりがつくかな』と心配そうな顔をしながら引きあげた。『さあ、これでいいんだったかな』とリチャードは机の引出しから一枚のカーボン・コピーを出して配役部長のマクリーンに見せた。それは数日まえニューヨークの大ザナックのところへの報告書の控えで、いまきめたギャラとピッタリだった。

そのころ、リチャード・フライッシャーは「ドリトル先生・不思議な旅」の監督で忙殺されていたが、ついで「トラ・トラ・トラ！」を共同監督するスケジュールになっていた。アメリカで撮影する部分は彼が監督し、日本の場面が黒澤明の監督である。それで、つぎの日曜にプロデューサーのエルモ・ウィリアムズとホノルルまで出かけ、黒澤と会って打合せをする一方、ロケ・ハンをすることになった。その出発の二日まえであったが、著者ダンはウィリアムズといっしょに美術部の部屋におもむいた。

ウィリアムズは、脚本部から美術部へ注文が出ていたオアフ島のスケッチ地図が、シナリオ第一稿によって、どんな出来だかをたしかめ、それを黒澤に見せたかったのである。その美術部は一棟のビル二階の狭苦しい部屋であって、壁には第一稿のドラマチックな場面を追ったラフ・スケッチがいくつもピンで止めてあった。ワシントンの暗号解読室、日本の旗艦内の士官室、攻撃まえの真珠湾、オアフ島に接近中の日本爆撃機などのスケッチである。ウィリアムズは、それを一枚ずつ丁寧に見たあとで、注文したオアフ島の詳細大地図を見たいといった。

アート・ディレクターが地図をひろげてみせた。するとウィリアムズは薄紙をかぶせたうえから鉛筆で、真珠湾を中心に一本ずつ直線を縦に斜め角度で引き、それから真んなかを横切った直線を一本つけたしながら一点で交叉するようにした。

『これは大切なことだから忘れないように』と彼はいった。『この映画では観客をオリエンテーションしなければならないんだ。つまりさ、シカゴに住んでいる男がいるとしよう。頭の程度は普通なんだが、その男が地図をひろげて日本は左の隅にあって、イギリスは右の隅にあるなと思いながら見ている』そういいながら彼は軽く引いた線をさした。『さてそこで日本は三つの違った方向へと攻撃しかけたんだ。それが、この線なんだが、日本の爆撃機は西のほうからは一台も飛んで来なかった。それで撮影にあたっては、日本機はかならず左から右のほうへ飛んできて、それをアメリカ機が右のほうから左へ追いかえしているという構図にしなければならない。いま飛んで来なかったといったのは、こんなわけなんだが、ともかく左から右へあらわれた飛行機が目に入れば、すぐそれが日本機だと感じさせるようにするのが大切なんだ』

ぼくは、このあとで「トラ・トラ・トラ!」のことが、また出てくるかと思って読んでいたが、ついに出てこなかった。最後の場面は「ドリトル先生・不思議な旅」のスニーク・プレビューの場面で、ロナルド・リーガンはじめ招待されたハリウッドのお偉がたは、口を揃えてワンダフル・ピクチュアだと褒めそやすのである。

この光景を見たあとで、著者ダンは二度と撮影所には行かなかった。彼が一年間行き来していた撮影所では一二〇〇万ドルの超大作「ドリトル先生」に全力を注いでいたのである。だから、その進行状態は詳細に報告されていて、このあたりにシネマ・ヴェリテふうな特色が見られる。

皮肉なことにコストを切りつめた「猿の惑星」がヒットし、「ドリトル先生」は、たいしたことがなかった。「トラ・トラ・トラ!」をめぐるトラブルは、これと関係があるのではないだろうか。とぼくは考えはじめたが、おそらく、永久に秘密にされてしまうことだろう。

(昭和四四年九月号)

29 スリラー小説の研究がすきだとはのんきな大学教授もいるものだ

肩書はジョンズ・ホプキンス大学の人文学講師。ラルフ・ハーパーという先生だが、去る五月に実存主義的な角度からスパイ小説を研究した「スリラーの世界」という本を、クリーヴランドのケイス大学出版部から出した。それを最初は紹介する気持なんかなしに読んでいたのだが、ふだんスパイ小説を読んでいるときに、筋の展開の面白さの背後にあるもの。そのほうがむしろ重要性をもつと思うのだが、なかなか口ではうまくいえないスパイ小説、あるいはスリラー全部をひっくるめての特質。それを、ときどき感心するような分析力でもって説明しているので、そんなところを急に紹介してみたくなった。

ラルフ・ハーパーという先生の名前は、こんどはじめて知ったが、カミュやシモーヌ・ヴェイユなどにふれて人間の不幸を研究した「暗黒の道」(一九六八)という哲学的エッセーや、「眠れる美女」のテーマから出発して現代人の欲求不満と願望を分析した「ノスタルジア」(一九六六)などの著作があり、学者としての名前がとおっている。教室でも気がむくと、つぎのようなスリラー論をはじめるのだろう。

少年時代のことから話を始めよう。そのころ読んだ本でおぼえているのはアーサー王とロビン・フッドの物語で、学校がはねると、友だちどうしでロビン・フッドごっこをやったものだった。それからすこし大きくなると、うちの近くにある私立図書館へかよっては、アメリカ開拓時代の少年むき読物や、インディアンの話や西部小説を、あるったけ読んでしまわないと気がすまなかったことが頭にうかんでくる。

ハイスクールに入ると、読書力も一段と上達して、こんどは探偵小説ということになり、エドガー・ウォーレスからアガサ・クリスティへと、一日じゅう読みふけっては、やたらといろんな作品をあさりはじめ、学校へ入ってからも探偵小説の長い道中を歩きつづけていた。そうしたとき、どうもパズルを解くゲームだといっていい本格物というやつは、ぼく向きでなく、だいいち間だるっこくってしようがない。それよりも危害が加わってくるのを目のまえにして不安にかられていくタイプの探偵小説のほうが、ぼくには、ずっと面白かった。いまでもメアリ・ロバーツ・ラインハートの作品のなかの、いろんな場面をハッキリと思いだすことができるのは、そのとき事件が起った場所とか登場人物が、作者がよく知っている土地とかモデル人物だったので、描写に真実性が加わっていたという特色があったせいだろう。

そのころ読んだのは、もっぱら探偵小説であって、スパイ小説のほうはE・フィリップス・オップンハイムの「偉大なる扮装」しか読んでいなかった。そうしたとき大学の友人にアースキン・チャイルダーズの親戚にあたる者がいて「砂洲の謎」があることを教えてくれた。当時は第二次世界大戦の勃発を前にしていたが、それから四年たった九月のある日のこと、オクスフォード大学に入ったぼくが、近くのエルスフィールドの丘を散歩していると、ジョン・バッカンという表札が出ている邸宅があった。なんの気なしに『ジョン・バッカンって何者だい？』と、いっしょに歩いていた友だちに訊いたところ『なんだい、お前は「三九階段」を読んでいないのかい！』といわれたのだった。

ながい前置になったが、ぼくがスパイ小説を研究するようになったというのも「三九階段」の洗礼を受けたおかげである。そうして、ぼくのスパイ小説研究は、スリラーがもつ実存主義的な要素から出発したのだった。というよりは、スリラーを読んでいるとき、いつのまにか夢中になっている心理状態に興味をいだくようになった、といったほうがいいだろう。

ぼくの哲学といったところで、たいしたことはないが、そんなときスリラーは哲学的命題となり、哲学的事件簿になってくるのだ。それはスリラーを読んでいるときの現象学ということにもなるだろう。どうして読者はスリラーの世界にインヴォルヴされてしまうのか。インヴォルヴされると同時に、いままで隠されていた自分の一面、それから欲望とか漠然とした気持とか倫理観念とか理想像とかが、やはり明るみに出されたような気持になる。その正体は、はたして何者なのか。スリラーを読みながら、満足感にちかい心理状態になったとき、それは一体どんな心情になっているのだろう。どんな原因で心理的な混乱とか秩序とかが発生してくるのであろうか。そういったことが現象学的に考察されてくる。

そこで考えられるのは、スリラーの目的は読者を「変身」させるということだ。もちろんスリラーにかぎらず、小説を読んでいるときでも、別な人間になったように作者のイマジネーションの世界に入りこんでいることがあるだろう。主観性の点でスリラーという形式は一流小説より劣るかもしれないが、スリラー作家は、読者を白日夢的なムードに誘いこもうと心がけているものだ。ドストエフスキーやカフカにも夢があるが、それは悪夢であって、白日夢とはちがっているし、その相違は非常に重要な問題となってくる。悪夢は過去の出来事に関係があり、白日夢のほうは未来に起りそうな出来事と関係してくるというのが第一の相違だが、それよりも潜在意識的と意識的な相違、悪夢のほうは自分の意志にさからって襲ってくるけれど、白日夢のほうは自分の意志の力によるものだという区別のほうが、より重要な解釈のしかたになってくる。

ところでスリラーのばあいは、プロットのなかの実存主義的な要素と、読むほうの実存主義的な心のうごきとが、相互に関係しあうことが多い。危険とか恐怖とか不安とかいった、いろいろな要素。つまるところ混沌と不条理とが発生するわけだが、そのときの暴力とか殺人にたいし勇気とか決意が対立しはじめる。ここまでは簡単に説明できるが、読者が同一シチュエーションにある自己を発見するということには、非常に説明がしにくいところの漠然とした相互関係が横たわっているのだ。

この点を分析してみたくなったが、それだけの価値はスリラーにはないといわれるかもしれない。しかし現に「潜伏して」という本書の一章を執筆しているときベトナム戦線にある息子は、テト作戦で八日間ある屋根裏に潜伏していたのであって、最近はもう何が起りだすかわからないし、また何でもが起りだす時代だ。そんなときスリラーは、プロットがどうのこうのというより、読者がインヴォルヴされることによって価値を生じるのである。そこで白日夢と現実との関係はどうなっているのだろう、という質問を提出し、それをどこまで解答できるかは、ぼくにとっての興味あるスリラー研究になってくるというわけだ。

スパイ小説は一九一五年に発表されたジョン・バッカンの「三九階段」が、そもそもの原型になっていて、その後ずっとあとを絶たずに発展して行き、やがて一つのジャンルとして確立されるようになった。

ただ一つ、ジョン・バッカン以前にアースキン・チャイルダーズという先駆者がいて、一九〇三年に「砂洲の謎」を書いている。この二作品の形式と内容が似ている点では、すこし突飛な比較かもしれないが、パスカルの「パンセ」とキルケゴールの「日記」との関係に似ているといっていい。つまり二作品のあいだに時間的断絶があったのだ。

ふだん冒険的な気持なんかにはなれない場所で暮している都会人。そんなところでも驚くほどドラマティックな冒険が起りだす可能性があることを証明したのがジョン・バッカンだった。「三九階段」の主人公リチャード・ハネイは、ロンドンのアパートで死体を発見したことから、あの長い冒険の旅へと出発したのであった。

このときから二〇年ほどたったとき、従来の探偵小説とスパイ小説とは、説明の必要がないくらい、異なったジャンルの読物となっていた。シャーロック・ホームズが大歓迎されたのは、その冒険的精神というよりは、犯罪をかならず解決してしまうという天才性にあったのだ。そしてアラン・ポーが、オーギュスト・デュパンを活躍させて評判になると、腕っぷしの強い男は相手を肉体的に負かすことで喜びを味わうが、探偵作家は分析力によって犯人を負かすのが誇りなんだ、という観念が生じるようになったのである。

こうした分析力を売りものにする探偵小説とちがって、スパイ小説の特色は実存主義的なアプローチにある。バッカンの後継者となったエリック・アンブラーとグレアム・グリーンは、先輩とおなじように、分析力だけでは手が出ないような悪漢だらけの世界、政治的アナーキーの世界に興味をいだくようになった。彼らの主人公たちは、頭脳力だけではなく、悪の力に体当りしていかなければならない。身に危険がぶつかりそうな街のなかはもちろん海を渡り、外国の土地でも危い目にあうのを覚悟している。スパイ小説の主人公は、だから小説としてはクラシック・タイプだといっていい。はっきりとした人間像になっている。

最近はアンチ・ヒーローが小説で幅を利かせている時代だ。ヒーローが活躍できるのはスリラーの世界しかなくなっている。人間力のすべて、勇気やスタミナが発揮され、モラルが問題にされる世界。政治的な視野のなかで人間的な感情がはたらくのは、スリラーの世界にしかないような状況になってきた。おそらく後世の歴史家にとっては、二〇世紀がどう形成されていたかを研究するとき、スリラーが非常に参考になることだろう。そこでは二〇世紀特有の言葉が使われているし、風習や危険や驚きかたにしても、その時代を彷彿とさせるようになっているからだ。二〇世紀という時代の動きにしても、最初は大学教授のようなシロウトがスパイになれたのに、国際間の事情が複雑になるにつれ、プロのスパイでなければ駄目になったことが、スリラーをとおして判ってくるのである。

けれどスパイは、任務を遂行するためのプロ的人間になりすぎて、人間的感情を失ってしまったのではない。スパイ小説は非人間的になったと批評する者がいるが、そうではなく、戦争を背景にしたグレアム・グリーンの作品とか、ジョン・ル・カレの作品では、プロ・スパイでも自分を反省し悩むのであって、これも二〇世紀の人間像なのだ。

以上のようにスパイ小説に登場してくるヒーローの位置づけができるが、いったい読者は何を求めているのだろうか。現実の世界から逃避したいのでスリラーが読みたくなるのだと、いままで繰りかえし言われてきたが、ほかの小説を読むことだって、逃避ではないか。だいたい逃避したくなるのは、まわりの世界があまりにも退屈だからだ。ところがスパイ小説ファンにとっては、まわりの世界は退屈なものではなく、そこから離れる気がしないくらい面白くなっているのである。非常に忙しくて毎日を緊張づくめで暮している人たちが、スパイ小説に手を出すのは、逃避したいのではなく、リラックスしたいからなのだ。

ところがスパイ小説は緊張の連続から成り立っている。すると、ふだんの緊張を別な種類の緊張へとみちびくことによって、どうしてリラックスすることができるのだろう。そこで問題になるのは、フィクションとしての緊張が、どんな性質のものかということだ。

まず考えられるのは、そこには、代行者としての冒険的経験が語られていて、始めと終りがあることだ。現実生活では、たとえ退屈感はいだかないとしても、満足感は味わえないことが多い。それは、やっていることが未完成の状態になっていることから発生する。ふつう意識的に結末をつけずに、あとは読者の想像にまかせる小説は別として、たいていはある時間内での最初の漠然とした意志とか出来事が明確なかたちをとって終るものなのだ。いままで生きながらえてきたが、どうも退屈でしようがないなと考えだすのは、これからさきも同じようになっていくだろうと思うからである。そしてまた苦痛とか責任感とかで我慢ができないほどの緊張がつづいているのは、そこからの逃げ口が見つからないからだが、スリラーは、その逃げ口の役割をはたすのだ。

こうした代行者としての体験を、スリラーの主人公が読者にかわってするとき、たとえばジェームズ・ボンドのようにカリブ海の島でくつろぐだけの経済的余裕が読者にはないことから、二〇世紀における特殊な需要品になったのだ。もう一つの特色は、形式よりも内容が先行することで、小説を書くというゲームでは、新しい実験性は避け、古いルールを使い、詩的でロマンチックな正義にもとづいた行為におもむく。この社会には正義が失われている。それを取戻そうとすると脅迫を受けるのだ。そうなると正義が優位な立場をあたえられたスリラーの想像的な世界のなかに身を置いて、皮肉な憂さ晴しをしたくなるのも当然だろう。

そうしたばあいスリラーのなかで正当化された正義は、自由思想にもとづいて解釈されるから、共産主義国家や全体主義国家の立場からすると、破壊的要素をふくんでいるし、最近ではソ連でもスパイ小説が出版されるようになったが、ありがたくない存在だ。要するにカミュが「不条理」と名付けた世界とは正反対の世界だということになる。

スパイ小説の作家は「悪」の存在を、読者にたいして真面目に考えさせないときは失敗するものだし、そんなときは詩的な正義が果されたか否かは、問題外になってしまうのだ。セックス場面がやたらと出てきたり、暴力場面の過剰も、退屈感を起させることになる。まず最初に「悪」が存在している世界を信じ込ませ、ついで何らかのショックをあたえると、読者は安堵した気持になるのである。それは無気力な状態になっているときには、刺激を要求するからであって、そうした点をギリシャの悲劇作家は、よく心得ていた。

ここで不条理性がマス・メディアとしての想像力と関係してくるのが、いわゆる「ショッカー」と呼ばれている作品である。ショッカーは混沌とした状態を信じ込ませるという特色では実存主義哲学をポピュラーにした形式のものだといってよく、二〇年以上まえに出版された初期の実存主義研究書のなかで、グイド・デ・ルギエロは、皮肉まじりに、つぎのようにいった。

実存主義哲学には、どこかしらスリラーがあたえる病的な好奇心とおなじように、イマジネーションを刺激するものがある。いままでの哲学は、重苦しくて眠くなるような語り口であったが、実存哲学は好奇心を起させるように、新しいイマジネーティヴなシンボルを言葉に取り入れたのだった。そうすると毎日の出来事が、魅力あると同時に嫌悪すべきものとなってくる。

そこでスリラーと似た点を、もういちど考えてみると、両者に共通しているのは、論理とか物語の筋が発展していくにつれ、いろいろな要素が複雑にもつれ合い、それが読者に発作的な緊張感をあたえるということだ。そして、そういった状態が繰りかえされていくうちに、急に思いがけなく、大きな水ぶくれを針で刺したときのように、あっけなく終ってしまうのだ。

ルギエロのサルトル攻撃は別問題として、現実の複雑怪奇さに読者がインヴォルヴされるという比較は間違っていないだろう。スリラーが竜頭蛇尾に終ることが多いという見かたも狂っていない。そうなるのは詩的な正義感では片がつかない細部が残ったとき、ごまかしてしまうからだ。

スリラーでは、ありえないことが起りはじめることが多いのだが、そういった出来事をまた、たとえばジェイムズ・ボンドのような主人公は、あたりまえのことのように考えながら、うまく乗り切ってしまうのだ。ここでカミュのいう不条理が発生しはじめ、スリラーの世界はファンタスチックな様相を呈してくる。それは現実と夢とが混り合ったアナーキーな世界となってくる。

作者にしろ、読者にしろ、そういった世界に入りこんでいくのが好きなので、そのファンタスチック性が、スリラーを童話のような性格の読物にしていく。不条理な世界のなかで、起りえないような出来事が加わりだしていくのがスリラーの定石であり、たとえば「三九階段」でハネイがスカッダーの死体を発見したときから、最後に三九階段の正体が判明するまで、起りえないような出来事の連続なのだ。

こうしたメロドラマは、下手な作者の手にかかると滑稽千万なものとなってしまうが、ジョン・バッカンはそうではなかった。読者は潜在意識のなかに「始源的世界」というものを設定しているのであるが、バッカンはその世界にあって読者の心理の操縦ぶりが非常にうまかったのである。ドロシー・セイヤーズも、おそらく「三九階段」から学んだ同一手法を探偵小説のなかで使ったのだと考えられるのだが、それを証明するように『ふだん家庭的な不和を新聞や雑誌で読みながら、何とも思っていないのは、それが現実に繰りかえし起っているからです。けれど、あまりに読まされると厭になってしまい、そんなときは探偵小説とか冒険小説とかが読みたくなってきます。そこには、ふだん起りえないことが起っているからです』と語ったことがあった。しかし、そういった理由からだけでスリラーが読みたくなってくるのだろうか。

スリラーには、退屈な日を送っている人たちが、ふと頭にえがく白日夢と等価値のものがあるのだ。たとえばグレアム・グリーンの「恐怖省」のなかで、非英雄的な主人公アーサー・ロウは、まったく異なった眼で現実社会を見つめないではいられなくなる。『まるでスリラーのように感じられてくるではないか。けれどスリラーのほうが、より現実的であり、おれの日常生活のほうが非現実的だといいたくなってくる。いままでスパイや殺人や暴力を売りものにした読物を一笑に付していたが、こうなってくると、そのほうが現実だという気がしてくるんだ』

たしかにジョン・バッカンが一九二〇年代に描いた世界は、興味本位であり、一笑に付してもいいようなものであったが、一九三〇年代に入ると、ナチとコミュニズムが、そうした観念を変えるようにさせてしまった。社会の表面だけを眺めてもスリラーの世界とそっくりなものになってきたのである。ある人に、どんな不思議なことが、いつ起るか判らないようになってきた。しかし、それでもなお大部分の人たちにとっては、そういったことが起らないままになっている。それで、このまま社会は存続していくだろうと考えながら、起りそうなことと、起りそうもないこと、リアルなものとファンタスチックなものとを、既成観念によって区別しようとするのだ。

たとえば大部分の人たちは、秘密書類を渡されて、謎の人物に会いに行けといわれたり、それが幾百万の人間の運命を左右することになるといった立場に置かれた自分を想像することはできない。それは、きっと厭なことだろうと考えてみたりするだけだ。けれど、そうした出来事がファンタスチックな世界で起りはじめると、つい夢中になってしまうのである。

ここで新しい神話学がスリラーをめぐって発生する。まず童話のばあいと比較してみよう。

童話作家は、書いていることの信憑性には、まったく無関心でいられる。たとえばグリムの「黄金の山の王様」では、イアン・フレミングの「ゴールドフィンガー」が顔負けするくらい起りえないことが起るのだ。漁師の妻イルサビルは、あの調子だと国王か法王になれるかもしれないほど、金銭にたいする貪欲ぶりを発揮するが、あんな女は世の中にいるはずがないのに、作者のほうでは平気ですましている。

スリラー作家のほうは、そこまで無関心にはなれず、もっと細部的な事情を説明し、実際の世界にも接近していくようになる。そうしてまたグレアム・グリーンやジョン・ル・カレのようなソフィスティケートされたスリラー作家になると、最初から現実社会を背景にして現実的人間を活躍させるのであるが、プロットのほうは、ありえない線に沿って発展していく。しかし、そういったとき、起るはずはなさそうな出来事でも、最近では起るという可能性がつよまってきたのである。

そうすると、起りえないものはないということになるから、いったい何が残ってくるのだろう。それは不条理なかたちをした脅迫だということになってくるのだろうか。スリラーを、その本質に戻って考えてみると、真実性のある出来事ばかりで構成する必要はない（たとえばアダム・ホールやレン・デイトンのプロ・スパイ物のように）。また並外れた悪漢（たとえばドラックスやレッド・グラントやミスター・ビッグのような）を登場させる必要もなければ、大きな胸をした妖婦（たとえばホニーチャイル・ライダーやヴェスパー・リンドやプッシー・ギャロアーのような）でセックス・アピールを売りものにする必要もない。なによりも大切な要素は、さきにも触れたところの「始源的世界」というイメージを読者にあたえることであり、このイメージの性質というのが、スリラーを神話へと近づけることになるのだ。

スリラー作家は、意識的に神話学を頭のなかに入れておいて、そのなかの神話の一つに現代服を着させることもあるし、無意識に同じようなことをやっている場合もある。イアン・フレミングのスパイ小説が面白いのは、古代神話を衣替えにしてファンタジーたっぷりなショーにしたからだと研究家（デイヴィッド・オーメロッドやデイヴィッド・ワード）は指摘したが、彼らがいうには、フロイトのエディポス・コンプレックスがボンドの行為に見られるというのだ。

読者にとっては、ボンドの底知れぬ恐怖感と、それを取り巻くファンタジーの世界が、たまらない魅力となってくる。ボンドが読者のために代行人となって、憎むべき父親イメージとしての悪漢が、彼を拷問にかけたり殺害しようとするのにかかわらず、いつも機知をはたらかして危地から脱するのを、自分がそうなった気持になって夢中で読みふける。

エディポス王のイメージであるボンドは、ついに父を殺し、その妻と結び合うのだが、やがてほんとうの母だと知ると、そうした関係を絶たなければならなくなる。彼は兄弟であるとも知らずに相手の愛情を受けいれるが、やはり悲劇的な結末へとみちびかれている。彼は殺害免許証を携帯しているような男なのだ。すぐ女の魅力のとりこになってしまい、それにたいするコンプレックスは、善良な父から与えられた拳銃によって解決されることになる。この父親イメージとしてのボスのために、ボンドは暴力を行使したり、殺人をおかしても平気でいられるし、セックス行為にたいしても自己弁明ができるのだ。

ボンドのセックスと暴力にたいするオブセッションの解釈として、そうかもしれないと思われるところもある。だが、こうした考えかたでいくと、ジョフリー・ハウスホールドの「ローグ・メール」にしてもエディポス・テーマによって解釈することができるだろう。ヒットラーを遥か離れた樹の上から狙撃銃で射殺した主人公は、父親イメージの人物によって追跡され、母なる大地で窮地におちいると、相手を弓で殺してしまうのだ。エディポス・テーマを適用するのは便利な方法であって、この伝でいけば「三九階段」のリチャード・ハネイは男色漢だということになりかねない。

しかしフィクションと神話とのあいだに類似性をもとめることは、以上のように滑稽な結果になることもあるが、べつに重要な問題となってくるのは、フランツ・カフカがやってみせたように、フィクションがときおり神話を創造してみせないか、ということだ。スリラーのばあいは「始源的世界」で心の格闘が、善と悪とに挟まれながら永遠につづいている。欲求と満足、温順と暴力とのあいだでも絶えず争闘がくりかえされている。チャイルダーズの「砂洲の謎」では、それが先駆的作品なのにかかわらず、人間と背景がリアルに描かれていて真実性があった。

スパイ小説は、その発生後に、二つのタイプにわかれて発展していった。その一つは主人公が紳士（チャイルダーズやバッカンやハウスホールドのように）で、野外が冒険の舞台になった。もう一つは主人公がプロかセミ・プロのスパイとして活躍した。それが発展の第二段階では、ふつうの市民とプロ・スパイという二つのタイプになり、第二次大戦後はイギリス諜報局に属する者かＣＩＡの一員がスパイ小説の花形となってきたのである。

このような傾向をたどったことは、スパイ小説の退化をしめしているのだ。アメリカでは長いあいだに数多くのスパイ小説が書かれたが、きわだった傑作というと一作もない。イギリスでは最初からスリラーの土台がしっかりしていたと同時に、小説家だった者や、小説家になれるだけの素質があった者が、一時的にしろ諜報機関のなかに身を置いたという強味があった。また、ことによると、アメリカ人は、イギリス人ほどに冷戦の薄気味わるさを感じずに、抽象的な関心をいだくにすぎなかったからかもしれない。

とにかくアメリカのスリラー作家は、型にはまったキャラクターとかシチュエーションとかプロットの上にあぐらをかき、ダシェル・ハメットやレイモンド・チャンドラーが生みだしたハード・ボイルドの文章を真似しながら、暴力場面の繰りかえしでお茶をにごしていたのであった。

イギリスのばあいでも一つのパターンというのがあって、ある個人が事件に巻き込まれるキッカケが白日夢のようになっていることである。その典型的な例がサマーセット・モームの「アッシェンデン」だった。プロ・スパイが花形になるまでは、偶然に不意打なかたちで、異常な事件が始まるというパターンがあったのだった。バッカンのハネイとレースン。アンブラーとラティマーとケントン。グリーンのロウとD。これらはシヴィリアンであった一個人の運命の変化である。そして、そうあってこそ夢のメカニズムは動き出すというわけなのだ。

どうも一冊になった著書の一部分をダイジェストしただけなので、要領をえない紹介になってしまった。なにかの機会に、もうすこし書きたいと思っているが、この「スリラーの世界」は翻訳して三〇〇ページ程度のものだし、完全なかたちで紹介するだけの価値は充分にあると思った。紹介されないで埋もれてしまうのは惜しい気がするのである。

（昭和四四年十月号）

30 アメリカで評判になったイタリアの女性記者オリアーナ・ファラーチのインタビューのとりかたはこんなもの

イタリアにオリアーナ・ファラーチという女性ジャーナリストがいて、この数年間、雑誌「オイロペオ」の特派員として活躍していたが、そのレポートが一種独特なもので面白いことから、最近になってアメリカやイギリスでも評判になりだした。ぼくも一年ほどまえに「ルック」誌に掲載されたイングリッド・バーグマンとのインタビュー記事を読んで感心した一人だが、このあいだ「エゴイストたち」というインタビュー集が出版されたので注文しておいたところ、一週間ほどまえに到着した。
まず最初、この本の表紙折返しにある売込み文句を、ちょっと訳しておこう。

テレビを見たり新聞を読んだりしていると、あんまり繰りかえし出てくる名前なので、うんざりしてしまうだけでなく、その人たちのことは、すっかり知ってしまったような気がするものだ。またテレビや新聞でサカナにされているな、どうせ同じようなことを喋ったり書いたりするんだろう。そう考えやすいものだが、オリアーナ・ファラーチの手にかかると、ノーマン・メイラーやラップ・ブラウンやディーン・マーチンやショーン・コネリーといった人物が、急に一変して浮びあがってくるのだ。

彼女はテープ・レコーダーと微笑だけを武器にしながら、芸術界から芸能界・政治界の分野にわたる名士たちの、ふくらんだエゴのなかに入りこんでいった。このインタビュー集には、上記の人物のほか、ヒッチコック、ヒュー・ヘフナー、ジャンヌ・モロー、グエン・カオ・キなど十六名が登場するが、エゴを剔出しながらも、ほんとうは正直な心の持主であることを、彼らの胡魔化している言葉のなかから発見するのであって、これらはちょっと類がないインタビューとなっている。

こんなことが書いてあるが、ここではフェデリコ・フェリーニとのインタビューにふれてみよう。いつものようにプロローグがついていて、それからどんな対談をしたかということになる。いい忘れたが、オリアーナ・ファラーチは、ことし四〇歳であって、フェリーニとの対談は一九六三年二月にミラノの料理店でおこなわれた。

フェリーニと親しくなったのは、ニューヨークで「カビリアの夜」が封切られたときからで、ジャックの店へステーキを食べに連れていってくれたり、タイムズ・スクエアを歩きながら焼栗を露店で買ってくれたりした。私はグリニッチ・ヴィレッジのアパートで、プリシラという友だちと同居生活をしていたが、ときどきフェリーニがやってきて、コーヒーが飲みたいという。喫茶店で飲まないで、こんなところへやってくるのは、奥さんのジュリエッタと離れて暮しているから、家庭的なノスタルジアにひたりたいにちがいない。そう私は想像したものだ。

そんなとき彼は、部屋のなかに入ってくるなりズボンのうえから膝をゴシゴシこすりながら『俺は淋しくなると膝が痛みだすんだよ。ジュリエッタ。ああ、ジュリエッタ、来ておくれ!』と大声を出す。すると、その声を隣りの部屋で耳にしたプリシラが、興奮して飛びこんでくる。その声がグレタ・ガルボだったら、私だって嬉しくなって飛び出していくにちがいないけれど、そのころフェリーニは、まだたいして知られていなかった。

彼はプラザ・ホテルに泊っていたが、「カビリアの夜」が封切られた翌日、私が行ってみると、ニューヨーク・タイムズに出た批評がよくないといって、大声を出して泣きはじめる。それがホテルのバーで話しているときだった。こんな子供っぽい真似をするかと思うと、急に二枚目になった気持でいる。というのは、ギャングの情婦といい仲になって、毎日のようにニューヨークの街なかを歩いていたのだ。ところがギャングが、これに気がついて、ホテルに電話してフェリーニを呼出し、『てめえ、殺される気か』と、毎日のように凄んでくるのだが、英語がわからない本人は平ちゃら。『ヴェリ・ウエル、イエス』と返事しているので、あいつは度胸があるなとボーイたちのあいだで評判になる。そんなとき私が『てめえ、殺される気か』をイタリア語に訳してやったところが、ビックリしてしまい、三〇分後にはローマ行飛行機に乗って逃げ出していた。

そのまえのことだが、夜中にホテルから出て、ウォール街をうろつく癖があり、アメリカ警官ときたら世界中でいちばん疑ぐりぶかいから、銀行泥棒かなにかと間違えられ、

J.UEKUSA

J.UEKUSA

ある晩のこと尋問をくった。ところが身分証明書を持っていなかったので、ブタ箱にほうりこまれてしまい、『俺はイタリアの有名な監督フェデリコ・フェリーニだ』と繰りかえすのだが、てんで相手にされない。筋がとおる英語の文句で、たった一つだけ知っているのが『アイ・アム・フェデリコ・フェリーニ、フェーマス・イタリアン・ディレクター』だったが、そうするうちに夜が明けた。

朝の六時に交替した警官は、さいわいにもイタリア人だった。フェリーニが、また怒鳴りだしたのを見て『ほんとうにフェリーニだというなら「道」のテーマ・ソングを歌ってみろ』といった。フェリーニは行進曲とメニユエットとの区別がつかないくらいの音痴ときている。けれど一生懸命になって「ジェルソミーナの歌」を口笛でやってみせ、フェリーニに間違いないと納得させたのはよかったが、仲なおりのしるしに、拳固でもって胴っ腹を突かれた。それから、ほかの警官たちも『すみませんでしたな、フェリーニさん』と謝ったあとで、ホテルまでオートバイの護衛つきで送っていき、引きあげるときは一斉に警笛を鳴らした。その高く響く音はハーレムまでとどくほどだったそうだが、腹を突つかれたのが胃にこたえ、二週間ばかりコンソメ以外のものは食べられなかった。

あのころのフェリーニは、ほんとうに「シンパティコ」(後出)だったし、私も彼が大すきだったが、こんどのインタビューで、ひさしぶりに会ったときは、だいぶ人間が変っている。いつもやるように私を抱きかかえて持ちあげ、ぎゅっと両腕で締めつけながら、首から膝までツネったり揉んだりして、ジュリエッタと結婚してなかったら、すぐにでも結婚したいよ、というだけでなく『あのときニューヨークでは、ずいぶんすげなくされたっけ。どうして厭だなんていったのかい』というのだ。もちろんニューヨークでは、そんなことはなかったし、自分から行儀ただしく振舞っていたのに、ケロリと忘れたような顔をしている。そんなふうに昔とは変ってしまったフェリーニだった。「カビリアの夜」のあとで監督した「甘い生活」ではシェイクスピアに比較され、「8½」はダンテの「神曲」に似ているといわれて話題になった。それにたいしてフェリーニは、そんな偉い人間じゃないといって謙遜するのみだけれど、内心では得意になっているのが、はたからわかる。ムッソリーニのように顎をつきだし、いやにしかつめらしい目つきをするようになった。

彼は抱きあげた私を床におろすと、ほかの記者だったらインタビューなんか断ってしまうのだけれど、私だからOKしたんだ。それにしても忙しくて時間がないから、食事しながらやろうといい、どこにしようかな料理店は、と考えこんでいる。困ったなと私が思ったのは、料理店にはテープ・レコーダーのプラッグをはめるところがないからで、あってもテーブルから離れているだろう。けれど料理店で食べながらでなければ絶対に厭だというので、連れていかれた店へ入るとプラッグが差しこめるテーブルを見つけ、そのうえにテープ・レコーダーを置いてすぐインタビューを始めた。

けれどフェリーニに電話の呼び出しが幾度もあったり、フォークやナイフの音、ガツガツ食べている音がひっきりなしに入ってくるので、インタビューのあとで、すぐプレイ・バックしてみると、こんな調子になっていた。

『この映画で、ぼくがいおうとしたことは……ハムにするかい、サラミにするかい……形而上学的な弁証法で胡魔化す人はだね……ステーキにしよう、塩は使わないでくれ給え……神秘的なものを嫌う人がいるけれど、あれはバカだよ……コップがふれ合う音……あたりを支配している沈黙、そこへ微かな光があたると……どうしてフレンチ・フライをたべないんだい』

これじゃ、しようがないわというと、フェリーニもガッカリしたような溜息をついて、あした私のホテルでやり直そうといってくれた。けれどエクセルシオールのロビーはいつも混んでいるし、私の部屋はベッドが占領しているし、きっと彼を誘惑するだろう。フェリーニはベッドを見ると横になって眠ってしまうのだ。それでマネジャーに話すと『フェリーニさんですか、はい、わかりました』といって、ペルシャ王子とソラヤ妃が泊った部屋を用意してくれたが、その居間はダンス・ホールみたいに広くて豪華なものなので、フェリーニ向きだが、目玉が飛び出すような部屋代である。けれど仕方なしに、翌朝の九時半には花瓶に花を差し、シガレットの用意をしてから、ボーイに『シニョル・フェリーニは濃くて熱いコーヒーがすきだから、頼むわよ。来たら、すぐ運んでね』と命じた。ヴァイオリン弾きを呼べば、なおさらフェリーニ向きかもしれないけど、それは諦めた。

ところが十時になっても彼はやってこない。十一時になり、昼がすぎ三時になったけれど、電話さえ掛ってこない。やっと掛ってきた。三時半だった。『かわいいオリアーナ。宝石のようなオリアーナ。朝からなんども電話して、遅くなるよといおうとしたんだけれど、さっぱり通じなかった。どこへ出かけていたんだい。ほんとうに困っちゃったよ。五時にそっちへ行くからね』

このへんで、対談のほうに移るために、待たされどうしの気持を面白く書いている、彼女の長い文章をはしょらなければならない。フェリーニは五時になっても姿をあらわさないのだ。八時になって電話が掛ってきた。十一時にヴィア・マルグッタの映画館で特別試写会があるから、そこで会おうという。オリアーナはテープ・レコーダーを持って、映画館の入口で待っているが、相手はやってこない。映画が終ってもオリアーナは待っている。午前一時すぎ。映画館から出てきた人たちは、そばの喫茶店へ入っていったが、そこも看板になった。

彼女はホテルに帰ると、翌朝八時のミラノ行飛行機の切符を買うようにボーイに頼んでから、すっかりくたびれてしまったので、ベッドに横になるなり眠ってしまった。フェリーニはミラノへ行く予定なのである。眠っている彼女を起した彼の電話。八時のミラノ行飛行機は、おんなじやつだ。飛行機のなかでインタビューしようという。けれどフェリーニは、それにも乗っていない。ミラノの空港では、新聞記者たちが待ちぼうけをくわされた。

正午に着いた飛行機から、やっと姿をあらわしたフェリーニ。オリアーナは、いっしょに乗ったキャディラックを横づけにしたホテルで、三日も締切が遅れたインタビューをするのだが、できあがった原稿に目をとおしながら、フェリーニは勝手に直してしまった。彼女はフェリーニという人間がすきだったが、こんなことで、すっかり嫌いになったといっている。さて対談にうつろう。

『やっとのことでフェデリコ・フェリーニについての議論ができることになったわ。あなたは謙遜家でいらっしゃるし、ご自分のことを話すのは嫌いだから、いやな仕事でしょう。けれどフェリーニについて議論することは、私たちの義務だと思うんです。もうじき学校では地理や数学や宗教とおなじように、あなたの生涯とか芸術について教えるようになるでしょう。ちゃんともう「フェデリコ・フェリーニ」とか「フェリーニ物語」とか「フェリーニの神秘性について」といったような教科書が出ていますわね。ジュゼッペ・ヴェルディだって、こんなに偉くは取りあげられなかった。あなたの鍔のひろい帽子が、ヴェルディのとそっくりなんで思いだしたのですけれど。フェリーニは現代のヴェルディですわ』

『いい加減なことをいうなよ。嘘つき。侮辱するな』

『どうしてでしょう。ヴェルディは偉大だったわ。彼の新作オペラの初日は、あなたの映画の初日と同じでした。「トラヴィアータ」のときのイタリア人の騒ぎかたといったら、その後は「8½」のときしか比較するものがなかったと思うのです。初日の切符は、ずっとまえに売切れてしまったし、女の人たちは新調のイヴニングで来たし、批評家たちは手ばなしで賞めたし』

『そうだったなあ。みんなが「白い酋長」や「崖」のときの冷淡さをケロリと忘れてしまったっけ。「道」にしろ、なんだいあれは、といって侮辱されたものだった。けれど「甘い生活」が「8½」のまえにあったなあ。あれは褒めない者はなかった』

『そうでもないわ。ミラノでは唾をひっかけた批評家がいたし、ローマでは警官が文句をつけたでしょう。けれどヴェルディにしたって、ときたまは客席からトマトや卵を投げつけられたものよ』

『ぼくは何といわれたって気にしなくなったな。ぼくの映画がすきになったって、きらいになったって、どうでもいいんだ。けれど最初のころ侮辱されたという気持は、いまでも残っているんだ。つまりさ、ぼくが映画で見せているものより、もっとたくさんのものを見ないと、みんなが承知しないんだ。三段がまえのトンボ返りでもしてみないと満足しなくなった。まるでコーラス・ガールのように、腰につけた駝鳥の羽根をひらひらさせながら、ステップごとに脚を高くあげなければショーにならないのと同じような気がする。そんな心配ばかりするようになった』

『みんながフェリーニは変てこな話ばかりするなと思っていますね。そして、その話のなかにある謎を解こうという好奇心をいだくようになったけれど、あなたは、その説明もしないし、新聞記者たちとも会いたがらない。どうしてですか』

『それは説明しろといったって、ふつう考えているようなプロットがないし、説明できないからさ。たとえば仲のいい友だちに会って、一晩じゅう話し合っているとき、その友だちは、最近どんなことをしているか、どんなことを空想しているか、そして子供だったころを思いだしたりして、そうしたことを頭に浮んでくるままに順序づけないで話しつづけている。けれど、その話が終ったあとで、なるほどそうなのかというふうに、友だちの気持がよくわかってくるんだ』

『そういえば「8½」なんかプルーストみたいね。プルーストが書いていることを純粋な視覚芸術に移したといっていいような』

『プルーストなんて読んだことがないよ。本も読まないし、映画も見ない』

『あなたが見るのはフェデリコ・フェリーニ映画だけなのね』

『見にいこうと思っても、その途中で、もっと面白いことにブツかってしまうんでね。チャップリンは見たよ。パリで会ったことがある。「道」を見てくれたあとで、とても低い声で褒めてくれたっけ。たぶん褒めてくれたんだろう。チャップリンはフランス語をつかって話したが、よくは判んない喋りかただったからさ。ともかくチャップリンは、ぼくたち四〇代の者にとっては神話的存在になった』

『チャップリンの話はよして、フェリーニと「8½」との関係について話しましょう』

『見たんだね、あれを』

『とてもよかったわ。なんていう悲しい映画だったことでしょう。老人や神父たちの描きかた。退廃と死の雰囲気。あの映画では、生きている人間も死んでいましたわ』

『そうすると、あまりよくは判らなかったことになるな。あれは悲しい映画じゃないよ。やさしい気持をもった夜明けのような映画だ。メランコリーの映画なんだ。メランコリーというと安っぽく響くだろうが、とても崇高な精神状態なのさ』

『そういう映画だとすると私には判んないわ。ともかく主人公は四三歳の映画監督で、グイド・アンセルミという名前がついてるけれど、フェデリコ・フェリーニのことでしょう。アンセルミはフェリーニと同じ帽子をかぶっているし、誰だって、あなたの自伝だと解釈しているわよ』

『けれど、あの監督は失敗したし、駄目になりかけているよ。ぼくは失敗しなかったし駄目にもなっていない。グイドが、ぼくとおない年の四三歳だといったって四七歳でも三五歳でも通用するし、おない年の偉い監督がほかにいるじゃないか。〝俺の人生における真昼に、俺は暗い森のなかに迷いこんでしまい、まっすぐに行く道がわからなくなった〟とグイドがいっているのは、ぼくのことを指すのかしらん?』

『ほかにも似ているような嘘をついたセリフがあったわ。〝あなたって空気を吸うように嘘をつくのね〟とグイドの妻が夫にむかっていったでしょう。ほかにも〝偽善者で卑怯な道化者〟とか〝意志が薄弱で何でも神秘化してしまう男〟とか〝誰もすきになれない性質の男〟とか〝いうことは何もないんだけれど何かいわなくちゃ〟とかいったセリフが出てくるけれど、誰のことを指しているんでしょう』

『よく覚えこんだものだな。誰のことなんだといったって自伝ではないのさ。自伝というやつは単純だから、映画にしたら退屈してしまうよ』

『あの映画のように自己溺愛的で恥しらずのお喋りになったりしてね』

『その解釈も間違っているね。グイドのようなのは、どこでもいるんだ。袋小路に入りこんで窒息しかけている人間が大勢いるじゃないか。ぼくは観客が、しばらくしたらグイドが監督であることを忘れてしまって、なにか変った仕事をしている人間だと思うようになるだろう、と考えていたんだ。そうするとグイドの恐怖や疑念や邪道的行為や卑劣さや胡魔化しかたや偽善的精神に思いあたるんじゃないかとね』

『そうなるかも知れないけれど、グイドがフェリーニだという事実はくつがえせないわ。あれは、あなたの遺言だと思ったわ。四三歳で遺言を書くのは早すぎると思うけれど』

『遺言は早く書いたほうが利口だよ。そうすると気持が解放されるからね。遺言を書いたおかげで、またすぐ映画がつくれるようになった。あの映画を見た人たちは、おんなじような解放感をあじわうだろう』

『胡魔化さないでよ。福音書とは縁がないエゴイストといえば、あなたのことでしょう。遠廻りなんかしないで、「8½」の主人公は想像的な人物ではなくて、あなた自身だとみとめたらどうなの？』

『しつっこい女だなあ。そりゃ映画で起ったようなことが、ぼくにも起ったよ。そのひとつはどうしたらいいか判らなくなったときだった。シナリオのほうはフラヤーノやピネルリやロンディといっしょに進めていたけれど、ぼくには確信がなくなってしまった。サラギーナと大司教のエピソードはシナリオにはなくって、ぼくの頭のなかで宙に浮んだようになっていた。こまかいことは忘れてしまったが、もうすこしで投げ出そうとしたところ、〝それを正直に話したらいいじゃないか〟という目に見えないプロデューサーの声がしたんだ。その瞬間、主人公を映画監督にしてさ、その男が、どんな映画をつくるつもりだったか忘れてしまったようにしようと考えたんだよ。そういったわけで、あの映画のなかの直接体験というのは、ほんのすこしだ。だから結論をいうと、理解しようとしたって無駄だ。感じるほかない、無心の境地で、ということになるね。ぼくは人生から問題を引き出すのは止めにした。人生を愛し、すべてを愛したいと思っているんだ。聖アウグスチヌスも〝愛をもって欲することをするがいい〟といったろう』

『本を読まない人が偉いことを知っているのね』

『ときどき本屋へ入ることがあるんだ。そんなとき、めくった本のページに書いてあることが目について、つい覚えこんでしまうのさ』

『嘘つき。そんなことより「8½」でローレンス・オリヴィエに主演させるプランは、どうして取り止めになったの』

『オリヴィエだって。そんなことがあったかな。高くて使えないのは判りきってるじゃないか。ぼくは出しゃばらない役者がすきなんだよ。それでマストロヤンニにしたけれど、思ったとおり、あのグイドは、いるような、いないような存在として、こっちの思う壺にはまったっけ』

『カトリシズムの問題が、だいぶ入りこんでくるけれど、あなたくらい根っからのカトリックもめずらしいわ。いまでもお祈りをするの？』

『カトリシズムは幾世紀ものあいだイタリア人にとって血のようになってきた。イタリア人は生れるなりカトリックになっているんだし、ぼくがカトリックだって、それは当りまえのことさ。そして、そこから解放されようとすると、血が出て傷つくんだ。グイドは中世紀カトリシズムの犠牲者だし、堕落したカトリシズムを敵にしなければならない。ぼくは、あの映画に出てくるような坊さんの学校の寄宿舎には入らなかったが、サレルノの修道院で夏休みを過したことがあってね、あれと同じような経験をしたんだよ。おまえの行為は、いつも神様が監視しているといって脅かされると、生きた気持がしないし、そうした少年時代の苦痛と傷手は、大人になっても忘れられないものさ。お祈りをするかっていうけれど、お祈りは自分のなかの神秘性と会話することなんだ。そうすると、あたりの沈黙のなかに微光が射し込んできてね……』

『なんだかイングマール・ベルイマンみたいな口つきね。ベルイマンは北欧的禁欲主義者で、あなたはラテン的血質の男だという違いはあるけれど、罪の観念がオブセッションになっている点では、二人とも似ていると思うわ』

『そうかもしれないな。ベルイマンのものは「顔」を見たけれど感心したね。彼は現在の映画界で最高の存在だと思うなあ』

『フェリーニよりも上なの？　それとも下なの？　どっこい勝負なの？』

『蓮っ葉女め。そんなことまで訊きたいのかい！　ベルイマンは俺の弟さ。予言者の外套を着ているだろう。そして山高帽子にはピカピカ光る道化役のスパングルがくっつけてある。ベルイマンがいうことは予言者として通用するんだ』

『フェリーニのほうは？』

『外套は短くて、スパングルのくっつけかたは、もっと派手だといったところかな』

『それは当っているわ。ベルイマンとインタビューしたときも、あなたの話が出たの。どんな暮しぶりだとか、話しているときの印象とか、根掘り葉掘り訊かれたっけ』

『どうせ碌なことしか教えなかったんだろう。わかっているよ。それにしてもベルイマンには会いたいな。彼とクロサワと俺とでオムニバス映画をつくるはずだったがね、お流れになったのは惜しかった』

『ベルイマンは批評家が何といっても平っちゃらな顔をしているけれど、あなたは相当気にするほうね。ここにも褒めてるのがあるわ』

『だいたい映画批評というやつは、堅苦しくて人間味がないよ。これは褒めているが、こんなふうに堅苦しく書かなければならないとすると同情するね。風当りの強い批評も有益だが、そういうのにこだわると、こっちの即興性が失われてしまうんだ。やっぱりマロッタの批評みたいに、キッスされているような気持になるのがいいな』

『でも「8½」の大司教が〝生まれてくる者に幸福はない〟といっているのは、つまり、あなたの気持なんでしょう。いったい、あなたは幸福なのですか。満足しているんですか。有名になったのは当りまえのことだと思っているのですか』

『その質問は的外れだよ。なにか創造しようとする者は、どんなものが出来るだろうかと、たえず自分の力を疑ぐるようになる。ぼくのばあいだと、それが出来たあとでも客観的に眺めることができないんだ。ぼくには、そうすることが必要だったということしかできないね。だいたい、ぼくという人間はロマンチックで、人生をファンタスチックなものとして眺めるのがすきだから、そんな点で映画の持つ魅力にひかれてしまうんだ』

『そういえば、みんな感心するでしょうね。けれど、あたしたち、ずうっとまえに電話で喧嘩したことがあったわね。新聞記者たちは、あなたを尊敬しているし、いつも一歩さがっておとなしくしてるって。そうあたしがいったら、それが当りまえだ、偉大な芸術家フェデリコ・フェリーニにたいしてはね、と返事したのを忘れないでしょう。こっちのほうが、あなたの本音でないの』

『この糞ったれ女！』

『そのうち小学校で使う教科書に、あなたのことが出てきたら、いまの言葉は削らなければなりませんわね』

もっとくわしく紹介すると、どんなところをフェリーニが訂正したかが想像できて面白いのだが、この方はイタリアで出版されたとき『アンティパティチ』という題がついていた。ところが、これにピッタリする英語がないのだそうだ。似たような英語に「アンティ・パセティック」（虫のすかない、性に合わない）というのがあるが、これとはニュアンスがまるで違うのだと、序文に書いてあって、正確な意味あいの説明がしてある。

イタリア語辞典を引いてみると「不愉快な、すきになれない、困惑させる、堪えがたい、赦しがたい、退屈な」といった意味があり、「アンティパティア」をいだかせる人となっている。この「アンティパティア」はイタリア語源辞典によると「ラテン語から来ていて、非感情的状態、一般的な反対感情を意味す」となっているが、この両方とも、イタリア人が、「アンティパティコ」（単数）とか「アンティパティチ」（複数）というときの意味とは違っているのだ。そしてこの反対の言葉が「シンパティコ」（単数）と「シンパティチ」（複数）である。

実例をあげると、誰かに食事しないかと誘われる。そのとき、こっちが空腹を感じていなくても、いっしょに行きたくなるような相手が「シンパティコ」なのである。こんなとき腹がすいていても、いっしょに行く気がしないような相手が「アンティパティコ」となってくる。もう一つの例をあげると、河に落ちて溺れかかっている者がいる。それを見たとき、たとえ冬でも飛び込んで助けてやりたくなるのが「シンパティコ」であって、そんなとき、夏で泳ぎたくなるような暑い日でも、飛び込む気になれず、溺れるまで見ているような相手が「アンティパティコ」なのである。

オリアーナ・ファラーチにとって、「カビリアの夜」のころのフェリーニは「シンパティコ」だったが、この対談の最後でシッペ返しをするように、偉くなったフェリーニは「アンティパティコ」になってしまった。いつもジャーナリズムやマス・メディアに登場する名士たち。いつも同じような詰らない話ばかりしている彼ら。『なんて退屈な野郎なんだろう!』と怒鳴りたくなる。そういうのが、つまり「アンティパティコ」なのだ。ぼくは最初、にくまれ口をたたいてばかりいるので、彼女が「アンティパティコ」と呼ばれているのかと思ったら、まだ名前は知られていないから、それは通用しないと逃げ口上をつかっているあたり、たしかに才女である。このような原題を、英訳では『エゴイストたち』と意訳したのだった。

(昭和四四年十一月号)

31 性的アイデンティティを失ったアメリカの若い男女が「ニュー・ピープル」と呼ばれるようになった

考古学者が笑いながら、よく口にすることだが、昔あった都会の廃墟を掘りかえしているときに、墓とかゴミ溜めなどが出てくると、つい喜んでしまうけれど、そうしたものが出てこないと、どんな人間がどういう生活をしていたかというキメ手がなくなるので、ガッカリするそうだ。けれど未来の考古学者はしあわせだよ。こんなふうに戦争がつづいて、何でもありあまる社会だから、掘れば掘るほど面白くなってくるにちがいないからね、と笑いながら付けたすのである。

そうかなあ、どうも怪しいぞ、ぼくたちが残していったものが、そんなに都合よく役に立つかしらん。鉄くずでつくったものが芸術なんだし、それを見たって普通の鉄クズだと判断するんじゃないかな。墓には各国の人間が同居していることだろう。ゴミ溜めの野菜をつまんだら放射能のためにヤケドしたってことになりかねない。そんなふうに逆のことを、ぼくは想像してしまうんだ。

ともかく戦後のアメリカでは、人間性と社会性との潮流がラディカルないきおいで逆流しはじめることになった。そして、その潮流のただなかに新しいジェネレーションが浮かびあがったのであるが、古いジェネレーションには、彼らの気持が理解できなかった。そうした人たちは、あいかわらず西欧的伝統の残りかすにしがみついていたので、理解できなかっただけでなく、「ニュー・ピープル」と称する若い連中が隊伍を組んで、彼らの世界に侵入してきたのさえ知らなかった者も多かったのである。

それは大人たちが冷戦をやっている最中だった。隙をうかがった「ニュー・ピープル」は、侵入を開始するとキャンプをもうけて旧世代との冷戦にうつり、やがて見事にアメリカ人のパーソナリティと社会とを変化させてしまったのである。そうした事情は、未来の考古学者がいくら地面を掘りかえしたところで判りっこないだろう。

「ニュー・ピープル」がアメリカ人の生活様式を決定するようになったのは、一九六〇年代に入ってからで、旧世代の人たちが気がついたときには、もうすっかり社会が変化してしまっていたのである。彼らが気がつかなかった理由は、その変化が日常生活とはタッチしない分野で、目に見えないように拡がっていったからだった。きっと未来の考古学者は、その変化が、プラスチックな荒野といっていいオートメーション時代における「娯楽」の分野で始まった現象で、アメリカ人には男性と女性との区別がつかなくなったと結論することだろう。

男性と女性の区別をなくしてしまうのを「ディセクシュアリゼーション」desexualizationといい、こんな言葉は最近までなかったが、そんなふうになってきたアメリカ人が「ニュー・ピープル」なのだ。そしてニューヨーク大学で社会人類学の講義を担当しているチャールズ・ウィニックが、豊富なデータをつかって「ニュー・ピープル—アメリカ日常生活にみられるディセクシュアリゼーション」という本を書いた。著者の頭に絶えずあるのは、女らしい女の稀少化現象と女っぽい男の激増現象で、そういったデータを、やたらと集めている。だいたい雑誌の切抜なのだが、たぶん一〇〇〇以上は使っているような気がするし、読んでいると、それをどうやって分類整理したかが、べつな興味となってくる。そんなことからカード式整理のしかたで有名な梅棹忠夫の「知的生産の技術」を読み出しているわけだが、「ニュー・ピープル」の構成も似たようなカード・システムによって可能になったのであろう。

それともう一つ感心したのは、この本がカタログ化されたアメリカ風俗史だといっていいことで、どのページをパラパラとやっても、おやおやと思うようなことが書いてあって、そのスタイルといえば通俗的だから、寝ながらでも読めるということだ。三七五種類の引用書をリストにして最後に付けてある、三八四ページの本だが、ここでもパラパラめくりながら、アメリカの小説のことから書いていくことにしよう。

一九三〇年代の終りからアメリカの推理小説界では女流作家が、さかんに活躍しはじめ、シロウトの女探偵を主人公にする作品が多くなった。それと同時にシリアスな小説の分野でも、男の主人公が自分のもつ魅力を発揮できなくなっていくのだ。たとえばトマス・ウルフの最初の三作「天使よ故郷を見よ」「時間と河」「蜘蛛の巣と岩」では、ユージーン・ガントやジョージ・ウェバーが、ガルガンチュア的巨人として描かれ、すきなことを何でも思うままにやっていくが、四作めの「帰れぬ故郷」になるとウェバーは、じぶんの限界を知った弱々しい男になっていく。またシオドア・ドライサーが描いた財界の巨人フランク・カウパーウッドは、ジョン・P・マーカンドの小説で銀行員に変身してしまうのである。

ヘミングウェイが一九三〇年代から四〇年代のはじめにかけて、もっとも影響力のあった作家だったのは、主人公のロマンチックな英雄性に負うところが大きい。「誰がために鐘はなる」では敵弾のため重傷を受けながらも最後まで戦い抜いた。けれど、そういったロマンチック性には誰も心が動かされなくなっている。ギャング小説でも同じことで、W・R・バーネットの「リトル・シーザー」をはじめとして、ヒステリー性の凶暴さを発揮しながら、アル・カポーネやジョン・ディリンジャーを彷彿させる主人公が歓迎されたのが一九三〇年代のことだった。しかし四〇年代になると一廻り小物のギャングスターが小説のなかで幅を利かすようになり、たまにフランク・コステロなんかが登場しても、以前のような受けかたはしなくなったのである。

第二次大戦の英雄にしても似たようなものだ。最初はパットン将軍とマッカーサー元帥が傲慢な態度でショーマンシップを売物にしていたが、やがてアイゼンハワー元帥がパットンを非難するかと思うと、トルーマン大統領はマッカーサーを左遷した。小説ではノーマン・メイラーの「裸者と死者」に登場する指揮官カミングスがいい例で、ニューロチック患者として扱ってあった。ともかくアメリカ人は実在人物でもフィクショナルな人物でも、攻撃的精神の持主にはウンザリするようになったのである。逆に男性的要素が欠除した主人公が小説にのさばりはじめ、カフカが設定したKという主人公の真似をして、たとえばジョン・P・マーカンドの「B・Fの娘」のように頭文字だけの男がふえてきた。

カフカと同じようにジェームズ・ジョイスでも、都会の現実性が作品に反映しているが、ジョイスのばあいは、ブルーム夫人の夢幻的告白のようにセックスが重要な役割をおびてくる。それがノーマン・メイラーをはじめ「新黙示録派」の作家群になると、オナニーにふけるようになるのだ。マスターベーションが、いろいろな性的征服とむすびつき、どんなイメージになるかをメイラーは主人公のヒプスターをとおして、ご丁寧にもカタログ式に書きだしている。最近でのマスターベーション小説では何といってもフィリップ・ロスの「ポートノイの不満」が、異彩を放った。

サリンジャーの「ライ麦畑でつかまえて」でも、娼婦との行為に失敗したり、そのヒモにやっつけられたり、ホモにつけ狙われたりするヒプスターのホールデン・コールフィールドが登場して、若い読者たちを共感させた。コールフィールドは大人の世界に入っていけず、はたして自分は男なんだろうかと疑いながら病気になってしまうのだ。こうしたアンチ英雄が、アメリカ文学には相ついであらわれるようになったが、ソール・ベロウの「ハーツォグ」の主人公もそうだし、彼は手紙を書いても出さずじまいになったり、途中までしか書けなくなる。これもインポテンツな男だからであり、手紙のなかにはセクシュアルな女のイメージが繰りかえし出てくる。それがあまりに頻繁なので友人たちにからかわれたベロウは、じぶんがインポテンツではないことを弁解しなければならなくなった。

メアリ・マッカーシーの「グループ」に登場する男たちにもインポあつかいされたのが幾人かいた。これが二冊とも、その点でベストセラーになったわけだが、そういったのを挙げたらキリがない。ブラック・ユーモアが得意な作家には「キャッチ22」のジョゼフ・ヘラーや「キャンディ」のテリー・サーザンや「山羊少年ジャイルズ」のジョン・バースなどがいて、アメリカの伝統である男らしさという観念が欠除していることを物語っているが、ともかく男性失格小説がベストセラーになりやすい傾向になってきた。

こんどは男の服装を観察してみよう。アメリカではピューリタニズムの伝統として服装観念もきびしかった。それで、つい最近までニューヨークでもハイヒールや女のカツラや毛皮ケープで女装して歩いていると、風俗違反のかどで警察に引っぱられたものである。それがやっと一九六四年になって、アメリカ市民自由権擁護会が乗りだして文句をつけたことから、取締りが緩和されるようになったのだった。

下等動物になるとオスのほうがメスより派手な格好をしていることが多いが、人間のオスもそうなって、渋い服装をした紳士までが派手ごのみになった。女の世界では、メアリ・クァントがデザインしたジーパンの大流行から始まって、逆にズボン・スタイルの時代になったというのに、男の世界では年間九四億ドルにたっするメンズ・クローズ売上げの大部分が、女物より派手なものになってきたそうだ。

一例をあげると細いズボンを太った男でもはくようになったが、それにはゴム・バンドで胴っ腹をしめたり、ナイロン製ガーターをしなければならない。サルマタにしても、いちばん売行のいいのは女の下着類につかうナイロン・トリコット製のものだという。

また洗濯に便利なダクロン製ワイシャツの売行がいい。これには肌が透きとおるのと透きとおらないのと二種類あって、12対1の割合で透きとおるほうが売れていく。つまり女の子が透きとおるブラウスを着て、シュミーズのストラップを見せるのに快感をおぼえるように、男たちもアンダーシャツを覗かすことで女みたいな自己満足をあじわうようになってきたのだ。

いっぽう服地にも派手なヴァラエティが見られ、そうした材料で婦人服デザイナーが男物にも手をつけはじめ、カルダン以下、ハーディ・エイミースやエミリオ・プッティやジョン・ウェーツなどの新人が人気者となった。そうしたデザイナーの服を着てゴキゲンになる。そしてパーティなどへ、洒落れた服やシャツを着たり、いい靴をはいたりして出かけると、それはどこの店に注文したのかい、おれも真似したくなったよ、ということになり、ますますゴキゲンになってしまうのである。

それから香水のほか、いろいろな化粧品を買うようになり、男のほうが女よりも三倍くらい、そんなものに金を使うようになってきた。その売上げは十五年前にくらべて四倍にふえ、年間五〇〇〇万ドルになる。以前は必要品として買う程度で、こっそりなすりつけては気取ったものだが、最近はプンプン匂わせているし、ベイラツみたいなヘヤトニックは匂いが薄いので売れなくなった。こういう傾向のはしりは一九三九年のころ、はじめて男のための化粧セットが発売され、それから戦争がはじまると、ほかに適当な贈り物はなかったかわりに、これだけがたくさん売れのこっていたというのが原因である。と同時にヨーロッパに駐留したアメリカ兵たちは、上流社会の男たちが、いい匂いをさせていることに気がつき、その真似をするようになった。

ついで一九五九年になったときである。フランスへ旅行に出かけるカレッジ生徒のあいだで「カヌー」印のルヴロン製オーデコロンをガールフレンドにお土産として買ってくるのが流行した。このオーデコロンはレモンの匂いがつよいのだが、それを一緒につけ合い、プンプンさせて歩くのだ。その匂いに魅力があったのか、こんどは父親までがプンプンさせるようになってきた。老人になったり、フラストレーションにおちいった者にとって、香水類が心のなかのモヤモヤを解放させることはたしかである。それも強い匂いを発散させるようなのが、そういったときにいいのだ。「ひたいに汗して」というけれど、そんな汗の匂いはワキガの匂いと同じで、相手にされないし、それよりは誘惑者と誘惑される者とが、おたがいにプンプン匂いを発散させながら「匂いの園」のなかで踊り狂ったほうが、どんなにいいかしれない。そんな考えかたになってきた。

ヘアトニックにしても、以前はビンの栓をガッチリと男っぽくして、レッテルには馬やインディアンの図柄をつかっていたものだ。けれど、こんなふうに男性的シンボルでいくアイデアは古くなった。アフター・シェーブ・ローションは、ずっと緑か青の液体にきまっていたが、最近ではアンバーやピンクのが、よく出回っている。ともかくコスメチックだけでも四五〇種類のレーベルがあるそうだ。

男のあいだでマニキュア・セットを贈物にするのもおかしくなくなった。整髪用スプレーが初めて売出されたのは一九六〇年のはじめだったが、たちまち人気の的になったものだ。男がマニキュア・セットを買うとき、以前は『女房にたのまれたんだ』という口実をつかったが、いまではヴァニシングやナイト・クリームやマドパックスなどを、平気で買っている男たちなのだ。

こんな笑話がある。あるときハーヴァード大学出の青年が、プリンストン大学出の友人にむかって、女を誘惑するには、つぎのようにするがいいと教えた。じぶんの独身アパートに招いて、上等のステーキに、ロクフォール・ドレッシングをかけたレタスとベークド・ポテトを添えて出し、ムード・ミュージックを流しておいて、静かな調子で、なにか面白い話をつづける。そうして食事が終ったあとでキャンドルを吹っ消せば、もうイチコロだよ、と。じゃ、そうしてみようといって別れ、三週間後に二人は、また顔を合した。『どうだったい、うまくいったろう』とハーヴァード出がいった。『それがねえ』とプリンストン出は、いいにくそうな顔をして『きみに教えられたとおりで、食事がすむまで調子よくはこんだよ。それから、ぼくはヘア・スプレーをかけて髪の格好をなおし、スキン・ローションをこすりつけてベッドに近づいてみると、彼女はグッスリと眠っていたんだ』と告白したのである。

現代のアメリカ女性は、職業の分野でも男を出しぬくようになってきた。実際において男とおなじくらいの腕前を持っていて、生産関係分野では女性労働者は全体の十九パーセントにすぎないが、サーヴィス分野の職業になると四六パーセントを女が占めている。

また亭主より収入が多い細君が全米に二三〇万人いる。それでよく家庭争議が起るが、そんなときは離婚が一番いい解決策とされるようになった。男と女との職業を区別する旧慣習は、一九六四年の連邦市民権法案第七条で揚棄されることになったが、そのため被害をこうむる男の職業がふえはじめた。たとえば「プレイボーイ・クラブ」のバニー・ガールは飲み物をはこぶだけだから、ナイトクラブのボーイの職業を横取りしたということになる。また、家庭の主婦となったカレッジ出の女性は、その半数以上が会社勤めをやっているという統計が最近発表された。

もちろん、そうなると家庭の事情も異なってくるし、親ゆずりの料理法も役に立たなくなってくるし、昔ふうのガッチリしたキッチン・テーブルよりも、フォルミカ仕上げの折畳みテーブルのほうが重宝がられるようになった。そういうものは亭主の意志でなく、細君の意志で買うようになるのだが、すべてがこの調子で、生活上のリーダーシップをとるのは女のほうが優位にあるのだ。そうしてティーンエイジャーでもボーイフレンドを指図している光景が最近ではよく見られる。

たとえばボーイフレンドのところで遊んでいるとき、電話が鳴ると、女の子がすぐ受話器を取りあげ用件を訊く。『こんどの木曜日にメアリの家でパーティをやるからいらっしゃいって。あたし行くわ。あなたもね』電話を切ってから、こういうと、その日には、どんな服を出して着るのがいいか教えてやる。ざっとこんな調子だから末が思いやられるというものだ。メアリにしたって、もうすこし大きくなったら、一人で、都会地には「デイト・バー」に出かけ、遊び友だちをさがすようになるだろう。最近になって都会地には「デイト・バー」が、やたらと開店するようになった。話題になったのは一九六七年一月にボストンで「マッド・ラシアン」という大掛りなデイト・バーが開店したときで、初日の夜は、なんと二〇〇〇人というシングルの客が入れ代り立ち代りというありさまだったが、そのうち三分の二が女の子だったという話。やはりジョークだが、ティーンエイジャーが発明したらしい傑作がある。ある少女が親戚のおばさんに、こう訊いた。『おばさんは四度も結婚したそうね。最初は銀行家で、そのつぎが芝居のプロデューサー、三度めが牧師で、いまは葬儀屋さんだけど、どうしてそんな結婚のしかたをしたの』すると、おばさんが答えて『最初はお金が目的で、二番めは芝居がたくさん見られるから。三番めは、そろそろ死ぬ支度をしなくてはならないと思ったからで四番めで気が楽になったわ』といった。こうした結婚ゲームが少女時代から頭のなかにあるとは、アメリカという国も恐ろしくなったものだ。

アメリカにおける男と女との関係が、しだいに区別しにくくなっていく傾向は、デンマークにおける男女関係とくらべてみると、その将来性を考えるうえで面白くなってくる。スカンディナヴィア諸国では、ホモセクシュアルや堕胎が一九四〇年代のころから、公然とゆるされているが、とくにデンマークは、人口の密度がヨーロッパ第三位だから、スウェーデンやノルウェイよりも、男女関係の点で比較対照しやすいのだ。

P・T・アンダーソンの「デンマークの村落における性的慣習」という研究論文を読むと、デンマークの若い者たちのあいだでは結婚前の性的関係が、ごく普通のことだと考えられている。またH・T・クリステンセンの「結婚前における性的関係についての考察」では、デンマークおよびアメリカの中西部と南部における大学生を対象にした調査の結果が詳しく発表してある。これは男女生徒の両方が答えた結果だが、結婚前の性的関係および妊娠にたいする寛容度の比率はつぎのようになってくる。

	男	女
デンマーク	一・四七	一・三五
アメリカ中西部	・九二	・八二
アメリカ南部	・五九	・三三

一見して判ることだが、デンマークの学生が、いちばん自由な考えかたをしているし、アメリカでは、中西部の学生にたいし、南部の生徒のほうが、道徳観念がきびしいということになってくる。また、おたがいに仲よくなってから性的関係をむすぶまでの期間であるが、これにたいしてデンマークの学生は、できるだけ短いほうがいいと答え、ア

メリカ南部の学生は逆に、できるだけ長いほうがいいと答えた。こうした考えかたには男生徒と女生徒のあいだで開きがあるが、スウェーデンでは、両方の気持が非常に似ていることが右記の表で判ってくる。

ここで皮肉な現象になってくるのは、デンマークの学生が性的解放に賛意をしめしながらも、それほどには実行に移してないことであり、反対に旧観念にとりつかれた南部の学生たちのあいだで、結婚前のコイタスが一番多いということだ。ペッティングにしても、早い年齢で始めるようになるが、アメリカの若い者にくらべるとデンマークの若い者は、ペッティングにしろコイタスにしろ、もっと遅くなって始めるという。またデンマークの女のほうが、アメリカの女より性的にずっと解放された考えかたを持っているが、一カ月における性交度数のうえではアメリカの女のほうが多い。ということは、アメリカ人のほうがデンマーク人よりも性的活動力が旺盛だという結論にみちびいていく。

すると保守的観念を持つ者のほうが、なぜ進歩的観念の持主よりセックスに興味をいだくのだろうか。その理由は、こうだ。アメリカ人にとって、セックスは不透明で禁じられたもの、それなのに値段だけは内緒でつけられていたので、その板ばさみとなり、緊張してばかりいたからである。ここで見てはいけないけれど見たくなるというゴダイヴァ原則が適用されるのだ。

ご存じのとおり、伝説としての物語だが、十一世紀のイギリスで税金の値上りに反対するため、マーシァ伯レオフリックの妻ゴダイヴァが、一糸まとわぬ姿で白馬にまたがり、ロンドンはコヴェントリー通りを乗り回した。近所の人たちは、みんな家のなかに入って戸を閉じ、見ないことにしたが、ただ一人ピーピング・トムだけは見てはいけないものを見てしまった。彼は、その罰として盲目にされたのだった。

つまりデンマークの若い者たちは、ピーピング・トムではないということだ。そんな刺激はなくなっているのである。アメリカでもキンゼー報告以来、セックスにたいする観念が是正されてきた。しかしそれは観念としてであって、セックスの問題がさかんに議論され、セックスにたいする知識が豊富になったからといって、実際行動に拍車をかけるという結果には、ならないのだ。そうした例をあげてみると、カリフォルニア大学とミネソタ大学とインディアナ大学で、ある学期の開始直前にセックスについての率直な議論をおこなったことがあった。そのとき学期の終りに、もういちど議論をくりかえしてみたところ、セックスにたいする自由思想は、まえよりも一般生徒のあいだに拡りをみせたことが明らかになった。と同時に、そのため男女生徒のあいだで性的交渉がふえたことにはならなかったのである。ニューヨークのハイスクールと大学でも同様の調査を行ったが、僅か一〇パーセント以下がフィアンセどうしでコイタスを行っただけだった。

ともかくデンマークとおなじ状態にあるし、性的解放は叫んでいても、実際的な意欲としては、それほどの反応をしめさないことは明らかなのである。キャンパスでの集団的なワイルド・パーティは年中行事みたいになっているが、飲んで騒ぐという程度で、それ以上のことはないのだ。非公式な調査だが、カレッジ・ガールで男を経験した者は二〇パーセントくらいで、二人以上の男と交渉をもった者は二パーセント乃至三パーセントにすぎない。そしてこの二つのパーセンテージは五〇年前から大体おんなじなのだ。ティーンエイジャーの行儀が悪くなったと、いつも話題になるが、実際はそうでない。二〇歳をすぎると急に男と関係するようになっていく。

いっぽう成年期をすぎると、どうだろうか。社会的人間は、世界が危機に直面すると、セックス行為が激しくなるのである。十四世紀の産物であるボッカチオの「デカメロン」は、ペストが猖獗していたので、あのような孤立した田舎の大邸宅で大勢の男が恋愛行為にふけったのだった。このときのペスト大流行はヨーロッパの総人口の四分の一を一三四八年から三年間のあいだに奪ってしまったが、こうしたときの逃避行為には罪悪感をともないやすいものである。しかしペストは目に見えて迫ってくる危険状況であったが、現代人にとっての戦争と死の問題は、いつ見舞ってくるか見当がつかなくなったので、昔のような罪悪感はともなわないし、肩をすくめてみせるくらいでとおってしまうのである。

そういったセックスにたいする無関心な態度は、いっぽう広告その他のマス・メディアにセックスが氾濫してきたので、感覚的に麻痺してきたことも手つだっている。と同時にセックスの表現が、飽満状態になるとセックスそのものに意味がなくなりはじめるという逆説もなりたってくるのだ。それは「アラビアン・ナイト物語」がよく語っているだろう。サルタンは、その晩いっしょに寝た女を朝になると殺してしまい、シェラザードも殺される覚悟をしていたが、その晩の話がとても面白かったので、サルタンは殺すのを一日のばしにして話のつづきをさせた。それでシェラザードは、どの晩も話がいちばん面白くなったところで中断し、サルタンはインタコースのことは忘れて、朝までグッスリと眠ってしまうのだった。この点で、毎晩テレビにかじりついている家庭の主婦はサルタンと似ているのであって、テレビを消すとインタコースのことは忘れ、朝まで起きあがらないようになった。

といってセックスが飽満状態になったところで、じつは底流のようになって突っ走っている性的本能がある。これがフロイトのリビドだ。早熟なハイスクール・ボーイが、はやくから女の子とデイトする味をおぼえ、マス・メディアから性的刺激をやたらと受けていると、セックスに興味をうしなう時期も早目にやってくる。さきにふれたゴダイヴァ原則は、そういったハイスクールや大学時代の経験がなく、成年期をすぎてから性的に旺盛になりだす人たちに適用されるのであって、フロイト説のばあいにしても同様なのだ。性的に抑圧された青年期が長引くと、リビドはより体内に拡散されることになり、セックスにたいして過度の反応をしめすだけでなく、満足感があたえられなくなっていく。現在のアメリカ青年たちは、デンマークの青年とおなじように性的関心は早期にあらわれるから、老人になっても性的関心をしめすだろうとは思われない。それが昔とは社会がちがった点であり、昔の例としてはヴィクトル・ユーゴーのばあいがある。彼は八〇歳になったとき議会の席上で、長寿のお祝いを受けた挨拶として『この年になっても、三回か四回は一日にやれるから、まあまあだ』といったというが、それはロマンチックな時代背景のためだった。キンゼイ報告にある例では、老年になってもユーゴー式な猛者が、かなりの数にのぼるが、それらの人たちは、十九世紀のおわりに青春時代をすごし、性的圧力を受けていたから、中年期をすぎて旺盛になっていったのだった。

フランス人が恋愛の術にたけているのは、居間の調度類のせいでもあるし、相かわらずダブル・ベッドで夫婦は起居をともにしているが、アメリカの夫婦はダブル・ベッドを使わないようになった。ムッソリーニが植民地リビアの人口をふやす手段として、毎夜電気を早めに消すようにと発電所に命令したところ、思う壺にはまったという話がある。

本のめくりかたと目の向けかたがいけなかったせいか、すこし脱線してしまったが、ウィニックの「ニュー・ピープル」には、アメリカ人のディセクシュアリゼーションということを中心にして、こんなデータが山盛りになっているので面白く読んでいかれる。

（昭和四四年十二月号）

32 ニューヨークの「ポリス・パワー」がどんなものかP・チェヴィニーの本を読んでいるうちにだいたい判ってきた

グリニッチ・ヴィレッジで発行されている週刊新聞「ヴィレッジ・ヴォイス」には、毎週一冊だけ新刊書の紹介が出るが、そのうち三回に一冊くらい注文してみると、みんな一癖あるものだった。昨年だったが、ポール・チェヴィニーという人の「ポリス・パワー」という本の紹介が出たとき、副題が「ニューヨークにおける警官の職権乱用」となっているので読んでみようかなと思ったのも、「タイム」や「ニューズウィーク」には、この本のことが出ないで「ヴィレッジ・ヴォイス」だけが取りあげていたからだった。

「タイム」や「ニューズウィーク」の書評を読むと、面白いか詰らないか、だいたい見当がついてしまうし、「タイム」は新人作家を、あまり取りあげない。反対に「ニューズウィーク」は新人に肩を持っている。これは映画のばあいにも当てはまるのだ。また「ヴィレッジ・ヴォイス」の書評はクドイかわりに要領をえない。ときどき本から離れて自分のことを書きはじめたりする。この「ポリス・パワー」にしたって面白いのか詰らないのか見当がつかなかった。

けれど、そのほうが、本のページをめくるときは、先入観なしだから、かえっていい。

著者の序文を読んでみると、この本は新聞でスキャンダルにされるような警察側の行きすぎを論証しようとしたものではない。新聞記事には出ないようなことばかりだ。たとえばパトロール中の警官が、ニューヨークの街のどこかで、ふとしたはずみに罪のない人間を殴ってしまうといったような出来事が多い。それも一九六六年から六七年までの二年間にニューヨークで起ったことだけだ。「ポリス・パワー」には、それなりに大きな功績がある。それには触れず、またニューヨークが代表的な都市だからといって、それで警官の職権乱用をとやかくいうのはアンバランスな見かただということになるだろう。それでもこの報告書を提出するのは、不当な暴行を受けた者が、ニグロとかプエルト・リコ人とかヒッピーとか麻薬常習者などが多く、泣寝入りのかたちになるのが普通だからである。つまり、こうした社会的寄生虫を取り除こうという政治・社会的背景があり、そのため越権行為が正当化されてしまうのだ。裁判に持ち込まれることはあっても、警官が事実を否定すると、それがとおってしまうのが普通なのである。どうしてこういう社会になったのであろう。そこを考えてみたくなった。

著者ポール・チェヴィニーはハーヴァード大学法科を一九六〇年に卒業すると、黒人のための法律事務所をハーレムに開設したが、いつも黒人のいいぶんはとおらず、敗訴のしどおしだったのである。そうしたときNYCLU（ニューヨーク市民自由権擁護組合）

で、警官の職権乱用を調査しようという決議があり、二年間の任期で、チェヴィニーがイーヴ・ケアリーという女性アシスタントと二人で、この重任をはたそうということになった。それが一九六六年であったが、彼らは組合の法律事務所で、頻発する苦情を聞きながら記録するいっぽう、しかるべき処理をこうじたのである。その結果が、この本になった。

以上のようなことを頭に入れておいて、目次を見ると、「反抗的態度と職権」とか「職権と復讐」とか「反抗と逮捕」とか「家宅捜査と押収」とかいった項目が十五ならんでいて、出来事の性質によって分類してある。それを読みながら、ぼくはマークしておき、簡単に説明できそうな出来事で、若い人たちが興味をもちそうなのを、なるべくたくさん書きだしてみることにした。

一九六七年元旦。タイムズ・スクェアの映画館で「グラン・プリ」を封切っていたが、予約指定席券を買うためにホンダの赤いオートバイでやってきた金髪の青年がいた。ガールフレンドのリンダを同乗させていた彼は二〇歳そこそこで、ピーター・ホール（仮名）といったが、館前の消火栓にオートバイを立てかけておいてリンダといっしょに切符売場へ行き、すぐ引返すと、パトロール警官が駐車違反カードを出し、免許証を見せろといった。ピーターは切符を買いに行っただけだと説明したが、それでも違反になるというのだ。

しかたなしにカードを受けとり、すこし先の角までオートバイをずらした。すると、おなじパトロール警官が、また近づいてきて、そこも違反だから、どけろ、さもないと二倍の罰金だとおどかすのだ。悪いことなんかしないじゃないかとピーターが、ついいいかえすと、免許証をみせろという。いま見せたばかりなのに、またなのかいといいながら免許証を出したが、渡すまえに何をそんなに文句づけるんだいとイヤな顔をすると、見せる意志がないんだな、そうだと分署まで連行することになるぞと、またおどかすのだった。そのとき運がわるかったというかパトカーがとおりかかり、ピーターのほうでは、またいいかえしたので、パトロール警官は彼の腕をふんづかんだ。と同時にパトカーから降りた二人の警官がいっしょになって車のなかに押しこんだのである。『いったいどうしてなんです?』と走りだした車のなかでピーターが大声を出したが、驚いたことに「逮捕にたいする拒否」および「秩序違反行為」という二つの罪状が加わっていた。

チェヴィニー弁護士のところへピーターとリンダが出かけて、苦情を訴えたのは、このときから三日後だった。事情を聞いてみると、どうも警官の態度が腑に落ちない。革ジャンパーのタフな連中とちがって、おとなしい青年だし、警官に反抗するような性格でないことは第一印象から感じとられるのだ。どうして警官たちは、そう思わなかったのだろう。さいわいパトカーにピーターが放りこまれるときの警官の乱暴ぶりを目撃した黒人がいた。けれど彼は白人のために、わざわざ警察にまで出頭して証人になる気はなかったのだろう。二度出頭してくれとたのんだが取調べのときに姿をあらわさなかった。とどのつまり、事を荒立てたくなかったピーターは、駐車違反の罰金を払えば、あとの罪状二件は取消しにするといわれ、それで納得したのであった。

一九六七年四月十五日。平和のためのデモ行進がセントラル・パークから国連広場へと、予定進路一マイルにわたって長い行列をつくった。それは非常に統制がとれたデモであったが、そのうち行動派の一部がブロードウェイのまんなかに飛びだして『戦争には行かないぞ!』と一斉に叫びながら交通を阻害した。そのときは警官隊との衝突とはならなかったが、四二番街からイースト・リヴァーのほうへ向うとき、デモ隊は往来を埋めつくしたので、警官隊が片側を通るように命じた。すると往来にすわりこむ者が出たのである。それを警官が立ちあがらせ、追いはらっていたが、そのうち一人の若い男が一人の警官から、また一人の警官へとコヅきまわされるようにして、鉄柵沿いに追いだされていた。

この光景を目撃していたチェヴィニー弁護士は、すこし荒っぽい真似だがデモのばあいは仕方がないだろうと思いながら、なおも見ていると、急に鉄柵のうしろから手をのばし、デイスティック(細い鉄棒入りのゴム製棍棒)で、その若い男を強打した警官がいた。路上に倒れた彼。血を流している。チェヴィニーは、殴った警官はどこにいるだろうと、あらためて見まわしたが、みんな青い制服なので区別がつかなかった。

こんなときユニフォームというやつは、うまい役割をはたすものである。大きな出来事になると、目撃者としての証人があらわれるが、こうした小さな出来事のときは、目撃者はいても役に立たないのだ。

同日に起った、もうひとつの出来事。デモ行進のなかにコロンビア大学の社会学助教授ジョージ・フィッシャーがいた。彼は細君といっしょだったが、国連広場まで行ったので引返しながら歩いていると、デモ妨害グループが行列に入りこんでいて、口ぎたなく罵っている。それでフィッシャーは仲間の友人たちと、ふたたび行列に加わり、警官に向って、そのグループを行列から追い出してもらいたいといった。けれど警官たちは彼の要求をいれない。フィッシャーはポケットからフィールド・ワーク用のカードを出して、そこにいた警官たちのバッジ・ナンバーを書きとめはじめた。最初の三、四人は黙っていたが、そのあとで幾人かの警官が、彼を行列から摑み出し、カードを取りあげようとした。

だがフィッシャーはポケットにしまった。すると数名の警官が、彼を通りの壁のところに押しつけるようにしたので、フィッシャーはカードを通行人に渡そうとした。するとやにわに路上に投げとばされただけでなく、数名の警官が蔽いかぶさるようになり、一人がカードを握って放さないフィッシャーの手に嚙みついたというのである。事実、嚙まれた跡がついていた。

このとき目撃者はいたが、どの警官であったかは区別できなかったし、嚙みついた警官の正体もわからずじまいであった。警官との口論はまだしも、バッジ・ナンバーを書きとめたりなんかすると、それこそ危険だ。分署に連行されたフィッシャーは、逮捕にたいする拒否罪、秩序妨害罪、暴行罪という三つの処罰を受け、釈放されるまでに、かなり手間どった。


ホモセクシュアルと警官とのイザコザは最近ほとんどなくなったが、一九六六年のはじめのころは、バーとかトルコ風呂などホモの溜りになっているところが、警察から睨まれたものだ。そういったときの苦情は、たいていホモらしい風体をよそおった私服をさそったのでヒドイ仕打をうけたとか、私服のほうからいいよってきたとかいうケースである。これではワナにかけられたということになるだろう。それで抗議が提出された結果、同年五月に、警視総監は、そうしたやりかたを禁止したのである。

だが地下鉄トイレットあたりはホモが出没するので、あいかわらずパトロール警官は目を光らせているのだ。いずれにしろホモの摘発はつづけられているが、ヤリ玉にあげられた連中にしろ、証人がいても迷惑を掛けることになるし、ヒドイ仕打をされたあと、黙ったままでいることが多い。

一九六六年十一月。ある土曜の晩だったが、カレッジ教授グスタヴ・ハートマン（仮名）が、パーティの招待を受けて、イースト・ヴィレッジにある友人のアパートに出かけた。五〇人ばかり先客がいて、たいていヒッピーみたいな恰好をしていたが、午前三時ごろだった。客の一人が帰ろうとしてドアをあけたところ、警官に踏みこまれたのである。

警官は数名いて、そのうち一人は拳銃を手にしていた。そのときドアのちかくにいたハートマンは『いったい何で侵入するんです？』といって、なかに入らせまいとしたところ、警官たちは顔色をかえ、無理やり入ろうとしたので、それならバッジ・ナンバーを見せてくれと要求した。とたんに懐中電灯で横っつらを殴られたのである。パーティの主催者である彼の友人は、そのあとで警官に、ちょっと調べたいが異存はないだろうな、といわれると、さからったところで仕方ないと思った。警官たちは、それからパーティの一同を尋問し、麻薬所持者と住所不定者を七人、それからハートマンを警官にたいする暴力行為の名目で逮捕したのだった。

この弁護を引受けたチェヴィニーは、ハートマンから客たち数名の名前と住所を聞くと、助手のイーヴ・ケアリーが戸別訪問をした。そのうち一人は「トニ」という綽名でわかるように女装ホモで、パーティに来ていた男と同じ部屋で暮していたし、ホモの例に洩れず、質問にたいしては、ひとこともハッキリした返事をしない。ほかの連中も、いい合わしたように警官が踏みこんだときは気がつかないでいたと答えるので、目撃者はハートマンの友人ひとりだけになった。証人が一人だけでは弁護にあたって心細い。

だが検診の結果、ハートマンが横っつらを殴られたことは歴然としていた。

一夜を留置所で明かした八人は、翌日曜の朝、判事と地区弁護士と被告側弁護士のまえに呼びだされた。そのとき被告側弁護士が、不法な家宅侵入をした理由を追求したところ、そのアパートの屋根で銃声がしたからだといかにも苦しい弁明をしたが、それが不法侵入となんで関係があるのやら辻つまが合わない。地区弁護士にしても、そんな薄弱な理由では問題にならないと考えたのだろう。判事は七人を釈放し、ハートマンは警官にさからったが、これも家宅侵入が不法だったのだから暴力罪を適用することはできないと判断した。ハートマンのほうでは、間違って逮捕されたうえ傷害まで受けたことにたいして警官を訴えたが、まだ片がつかないままになっている。

このケースが一例であるが、ヒッピーみたいな連中のなかに女装した男が幾人かいたのだし、五〇人にもなると出入りが目立つわけだ。それでホモのパーティだろうと警察側は睨んだわけだし、そんなとき警官は普通のパーティなら手控えるところを、構うことないやという気持になってしまうのである。そのうえ警官にたいし恐怖心をいだいているホモのほうでは、おとなしいのが普通だ。ところがハートマンは強硬な態度をしめした。懐中電灯で殴ったのも、ホモだと見くびってやったことだった。

似たような出来事を、もう一つ記録しておこう。一九六七年四月三日だったが、イースト・ヴィレッジに住んでいるフランシス・ホワイト（仮名）のアパートが家宅捜査された。アパートは廊下なしの三部屋つづきで一階にある。通りに面して居間、そのさきが大きなキチン・ルーム、そして寝室となっているが、出入りはホールからキチン・ルームのドアを押すようになっていた。リンダ・ジョンソンという女性がホワイトの細君とキチン・ルームで、晩まで話し合っていたが、帰ろうとしてドアをあけると、警官たちがいて、外に出た彼女がドアを締めないうちに入りこんだ。

警官たちはキチン・ルームを横切って寝室のドアを押すと、ジェイク・シャープ（仮名）というのが帰ろうとして出てきたところだったが、なかでは主人のホワイトと三人の友人がマリファナをすっている。その現場を押えた。ついで帰りかけたシャープをホールで呼びとめ、ポケットをさぐったがマリファナは所持していないので、帰っていいといった。

こんなことは、よく起るが、留置所にブチ込まれた夫を心配した細君からチェヴィニーが事情を聞いていると、非常にいい証人が二人いることがわかった。ジェイク・シャープというのは髪をすこし長くのばし、ヒッピーの服装をしていたが、品行方正な福祉事業の調査員だった。リンダ・ジョンソンとおなじように、なんの前科もない。マリファナに関係があるケースは、証人にきまって前科があるので弁護士としては困るのだ。

ふつうの場合だと、この二人も逮捕してしまうだろう。マリファナをすっている仲間だとみなせば、そうできるし、その場の全員を逮捕して証人を消してしまうのが、彼らのやりかたなのだ。この晩の警官たちは経験が浅かったとみえ、そこまでは気がつかなかった。

それにしても突然侵入したのは確信があったからにちがいない。この晩以前に彼らのうち誰かが往来でマリファナをすっているのを見たのかもしれないし、通りから窓越しに居間が覗けるから、それでマリファナ常習者であることをたしかめたのかもしれない。チェヴィニーはリンダが帰りしなにドアを開けたとき、外にいた警官がキチン・ルームでマリファナをすっているのを見たのではないかと想像した。けれどリンダはキチン・ルームで話していたし、男たちはみんな寝室にいたことを忘れてはいなかった。

ところが予審のとき、警官の陣述では、アパートには別の用件で行ったのだが、リンダが出てくるとき、マリファナをすっているのが見えたので、逮捕しに踏みこんだというのだ。そして四人ともが、それぞれにマリファナ・タバコをくわえていたと証言したが、そのとき没収したタバコのうちマリファナをつめたのは一本きりで、それも少量しか混ぜてなかった。判事は不法侵入だったことを追求するまえにホワイトを釈放した。

あとでチェヴィニーは、そのまえに釈放された三人に、不法侵入について訊きただしたところ、ホワイトはヒッピーとの付き合いが広く、マリファナをすっていることも知られていた。いつかはこんな破目におちいるだろうと思っていたと語ったのである。つまりホワイト一人だけが目的だったが、あいにくマリファナ所持量がすくなかった。もし彼が四分の一オンス以上を所持していたら、タダではすまなかったろう。

マリファナの話を、もう一つすると、グリニッチ・ヴィレッジの目抜きの場所であるマクドゥーガル・ストリートには、服飾品だの小道具類を売っている店が幾軒もある。そんな品物のなかにマリファナ用のシガレット・ペーパーとかウォーター・パイプなどがあり、それを買ったって不思議なことはないのだが、ことによるとマリファナを所持してないかと、警官に身体検査されることが、ときどきあるのだ。

二一歳の黒人カレッジ・ボーイが、ある晩、友人とクィーン区からヴィレッジに遊びにやってきた。彼らは、あるビルの廊下に入ると、そこでタバコの回しのみをやっているのを警官が見た。あとで調べたところ、そのビルの入口階段は高くなっていて、外から廊下のむこうが見えるなんてウソだったが、そのあとで警官は、彼らがヒッピー用品を売っている店に入るのを見ると、そとで待った。すると黒人生徒は買物をした紙袋をさげて出てきた。連れの友人の一人は白人生徒だったが、歩きながらマリファナ・タバコをすっている。それからピザ屋のまえで立話をはじめた。そこを摑まえ、身体検査したところマリファナ・タバコが出てきたというのだった。

調べてみるとマリファナの量は、ほんのすこしだった。摑まった生徒たちは、ビルの階段で身体検査されたというのだが、警官はピザ屋の前からビルのなかの廊下へ連れていったというので、どっちが正直なことをいっているのか判らない。ところが、そのビルの廊下が往来からは見えないことが、提出された写真で証明されることになり、判事も生徒のほうが正しいことをみとめた。

一九六六年七月六日の蒸暑い晩。クィーン区のピザ屋で男の子のグループが腹ごなしをしていた。みんなティーンエイジャーだったが、そのなかのデニス・イアニッチという子は、車でやってきて、ピザ屋のまえに停めておいた。九時ごろだったが、フォードのステーション・ワゴンが、そのまえに入りこんで、バックするとき、うしろの車にぶつけた。べつにダメージはなかったが、またぶつけたのでイアニッチが飛び出してきて怒鳴ったのが、喧嘩のはじまりである。すぐそばに電話ボックスがあった。ぶつけた男の細君が『警官に来てもらおう』といって、電話をかけにいった。

大人と少年との怒鳴り合いが、それで静まったかとおもうと、黒シャツに太い兵隊ベルトをした強そうな男が、大きな猟犬をつれて近づいてきた。それともう一人の男がいて、あとで弟だとわかったが、彼はイアニッチの胸倉をつかんでいる最初の男に加勢すると、少年を車に押しつけて殴りはじめたのである。

ピザ屋から出てきた仲間の少年たちと通行人が取り巻くと、猟犬をつれた男が『出しゃばると、こいつが嚙みつくぞ！』とすごみ、それでも少年たちの一人が殴られているイアニッチを助けようとすると、二番めの男が振りむきざま拳銃の台じりで殴りつけた。血が出ている。すると猟犬をつれた男は立去ってしまったが、拳銃をもった男は『おれは警官だ』といい、イアニッチと殴られた少年と、そばに何もしないで立っていた少年にむかって『警察まで来い！』と命じた。

そのときジョゼフ・ミンモというトラック運転手が、この光景をながめていたが、彼は三番めの少年と顔みしりだった。それで警官にむかって『なんて真似をするんだ。何にもしないのに』と抗議すると『おれの問題なんだ。構ってくれるな』というのだ。『そんな警官がいるかい。バッジを見せろ』とやり返すと『きさまも逮捕だ！』ときた。

怪我した少年は頭部出血のため、病院で七針縫ったあとで警察へ引っ立てられ、三人とも暴行罪で留置された。運転手ミンモも職務妨害のかどで、保釈金を積むまで六日間出られなかった。

ところが、二日めの「デイリー・ニュース」紙・クィーン区版に、この事件が報道されたとき、警官が記者に語ったことが、まるで違っているのだった。少年のほうがステーション・ワゴンの男に挑みかかり、非番のパトロール警官が仲裁に入ると、こんどは彼に食ってかかった。怪我をして病院に連れていかれた少年は、駐車メーターに頭をぶつけたのだ。ステーション・ワゴンの男は、すこしあとで立去った。

こんな話をしたのだが、どうやら警官は、その男の身許調べはしなかったらしい。警察での取調べのときも、どんな素性の男だか知らないといっている。さいわい弥次馬の一人がステーション・ワゴンのプレート・ナンバーを書きとめておいたので調べたところ、所有者は警官の義兄だった。

チェヴィニーがNYCLU法律事務所で仕事をしている期間中、一九六六年三月から一年半のあいだに、以上のような警官の職権乱用にたいする苦情の申出が四四一件あった。このうち一二三件は、かなり重大な問題をふくんでいるので、証人をさがすなど積極的な処置をした結果、裁判にあたって被害者のいいぶんがとおったのが七一件あり、八名の警官が譴責処分を受けた。しかし、つぎの統計が示すように、警官の態度が行きすぎだったことが、証拠不充分のため明確にされず、泣寝入りになってしまうケースが非常に多いのである。

苦情の種類	告訴数	苦情の成立
警官の殴打	八七	一〇
不法逮捕	六九	一七
逮捕されたときの殴打	七七	一八
家宅捜査	二五	一一
身体検査	二七	七
誘導行為	六	〇
警官の間違った報告	三四	三

（以下略）

警官から暴行を受けたといってチェヴィニーのところへ訴えてきたが、そのときの情況を判断すると非常に分の悪いのが一六四件あった。それでも苦情が正しいとみとめられたのが二八件あったが、黒人とプエルト・リコ人が暴行を受けることが多く、訴えてきた一〇六件が彼らであった。たとえば、つぎのようなケースがある。ハーレムのバーで働いている黒人女が、その晩は彼女の休日だったので、ガラス拭きをやっている亭主を呼んで一杯やっていた。だいぶたってから彼女は、酔った亭主とタクシーで帰ろうと思って、往来で車を待っていると、派手な服を着ていたのでパトロール警官が娼婦と間違えた。それで、そんなところで客をひろうなといったのが、彼女にはカーッときてしまい、警官を罵ったのでパンチが飛んだ。目をやられた彼女は路上に引っくり返り、バーから友人といっしょに飛び出してきた亭主が、警官に食ってかかると、彼もまたパンチをくらって尻餅をついた。警官は細君を暴行罪、亭主を妨害罪の名目で引っ立てたのである。

チェヴィニーの事務所で見習いをしていた法科の学生が、そのバーに六時間ねばって証人を物色したところ三人みつかった。だが裁判が三回あっても、誰ひとり姿をあらわさない。事件の晩にバーから亭主と飛びだした友人は出頭したが、その証言は、警官の不正を明かすだけの力がなかった。友人であることと、まえに警察沙汰を起こしたことがあるからだ。亭主は有罪とみなされ、執行猶予ということになったこと

裁判のあとで彼はチェヴィニーにむかって、こう語った。

『あたしは腕力に自信があるんですよ。あんな野郎なんか、簡単にノシてしまえたんです。けれど一発急に食らって尻餅ついたときでした。あたしは手出しをしないほうが利

口だと考えたんでさ。判事に訴えればいいんだ。そうすれば、ちゃんと片がつくだろうとね。そしてほんとうのことを喋ったんです。ところが警官の野郎、嘘っぱちばかり並べたてやがった。判事も、それを信用しやがった。こんど女房に手出しするような奴がいたら、それこそタダではすまないぞ』

この最後の言葉には殺気がこめられていたが、おそらくその後も手荒な行為にかられるようなことはなかったろう。彼は理性にとみ尊敬するにたる人物だったからだ。それでも腕力で片をつける以外に正義はえられないと、このとき彼が思いつめてしまったことは、ほかの人たちにとっても教訓となるはずだ。

「ヴィレッジ・ヴォイス」で書評したポール・グッドは、この「ポリス・パワー」を読んでいると、いつどこで似たような目にあわないともかぎらない。やりきれないといい彼自身の経験を思い出している。

それは彼が、ある晩のことグリニッチ・ヴィレッジを歩きながら、駐車した二台の車のあいだを抜けて向側へ渡ろうとしたときだった。マクドゥーガル通りから走ってきた車が、彼を見てブレーキをかけ、口汚ない喋りかたをしたので、彼のほうでも汚ない言葉で怒鳴り返した。するとバックした車から降りた一人が彼を殴ったので、殴りかえした。そこへ、もう一人が車から降りてきてバッジを出し、警察まで同行しろというのである。

それなら、なぜ警官だと最初にいわなかったんだ。私服だから、そうとは気がつかなかったし、殴ったのは、そっちが先じゃないかと彼は抗議した。だが、車のなかに押込まれ、走っているあいだ相手は口をきかない。それで「ワールド・テレグラム」の記者だといって名刺を出すと、表情をかえ、分署の手前で車を止めた。そして、こんなことにならないように気をつけるがいい、といって車から降した。

そのころ若かった彼は、癪にさわって不法逮捕だと告訴した。警察では示談ですまそうとしたが、彼はそれを拒否し、翌日判事のまえで、警官のいう暴行罪を正式に取消してもらった。

このときは新聞記者の肩書があったからいいようなものの、そうでなかったら事は穏便にはすまず、ずっとあとまで苦い経験となって残ったろう、と彼はいうのだ。

（昭和四五年三月号）

33 詩人オーデンやカポーティはじめ現代作家たちが感心してしまったジョー・アッカレーのホモ・メモワール　それからアメリカの新現象「ニュー・ホモ」って何だろう?

三年ほどまえにイギリスの文人ジョー・アッカレーJ. R. Ackerleyが七〇歳で没したとき、死ぬ直前に脱稿していたメモワールがあって、「わたしの父とわたし自身」My Father and Myselfという題がつけてあった。これが一年ほどたった一九六八年九月にイギリスの出版社ボドリー・ヘッドから出ると、五〇歳以上のインテリたちは、とても感心してしまったらしい。五〇歳以上といったのは、それより年齢層が若くなると、ジョー・アッカレーという人物を知らないだろうと思うからだ。

じつはイギリスで出版されたときの反応は、ふだん読む雑誌がすくないので、おやこれは何だろうと思った面白い批評には一つしかブツからなかったし、ずっとあとになって判ったことなのである。たぶん、このときアメリカで暮している詩人W・H・オーデンも、このメモワールを読んでいたんだろう。というのは半年たった一九六九年三月に、アメリカの出版社カワード＝マカンからも出たときだった。オーデンは一流書評誌「ニューヨーク・レヴュー」に、この本のことを書かせろといったのである。もちろん編集部では喜んでしまい、原稿を受け取ると巻頭にのせたが、それはじつにいい書評だった。オーデンのほかにも、アメリカにおける同性愛文学の最高作だといわれる「二人の人間」を書いたドナルド・ウィンダムが『これは不思議なユーモアのある新しいポーノグラフィだ』といって感心したり、彼とは青年時代からの親友であるトルーマン・カポーティが『こんなオリジナルな自伝は読んだことがなかった』と褒めたり、オーデンの仲間であるクリストファー・イシャーウッドが『アッカレーは四冊の本を出したが、どれも傑作だった。この五冊めが最後になったのは、ほんとうに残念だ』と洩らしたりした。彼も「独身男」というホモ小説を書いている。書評のなかでは女流評論家ダイアナ・トリリングが、マスターベーション小説としてベストセラーになった「ポートノイの不

満」とむすびつけて長文の興味ぶかいエッセーを書いたのが、オーデンについで注目にあたいするだろう。

ぼくが注文して買ったのはアメリカ版のほうであるが、扉ページに「チューリップに」という献辞がある。このチューリップというのは、著者の愛犬だったアルサス種の牝犬だったが、なんで死んだ犬なんかに捧げたのだろう。というのもイギリスのカレッジでは昔から同性愛がよく行われ、ジョー・アッカレーは「ギャーリー」という綽名がついたくらいで女の子のように可愛らしい顔をしていたせいか、しだいに同性愛にかたむくようになり、五〇歳ちかくなってもそうだった。ところが、チューリップを飼いだしたときから、ぱったりとホモセクシュアルではなくなってしまったという不思議な事実があるからである。

彼には六〇歳のときに書いた「愛犬チューリップ」というノンフィクションがあり、翌年には、やはりチューリップを主人公にした「おまえの世界を考える」という小説を発表した。この二冊とも日本に入って来なかったが、傑作だといわれているし、とても読みたい。ぼくが持っているのは「ヒンヅー・ホリディ」というインドにおける士官時代の日記で、二七歳のときのものだった。四〇年以上まえにバーゲン・ブックで何気なく買ったが、これが一九五二年に再刊されたときは、初版でカットされた部分が復元されていて、その部分はマハラジヤの臣下との同性愛の場面だということだ。

すこしチューリップなどにこだわったが、「わたしの父とわたし自身」の本文にうつると最初のセンテンスは、つぎのようになっている。『わたしは一八九六年に生まれたが、両親が結婚したのは一九一九年のことだった』

こんなこともあるのかな、と読者のほうでは好奇心をかきたてられるのだが、息子のジョーは、このことを、ずっとあとまで知らなかったのである。彼は両親が死んだあとで、母の妹にあたる叔母さんに、いろいろ訊きただしてみるのだが、なかなか教えてくれない。『あのときフレンチ・レターの買いおきがなくなったんで、おまえさんは生まれたんだよ』といい、バーで男たちがセックスの話をしながら大笑いをするような奇声を叔母さんは発した。フレンチ・レターという言葉は、どんな辞書にも出てこないが、コンドームのことである。

じつは、ずっとまえから「わたしの父とわたし自身」のことが書きたかったのだが、ここまで頭のなかで考えることができても、それからさきを、どうダイジェストしたらいいか、それができなくて困ってしまうのだった。話のしかたがストレートにはこんでいないからである。というのは父親の思い出にふけりながら、それが自分と関係しあって、急にショックとなってくる。そうしたショックは、バラバラになって発生するのが自然だし、順序よく重なっていたりしたら、それは芸術ではないと著者は序文で弁解しているのであって、そんなふうだから要領よくダイジェストするのがとてもむずかしい。

そんなときエスカイア誌に「ニュー・ホモセクシュアリティ」というルポルタージュ

風の読物が出た。エスカイアからは数年まえにトム・ウルフというリポーターが偶然に誕生し、その独自なスタイルが評判になっていらい、どうやらエスカイア・スタイルといっていいような読みにくいルポルタージュが幅を利かせるようになったが、このニュー・ホモ報告を書いたトム・バークも似たような存在だ。けれど面白い内容なので、ながいのを苦労して読んでいくうちに、終りになったとき、おや、と思うようなことが書いてあって、そのときチューリップというワン公が、ホモだった飼い主を治療したのを思いだした。そうすると、また「わたしの父とわたし自身」の紹介がしたくなってくるのだが、そのまえにアメリカのホモセクシュアルが、最近どんなふうに変質してきたかについて、ごく簡単に書きとめておきたい。

ホモ・パーティがあって、記者はそこへ連れてってもらう。こんなとき以前だと名前を出されるのをイヤがるのがホモの世界の共通現象だったが、最近では平っちゃらになり、案内役は二三歳になる広告会社のアート・アシスタントで、ヒッピーの服装をし、ジョージ・キャサードといった。二人はヴィレッジのクリストファー通りで待合わせ、ちかくのアパートへ行く。ジョージはおみやげに「アカプルコ・ゴールド」(上質マリファナ)が½オンス入った革袋をホストに渡した。その袋の口をあけて嗅いだときの嬉しそうな顔。マリファナは原産地がインドとメキシコのが最上質で、「アカプルコ・ゴールド」だったら、シガレットにして一本一ドルがヤミ相場だが、アメリカ内地に生えている大麻は質がわるくて一本二五セントで流されている。いいわるいは嗅いでみれば、すぐわかるそうだ。

最近ラス・ヴェガスでヒットしたホモ芝居「ボーイズ・イン・バンド」は、三〇歳の男の誕生日にあつまったゲイ・ボーイたちが、どんなことをして遊ぶかを、知らない人たちに見せたので評判になり、それからニューヨークでも上演され、映画化もされた。けれど舞台で起りはじめるのは「オールド・ホモ」の世界でのしきたりみたいなものであって、「ニュー・ホモ」たちの世界からみると、もう古い。ちょうど記者が連れられていったパーティは、ホストの誕生日にあたっていて、女の子たちも混っているのだった。

こんな男女入りまじってのホモ・パーティなんか、いままでになかったし、男の子をみるとタイプがちがっている。腕っぷしの筋肉はスポーツマンのように張りきり、陽に焼けた胸部にはイレズミがしてある。そこへ入ってきた四人の仲間。その連中は、みんな年をくっている。三〇歳はすぎているだろう。誰かがレコードのヴォリュームをあげた。キチン・ルームで笑い声がする。見るとジョエルが首のうしろからソフト・アイスクリームをなすりつけられているのだ。つめたいので大きな叫び声を出すと、負けずに相手のワイシャツにアイスクリームをこすりつけた。みんながキチン・ルームに入っていく。トマト・ソースのびんを冷蔵庫から出して、女の子の顔にひっかけるかと思うと、スプレーで石けん泡を飛ばしながらキャーキャー喜ぶ女の子。そんな騒ぎがおさまると、みんなは居間に引っかえし、ソファや床のジュータンのうえで、仲よく肩をくっつけあわした。

三日めだったかに記者はパーティにいた二四歳のジム・パシーニッティという学生と、八〇丁目のゲイ・バーで話しあった。近所には「ディテクティヴ」とか「シティ・アンド・ピラー」とかいうスマートなゲイ・バーがあるのだが、その店はむさくるしい内部で、労働者向きのバーみたいな感じがする。ジムは、つぎのようにホモは変化したのだ、と説明した。

若い者たちのあいだでは「グループ・セックス」が流行するようになった。もちろん、この連中はストレートであってホモではないんだが、最近の「ニュー・ホモ」たちは同じようにグループ・セックスをやるようになったのさ。もちろん、いつでもそうではないよ。けれどそれが最近の流行現象なんだ。

つまり「オールド・ホモ」の世界では、彼らが二〇歳ころのとき、罪悪感をいだいていたんだ。ところが、そういうものが、ぼくたちにはなくなっている。彼らが地下鉄のトイレットでのホモ行為をビクビクしながらやったのも、罪悪感のためだけれど、ぼくたちは平っちゃらだな。むしろ危険にたいする挑戦をしていると思うと男らしさが出てくるんだなあ。危険は、ぼくたち若い者にとってグルーヴィなんだ。

ともかくホモが罪悪感をいだきながら、ストレートな人間たちの世界から孤立した存在だと思っていた時代は終ってしまった。だいたいアメリカ人は二種類に分けることができるだろう。ベッドでやっていることを気にするグループと、なんとも思わないグループで、要するに罪悪感に陥るか陥らないかの違いだ。女装したホモがいだく罪悪感。「キャンプ」とよくいったのは、罪悪感を取りのぞこうとした対象だったんだよ。それで酒を飲んだりした。けれど、ぼくたち「ニュー・ホモ」は、マリファナと自由とロック・ミュージックが、これに代っているし、女の子も、それなりに受けいれるよ。こないだのパーティに来た男の子たちの半分は、よく女の子と寝ているんだ。

記者はパーティの女の子たちの感想をきこうとしたが、最初の二人はイヤだといった。そして三人めが、つぎのような意見を口にした。場所はダンスができるバーで、踊っている者が多い。こんなところでもピーター・フォンダ・サングラスをかけている男の子がいる。

彼女は口をひらくなり『ビスbisのほうが、グルーヴィだわ』といった。「ビス」って何だろうと思ったら「ビセクシュアル」(両性)のことなのである。つまり最近のホモは、女の子にも興味をしめすが、それよりも男の子にたいする興味のほうが強い。そんなふうに変ってきたのだ。そして女の子にとってもホモのほうが付き合っていて面白い。話しているとき、よく笑わしてくれるし、服装にたいする趣味がいい。たとえば新しい服を買いに行くときなんか、いっしょに行ってくれて、配色なんかにしても感心するようなのを選んでくれる。

　こないだのパーティのときに来た男の子とも、じつは三人と寝た。そうしたら、いままでストレートの男のときは、むこうがカッカッとしてしまって、急に猛烈にやるんで、なんだか幻滅を感じてしまうけれど、それとはやりかたが違って、やさしくゆっくりとやってくれるので、気にいってしまった。


　こんな告白なんかを読んでいくうちに、おや、と思ったのは、LSDを「頭脳のヴィタミン」だといい、三〇〇回以上も自分で服用実験してみて確信した。つまりLSDは、いい薬なんだと力説するティモシー・リアリーはじめ弟子たちが、LSDはホモセクシュアルを癒す作用もするといってることだった。ホモでLSDを服用したことのある青年の体験によると、幻覚状態のなかに女の子が幾人もあらわれ、彼のほうを向いてニッコリと微笑する。彼のほうでもニッコリしたが、いままで女の子には興味がなかった。とするとLSDは男性の活力を刺激するかもしれない。

　そして、このとき、ぼくが思い出したのは「わたしの父とわたし自身」が捧げられたチューリップのことだった。ジョー・アッカレーは、この本の終りにある注記のところで、「愛犬チューリップ」を読んでない人のために、つぎのような説明を加えている。

わたしの生活のなかにアルサス種の牝犬が入りこんできたのは五〇歳のときだった。それまで半年ばかり毎日かならず日記をつけていたが、それは夜の街をうろついてばかりいる記録で、歩きつかれると冷えきった部屋に帰ってくる。なんともみじめな毎日だった。それがチューリップのおかげで、すっかり変化したのであった。

チューリップは、とても可愛らしい顔をした牝犬だったが、あとは、ほかの犬と別にかわりはない。そして、わたしが彼女に興味をいだいたのは、可愛らしいなと感じさせるエフェクトであって、彼女自身からではなかったのだ。この牝犬は、わたしはいままでのセクシュアルな生活のなかで見つけることができなかったものを、あたえてくれた。それは犬の習性によるものだが、人間とはちがって、いつも忠実であり、そのことしか考えず、他人が買収しようとしても絶対に節をまげないし、ただもう無条件で主人に仕えるというわけだ。ほんとうに、わたしのいいなりになってくれた。

わたしの部屋で暮すようになり、彼女が、わたしの心のなかに入りこんできたときから、それまでのセックスにたいする妄執が急に跡かたもなく、拭いたように消えさってしまった。毎晩のように出かけては時間つぶしをしていた居酒屋へは、二度と入らなくなった。たった一つの欲望は、仕事をすますと、一刻も早くチューリップのところへ戻って、彼女が嬉しそうに跳びかかってくるのを抱きしめたいだけだった。はやくチューリップの顔がみたい、と思うとロンドンの事務所からタクシーをひろってパトニー郊外まで帰りたくなる。バスに乗って揺られながら、パーク・レーンのラッシュ・アワーどきをノロノロ動いているのは、やりきれない気持だ。タクシーのなかで、もうすぐ彼女に会えるのだと思うと、つい歌をくちずさむのだった。ロンドンの街をブラつく癖が、ぱったりとなくなった。ひさしぶりにブラつこうか、という気もしないのだ。そんなときには、ほんとうにいいことをしたな、チューリップのおかげで、日ごろフラストレーションにおちいったり、いやな不安感におそわれたりしたのが、どこかへケシとんでしまった。ずいぶん無駄な時間をつぶしたりし、ろくでもないことを考えているな、といった自己嫌悪から解放されることになった。

いいかえると、わたしは、いままであんなに長いあいだセックスの旅をつづけたのに、セックスなんか一度だって欲しいとは思わなかったと感じたり、その長い旅はセックスから逃がれるためだったのだと考えるようになったのである。五〇歳になりかけたとき、チューリップは、わたしの心のなかに入りこんできた。そして一九六〇年になるまで十五年間、彼女はわたしといっしょに暮していたのだが、それは、わたしの生涯で、もっとも幸福な時期だった。

わたしの友人の一人が、こうした突然の心境変化を、どう解釈していいやらわからなくなり、わたしとチューリップとのあいだに性的関係があるのかと訊いたものだった。そんなことはしないよ、とわたしは答えた。こういう質問を、いまは寛大な気持で受け入れることができるのだが、わたしは、そんなふうに見える人間なのだ。ほんとうのことをいうと、そのときは否定したというものの、わたしは、よくチューリップの顔にキッスしたし、そのときの彼女の愛情にみちた輝くような表情をみていると、肉体的な刺激を受けるのだった。

ところが、そのうちチューリップ自身に性的発動がみられ、わたしのほうでは、それを満足させてやることができない。指をつかってやれば喜ぶことだったろうに、それすら考えなかったのだ。抱いている彼女のからだは、とてもほてっている。が悲しいことに、わたしは動物心理学について無知だった。彼女は、ますます興奮してきて手のつけようがない。そんなときは、押しつけてくる膨らんだ陰門に手をこすりつけ、流れだす液体を手のひらで受けとめるくらいのものだった。けれど背中や尻尾や乳首を撫でてやるよりは、そうしてやったほうが彼女はおとなしくなるのだった。

けれどチューリップとの十五年間をとおし、わたしが禁欲生活をつづけていたかというと、そうでもなかったのだ。イギリスにいるときは、そんな気持は起きなかったが、外国へ旅行したときに求めたのである。べつに旅行に出かけたかったのではなく、暇になってもチューリップといっしょにいたほうが楽しかった。けれど彼女が年とって元気なさそうに寝ころがっているようになると、セックスを求めにフランスやイタリアやギリシャや日本に旅行し、それを発見することができた。

けれどやっぱり忘れていた昔の不安感と悩み、それから悲痛な気持までが襲いかかってくるのだ。そして不安感にはインポテントだということが加わっていた。わたしはべッドに近づくたびに『うまくいくかな』という気がかりで頭がうずきはじめる。それで前もって失敗しないような方法をこうじたり、望んでいるが恐ろしい行為のあいだ眼をつぶったまま、だいじょうぶなんだという気持にもっていく。心配しないでもいい、気持をらくにしろ、相手もいやじゃないんだ、自由だし、安全だし、それは幸福というものなんだ。すべてはＯＫなんだと自分にいいきかせる。そして、ときどきは、うまくいった。けれど、たいていは失敗するかもしれないという気の挫けかたと屈辱感が恐怖心となり、失敗してしまうのだった。

以上は「わたしの父とわたし自身」の最後の三ページであるが、ここで詩人オーデンの書評を、すこし読んでみよう。

この書評がやりたくなったのは、ぼくもそうだが、ほかに大勢の同時代作家がアッカレー氏に並大抵でない恩義をうけたということを、知らない人たちに明らかにしたかったのが、第一の理由である。この本を読んでいると一九三五年に「リスナー」（ＢＢＣ局の綜合芸術週刊誌）の文学部門担当者になったと書いてあるが、どんな仕事ぶりだったかについては、ひとことも触れていない。けれど一九三五年ころというと、ぼくたちが文学青年としてスタートした時期だったし、「リスナー」は発表場所として重要な一つだったから、彼のことは忘れられないのである。

またどうして書かなかったのかと不思議になるくらい、この本には彼の親友のことが出てこない。Ｅ・Ｍ・フォスターなんかも仲よしの一人だった。彼は作家になろうとしたが、その見込みがないのでＢＢＣ（イギリス官営放送局）に入ったのだといっているが、この部分を読んだとき、ずいぶん彼は謙遜しているなと思った。彼は四冊しか本を出していなかったが、どれも時評が高かったからである。いま読んでみても面白いものだ。どうやら作家稼業をあきらめたのは、想像的人物とかシチュエーションを考えだすことができなかったせいだろう。彼が書いたものは、どれも日記だとか、頭のなかで、なんとなく思い出したような出来事ばかりだったから。

この本に書いてあるのは、彼の生涯における二つの面だけで、どんな家庭に育ったかということと、どんなセックス・ライフをすごしたかということに限られている。そして、このセックス・ライフは、さいわいハッピー・エンディングになるというものの、とても悲しい思い出なのだ。

ホモセクシュアルだった者が、昔を思い出し、とても幸福だったと威張れるのは、ほんとうに例外だといっていいだろう。なかでもジョー・アッカレーは、とりわけ不幸な例だった。なぜなら彼らの欲望には、愛の対象が、ふつうの恋人とちがった「ほかのもの」だという約束があるからだ。つまり永久に解決されない問題が、そこにあるのであって、ホモセクシュアルは、男性と女性とのあいだにある肉体的構造や精神的な生れつきの相違とはちがった代用物を捜し求めているからだ。

そうしたホモセクシュアルで、いちばん仕合わせなのは、じぶんの肉体に魅力をかんじなくなり、理想的な肉体の持主をさがし求めるタイプ。つまり生物学的にいうとエクトモルフ(痩せ型の人間)がメソモルフ(筋肉たくましい人間)に引きつけられるのと同じことで、こういう肉体的生理現象は中年期まで持続するのである。もしそのあいだにトラブルが発生するとすれば、それは両者の教養の程度がちがいすぎるとか、精神的障碍《しようがい》が原因だといっていいだろう。

ところでアッカレーは、彼のパートナーが「ノーマル」な男でなければ満足できなかった。こういうホモは大勢いるし、また「ノーマル」な男のなかで、そうした関係におちいったとき性的快感をかんじない者はごくまれにしかいないから、この点は、べつに問題にならない。問題は、それを求めるほうが第三者には隠してしまうことだ。そして彼らの頭のなかで、とくべつな愛情が生まれたのだから、パートナーのほうでも、ほかの男となんか一緒に寝ることはないだろう、という勝手な妄想がはたらきはじめる。この妄想が、さらに自己中心になると、相手が「ノーマル」な考えかたを棄ててしまい、ガールフレンドなんかとも縁を切って、彼だけを愛するようにならなければイヤだ、というふうになっていくのだ。

アッカレーはインテリだったし、生活のほうも金銭的にめぐまれていた。それでロマンティックといってもいい第三の重要な問題が発生する。彼は労働者階級からパートナーを見つけようとしたのだった。つまり生活条件にしろ、生活体験にしろ彼自身とは、まったく違っていることにたいする興味があるいっぽう、こづかいを沢山やれば特別な愛情をいだくようになるだろう、という考えかたであった。そして、この考えかたにも、とがめだてすることはないのだ。なぜなら、ふつうの女性のばあいにしても、金で愛を買うことはできないが、愛を熱くし、燃やすための手段としては、このうえない材料だろう。それなのに金をやったり貰ったりしてセクシュアルな行為をたのしむというのは罪悪だといわれてきたのであって、それはまったくのナンセンスだというほかない。

こうしたとき最大のトラブルが発生するばあいを、じっさいの面から考えてみると、両者のあいだに階級的な差がちがいすぎると、しばらくは調子よくいっていたホモ関係も、長つづきしないで破たんするということだ。夫婦生活ではいくら性格とか興味とかは違っても、子供ができれば、それがカスガイとなるものだが、ホモ関係では、この点が異なる。仲がいいなと思っていたのが、急に口をきかなくなっているし、パートナーのほうがそむいたのかと思うと、そうではなく、彼を自分のものにしたほうが棄ててしまうのだ。若いほうでは、そのまま仲よくしていたいのだが、年うえのほうが、ほかのパートナーをさがしはじめるのが普通で、要するに倦きてしまうわけだが、このことは絶対に口にしないのも、ホモの世界における興味ぶかい事実なのである。

ながいあいだアッカレーは、こんなふうにして暮していた。

『もし誰かが、なんでそんな真似をやっているのかと、そのころ訊いたとしたら、気晴らしなんだと答えたかもしれないが、それはほんとうの気持ではない』とアッカレーは書き残している。『じつは理想の友だちを捜していたのだった。手を握ったりした若い者は二百人か三百人くらいいただろう。けれど相手おかまいなしだと思われてはやりきれない。それは不運つづきだったおかげだ。理想的な友だちとは、わたしにとって女っぽい男ではいけない。教養のほうは、あってもなくても構わなかった。なければ、こっちで教えてやればいいのだった』

『理想的な条件としては、また、彼がわたしの独占物にならなければならない。わたしより年齢が下であること。肉体的にも魅力をかんじさせなければならない。そして最後の条件としては、小柄のほうがいいこと。病身でなく活潑としていて、包茎ではなく、いつも清潔で口を臭くしてないこと。そういう理想的な友だちは何処かにいるのではないか。どうもソッポをむいて捜しているようだ。乗りそこなったバスにいたのではないかな。地下鉄のエスカレーターに乗って降りていくとき、昇っていくエスカレーターに乗っているような気がしてくる。一九三〇年代のことだったが、ロンドンにある若い者たちの催しものを、まえからよく調べておき、ちょいちょい捜しに出かけたものだった』

『それから近衛聯隊は、むかしから同性愛で有名だった。彼らは外出の許可をあたえられても、お金がないのでビールを飲むこともロクにできないし、ゲームをやって遊ぶこともできないでいる。赤い制服を着て、あっちこっちのパブで一杯のビールのグラスをまえにして、ながいあいだネバっているのだ。みんな背が高くて、わたしのこのみには合わないのだが、若くて「ノーマル」だったし、労働者階級出身が多かった。だから服従することには慣れている。けれどしだいにズルくなって服従しなくなるのだった。それでこっちがイヤになると、ほかの男があらわれて横取りするようなあんばいになるが、そのときは別な赤い制服の若者が、ちゃんと見つかっているのだった』

これは問題の第六章からの僅かな引用であるが、こんなにもアッカレーは率直に語っているのである。だが残念なことには、ベッドでどんなことをやり、どうするのがすきだったかは打明けていない。なぜ残念だかというと、あらゆる「アブノーマル」なセックス行為は、それ自体が象徴的な魔法による祭式といってもいいものだし、どういうことをやるだろうかとパートナーが期待している象徴的な役割がわからないとすると、おたがいどうしの人間的なものが、漠然としてしまうからである。

ただアッカレーは、最初のあいだ感じた嫌悪感が、ながいあいだになくなってしまったとボカしている。それで文章の行間から察してみなければならなくなるが、どうやら彼は、ふつうのホモがやるようなことは、しなかったように思われるのだ。そして五〇歳に近づくと、あたらしいテクニックを使ったときは、すぐ射精してしまうし、あたりまえなテクニックでいくと失敗してばかりいたと告白しているのだ。ほんとうに可哀想なアッカレーではないか。

そんなときチューリップが、彼の胸に跳びこんできたのだった。

ぼくは、ふとイギリスの文化使節として、さきごろ訪日した作家アンガス・ウィルソンのことを思い出した。彼もアッカレーの本を「機知にとみ、正確無比な文章で書かれた美しい成果」と褒めているが、座談会が東京であったとき『ぼくはホモセクシュアルなんだよ』と平気な顔をしていったので、すっかり驚いてしまったと、ある一流アメリカ文学研究者が、べつの機会にいっているのだった。その記事を読んだとき、ぼくは、驚くなんて、それこそ可笑しいではないか。イギリスでは同性愛にたいする法的見解が是正されたし、アッカレーの「わたしの父とわたし自身」のような本が出れば、たぶん読んでいるだろうと思ってアンガス・ウィルソンは、正直にいっただけの話なんだと、ぼくは直感したのだった。

（昭和四五年五月号）

34 夢のドキュメンタリーとしてフェリーニの「サテリコン」がどんなに素晴らしいかモラヴィアが語ってくれた

フェリーニの大作「サテリコン」のタイトル・バックは、ローマの城壁みたいな感じがする灰色をおびた広い平面で、そこにいっぱい落書きがしてあり、下のほう右側のところに一人の若い裸の男が、ちいさくうつっている。そういったコントラストから、壁面が、とても広く見えてくるわけだが、落書きが目にうつった瞬間、なにを連想させるかというと、いまヒッピーたちがイタズラにやっている喫茶店のトイレットや共同便所などの「グラフィッティー」だ。フェリーニも、わざと間違ったラテン語で「ぼくは、ここで恋愛をやった」Ego Hic Facevit Amorem と壁面に落書きをやったそうだが、そこへ注意がむかうようにもなっている。

とたんに「サチュリコン」（ここで正しい発音しておく）にもとづいたフェリーニ式な映画化は、ずばりとホモセクシュアルな世界に入りこんでいるのだからビックリしてしまい、それもそうだろう、ペトロニオが書いたといわれている「サチュリコン」は、世界最初のホモセクシャル小説だからなあ、と考えはじめる。ペトロニオことペトロニウスは暴君ネロの寵臣だった。おいしいものを食べすぎたネロ皇帝は、ついに味がわからなくなり、ペトロニウスが、これはイケますよというまで、なんにも口にしなかったほどだが、そのあとで何か気にくわないことがあったらしく、ネロはペトロニウスを殺そうとした。それで彼は紀元六六年に自殺してしまったが、ずっと後世になってダルマチアの僧院から「サチュリコン」の一部が発見されたのだった。

学者たちの研究によると「サチュリコン」は全部で二〇巻にたっし、発見されたのは十五巻か十六巻めにあたるそうだ。要するにエピソードからなっているわけだが、そのなかに有名な「トリマルキオの饗宴」がある。これは戦前に翻訳が出ていて、そのときさっそく買って読みだしたのは、エロチックなものだといわれていたからである。けれど、むずかしくって、よく頭に入らなかった。戦後になって再紹介されているのだろうか。こんどはちゃんと読みたくなったので調べているところだ。

タイトル・バックに出ていた裸の青年は、エンコルピオというローマの学生で、友だちのアシールトとホモで結ばれていたが、エンコルピオのほうではジトンという美しい顔をした少年を、あたらしいホモ相手にしたのでアシールトは弓矢で殺そうとして、二人が寝ている部屋にやってくるが、そうする勇気をなくしてしまう。エンコルピオ役になったアメリカ俳優マーティン・ポッターというのは、グレコ・ロマン型の彫塑的な顔がフォトジェニックでいいが、ロンドンのヒッピーのなかからフェリーニが見つけたというジトン役のマックス・ボーンという少年は、こういうゲイ・ボーイみたいな顔をした可愛らしい男の子は、いままでに見たことがない。やっぱり裸で出てくるが、エンコルピオと向いあった彼が、こっちのほうを向いて立て膝をした姿勢で、相手の肩に両手を置きながら、揉むようにして笑顔をみせるあたり、フェリーニとしても成熟しきった演技指導だが、うまいもんだなあと思わず叫びだしたくなるような瞬間なのである。

紀元五〇年ごろローマの学生だったエンコルピオとアシールトは、現代のビートニックやヒッピーと非常によく似た存在だったのだ。二人は別個の行動をとりながら、刺激をもとめて放浪の旅をつづける。そうして原作のエピソードである「エペソの既婚女」の場面で、エンコルピオは中年女からセックスをいどまれるが、ホモなのでいうことをきかない。そうするとトルマルキオは、いいところへ連れていってやろうという。そこには、およそ刺激がつよい太った黒人女が股をひろげて横たわっていて、はじめてエンコルピオは女の味を知ることができ、あとで大よろこびするのだった。

そういえばスコット・フィッツジェラルドの小説「偉大なるギャツビー」に出てくるジェイのモデルは、もと奴隷だった大金持のトルマルキオであって、腹案として題名は「トルマルキオの饗宴」となっていた。学生時代の彼がペトロニウスを読んだように、フェリーニもエロチックなものだといわれて学生時代に読んでいる。そのときの印象がつよかったので、十九歳のときだったが、一九三九年に反ファシスト劇として原作をパロディ化し、上演してやろうと考えたことがあった。

それからあとでも、いくどか映画化しようと思っていたが、いい機会がない。そんなときマカロニ西部劇を四〇本もつくり、そのどれもがヒットしたので大金持になった弁護士あがりの製作者アルベルト・グリマルディが、またとない機会をフェリーニにあたえたのだった。そこで彼は「サチュリコン」を読みなおしたが、こんどはキリスト教にさきだつ異教徒たちの時代に、なによりも興味をいだいたのである。というのは紀元一世紀のローマ社会が、ふしだらで感動性もなくなり、その堕落した風習が現代社会とよく似ていたからである。ペトロニウスという男も、勤勉だったために出世したのではなく、怠惰のおかげでネロ皇帝の側臣にまでなったのだった。なぜかというと、ネロは昼間は眠っていて、夜になると起き出してお祭り騒ぎをはじめたからである。

そういった時代をえがいた原作のほか、フェリーニはアプレイウスの「黄金の驢馬」やオヴィディウスの「変形譚」やホラティウスの「諷刺詩」やスエトニウスの「皇帝伝」などを読んだり思いだしたりしながら、もっぱら彼自身の頭のなかで構成された幻想的世界のなかで映画をつくっていた。だから映画の原題は「フェリーニ――サチュリコン」となっている。

ともかく映画がうつりだして二〇分くらいたったときだが、こういう映画は誰にもつくれない、やっぱりフェリーニは現在世界一の映画監督だと考えはじめるようになり、もう目がスクリーンから離せなくなってしまうのだった。それはフェリーニ趣味の色彩が絶えず変化し、最後にはクタクタになってしまいながらも見つめないでいられないほど幻惑的な美しさに満ちあふれているのが最大の特色となっているからである。一月三一日号のフランスの文芸誌「ラ・カンゼーヌ・リテレール」に出たジャック＝ピエール・アメットの批評でも、色彩にたいして気違いみたいになったフェリーニのイメージそのものが、この映画では、もっとも本質的なものだといっている。どんなふうに気違いになったかというと、大勢出てくる既婚女のグロテスクなメーキャップはゴヤにでもなったようだし、夕暮れどきの色合はベラスケス、洗練された官能描写になるとカラヴァジオの色彩、そして薄く白雲がたなびいている風景ではダンテにでも彼自身がなったような印象をあたえるのだ。また、ある場面では精神分裂症になったようだし、装置のほうも気が触れたようなデザインになり、そういった錯乱性が重なりあって発狂状態のシューールリアリズムではないかというようになっていく。そしてアメットという若い批評家は、「気狂いピエロ」のベルモンドとエンコルピオとを同じように扱っているのである。

ぼくは「サチュリコン」の批評を、たくさん読みたいのだが、いままでのところ、いちばん感心したのは三月二六日号の「ニューヨーク・レヴュー」誌に出たモラヴィアの批評だった。これは「サチュリコン」を見る人のために大いに役立つと思われるので、なるべく丁寧に紹介してみよう。

ペトロニウスの「サチュリコン」は、よく知られているように〈開かれた〉小説“open”novelであって、この種類の現代小説にはヘンリー・ミラーやセリーヌの諸作がある。フロベールやマンツォーニの〈閉された〉小説“closed”novelとは違った性質のものだ。〈開かれた〉小説では、そこで起る出来ごとや冒険に始めも終りも中間部分もなく、一貫した筋の進行ぶりは見られないし、内部的構造にも欠けている。ということは「サチュリコン」に、あと何章でもつけ加えることができるし、おなじようなことがミラーにもセリーヌにも適用されるわけで、あらたに付け加えた章によって、それらの作品がダメージを受けることにはならない。

ところで「サチュリコン」が、こうしたとき特別なケースになってくるのは、大部分の章が失われてしまい、傷だらけなものになっているので、現在では、このながい古代物語の結論みたいなものしか読めなくなったということだ。というものの興味ぶかいことには、手足などが切断された作品なのに、ペトロニウスがいおうとした意味は失われていないのである。いっぽう〈閉された〉小説になると、どうだろう。たとえばフロベールの小説の一部分を切断したとすると、作者のいおうとした意味は、それだけでも失われてしまうのだ。

どういうわけでペトロニウスはエピソードや、エピソードともいえない断片を、いい加減な並べかたをして「サチュリコン」という〈開かれた〉小説を書くことになったのだろう。どうやら彼はミラーやセリーヌがパリを描いたとおなじように、〈開かれた〉世界だった当時のローマを作品のなかに反映させたかったに違いない。堕落しきった時代。道徳的な規準がなく、知的な層も形成されていなかった弱々しい骨組の社会だった。だが、いっぽう珍奇なものや不調和なものや目をうばうようなものが、あたりにいっぱいあったのである。〈閉された〉小説に描かれたのは、上流社会のサロンとか一般家庭とか富豪の大邸宅とかいった閉された特殊環境だったが、〈開かれた小説〉ではペトロニウスがやったように、街のなかを舞台にしていることが非常に多い。サロンや家庭や大邸宅へと読者が入りこんだとき、そこでぶつかるのは階級によって差別がつけられた人たちや職業的にちがう人たちだが、街のなかでは、いっしょくたになった群衆にぶつかる。

といってペトロニウスが群衆の全部を観察したわけではない。その一部だけであった。それでも観察眼は、きわめて教養にとんで洗練されていたし、もの書きとしての彼は、そのころすでに高度の域にたっしていた諷刺精神とピカレスク小説のスタイルを混ぜ合わせて、語りかたも調子よくのびのびと、無雑作にエピソードを並べながら、楽しんで読めるものにしようとしたのだった。そういう書きかたをしたのだから、どうしてもコミックなものになってくる。したがって、すべての価値はふみにじられ、ものごとを信じたってしようがないという気持が作者の心に生じてくる。ペトロニウスにとっては、目にうつった人間たちが、どれもこれも軽蔑したくなり、だから高いところから見おろした恰好で嘲笑を浴びせかけたのだった。

ところがペトロニウスにしろ、そういう嘲笑すべきローマ人にくらべて、たったひとつしか偉いところがなかったのである。それは文才だった。彼の文章は皮肉さがこもっているが、あたたかさにもあふれていて、いろいろな気持の変化をしめしながら、低い調子から高い調子へと、さかんに上下運動するし、そのあいだに大ゲサな表現があるかと思うと、それがリアリズムになるので、しぜん心理的な内面が浮んでくることになる。それをまた楽しんでやっているらしいのだが、そういうことができるのはペトロニウスが一流の語り手として自信があったという証拠だ。

さて登場人物であるが、重要なのは、まあ五人だ。そのうち、気まぐれで、ひとの心をうばいやすい少年ジトンと、性質が粗野で、それを露骨にだすという教養がたりないトリマルキオが、作品から独立して名前が有名になった。知ったかぶりの哲学者エモルポと二人の学生エンコルピオとアシールトが、あとの三人である。そのほかは群衆で、客引き、娼婦、上流婦人、居酒屋の女中、商人、役者、曲芸師といった手合いだ。

エンコルピオがピカレスク小説の主人公みたいになって、エピソードになった日常の出来事をつなげる役割になるが、そういったとき目だつのは彼のセックスへむかう武勇伝的な行為であって、それを眺めていたペニスの神が怒りだし、彼を役に立たない男にしてしまう。まえに書いておいたようにペトロニウスは、あらゆる価値をみとめようとしないが、セックスだけは正当に評価し、ドラマチックな進行のために利用しているのである。

こうした二千年まえの小説が、いまでも読むのにあたいするのは、作者の意図とかプロットとか登場人物とかが、きわめて明確にうちだされているからであって、二〇世紀の有名な小説が二千年後でも「サチュリコン」とおなじくらいの力をもって残るだろうかというと、まあその見込みはなさそうだ。「サチュリコン」が最初に影響をあたえたのは十四世紀から十六世紀にかけてのルネッサンス期だった。そして、このような古典復興は、じつは一度しか起らないものなのである。だがこのとき波紋がひろがり、だんだんと小さい波紋になりながら、いくどかリヴァイバルはあったが、それはいつも最初のときほど強力な作用をあたえなかった。そしてこんどが最後だとおもうが、その最後のルネッサンスがフェリーニの映画化となった。

さて、この最後に試みられた古代再生には、どんな意味合いがあるだろう。そう考えたとき思いだすのは、すこしまえにフェリーニが「夢のドキュメンタリー」といったことで、この言葉が、よく説明してくれることになる。要するに「フェリーニ――サチュリコン」という最後のルネッサンスは、『では、さよなら』といっているようなのだ。というのは現代社会は、いまや決定的にヒューマニズムの軌道から外れてしまい、テクノロジーの軌道に入りこんでいるからである。いまのところ古代は外見的な形をとっているが、二、三百年もすれば、歴史以前にあったところの影みたいになってしまうだろう。それで、さよならというわけだが、フェリーニのばあい、どうやってペトロニウスの世界に訣別してるのだろうか。彼はペトロニウスの世界が、漠然としていてハッキリとわからない。半分は消されているし、不条理だらけだし、謎みたいな不思議な世界だ。精神分析的にいうと夢みたいなものなのである。その古代的な夢は、さまざまに変化し、目がさめたときは、夢の記憶がのこっていて、そこからまた夢のなかに入りこんでしまう。

では、そういったとき、夢は日常生活の出来事から受けるのと同じような意味を持つことになるのだろうか。その答はイエスともなればノーともなる。なぜなら覚醒時に起りだす出来事は、いつもかならず、その人の直覚に作用してくるものだが、夢のなかにあっては、そこにあるものが厳然としているだけであって、取りもどそうとすることもできないし、直覚に作用する以上のものだからである。フェリーニにとって古代は、そうといった夢となっていて、いつでも現われてくるが、夢のなかでの古代の意味は、どうしても発見できないし、失われてしまっているのだ。

古代について知りたいと思うなら、そういった資料は、いくらでもころがっている。それなのにフェリーニは、そういう資料を無視してしまった。それには理由があって、彼の職業も大いに関係してくることだが、いちばん簡単な無視手段として、絵画のほうを参考資料にしたからである。古代の絵画は、すこししか残っていないし、不完全だから、そこにミステリアスなものがあるだろう。また文学に較べたとき絵画には、そのなかに何か読みとれるという面が非常にすくないものだ。たとえば肖像画と伝記とを比較してみればいい。伝記を読んでも油絵の肖像画のような色彩感をあたえない。逆に肖像画を見ていても伝記のようには語りかけてこない。これは一例だが、根本的に絵画には、なにか漠然とした謎みたいなものが付きまとっているのだ。

そうした理由から、フェリーニは自分ではそれほどには意識してなかったのにかかわらず、書かれたものをしりぞけ、絵筆で描かれたものだけに固執しながら、素晴らしい直観力を発揮してみせたのだった。その結果が「フェリーニ——サチュリコン」をして『古代よ、さよなら』といっている最後のルネッサンスといったものにしたのである。

こんどのフェリーニ作品には、以上のような特色があるわけだが、その非常にすぐれた部分と、そこから感じさせる限界は、すべてフェリーニの直覚が生んだ結果だと考えたくなってくる。そう思わせるのは、とくに最後の場面になったときで、つぎのような締めくくりの言葉が入ってくる。

『ポンペイ時代の色彩で塗られていたフレスコ画には、すっかり亀裂が入っているし、幾世紀もの埃のためにボヤけてしまった。そんなふうに変質したフレスコ画のなかで、多くの顔が、漠然とした表情で笑いかけているが、ただひとつエンコルピオだけは、その気持がハッキリと読みとれるような表情で笑っているのだった』

これでわかるようにフェリーニは映画全体をとおして、古代そのものからは離れてしまい、すべてを夢のドキュメンタリーにしたのであるが、それは説明されていない、いや、説明することができないドキュメンタリーでもあった。そして、そうしたプロセスのあいだに、彼はいろいろな映画技巧を使ったりしながら、さまざまなスタイルを直観力でもって生みだしてみせたのである。それは透徹した審美眼というか、それとも彼独自の審美的熟考の結果というか、ともかく彼の頭のなかで古代は、いままでの歴史映画のような自然主義的なやりかたで再構築したものではなく、遺産として残された絵画的資料をもっぱら研究することによって再生されたのだった。

いっぽうフェリーニ式美学には、シュールレアリズムから機能的モダニズム、またキュービズムから抽象表現主義、そして表現派からポップ・アートといったふうに、いろいろな様式が入りこんでいる。もちろん、ポンペイ時代やビザンチン時代の美術とかアメリカの黒人美術その他の原始芸術も混りこむことになった。

フェリーニはローマ時代の歴史的文献は、なんにも読まなかったそうだ。そのかわり、まえにもいったように描かれた絵画的材料からインスピレーションを受けたというのであって、それから綜合化されたものが何であったかというと「サチュリコン」の本質的スタイルは表現主義だということになるだろう。そういうと第一次戦争直後におけるドイツの表現主義が頭に浮ぶかもしれないが、それとも違った表現主義なのだ。つまりフェリーニ的な古代再現は、彼の主観性が無意識の世界とすれすれのところまで達していて、客観性をもって目に映ってくる対象さえ、そういった夢幻性をおびるようになったのだ。

そういう審美主義が基盤になっていると同時に、夢幻的フンイキをつくりだすのにフェリーニがさかんに使っている工夫は、論理的には一致しない状態と錯乱した分裂状態とを同時に発生させることだった。それが集中的な効果を出したのがトリマルキオ劇場の場面であり、舞台での進行に反応をしめしている観客の表情でもわかるように、予期しない非論理的な出来事が続くから、一人ひとりの表情がどれも違った感情をあらわしていて、ふつうの芝居のようではなく、まるで気狂い病院の人たちみたいに見えてくるのである。

じつはギリシアとローマの絵画、それからイタリアの古典絵画には、残酷な場面をまえにして、冷静に顔いろもかえずに眺めている人物がいるといったようなのが多いし、フェリーニは、これにインスパイアされたのであった。そうして彼は、そういった絵が全体の調和と落着きを求めていったのとは違って、ロマンティシズムとシュールリアリズムの方向へと押し出していったのである。それはキリコの形而上学とルネ・マグリットのシュールリアリズムとの中間あたりだといっていいが、古典絵画では対立・分離的な特色が目立たないようになっていたのに、フェリーニのばあいは見ていてヘトヘトになってしまうほど強調したのだった。その結果どうなったかというと、ドラマが主なのか夢が主なのか区別がつけにくい。いや、すべてが夢になってしまったのだ。

しかしだ、もし「サチュリコン」がフェリーニがいうように夢のドキュメンタリーにすぎないとしたら、結局は大むかしのテキストを絵で説明した程度のものになっていただろう。けれど、まえにもいったように、この映画の本質は表現主義なのである。いいかえると、ここには彼の趣味で表現したが、いっぽう彼自身のなかの理解できない部分がいっしょになったところの特別な内容をもっているのだ。つまるところ絵による説明よりもイマジネーションのほうが重要性をおびることになるが、そうすると、いったい内容は何なんだろう？

その内容は明白に、いつもとおりのフェリーニのものであり、リアリズムの系統をいく彼の作品にあらわれていたものだ。ところが「サチュリコン」はリアリズムの映画ではなく、彼は自己の無意識世界のなかに没入したまま映画をつくっている。そうすると内容は宗教にちかいものになってくるはずだ。誤解のないようにつけ加えると、フェリーニが古代の社会にさよならをいった、その瞬間である。訣別の悲歌のなかにはノスタルジアと形而上的な恐怖の響きが入りこんでいるので、彼の意志に反して、古代がそこにあり、そういうものだということを明確にしてしまうのであった。そういうフェリーニの心理状態は、キリスト教がさかえはじめた時代とか中世の野蛮時代とかいった、古代と接近していたころの人たちがすこし離れた地点から振返って眺めなければならなかった心理状態と、たいして変ってはいないということにもなってくる。

また、こういうことも指摘できよう。もっと古代から離れたルネッサンス期のヒューマニストたちにとって、古代は光りかがやいている形態をもつ理想的な時代であったが、フェリーニにとっては、ヒューマニズム以前の中世期における原始的人間が感じたとおなじように、古代は堕落・腐敗した時代なのであって、肉体の悪魔や精神の悪魔は不死身のまま横行していたとしか思えないのである。

ここのところは映画を見るまえに想像していただけのことであるが、完成した映画では、うごかしえない事実となった。古代は過去のある時期においては幸福であり、無邪気で清純だと映ったかもしれないが、フェリーニには、堕落し、人間的気持は失われてしまい、不幸であり、不純で醜悪なものに映ったのである。

こんなふうにフェリーニの世界には怪物的なものと不純なものが、うじゃうじゃと棲息し、そういった存在が彼自身も大すきだということに根ざした、とくべつな宗教心が彼にはあるのだ。このことを頭において「サチュリコン」を見ていると、怪物的なもの、不純なものは、醜いイメージと美しいイメージとなって規則的に交互にあらわれはじめる。怪物的なもののイメージは、老人とか病人とか弱者とか魅力を感じさせない者たちが怪物の表情をし、不純なもののイメージは、若さと美しさの外見をとっている。淫売窟やトリマルキオ邸内に巣くっている怪物たち。そのなかに混って〈不純な〉美の持主たちが行ったり来たりする。ジトンやエンコルピオやアシールトたちだ。

この三人のホモセクシュアルが、美しいと同時に不純な存在だということは、なにも偶然なことでそうフェリーニがあつかったというふうには考えられない。そういうホモセクシュアルがふつうだったし、そういう堕落した病的なローマ時代が、フェリーニにはとりわけ魅力があったのだ。デカダンスのなかでも、最高のデカダンスでなければ面白くないというデカダンス趣味がフェリーニにはあって、それをまた二倍にも三倍にもしてみせたのが「サチュリコン」のイメージなのである。

たとえば外景でいうと、夕暮れや夜や朝ぼらけが空間を占めているが、日ざかり時は一場面も出てこない。あたりは暗かったり薄あかるかったり火が燃えたようになったりするが、ぴかりと澄んだ空間には出くわさないのだ。回廊や袋小路や洞穴や中庭といったセット。そういった場所は、どれも閉された場所であり、セットを使わない野外撮影でも、その背景は荒廃した感じをあたえる。なんだか穢ならしい、乾燥しきって亀裂したような世界だ。そこには心をひきつけるようなものは何もない。出てくる人間が着ているものも、洗いざらしのような感じだし、埃だらけ泥だらけといった黒や茶色や赤は、いつもくすんでいるし、光った色合いはしていない。それから河の色合いだ。それは溝のなかの水のように濁っている。

そうしてエピソードごとに、芝居を見ているときのように変化していく。まるで絵を見ているような美しさで展開しているなと思っていると、急に装飾だらけの場面になって刺激がつよくなる。そして興味ぶかいことには、ペトロニウスの小説から、だいぶ離れてしまったなと思いはじめたときに、フェリーニは、ますますフェリーニらしくなっていて、即興的な気まぐれさを発揮してみせるのだ。

そういうところから映画のなかにペトロニウスがいるかと思うとフェリーニがいて、両方がよくわかってくるのだが、さて小説家と映画作家との違いは、どこにあるのだろうか。これが、結論としての締めくくりになってくるわけである。

第一にペトロニウスには「メルラーナ街の恐るべき混乱」のカルロ・エミリオ・ガッダを連想させる言語的な遊びと洗練された文体がある。それなのにリアリストである態度は絶対に変らないのだ。いっぽうフェリーニはこの映画にかんするかぎり、リアリストではない。リアリストでないと自分でもいっているような素晴らしい工夫が、たとえば皇帝ネロの死の場面では流れるように自由な表現をとっているし、迷宮の場面でもそうだ。それが、トリマルキオの饗宴の場面になると、細部に目をくばりながら、じぶんの心を引締めはじめる。そういった点を総合してみると、「8½」で客観的に見つめた個人的な危機、そして「魂のジュリエッタ」では、そこから抜けだそうとして手に負えなくなったようだったが、こんどの「サチュリコン」で、個人的危機から完全に抜けだすことができたわけだ。その証拠はペトロニウスのテキストを、いかにフェリーニ式に解釈し、人間の生と死が、どんなものであるかをイメージをとおして膨らませたことが、はっきりとしめしているだろう。

さて、ここまできて、作品としての限界であるが、それがどこにあるかを指摘することは、たいして難しくない。それは原テキストの華麗な言いまわしが、イメージのうえで審美的な凝りかたになったため、ややともすると静的な演出になりだすことだった。具体的にいうと、たとえば奴隷船の舵が並んで空間に止まっている場面だが、そのときエイゼンスタインの「アレクサンダー・ネフスキー」の戦場における無数の槍と空間との対比を思いださせるいっぽう、ジトンにたいするエンコルピオとアシールトの同性愛を暗示するだけのイメージの力は生みだせなかった。ペトロニウスのテキストは饒舌になったときでも、心理がよく出ているのだが、映画では、やっぱり夢を見ているような印象をあたえることになった。

夢と心理とは関係があるはずではないか。もちろんそうだが、それは夢のなかに浮んでくる人物とは関係がなく、その夢を思いだすからこそ関係してくるのだ。ただ二カ所にだけ夢を感じさせない現実的な場面がある。それはトリマルキオの死と自殺者たちの別荘の場面で、このばあいの夢にたいする現実は、そのコントラストのありかたにとっても、『フェリーニ――サチュリコン』がもつ究極的な意義を解きあかす、もっとも重要な要素となった。つまり人間は生にしがみついているが、いつなんどき生に嫌悪をいだきはじめ、死の誘惑に取りつかれるかもしれない。そうフェリーニはいっているのだ。

（昭和四五年七月号）

35 「話の特集」の矢崎泰久さんのことや どうしてこんなものを書くようになったかということなど

「話の特集」が五〇号を迎えたのは、ことしの四月号だったが、そのとき矢崎泰久さんの「話の特集への疑問」という面白いレポートが出た。それを読みなおさないと、なんだか間違いをやりそうな気がしたし、ついでに九月号までの五五冊を揃えてみると、みんなあるはずなのに五四冊しかないので、しばらく考えこんでしまった。

創刊号が出たのは昭和四一年二月号で、編集長が矢崎泰久、レイアウトが和田誠、表紙が横尾忠則だった。発行所は日本社であったが、その創刊号が出たとき、ぼくは表紙のデザインがすっかり気にいってしまい、なかをパラパラとやったら、その当時の雑誌とは、まるでちがった感じなので、折込みになった投書ハガキに『創刊号で、これだけうまくいった雑誌は珍しいですね。レイアウトや執筆者がフレッシュだから、そう感じさせたのでしょう。まだ本文には目をとおしていませんが、何回となくページをパラパラとめくっています』と書いて出した。
そうしたら第二号を送ってきてくれたが、その号の横尾忠則さんの表紙には、創刊号のときより、もっとずっと感心してしまった。そうして最後のページの投書欄をみると『ヘンなパンフレットみたいなのが出ているぞ、と友だちにいわれて本屋に行ってみる。あった！ なるほど、雑誌と呼ぶには、ほど遠い感じがする表紙。〝横尾氏だな〟とピンときた。パラパラとめくり、執筆陣をみてゾクゾクした』というのがあり、ぼく以上だなと思ったが、そのまえのページに、ぼくの投書ハガキが、そのまま凸版になって出ているのを見たときはビックリしてしまった。
ところでレポート「話の特集への疑問」は二四項目からなる読者の質問に答えたもので、その第一問が『〝話の特集〟というタイトルを何故つけたのか？』となっている。それというのも、このタイトルに最初は誰でもが引っかかってしまったからだろう。それにたいする答が『すでにあったからです』という言葉で、このレポートは始まっているのである。ヘェ、そうだったのかい。すると創刊号じゃないんだなという変てこな気持になりながら、その説明を読んでいくと、なるほどということになり、そういう書きかたで矢崎泰久さんのスタイルには独自なものがあるのであって、ずっとあとだが東京新聞の「大波小波」欄で、矢崎泰久が書いている「編集前記」は、じつに面白いと褒められたものだった。たとえば
『横尾忠則——はじめて作品に接したのは、もう三年も前のことだが、そのときは、あ

まり感心しなかった。昨年、銀座・松屋のペルソナ展を見て驚いた。彼に表紙を描かせて雑誌を創刊したいと思った。土俗的な発想の中に、鋭い批判精神と、まったく新しいスタイルを感じたのである。この才能は、既存の日本のジャーナリズムでは、なかなか受け入れられない面を持っている。冒険を承知で、あえて起用し、成功したと信じている』

これは昭和四一年五月号、つまり四号めの「今月登場」の彼の文章であるが、いまふと目について感心してしまったひとつだ。

彼が編集部長だった日本社では「実話読物」を発行していた。これが当時の〝悪書追放〟運動のあおりで、誌名を「話の特集」と変更したのであったが、ぼくはどうも本屋の店頭で見た記憶がない。それで『すでにあったからです』という話を彼がはじめたときはビックリしてしまったのだった。それから一冊欠けているので不思議だと思ったのは、「ビートルズ」の特別増刊を出し、そのサイズが普通号より大きかったので、べつのところへしまっておいたからであった。

ぼくと「話の特集」との付き合いは、ある日のこと和田誠さんからの電話で、四号めの昭和四一年五月号で「ジョーク・フェスティバル」を企画したから何か書けといわれたときが最初だった。けれど、いいジョークが頭に浮ばないので、そのころ読んだスーザン・ソンタッグの小説「恩をほどこす人」のなかのエピソードを、ずるいと思ったけれど訳して渡すほかなかった。それは「見えない夫」という題になっていて、つぎのような話である。

ずっとむかし、森のそばにある町に、うつくしい王女がいた。そしてずっと離れたヒマラヤの山中に、平凡な顔だちだが仕事には熱心な王子がいた。

王子が住んでいた山では、いつも雪が降っていたので、防寒用としてシャレた白革の服と白革の長靴を身につけていた。そうするとまるで王子の姿は見えないようになってしまい、山のなかを、猛獣に襲われることもなしに平気で歩くことができるのだった。

ある日、王子は山の中で付き合ってくれる妻がほしくなった。彼は谷を降り、森をとおって町に出た。そこですぐ彼は王宮へ行く道を町の人にたずねた。なぜなら王子だったから王女としか結婚できないのだ。

町の王女は若くてうつくしかったが、かなりの近視だった。王子が白い服をきて宮殿にあらわれたとき、彼女には、その姿がボーッとしか見えなかった。しかし近視者は、ふつう聴覚が発達しているから、王子の低い声がうつくしく響き、それで結婚の申出におうじようと決心した。

『おとうさま、どんな感じのかたですの』

『王子であることに間違いはない。戸籍謄本にそうあるからな』と王様がいった。

『では結婚しますわ。きっと落着いて調和のとれた家庭生活に入れると思います』

こうして王子は王女をつれて山の中に戻り、雪でつくった部屋のなかに入れて、だいじにした。ミルクやココナッツの実や米や砂糖やお菓子など、みんな自分の手で彼女の口にいれてやるのだった。

ところが、ある日、王女が一人ぼっちでテーブル掛けに刺しゅうをさしていると、山にいる黒クマが入ってきた。王女は、山でいちばん獰猛なのが、この黒クマだったが、そんなことを知らない彼女は平気だった。けれど彼女は、こんなにハッキリと何かが見えたのは生れてはじめてなので驚いてしまった。それで

『あなたは誰ですの』といんぎんに訊いた。

『おまえの亭主だよ』と黒クマは答えた『この毛皮の服は山の向い側にある暗くてジトジトした洞穴のなかで見つけたのさ』

『けれど声がかすれているのはどうしたの。風邪でもひいたんですか』

『ズバリだよ』と黒クマが答えた。

黒クマは午後ずうっと王女と時間をすごした。それから帰ろうとすると、王女がもうすこしといって引きとめるので、黒い服を返しに行かなければならない、きっと持主がさがしているだろうと言いきかせなければならなかった。

『そうすると、その服とはお別れなんですね』と王女が情けない声を出した。

『たぶんまた洞穴のまえを通ったとき脱ぎ棄ててあるだろう。そうしたら、それを着て午後にまた現われることにしよう』

『そうしてください』と王女は嬉しそうにいった。

『けれど約束してくれないか』と狡猾なクマがいった。

『この黒い服のことは誰にも喋ってもらいたくないんだ。ぼくにも黙っていてくれないか。というのも正直でないことがイヤなんだよ。自分のものでないものを着てるなんてイヤなことなんだ。おまえのために着てやるんだが、それは自分を犠牲にすることだし、それを思い出すようなことになるとイヤになっちゃうからな』

王女は彼女の夫の道義的な立場をみとめ、それに同意した。そうして黒クマはときどき彼女を訪問したが、夕方になって夫が帰宅したとき、このことには絶対にふれなかった。彼女がクマとの時間を楽しんだのは、彼が見えるからだったが、しわがれ声のほうは、すこしも好きではなかったのである。

ある日、そのしわがれ声で気持がわるくなったので、咳どめの水ぐすりを飲みなさいといった。

『薬なんかイヤだよ』と黒クマがいった『いっそのこと風邪をひいたときは何も喋らないことにするかな』

しかたなく彼女も同意したが、そのときから黒い服の夫から喜びを感じる度合いがすくなくなったことに気がつきはじめた。

『やっぱり何か喋ったほうがいいわ』と彼女は黒クマに乱暴な抱きつかれかたをしているときいった『白状しちゃうと、あなたが目に見える楽しみが、まえほどではなくなっちゃったの』

もちろんクマは返事しなかった。

午後もだいぶしてクマが出ていったあとで、彼女は夫が白い服で帰ってきたら、このことを打明けようかと考えた。

しかし帰ってきたときは何もいえなくなったし、黒い服のことは黙っているという約束をやぶる勇気も出てこなかった。そのかわり夜中になると、グッスリと夫が眠っているベッドからソーッとぬけ出て、山の中へ入っていった。あいにく闇夜だったが、昼間でもよく見えない彼女には、おんなじことだった。

夜となく昼となく三日間、彼女は暗くてジトジトするという洞穴のありかを探しまわった。そのあいだ雪は降りつづき、彼女は寒さで顫えた。そのとき手さぐりしていた指のさきが偶然、石のアーチにふれ、そこが洞穴の入口らしく手を突っこむことができたのである。彼女はホッと溜息をついた。

『黒い服の持主に書置きをしておこうかしら』と彼女は独りごとをいった。寒さと疲労とでヘトヘトになっていたが、白いドレスの一部分を引きちぎってから、頭にさしたピンを抜き、それで腕をつっ突いて血をだし、その血をインキがわりにして、こう書いた。

『もう黒い服を脱ぎっぱなしにしないでください。いままではありがとう。山の王女』

それから歩いているうちに熱が出て、山の中で迷ってしまったあげく、七日目になって、やっと家路につくことができた。

王子はそれまでの心配がけしとび、大喜びしてから、すぐさま彼女をベッドに寝かせると、そのそばに付きっきりで、毎日茶サジに一杯ぶんの砂糖と、クリームをコップに一杯ぶん飲ませるのを忘れなかった。それでしばらくすると彼女は快方にむかったが、病気のあいだに視力がますますにぶり、とうとう完全に何も見えなくなってしまった。しかし王女はめくらになったことで気がくじけはしなかった。それより白い服の夫がいいとか黒い服の夫がいいとかいう問題がなくなったのでセイセイした気分になることができたのだった。

『わたしは、やっと幸福になれました』と彼女は夫にむかっていった。

すると夫がやさしい声で返事するのが耳にはいった。

『だって二人はずうっと幸福だったじゃないか』

こんなことがあって二人はずっとあとまで幸福な日々をすごすようになりました。

そうしたら十月号で、また何か書かなければならなくなった。いまは神宮外苑前にサンエスというレコード店はないが、そのまえにある青山電話局のことが頭にこびりついていたので「外苑前で地下鉄を降りたとき」という、つまらないものを書いた。

地下鉄で渋谷から外苑前まで行く。降りてから右側を先へとすこし歩くと、ウィンドーにレコードを飾った小さな店がある。ブルー・ノート盤をアメリカから直輸入しているサンエスという店で商売をはじめてから一年になるが、新しいブルー・ノート盤が一カ月ごとに到着するので、いままで十回ほどどんなレコードが入ってきたのか見に出かけた。もしそうでなかったら青山電話局の前はいつも素どおりしていたことだろう。

このレコード店から出るとき、いやでも目にとまるのが青山電話局だった。野球を見に行く人は、あのさきの角を曲って行く。きっと急いでいるから青山電話局なんか気にはしないだろう。ある天気のいい日だったが、レコード店から出て電車道の向う側にある青山電話局をポカーンと眺めていると、店の女主人が出てきて、なにをポカーンと見ているのよ、コーヒーでも飲みに行きましょうといった。そのときぼくは、あの青山電話局という建物は、いったいなんて形容したらいいんだろうと考えながらポカーンとしていたのだった。

まるで芝居の下手糞な書割りを、とても大きく拡大したようだ。ちょうど昔よく使っていた泥絵具の灰色でもって塗りまくったかのように、光線を吸いこむだけで反射しない。そのせいか、お天気がいいというのに青山電話局の前だけは、どんよりと曇っている。いまごろこんな建物が東京のまんなかに残っているのかと思うと愉快になってきた。窓が三段についていて数えると二七ある。薄黄色の丸い柱みたいなものが、そのあいだに組み込んであるが、書割りよろしく、かなりな面積のある正面が、まったく平べったい。陰気な風景だなあと思って眺めているうちに「話の特集」の表紙になっている横尾忠則さんのような絵を、正面にベッタリと描きたくなった。

青山電話局があるほうの通りを渋谷へと向って歩いて行くと、だいぶながい距離にわたって明るい感じの店が並んでいる。いつこんな感じのいい通りになったのかと思いながら歩いていると、とりわけ夏の宵などは青山五丁目あたりまでブラついていくうちに気持が軽くなる。それといっしょに青山電話局のことなんか忘れてしまうのだが、やがてまたレコード店へ出かけると、いやでも目のまえに立ちはだかるのが青山電話局なのだ。するとあの正面にまたベッタリと絵が描きたくなってくる。ポップ・アートみたいな絵が。

ぼくには、こんなときにしか現実ばなれがした瞬間がやってこないのだが、いまふいに青山電話局の風景を思い出したのでタバコをすいながら書いているうちに、なんだかいやになってきた。それで寝っころがって読みかけたままのヘンリー・ジェームズの「貴婦人の肖像」のページをめくりだしたが、昔はよく読めなかったのが年のせいか案外すらすらと読める。アメリカ北東部オールバニーの良家に生れたイザベル・アーチャーは本ばかり読んでいる利口な少女だったが、両親をなくしたので迎えにきた叔母といっしょにイギリスへ行く。彼女が暮すようになった家はテムズ河沿いにロンドンから四〇マイルほど遡り、河ぎしが芝生になって丘のように高まっている場所に、四百年前に建てられた古めかしくて宏壮な貴族の屋敷だった。この屋敷をアメリカの金持で銀行家である叔父タッチェット氏が買い、いまは余生をここで過している。こうした数十年前の世界のなかでイザベルを中心にしたジェームズ式な会話がしきりに交され、そのあいだに作者の心理的註釈が繰りかえし入りこんでくると、いつのまにか現実ばなれがしてしまい、それがいい気持にまでなっていくのだが、急にまたジェームズふうな現実世界へと引きもどされることにもなる。

タッチェット氏はイザベルがすっかり気にいってしまうが、いつものように芝生のまんなかで椅子にもたれていると、彼女はこんな質問をするのであった。

『どうしてイギリス人って何でも型にはめて考えてしまう国民なんでしょう』

『そうだね、彼らは何事にたいしても固定観念でむかうね』といってタッチェット氏はイザベルの意見をみとめた。

『やるまえに何でもがきめられているんだよ。最後の瞬間まで放りだしておくなんてことは絶対にない』

『わたくしは、こうなるだろうと判っていることをするのが嫌いなんです。びっくりする事にぶつかったほうが面白いと思いますわ』

『そういうお前がそのうち大成功することは、いまからもう判っているんだけれどね』と、タッチェット氏は少女のすき嫌いがはげしいのに興味をいだきながら彼女の気持をさぐってみた。

『そういう意味ならイギリス人だって満更でもないだろう』

『イギリス人は馬鹿らしいくらい杓子定規ですから、わたくしなんか相手にしないわよ。およそ杓子定規とは反対なのがわたくしなんですもの。成功するより逆に嫌われてしまうわ』

『それは大間違いさ。イギリス人には、とても気紛れなところがあってね、それを自慢にさえしてるんだよ』

タッチェット氏には一人息子のラルフがいる。イザベルが到着した日に、偶然ラルフの友人で近くに住む若い貴族ウォーバートンが遊びに来ていた。二人の会話から察するとウォーバートンは女を見る目が肥えているらしいが、その彼がイザベルに一目で興味をいだいてしまった。上記の会話では、この若い貴族が遠廻しにサカナにされているのだが、イザベルは誰からもすかれる少女であって、そんなところもジェームズ式な会話をとおして遠廻しに描かれていくうちに、イザベルのイメージが読者の頭のなかにクッキリと浮びあがるようになる。

いとこのラルフもイザベルの魅力のとりこになりだすのだ。彼はウォーバートンの反応ぶりが早かったことに感心しながら、彼自身にとってイザベルが遊び仲間にすぎないとしても、それはきわめて上質な遊び仲間なんだと思い、こんな考えかたをする。

『彼女は最高の芸術作品よりもすぐれているんだ。ギリシャの浮き彫りよりも、偉大なチチアンの油絵よりも、ゴシック様式の寺院よりも素晴らしい。彼女があらわれる一週間まえは妙に気持がふさいでばかりいたし、こんなことが起るなんて夢にも考えていなかった。そうしたら突如チチアンの絵が荷造りされて送られてきたし、それをいま壁にかけている。それといっしょに送られてきたギリシャの浮き彫りはマントルピースのうえに飾りつけてある。美しい寺院の鍵は、こうしてぼくの手の中にあるし、いつも入っていって鑑賞することができるようになった。これからはもう世の中がつまらないといって愚痴をこぼすこともないだろう』

とゴキゲンになっているが、ヘンリー・ジェームズはラルフの夢想をうち破って読者を現実世界へと引きもどしながら、つぎのような註釈をつけるのである。

『こうした心のうごきは、感情的にはすこしも狂ってはいない。しかしラルフ・タッチェットが手のなかに鍵があると思いこんでいるのは、どうやら間違っている。なぜならイザベルは非常に頭のいい少女であって、彼も知っているように、まだまだ知識をふやそうとしている。ふやさなければならない必要を感じている。そういう彼女にたいするラルフの気持には、熟考したあとでの批判的なものがあっていいが、裁判官のような厳正さ・公平さに欠けているのだ。

つまり彼はイザベルを寺院になぞらえたが、その寺院の外側に立って素晴らしいと思ったにすぎない。窓から内部を覗いて外観とおなじような均衡があるとおもって感心したが、それはほんの僅かな時間だった。寺院の扉は堅く閉ざされている。その扉が彼のポケットのなかに沢山ある鍵のどれを出しても開かないだろうということは、じつは彼自身がちゃんと知っていたのだった』

こいつは青山電話局の正面にベッタリとポップ・アートばりの絵が描きたくなっても、それは夢想にすぎないし、まあ似たようなもんだとヘンリー・ジェームズみたいな気持におちいったとき、なんだか眠くなったので本をほうりだした。ウトウトしていると最近よく思い出す「テキサスの五人の仲間」の場面がまだチラッキだし、あの監督にしろ「キャット・バルー」の監督にしろ、テレビ畑から来た若い連中はなかなかイカスなあと思いながら、「五人の仲間」の面白さは、見おわったときに一大発見したかのように喜んだことだが、結局はアメリカ独自のトール・テールの面白さなんだ、とまた考えはじめた。こんなことを強調するのも、ぼくの友だちの一人がポーカーで勝負がついたあとの種明しは余計だな、といったからである。

最初の場面ではテキサスの平原を馬車が走っていて、ある大きな家のまえで停ると周章てて駈けだして来た男が乗った。その家の玄関では、おかみさんが両手をあげて『行っちゃいけませんよ』と叫んでいる。いちど見ただけでも場面を想い出して終りまでスラスラと喋ることができるし、この町の大金持五人が一年かかって溜めた金で一回の大賭博をやりだすという前置きからこの酒場にヘンリー・フォンダがあらわれて、ポーカー・チップを目にしたとたん顔色を変えるあたりまで喋っていると、まだ映画を見てない人なら膝を乗りだし『どうなるんだい』といった顔つきになってくるのだ。

ぼくは話で釣る映画は大きらいだけれど、これは例外だということになる。ははぁ、こいつはトール・テールのヴァリエーションだと映画が終った瞬間に考え、逆に出来事を遡りだすと、もういちど笑いだすし、要するに話がしだいに大袈裟になっていくところがトール・テールだというわけで、友だちが種明しは余計だといったが、これがあってこそトール・テールだということが証明される。話が、大袈裟になっていくばかりだから、映画を見たあとで話しやすいことになるし、トール・テールの原型というのは数名の男がタバコをすったり酒を飲んだりしながら、たとえばつぎのような調子でやりだすのだ。

あるときデトロイトの「手斧」クラブで暴風の話がはじまった。

『それはミシガンで目撃したんだが、ある男がポーチでパイを食べているとき暴風が襲ったんだ。あわてて家へ駈け込もうとしたが、間に合わない。最初に家が吹っ飛ばされると、こんどはその男が空に舞い上ってさ、百ヤードさきまで吹っ飛ばされると桃の木に引っかかった。そこへバラバラになった羽目板の一枚がすっ飛んできたので、片手で受けとめた男は、それを風よけにしながら食べかけのパイを平げたんだよ』と一人が話した。

『ララミーを襲った暴風のときだがね、カボチャくらいある大きな石っころが飛んでいるんだね、そのうち墓石がぬけて舞い上りだしたが、そんなとき遠くのほうの丘で年寄りの支那人が悠然と凧を上げているんだよ。よく見るとその凧は鉄のドアで尾っぽには鉄のクサリがついていたっけ』とつぎの一人。

『カンザスに暴風が襲ったときは、料理用のストーブが八〇マイル先へ吹っ飛んでいったが、そのまま翌日になると舞い戻ってきてね、おまけにパンが焼けてたって話だよ。そのときカンザス・シティの新聞記者が、ストーブが飛んでいくのを見て驚いたが、口をポカーンとあけた拍子に風が吹き込んでさ、からだ中の皮膚がめくれちゃったんだ』とつぎの一人。

『トペカの暴風はそんなのより凄かったなあ。電柱がみんな根こそぎにされ二〇マイル吹っ飛んだが、どれどれと面白がって外に出た町の者は、レンガの壁に吹きつけられてウェファースのようにペッチャンコになっちゃった。千人やそこらじゃきかないんだぜ。翌日になって風がおさまると神父のトンプソンさんが鋤で引っぱがして歩いたが、それが荷馬車に山もりになったんだ』

『神父さんは、それをどうしたんだい?』と、みんなが喉につまった声を出した。

『なんでもね船でテキサスまで運んでから何とかいうサーカスの親方にポスター紙のかわりにいいといって売りつけたそうだよ』

これはB・A・ボトキンの「アメリカ民間伝承集」(一九四四)に出ているが、ベン・クロウの「アメリカ的な想像力のありかた」(一九四七)をめくっていたら、吹き出してしまうのがあった。

ニュージャージーの港に上陸した老船長のグループが、ある未亡人の家で食事をしたあとで、腹ごなしに彼女相手に取って置きの話をはじめた。

『捕鯨船の乗組員だったころだが、ある日のことだ。やけにでっかい奴が、たけり狂った牛のように突進してきたかと思うと、メリメリと船尾を破って頭を突っこんでさ、胴体が半分まっすぐに船のなかに入ってしまった。こいつは大変、あと五分もたったら沈没するぞ！　といってボートを降しにかかった。ところが侵入してくる水を鯨さん、またたくまに飲みほしてしまうと頭から吹き上げるんだよ。おまけに船から出ている尾っぽがプロペラみたいに動いてさ、一昼夜するとトリニダッド島に着いたってわけだ』とバード老船長が話した。

『そいつは大きな蒸気船でスクリューが二つもあったっけ。ところが霧が深く垂れこめ、前方に小島があるのに気がつかなかった。大変だ！　と思ったときは全速力で走っているので、もう遅い。眼をつぶって観念してしまったが、勢いよくドカンとぶつかると島のほうが引っくり返って、その上を通りすぎてしまった。あのときはホッと胸を撫でおろしたね。いまでもあの附近を通ると引っくり返った島に生えている木の根が見えたり、島にあった住家の穴蔵が海の底に見えるそうだよ』とサンダーソン老船長。

『あんな奇妙なものはなかったな』とジェンキンソン老船長があとを受けた。『若いころ北海方面へ出かけたときだが、七月だったので溶けだした氷山がいくつも流れてくる。そのなかに変てこなのがあるんだ。それで船長が三人の水夫とボートに乗って近づいたところ、とても大きな鮫が閉じ込められていた。そのとき水夫の一人が鮫がウィンクしましたといったんだよ。そんなバカなことがあるかい、あの鮫はコチコチに堅くなっているじゃないかといった船長は、銛でもって氷山を突つきだした。するとすぐ割れて鮫は嬉しそうに飛び出したのさ』

『なんて仕合せな鮫でしょう』と未亡人がいった。

『ところが気の毒なのは船長でしたね。鮫は閉じ込められっきりだったので、おなかがペコペコになっていたんですよ』

こんな詰らないことを書いたのに、こんどは昭和四二年四月号から毎月ずうっと二五枚ほどのものを連載しないかといわれたのである。その最初のやつが「五角形のスクエアであふれた大都会」であったが、そのつぎの号のレイアウトをみると、題名の部分に一ページ使ってあるので、こいつはもったいないと思い、題名をながくすることにした。とにかく新しい材料で面白そうなのがあると、出あたりばったりそれにぶつかっていったので、おいそれといい題名が頭に浮ばない。ながい題名にするとやさしいので、それが号を追って、だんだんながくなった。そんなのが使いものになったのは、和田誠さんのレイアウトのおかげなのである。

一回分を書きあげるまでに、編集部から深山仁子さんや井上保さんや猪又寅夫さんや、最近は来生悦子さんが、たいてい五回以上は書きかけを取りにきて追込みで間に合わしてくれた。「五角形のスクエアで……」の原稿を渡したときだが、矢崎さんが遊びにきて、通しの題名は「緑色ズックカバーのノートブックから」にしよう、といってくれたのである。そういったやつを「話の特集」に出た順序で並べてみたが、こんどは晶文社・編集部の原浩子さんを、ずいぶん困らしてしまうことになった。というのは一回ぶんずつが雑誌に出てからすこしたつと、どれも関係した新しい材料が出てくるので、それをスクラップしたり、ノートしたりしておいたから、補足として付けたさなければ面白くならない。だいたい二〇〇枚ぐらい書きたすつもりだったが、半年たっても、さっぱりできなかったからである。書名のほうも「緑色ズックカバーのノートブックから」が本の背中には長すぎる。ずっと以前のことだが、ぼくは使いだしたノートブックのどれにも「ぼくは雑学がすき」と表紙に書いたものだった。その話をすると、それなら「ぼくは散歩と雑学がすき」にしようと晶文社の編集部がきめてくれた。それからカットを十二ところどころに入れてもらったが、これは清水康雄さんが編集の「ユリイカ」の扉用に毎月ぼくがつくったものである。そしてこのまえの「ジャズの前衛と黒人たち」とおなじように小野二郎さんにすっかりお世話になってしまった。

（昭和四五年八月）